La Superba

Ilja Leonard Pfeijffer

LA SUPERBA

Een roman

Uitgeverij De Arbeiderspers
Amsterdam · Antwerpen

De auteur ontving voor het schrijven van dit boek
een werkbeurs van het Nederlands Letterenfonds

Eerste druk, 2013
Zevenentwintigste druk, 2019

Copyright © 2013 Ilja Leonard Pfeijffer
Niets uit deze uitgave mag worden verveelvoudigd en/of
openbaar gemaakt, door middel van druk, fotokopie, microfilm
of op welke andere wijze ook, zonder voorafgaande schriftelijke
toestemming van BV Uitgeverij De Arbeiderspers, Amsterdam.
*No part of this book may be reproduced in any form, by
print, photoprint, microfilm or any other means, without written
permission from BV Uitgeverij De Arbeiderspers, Amsterdam.*

Omslagontwerp: Stephan Vanfleteren, Tim Bisschop
Foto omslag en auteursportret: Stephan Vanfleteren

ISBN 978 90 295 4071 1 / NUR 301

www.arbeiderspers.nl
www.iljapfeijffer.com

A Zena a prende ma a non rende.

Inhoud

Eerste deel
Het mooiste meisje
van Genua
11

Eerste intermezzo
We all live in a yellow
submarine
113

Tweede deel
Het theater elders
153

Tweede intermezzo
Fatou yo
235

Derde deel
Het mooiste meisje
van Genua (reprise)
275

Eerste deel

Het mooiste meisje van Genua

1

Het mooiste meisje van Genua werkt in de Bar met de Spiegels. Ze draagt dezelfde nette kleren als alle meisjes die daar werken. Ze heeft ook een vriendje dat haar af en toe opzoekt wanneer zij werkt. Hij heeft gel in zijn haar en draagt een t-shirt zonder mouwen waar soho op staat. Hij is een klootzak. Soms zie ik via de spiegels hoe zij elkaar stiekem zoenen in het hokje waar zij de hapjes voor het aperitief klaarmaakt.

Vanochtend heb ik bij de Via della Maddalena iemand gezien die bestolen was. 'Al ladro!' riep hij. 'Al ladro!' Toen kwam er een jongetje de hoek om rennen. De man rende achter hem aan. Hij droeg een wit hemd zonder mouwen en hij had een dikke kop en een dikke buik. Hij leek mij een eerlijk man die van jongs af aan heeft geleerd te zwoegen voor een schamel loon. Het jongetje rende naar boven, naar de Via Garibaldi, langs de zonnewijzer en vanaf daar verder omhoog over de trappen van de Salita San Francesco. De dikke bestolen man was kansloos.

Later dronk ik op Piazza delle Erbe. Dat is zo'n zeldzame plek waar het vanzelf avond wordt zonder dat ik daar iets voor hoef te organiseren. De oranje tafeltjes zijn van Bar Berto, de oudste pub van het plein, beroemd om zijn aperitief. De witte tafeltjes horen bij de trattoria zonder naam waar je onmogelijk kunt eten zonder te reserveren. De rode en gele tafeltjes zijn van verschillende cafés en daarachter is nog een terras, een beetje beneden. Ik zou de namen kunnen opzoeken als je dat zou willen. Ik zat aan een blauw tafeltje, op het hoge deel van het plein, met uitzicht op het terras van Bar Berto. De blauwe tafeltjes horen bij Threegaio, ooit opgericht door drie homoseksuelen die na nachten brainstormen geen betere naam konden bedenken dan deze. Ik dronk Vermentino van de Golfo di Tigullio. Op de barkruk tegen de gevel zat een imposant manwijf met een pikzwarte zonnebril. Dat stelde mij gerust, want daar zit zij altijd. Straatmuzikanten. Rozenverkopers. En toen sprak ze me aan. 'Je hebt iets vrouwelijks.' Ze streek met haar vingers door mijn haar als een man die zich iets toe-eigent. 'Hoe heet je?' Ze sprak met de stem van een havenarbeider. 'Ik weet het al. Ik noem je Giulia.'

Die nacht onweerde het kort maar hevig. Ik was net op weg naar huis toen het gebeurde. Ik kon schuilen onder een arcade. Die heeft ook een officiële naam, zag ik later: Archivolto Mongiardino. De zwarte lucht lichtte donkergroen op. Ik had nog nooit zoiets gezien. De regen kletterde als twee gietijzeren valhekken neer aan weerszijden van de overkapping. Na een paar minuten was het voorbij.

Maar de straatverlichting was uitgevallen. In de stegen waar daglicht nauwelijks doordrong, heerste de middeleeuwse duisternis van de nacht. Mijn huis was niet ver. Ik kon het vinden op de tast, daar was ik zeker van. Precies, hier ging het omhoog. Dit moest Vico Vegetti zijn. Links en rechts voelde ik steigers. Dat klopte. Er werd verbouwd. En toen struikelde ik bijna over iets. Een houten balk of zo. Zo voelde het. Gevaarlijk dat die zo midden op straat lag. Ik bukte me om hem aan de kant te leggen. Maar het voelde niet aan als hout. Daarvoor was het te koud en te glad. Het was ook te rond om een balk te zijn. Het voelde raar aan, een beetje vies ook. Ik probeerde mijzelf bij te lichten met het lampje van mijn mobiele telefoon, maar het schijnsel was te zwak. Ik was vlak bij huis. Ik besloot het ding te verstoppen achter de containers met bouwafval en het de volgende dag te bestuderen. Ik was nieuwsgierig. Ik wilde eigenlijk heel graag weten wat het was.

2

Hoertjes zijn voor de lunch. Rond een uur of elf, half twaalf komen ze tevoorschijn. Ze hangen rond in het labyrint van steegjes in de hellende driehoek tussen Via Garibaldi, Via San Luca en Via Luccoli, aan weerskanten van de Via della Maddalena, in duistere straatjes met poëtische namen als Vico della Rosa, Vico dei Angeli en Vico ai Quattro Canti di San Francesco. Dit zijn stegen waar zelfs op het middaguur de zon niet doordringt. Daar leunen ze achteloos tegen deurposten of ze zitten in groepjes bij elkaar op straat. Ze zeggen dingen tegen mij als 'amore'. Ze zeggen dat ze van mij houden en dat ze willen dat ik bij hen kom. Ze zeggen dat ze met hun vingers door mijn haar willen kroelen. Ze zijn zwart. Ze zijn zwarter dan de antraciete schaduw in de ingewanden van de stad. Ze ademen de geur van de nacht in de middag. Zo staan ze op hoge benen met de flikkerende blik van arrogantie in de ogen. Ze zetten hun witte tanden in het weke witte vlees van mannen. Ik zou niet weten hoe ik een van hen zou kunnen overleven. Ambtenaren met leren aktetasjes maken zich schichtig uit de voeten.

Later zag ik ze terug in de Galleria Mazzini, de magistraten van Genua in hemdsmouwen met hun donkerblauwe colbert losjes om de schouders en met hun kalfslederen aktetasjes gevuld met de zeer weinige documenten die werkelijk van belang zijn en waarover alleen zij kunnen beschikken. Ze lopen hier graag over het marmer langs het uitgestalde antiek vanwege de hoge galm van hun voetstappen onder het kristallijnen dak. Griffioenen met het wapen van Genua op hun borst torsen de kroonluchters met hun van hoogmoed kromgetrokken snavels. Als je door de Galleria loopt vanaf Piazza Corvetto, kom je uit bij de opera. Waar anders?

Ik liep naar de zee. In de verte scheerde een geel vliegtuig over de golven. Het schepte water. Er waren bosbranden in de bergen. Ik ken mensen die het weer van morgen aflezen aan de hoge vlucht van zwaluwen. Maar de lage vlucht van een blusvliegtuig is de meest betrouwbare indicatie voor een voortzinderende zomer.

Ik heb een nieuwe garderobe aangeschaft om mij als een nieuw mens soepel te bewegen in deze elegante nieuwe wereld. Een paar Italiaanse zomerkostuums, maatoverhemden, een geraffineerd paar schoenen, zo zacht als boter maar zo scherp als een mes, en een echte panamahoed. Het kostte mij een fortuin, maar ik zag het als een noodzakelijke investering om mijn assimilatie te bespoedigen.

Die avond sprak ik met Rashid. Hij verkoopt rozen. Ik kom hem elke avond een paar keer tegen. Ik had hem een drankje aangeboden. Hij kwam even bij mij zitten. Hij komt uit Casablanca, vertelde hij.

Hij is ingenieur, vertelde hij. Hij is gespecialiseerd in airconditioners en klimaatkamers. In Casablanca heeft hij een groot huis, maar geen geld. Daarom is hij naar Genua gekomen, maar hij kan geen werk vinden omdat hij geen Italiaans spreekt. Overdag probeert hij Italiaans te leren van filmpjes op YouTube. 's Avonds verkoopt hij rozen. Elke avond loopt hij alle terrassen af tot aan Nervi. Dan loopt hij terug. Heen en terug naar Nervi is vierentwintig kilometer. Hij woont met elf andere Marokkanen in een tweekamerappartement. 'Zeker zijn er ratten. Maar gelukkig zijn ze niet zo groot. Elke Marokkaan denkt dat je vanzelf rijk wordt in Europa. En natuurlijk gaan ze pas terug als ze genoeg hebben gespaard om voor een paar weken een Mercedes te huren en de opera op te voeren dat ze in Europa grandioos rijk en succesvol zijn geworden. Het is een sprookje dat zichzelf steeds mooier navertelt. Maar ik heb de waarheid gezien, Ilja. Ik heb de waarheid gezien.'

Toen ik naar huis liep, wapperde de vlag hoog op de top van de toren van het Palazzo Ducale. Het was niet de vlag van Europa. Het was niet eens de vlag van Italië. Het was een rood kruis op een wit veld: de vlag van Genua. La Superba. Boven de haven en in de verte, boven de zwarte bergen van Ligurië, hoorde ik de griffioenen krijsen.

En toen herinnerde ik het mij weer. Die avond daarvoor was ik op Vico Vegetti in het donker gestruikeld over een ding. En dat ding had ik achter de vuilcontainer verstopt. Maar nu werkte de stadsverlichting wel en ik was eigenlijk wel nieuwsgierig.

Maar het ding was er niet meer. Bij de vuilcontainers beneden op de hoek bij Piazza San Bernardo lag van alles, maar geen ding waarover je zou kunnen struikelen. Nou ja, misschien was het ook niet zo belangrijk. Bovendien besefte ik dat het er voor de schaarse passanten misschien een beetje raar uitzag dat ik zoveel belangstelling toonde voor vuilcontainers. Dat was althans niet het imago dat ik mij als trotse, kersverse inwijkeling in deze stad zou willen aanmeten. Ik ging naar huis.

Maar een stukje hoger in de steeg, waar de steigers stonden, was een container met bouwafval. Ik herinnerde mij dat ik in het pikkedonker tijdens de stroomuitval houvast had gezocht aan die steigers. Voor de grap keek ik of het ding misschien daar lag. Aanvankelijk zag ik het niet, maar toen wel. Ik keek over mijn schouder of niemand mij zag en toen haalde ik het tevoorschijn. Ik schrok mij rot.

Het was een been. Het was een vrouwenbeen. Het was onmiskenbaar een vrouwenbeen. En toen het zich nog in de juiste context had bevonden, was het mooi geweest, slank en lang, voorbeeldig geproportioneerd. De schoen zat er niet meer aan, maar wel een kous, een lange ouderwetse, zoals alleen modelletjes op internet die dragen. Maar al met al stond ik dus midden in de nacht in mijn nieuwe stad in het buitenland met een geamputeerd vrouwenbeen in mijn handen en dat leek mij om verschillende redenen geen ideaal begin van een nieuw leven. Misschien moest ik de politie bellen. Misschien eigenlijk beter niet. Ik legde het been terug en ging naar bed.

Maar badend in het zweet schrok ik wakker. Hoe kon ik zo stom zijn. Nou kon ik natuurlijk wel bedenken dat ik om mij moverende redenen, die overigens voor menigeen maar al te begrijpelijk zouden zijn, niets te maken wilde hebben met een afgehakt vrouwenbeen dat ik bij toeval had aangetroffen in de openbare ruimte, ik had er wel mee in mijn handen gestaan. Wat zeg ik, tot twee keer toe had ik het staan bepotelen. Met mijn naïeve, zomerse zweethandjes. Had ik dan nooit van vingerafdrukken gehoord? Of van DNA-sporen? En wanneer het been de aandacht zou krijgen van de carabinieri, wat op korte of langere termijn welbeschouwd hoogstwaarschijnlijk was, zouden zij dat dan achteloos terzijde schuiven als het zoveelste afgezaagde vrouwenbeen dat in de steegjes was aangetroffen of zouden ze misschien niet toch een beetje nieuwsgierig worden naar de antwoorden op de vragen aan wie het had toebehoord, wie de amputatie had verricht en of dat wel was gebeurd met goedvinden van de rechtmatige eigenares? En zouden ze, zodra die nieuwsgierigheid eenmaal had postgevat, wellicht een simpel sporenonderzoekje uitvoeren? En lag dan vervolgens een buurtonderzoek niet erg voor de hand? Wakker worden, sukkel.

Maar dat hoefde ik mezelf niet meer te zeggen. Ik was al klaarwakker. Sterker nog, ik was me al aan het aankleden. Het was nog nacht. Het was donker. Er was niemand op straat. Ik moest snel handelen. Het been lag er nog. Ik had geen gedetailleerd plan van aanpak, maar het leek mij om te beginnen verstandig om het corpus delicti te verwijderen uit de openbare ruimte. Ik nam het mee naar huis en zette het rechtop achter in de IKEA-kast in mijn slaapkamer.

3

Ik wil deel uitmaken van deze wereld. Toen ik wakker werd, hoorde ik hoe de stad begonnen was de dag te vermalen tussen haar eeuwenoude rotte tanden. Op verschillende plekken in de buurt werd er geboord in haar afbrokkelend gebit. Buren scholden elkaar uit door de open ramen. Op de muur van het palazzo tegenover mijn slaapkamer had iemand geschreven dat geen glimlach valt te ontcijferen. Iemand anders had geschreven dat hij de voetbalclub Genoa beter vindt dan de voetbalclub Sampdoria, in bewoordingen die veel explicieter waren dan dat. Iemand anders had geschreven dat hij houdt van een meisje dat Diana heet en dat zij voor hem is als een droom die werkelijkheid is geworden. Later had hij, of iemand anders, die ontboezeming doorgestreept. Er lag vuilnis op straat. Duiven scharrelden door hun eigen stront.

Er zouden vandaag schepen arriveren met Nederlandse, Duitse en Deense toeristen op terugreis vanuit Sardinië of Corsica. Ze arriveren tientallen keren per dag en de toeristen zullen voorzichtig en met tegenzin een middagje een klein beetje verdwalen in het labyrint. Veel verder dan de steegjes op een paar meter van Via San Lorenzo durven ze zelden te gaan. Anderen zullen naar Palazzo Rosso en Palazzo Bianco lopen op de Via Garibaldi en ze zullen geen weet hebben van de donkere jungle die aan hun voeten ligt.

Ik houd van toeristen. Ik kan ze urenlang gadeslaan en volgen. Ze zijn aandoenlijk in hun vermoeide pogingen om iets te maken van de dag. Vroeger, als kind, kreeg ik voor schoolreisjes een lijstje van dingen die ik niet moest vergeten mee te nemen. Het laatste item op het lijstje was altijd: je goede humeur. Dat is wat toeristen in hun rugzakjes hebben terwijl ze door de straten sjokken en op elke hoek op de kaart proberen terug te vinden waar ze in hemelsnaam zijn. En waarom ook al weer. Uit lijfsbehoud vinden ze elk gebouw mooi, elk pleintje leuk en elk winkeltje schattig. Het zweet gutst van hun voorhoofd. Ze denken dat ze dingen begrijpen, maar ze zijn op de verkeerde momenten achterdochtig terwijl ze het werkelijke gevaar niet vrezen. In Genua zijn ze nog hulpelozer dan elders. Onbegrip en onzekerheid staan in hun gezichten te lezen terwijl ze schoorvoetend het labyrint in scharrelen. Ik houd van hen. Ze zijn mijn broeders. Ik voel mij zeer aan hen verwant.

Maar ik wil deel uitmaken van deze wereld. Ik wil wonen in het labyrint als een gelukkig monster, samen met de duizenden andere gelukkige monsters. Ik wil mij nestelen in de ingewanden van de stad. Ik wil het tandenknarsen van haar oude gebouwen verstaan en begrijpen. Ik ging de deur uit en liep via de Vico Vegetti, Via San Bernardo, langs de vuilstortplaats en de Piazza Venerosa naar beneden, naar Via Canneto Il Lungo, om boodschappen te doen bij de Di per Di. Ik kocht wasmiddel, grissini en een fles wijn. Toen ging ik via dezelfde weg terug naar huis. Maar ik liep daar wel toevallig met een plastic zakje van de Di per Di. Dat tasje was mijn greencard, mijn verblijfsvergunning, mijn asiel. Iedereen kon aan mij zien dat ik was toegelaten. Iedereen kon aan mij zien dat ik hier woonde. Ik had nauwelijks meer Italiaans gesproken dan de woorden 'prego' en 'grazie', maar op vertoon van mijn plastic tasje van de supermarkt kon niemand mij meer als buitenstaander beschouwen. Bij een kiosk kocht ik *Il Secolo XIX*, de lokale krant van Genua. Ik had mij voorgenomen om die elke dag te lezen. Ik klemde hem met trots onder mijn arm, waarbij ik er goed op lette dat hij zo gevouwen was dat iedereen kon zien dat het *Il Secolo* was.

Toen ik thuiskwam, heb ik de muur van mijn huis bekeken. Ik woon op de benedenetage van een metershoog palazzo in een nauwe steeg die steil omhooggaat. 'Benedenetage' is een relatief begrip in een steeg met zoveel hoogteverschil. Rechts van mijn ingang moet zich een grote ruimte bevinden onder mijn slaapkamer, die waarschijnlijk dient als opslag voor het restaurant op nummer één rosso, dat sinds mijn eerste dag hier gesloten was. Het gehele pand is opgetrokken uit grauwe brokken gesteente met grove oneffenheden, afbrokkelend cement en hier en daar plakken van een oude pleisterlaag. Welbeschouwd was alles rot, vervallen en kapot. Maar dat was het al eeuwen. En het was er trots op. Toen dit werd gebouwd, bestond er nog geen gas, elektriciteit, stromend water, televisie of internet. Al die voorzieningen zijn in de loop van de tijd provisorisch buitenom aangelegd. Er lopen snoeren vanaf het dak langs de voorgevel, die via in de muur geboorde gaten de verschillende appartementen bereiken. Ook de waterleiding en het riool zijn buitenom aangelegd, als een onsystematisch stelsel van loden pijpen. Naast mijn voordeur zag ik hoe een dikke pijp door een gat mijn huis binnenging. En toen zag ik diezelfde sticker weer:

derattizzazione in corso
non toccare le esche

Ook op mijn waterleidingbuis die door de muur mijn huis binnenging, was die sticker aangebracht die mij al dagen overal in de stad was opgevallen. Ik glimlachte van tevredenheid. Ik woonde niet in een hotel. Ik woonde in een echt huis, een echt Genuees huis, met dezelfde sticker als zoveel andere huizen in de stad. Ik moest ooit voor de lol eens opzoeken wat die tekst betekende.

4

Mijn serveerster is gevallen. Of er is iets anders gebeurd. Ik had haar al een paar dagen gemist bij de Bar met de Spiegels. Toen zag ik haar lopen op de Salita Pollaiuoli in haar eigen kleren. Ze zei 'Ciao' tegen mij. Ze had verband om haar linkerelleboog en haar linkerpols was roze van de jodium. Ook op haar linkerbeen en -voet waren roze plekken. Later zag ik haar tot mijn opluchting in haar nette serveersterskleren bedienen. Haar witte overhemd had korte mouwen, dus het verband en de roze plekken op haar arm waren voor iedereen zichtbaar. De plekken op haar been waren aan het zicht onttrokken door haar zwarte pantalon. Maar ze had haar broekspijp opgerold tot haar enkel, waarschijnlijk omdat de zoom anders te veel zou irriteren op de wond op haar voet, die goed te zien was omdat ze open schoenen droeg. Dichte zouden veel te veel pijn hebben gedaan, daarvan was ik zeker. Telkens weer bestelde ik een drankje bij haar en elke keer wilde ik haar vragen wat er was gebeurd en of het goed met haar ging. Maar ik durfde het niet. Ik was bang dat ze mijn vraag verkeerd zou opvatten. Ik was bang dat ze aan haar lange vriendje zou denken met gel in zijn haar, de klootzak, al heb ik hem die avond niet gezien.

Ik heb wel gezien hoe goede vrienden elkaar begroeten. Stel je voor. Je bent de dikke man in je donkerblauwe polo. Je draagt je zonnebril op je hoofd. Puffend en zuchtend hijs je je het terras op. Met zichtbare tegenzin ga je aan een vrij tafeltje zitten terwijl je in één en dezelfde beweging je mobiele telefoon uit je broekzak haalt. De serveerster komt en vraagt wat je wilt drinken. Die vraag was te verwachten, maar ergert je. Je kijkt schuin naar beneden en laat alle drankjes van de wereld aan je geestesoog voorbijtrekken. Het ene vervult je met nog meer walging dan het andere. Uiteindelijk bestel je met een wegwerpgebaar een campari-soda. Je bestelt het op zo'n manier dat voor iedereen op het terras duidelijk is dat je begrijpt dat je nu eenmaal iets moet bestellen en dat je dan in godsnaam maar een campari-soda bestelt. Daarna ga je onmiddellijk verder met onduidelijke dingen doen met je mobiele telefoon, waarbij je opnieuw puft en zucht, hetgeen betekent: ik ben een belangrijk man en daarom valt iedereen mij lastig, maar ik vind het een rotding, zo'n telefoon, als ik het zou ontwerpen zou ik het veel beter doen, maar het interesseert mij niet en bovendien gaat het altijd zo in dit land, geen wonder dat het zo slecht gaat met de economie en dat het zo ondraaglijk heet is. Het betekent: ik krijg net een bericht van de minister-president, maar ik weet niet hoe dit ding werkt en ik wou dat hij mij eens een keer met rust liet en zelf zou bedenken of hij Afghanistan moet binnenvallen of niet, maar dat zit er niet in, hij kan zijn eigen broek nog niet eens ophijsen zonder mij. Vervolgens wordt de campari-soda uitgeserveerd. Je keurt het drankje geen blik waardig, evenmin als de serveerster die het brengt. Je bent veel te druk met zuchten en puffen en met niet te begrijpen hoe je eigen telefoon werkt en met niet te begrijpen hoe iemand een apparaat kan verzinnen waarvan jij niet eens begrijpt hoe het werkt. De serveerster vraagt of je ook iets wilt eten. Je bromt iets onverstaanbaar exotisch, zoals: alleen een klein bakje groene olijven zonder pit met de tabasco apart. Of: gnocchi met peper, zonder pesto en met citroen aan een prikkertje. Of: pinda's. Dan arriveert je vriend. Hij is blij om je te zien en vooral blij dat hij vandaag een keer niet de eerste is en dat jij er al zit. Hij roept 'Ciao!' nog voordat hij het terras betreedt en dan nog een keer 'Ciao!' en dan ten derde male 'Ciao!' wanneer hij aanschuift aan je tafeltje. Al die tijd kijk je hem niet aan. Je hebt het veel te druk.

Ook voor hem komt er een serveerster en ook hij bestelt een drankje. Jij bent net bezig je bericht aan de minister-president te versturen en je begrijpt niet waarom het kloteding je bericht niet verstuurt. Je vriend zegt 'Proost', maar jij probeert eerst nog even het andere nummer van de premier. Werkt ook niet. Je zucht en puft. Zo gaat het nou altijd in Italië. Met een mismoedig gebaar kwak je het mobieltje op tafel. Dan pas kijk je je vriend aan en je zegt zoiets als: 'Milan kan Ronaldinho kopen, maar ik had je van tevoren kunnen zeggen dat Abramovich dan 150 miljoen zou neerleggen voor Kaká. Onbegrijpelijk dat ze dit seizoen niet investeren in een centrale verdediger. Onbegrijpelijk!'

De Bar met de Spiegels is van binnen een grot van porselein. Buiten klimmen en dalen de mensen. De straat gaat naar boven naar de Piazza Matteotti voor het Palazzo Ducale. Je kunt ook zeggen dat zij naar de Via San Lorenzo gaat of naar Piazza de Ferrari. Naar beneden gaat zij ook. Maar dat durven de meesten niet. Dan kom je bij San Donato, dat is toeristisch gebied, dat is oké, maar dan begint het opnieuw te stijgen. De Stradone Sant'Agostino is nog het minst avontuurlijk. Die voert naar het klooster en naar de Faculteit van Architectuur van de Universiteit van Genua, met daarachter Piazza Sarzano. Vanaf Piazza Sarzano kun je terug naar beneden, naar de haven, naar de zee. Als je dat per se wilt. Maar het is niet aan te raden. De middeleeuwse muren van Barbarossa staan in de weg. En de straatjes, die bestaan, zijn op geen enkele kaart terug te vinden. 'Straatjes' is een verkeerd woord. Het zijn eerder trappen. Of tijdelijk geïmproviseerde weggetjes over afbrokkelend gesteente heen.

De straat die klimt en daalt heet Salita Pollaiuoli. Als je vóór San Donato naar rechts durft, kom je op Via San Bernardo. Dan is het hemelsbreed nog maar een meter of vijftig naar de Torre dei Embriaci, waar een goede bar zit. Maar probeer het maar te vinden. Probeer het maar eens. Ik ben benieuwd of ik je ooit nog terugzie.

Zeker zal ik je terugzien. Ik kom de hele dag dezelfde mensen tegen, ook al strekt het labyrint zich uit van Darsena tot Foce, van de zee tot de bergen, van de haven tot aan de snelweg, van station Principe tot station Brignole. Ik heb mij afgevraagd hoe dat kan. Je zou verwachten dat een doolhof gebouwd was om elkaar uit het oog te verliezen, niet om elkaar bij voortduring tegen het lijf te lopen en dat een doolhof van deze omvang de kans dat je iemand twee keer tegenkomt tot nul zou reduceren. Maar nu begrijp ik dat het precies andersom is. Mensen kunnen elkaar ontlopen in een rechtlijnige stad met duidelijke boulevards en avenues tussen huis en kantoor, kantoor en fitnesscentrum, fitnesscentrum en supermarkt, supermarkt en huis, vertrek en bestemming. Wie weet waarheen hij zich haast kijkt nergens meer van op en wordt niet meer waargenomen. In een rechtlijnige stad zijn mensen als elektronen in een koperdraad, snel, inwisselbaar en onzichtbaar. De stroom valt te meten, maar individuen zijn met het blote oog niet waar te nemen. Juist in een labyrint kom je elkaar tegen. Geen plek valt terug te vinden. Maar omdat dat voor iedereen geldt, dwaalt iedereen de hele dag door dezelfde steegjes. Sommigen dwalen hier al een mensenleven lang. Of langer. Ik zal je zeker terugzien, mijn vriend. Je kunt onmogelijk tweemaal hetzelfde pleintje vinden of tweemaal door dezelfde steeg lopen, tenzij dat juist niet je plan was.

5

Vandaag heb ik nagedacht over de verschillende soorten meisjes.

Sommige vrouwen vallen buiten elke categorie, dat is waar. Zoals het meisje van de Bar met de Spiegels. Zij is gemaakt van ander spul dan meisjes: hetzelfde spul waarvan glimlachjes zijn gemaakt, ontroering en zomerdagen. Zij hoeft alleen maar te bestaan om mij gelukkig te maken als een klein kind en in gedachten zacht te laten huilen op haar zachte schouders. Haar laten we dan ook buiten beschouwing. We hebben het over meisjes, niet over de zeldzame epifanie van een godin.

Vroeger dacht ik dat er twee soorten waren: mooie en lelijke meisjes. Maar in het licht van mijn meest recente onderzoeksresultaten is die dichotomie niet langer valide, al zal de eenvoud van dat model altijd zijn charme blijven behouden, vrees ik.

Natuurlijk zijn er mooie meisjes. Dat is het probleem niet. Je zou ze voorzichtig willen natekenen met een potlood. Je zou willen schaatsen over de gladde glooiingen met precieze vingertoppen. Je zou met de tong van een fijnproever heel even willen raken aan de perfecte balans van rondingen, lijnen, vorm en volume. Liever nog zou je willen dat ze zich gewoon zouden uitkleden en dat je er niets mee hoeft te doen. Ze mogen zijn als een foto, volmaakt suggestief of expliciet uitgelicht en je zult haar met genoegen downloaden.

Zulke meisjes zijn zoals Milo Manara ze tekent; hiërogliefen van belofte. Ze staan nooit zonder te poseren en ze hoeven niet te poseren omdat ze al voldoen aan alle eisen als ze alleen maar staan. Je zou ze nooit daadwerkelijk kunnen ruiken, je zou nooit uit pesterij met een minuscuul vetkwabbetje spelen of het zure zweet uit hun oksels likken, al was het maar omdat ze zijn bedacht en precies zo getekend. Ze hebben altijd iets kunstmatig onschuldigs, iets olalalaërigs. Natuurlijk belanden ze zonder slipje in kazernes, maar dat is alleen maar omdat ze toevallig werden ontvoerd door milities toen ze zich net aan het omkleden waren. Zul je altijd zien. Maar nooit zullen ze zonder slipje bij je aanbellen met de vraag of ze je mogen aftrekken in de regen omdat ze dat nog nooit hebben gedaan. Nooit zullen ze zonder nadere toelichting op je zilveren kandelaar gaan zitten om na afloop de tafel schoon te likken, alvorens naar huis te gaan zonder een woord te zeggen.

Ik kreeg laatst zo'n celebrityblaadje cadeau bij *Il Secolo xix*, vol met foto's van echt bestaande Manara-meisjes in nauwelijks een bikini. In de begeleidende interviews zeiden ze dingen als: 'Ik houd van mannen die eerlijk zijn', 'Mijn dochter is het belangrijkste in mijn leven', 'Ik zal nooit seks hebben als Liefde met de hoofdletter L ontbreekt' en 'Ik heb altijd een speciaal plekje in mijn hart voor God'. Ik bedoel: geef mij de lelijke meisjes dan maar. Die snappen tenminste dat ze een beetje hun best moeten doen. Of de mooie meisjes, maar dan zonder interview. In godsnaam. Alleen maar met zonder bikini en het liefst op een foto.

Ik zag bij San Lorenzo een toeristenmeisje met haar toeristenjongetje. Hij had de camera, zij roze pumps, een gele handtas en een schandalig spijkerjurkje. Het waren Russen, dat kon je zo zien. Voor de zekerheid heb ik het voor je geverifieerd, mijn vriend. Ze spraken Russisch. Hij wilde een foto van haar maken vóór de kathedraal. Zij protesteerde. Ze zag er niet uit vandaag. Maar toen hij toch aanlegde voor een kiekje, legde zij haar middelvinger op haar onderlip en haar andere hand op haar kruis. Zo maakten ze tientallen foto's, bij de ene leeuw, bij de andere, bij de grote deur, op de trappen naast de toren en ga zo maar door. Voor elke foto had zij een pornopose uit de blaadjes. Ze was niet speciaal mooi. Ze was eerder schaamteloos dan geraffineerd. Ze was ook verveeld, maar niet te beroerd om te beseffen dat ze iets moest ondernemen voor een sexy resultaat. Ademloos heb ik haar gadegeslagen. Er was geen sprankje humor of vreugde in haar poses. Er brandde geen vurige lust in haar oogopslag. Werktuigelijk plooide zij haar lijfje naar de voorspelbare wensen van de fotograaf en alle toekomstige beschouwers die de thumbnails zouden aanklikken op internet tot een cliché van begeerlijkheid. En precies dat was onweerstaanbaar sexy.

Je hebt ook vrouwen bij wie het sperma al bij voorbaat uit de ogen spat. Bij wijze van spreken. Meestal zijn ze te jong voor hun leeftijd. Kanten niemendalletjes omzomen hun doorbakken sportschoolspieren. Ze is droog en taai. Ze kleedt zich als een uitgepakte mummie, zoals de vrouw van de onbestemde leeftijd van ergens achter in de veertig met kort zwart haar en met de dag kortere rokjes die een paar keer per dag mysterieus glimlachend komt buurten in het sieradenwinkeltje van Laura Sciunnach in de Salita Pollaiuoli, tegenover de Bar met de Spiegels, omdat Bibi daar werkt met al zijn tatoeages, de volmaakte donjuan, die vrouwen doet smelten door ze te minachten. Ze is lelijk, maar ze loopt over straat alsof ze twee vibrators tegelijk heeft ingebracht voordat ze de deur achter zich dichttrok en de straat op ging. Nooit zou ze de deur op het nachtslot doen wanneer ze 's nachts beschonken thuiskomt. Ze is als een hongerig sleutelgat waardoor ze wil worden begluurd. Werd ze maar eens een keer verkracht, in godsnaam. Druipend van geil zou ze aangifte doen bij de ongelovige carabinieri van half haar leeftijd met hun glimmende laarzen, hun glimmende, glimmende laarzen. En zo lelijk is ze nou ook weer niet. Ik zocht oogcontact met haar. Een paar keer per dag zoek ik vanaf het terras van de Bar met de Spiegels oogcontact met haar.

Op het terras van het Doge Café op Piazza Matteotti zag ik een meisje dat een meisje op zichzelf had geschilderd. Ze was Cleopatra achter haar eigen dodenmasker. Of misschien was ze wel heel iemand anders achter het masker van Cleopatra, dat weet alleen degene die de volgende ochtend naast haar wakker wordt, zich vol ongeloof de slaap uit de ogen wrijft en begint aan het moeizame proces van reconstructie van de nacht ervoor in een poging te achterhalen wie dat bleke, onbekende meisje zou kunnen zijn dat zich zo klaarblijkelijk tussen zijn lakens heeft genesteld. En pas wanneer zij na uren in zijn badkamer haar façade heeft gerestaureerd, weet hij het weer. Zulke vrouwen kosten geld. Ze hebben niet alleen potjes en tubes nodig, maar ook merkkleding voor elk uur van de dag, conform de mode van het moment, en veel schoenen, vooral veel schoenen. Al die kleren en schoenen worden alleen maar aangeschaft met het doel ze uit te trekken. Maar om dat doel te bereiken moeten ze duur zijn, dat snapt iedereen. Elke ochtend maakt ze zichzelf vrouw zoals ze denkt dat een vrouw eruitziet. Zoals ze denkt dat ik wil dat zij eruitziet. Het doet er niet toe of ze weet wat ik wil. Belangrijk is dat ze haar best doet te voldoen aan haar beeld van mijn beeld van haar.

Het ergst zijn dikke Amerikaanse vrouwen die het misverstand hebben opgevat dat intelligentie belangrijker is dan uiterlijk. Dat is zo'n dom concept. Ze praatte in langzaam, duidelijk Engels over immigratiewetgeving. Ook zij was op het terras van het Doge Café voor Palazzo Ducale, maar zij was een misverstand. Met haar tieten als geklapte luchtballons in een gemakkelijk zomerjurkje als een vooroorlogse tent had zij geen recht van spreken over welk onderwerp dan ook. Ze zou zich moeten terugtrekken in een donker woonkamertje in Ohio achter haar computer om met trillende vingers onder het pseudoniem FaTgIrL berichtjes te sturen naar internetforums voor vrouwen met suïcidale gedachten. Zij kwam in aanmerking voor een postnatale abortus. Dat zij bestond was al erg genoeg. Dat zij zich er niet voor schaamde, dat zij in plaats daarvan de elegantie van Piazza Matteotti van Genua, van Ligurië, van heel Italië ontsierde en beledigde met haar pontificale aanwezigheid en dat zij daarbij nog meende het recht te mogen opeisen om te worden beschouwd als een mens in plaats van als een lelijke dikke vrouw, was stuitend.

Dikke vrouwen als zodanig zijn het probleem niet, vooral als ze blond zijn. Begrijp me niet verkeerd. Ik heb er in mijn jaren, verdomd als het niet waar is, wel een aantal op ontbijt mogen onthalen. Neukmonsters zijn het. De beste seks van je leven heb je met dikke meisjes, geloof me, mijn vriend. Als ze maar willen. Als ze niet willen zijn ze waardeloos en zielig. Maar meestal willen ze. Ze bestieren je bed als zes pornofilms tegelijk. Ze zullen niet fotogeniek op hun rug liggen en afwachten wat je al dan niet zal aanvangen met je vanzelfsprekend libido, ze zullen je tot bloedens toe berijden in het volste besef dat zij iets goed te maken hebben om te mogen worden beschouwd als vrouw.

Er zijn maar twee soorten meisjes: die het snappen en die praten. Die het spel spelen en begrijpen dat ze eerst een soort vrouw van zichzelf moeten maken om te worden toegelaten tot het spel, en zij die zich willens en wetens diskwalificeren uit het waanidee dat het om iets anders zou gaan dan het spel. Dat is de waarheid, mijn vriend. Dat is de waarheid. En ik heb die ontdekt. En het spel is ingewikkeld genoeg, dus kom niet aan met je verfijningen en complicaties. Je weet dat ik gelijk heb. En ik ben geen seksist of racist. Voor negerinnen gelden wat mij betreft precies dezelfde regels.

De ideale vrouwen zijn mannen. In hun pogingen een begeerlijke vrouw te zijn moeten ze overdrijven. Ze transformeren zich als een parodie op een sexy vrouw tot een opblaaspop van tieten en zwellichamen en precies dat is sexy. Ze weten precies waarvoor ze dienen: maar zulke vrouwen bestaan niet. Hoewel ik ze weleens heb gezien, 's nachts bij de haven, langs de weg in de buurt van de oprit van de Sopraelevata. En later zag ik er nog twee in de buurt van het treinstation Palazzo Principe. Maar ik ben vergeten waar en ik heb ze niet meer terug kunnen vinden, ook niet bij de haven. Misschien was ik er telkens op de verkeerde tijden.

6

Maar intussen had ik dus welbeschouwd een geamputeerd vrouwenbeen in huis. Hoewel ik natuurlijk zo snel mogelijk een oplossing moest vinden, in elk geval voordat het een beetje raar zou beginnen te ruiken, was het op een vreemde manier ook opwindend. Ik ging eerder naar huis dan normaal. En dan haalde ik het been niet uit de kast. Daar kon ik uren mee bezig zijn.

En toen bedacht ik iets. Was het waar? Ja, het was waar. Wist ik het zeker? Ik wist het zeker. Ik had alleen de kous aangeraakt. Het sexy stukje bloot dijbeen boven de kousenband had ik niet beroerd. Dat zou ik me zeker hebben herinnerd, hoe dat aanvoelde. Ik kreeg onmiddellijk een haast onbedwingbaar verlangen om dat alsnog te doen. Maar daar ging het nu even niet om. Ik besefte dat ik alle vingerafdrukken en DNA-sporen zou kunnen verwijderen door de kous uit te trekken.

Het was een verstandig plan. Nee, het was niet opwindend, het was echt een verstandig plan. Het was ook nog eens opwindend. Dat zijn de beste plannen. Opwindend en verstandig. In omgekeerde volgorde, maar dat maakte in dit geval niet echt uit. In geen enkel geval maakt dat uit, behalve dan dat de vraag of iets al dan niet opwindend is vrijwel altijd prioriteit heeft en de vraag of het eveneens verstandig is naar de achtergrond pleegt te dringen, om hooguit bij wijze van rechtvaardiging achteraf met enig kunst- en vliegwerk positief te worden beantwoord, hetgeen niet eens daadwerkelijk te betreuren valt aangezien dit al te menselijke mechanisme in hoge mate bijdraagt tot de instandhouding van de menselijke soort.

Ik was aan het bazelen, ik weet het. Ik was zenuwachtig. Ik deed de kast in mijn slaapkamer open. Alsof ik een breekbaar ivoren artefact met witte handschoenen uit de kluis haalde om ter beschikking te stellen aan een van verre toegereisde wetenschapper of alsof ik een broos en teer wier aan de oppervlakte schepte van een vergeten, spiegelglad meer met onpeilbare diepten, zo haalde ik het been uit de IKEA-kast en legde het op tafel. Kortom: langzaam en voorzichtig. Die pompeuze vergelijkingen zijn alleen maar bedoeld om de spanning erin te houden. Nou goed, niet alleen maar. Met enige goede wil evoceren ze ook mijn van eerbied trillende handen.

Ik streelde de rondingen van haar voet, haar hiel, wreef en enkel. Zachtjes kneep ik in elke teen. 'Je hebt zulke kleine teentjes,' zei ik. Ze begon te lachen. Het kietelde. Met de rug van mijn hand gleed ik over haar scheenbeen. Met een braampje van een nagel bleef ik even haken aan haar kous. 'Sorry.' Met mijn wijsvinger volgde ik de zachte lijnen van het subtiele reliëf van haar knie. Ik liet mijn hand afdalen naar de zachte, kwetsbare huid van haar knieholte, waar ik heel even verwijlde om de moed te vinden om met mijn volle hand haar kuit te omvamen. De bollende spier vulde mijn eerbiedige hand als een borst. Pront en verlegen, strak en zacht, stoer en schattig woog zij licht in mijn handpalm, waarin zij precies paste. We waren voor elkaar gemaakt. 'Dat zeg je vast tegen alle vrouwen.' Ik antwoordde niet. Tergend traag trok ik mijn hand langs de binnenkant van haar been omhoog naar haar dij. Zij begon te kreunen. 'Wat doe je?' fluisterde ze zacht. Maar ik deed niets. Plagerig pulkte ik een beetje aan haar kousenband met kleine, verstrooide, onverschillige gebaartjes. En toen beklom ik de gloeiende heuvel van haar dijspier. Ik liet de toppen van mijn vingers en mijn duim rusten in de ondiepe, nauwelijks waarneembare dalen aan weerszijden. Heel zacht en voorzichtig begon ik te kneden. Ze vond het lekker. Ze maakte grommende geluidjes als een spinnende poes. En terwijl mijn hand als een hongerig dier steeds verder omhoogkroop, begon zij steeds harder te kreunen.

Ik stopte abrupt waar haar kous ophield. Met de precisie van een chirurg pakte ik de band tussen duim en wijsvinger van beide handen en zonder haar huid aan te raken pelde ik de kous langzaam van haar steeds naaktere been. Ik ontblootte haar koperen dij, haar ronde, grappige knietje, haar spiegelgladde scheenbeen en haar ontdeugend bollende kuit, haar gebeeldhouwde enkel, waar ik even haperde om van richting te veranderen en met een sierlijke manoeuvre mijn werk te voltooien, waarbij ik haar hiel bevrijdde, haar welvende wreef en haar giechelende teentjes. Ik legde de kous naast haar op tafel. Ze rilde, maar niet van de kou. De minuscule, nauwelijks zichtbare blonde haartjes waren recht overeind gaan staan. Ze zuchtte diep en legde haar been opzij om mij toegang te verschaffen. 'Alsjeblieft,' fluisterde ze. 'Ja,' zei ik. Ik kuste haar op haar mond en kwam.

7

En zo had ik alles verpest. Godverdomme, wat was ik toch een klootzak. Een flinke kledder van mijn sperma op een geamputeerd vrouwenbeen, dat is precies het soort DNA dat technische rechercheurs het lekkerst vinden. Met de zekerheid dat er bij de onfrisse affaire een man was betrokken, krijg je ook nog een vrij stevige hint cadeau met betrekking tot het motief. En probeer ten overstaan van zulk overtuigend bewijsmateriaal dan nog maar eens aan te komen met het excuus dat je dat been ook alleen maar bij toeval op straat had gevonden tijdens een black-out ten gevolge van onweer en dat die klodder alleen maar te danken of te wijten viel aan het feit dat zij, nadat ik voorzichtig haar kous had uitgetrokken, zuchtend haar been opzij had gelegd en zacht had gefluisterd dat het goed was. 'Maar u moet mij geloven, edelachtbare, ik zweer het u, zo is het gegaan.'

Ik leef te veel in mijn fantasie. En zie wat ervan komt. Problemen komen ervan. Sperma op een afgerukt en wegrottend ledemaat komt ervan. Wat een toestand. Wat een vernedering. Hoe heb ik mij zo kunnen laten meeslepen? Natuurlijk maakt het ook deel uit van mijn beroep om mij een zo levendig mogelijke voorstelling te maken van de gedachten en beweegredenen van anderen en om desnoods uit het niets personages te scheppen naar mijn beeld in wie ik mij zo levendig kan verplaatsen dat ze van vlees en bloed worden en ik een geloofwaardig portret van hen kan maken op papier, maar dat wil nog niet zeggen dat ik ook zonder pen in de hand in mijn eigen spoken moet gaan geloven en aan een been genoeg heb om het andere er wijdbeens naast te denken en een complete gewillige minnares bij elkaar te zuchten met wie ik mij kreunend verenig. Dat brengt mij nog eens een keer in de problemen. Sterker nog, dat was al zo.

Ik besloot dat ik mij zo snel mogelijk van het been moest ontdoen. Maar eerst moest ik het uiteraard grondig reinigen. Naakte huid was goed te wassen, beter dan huid die in nylon is gehuld. Dat zei ik tegen mijzelf om alsnog enige logica aan te brengen in mijn handelingen en de striptease van de kous achteraf van een rationele rechtvaardiging te voorzien. Ik zette het been onder de douche. Dat was een raar soort automatisme, als ik dat woord mag gebruiken voor iets wat ik nog nooit eerder had gedaan en met een aan zekerheid grenzende waarschijnlijkheid niet nogmaals zou doen. Welbeschouwd was het een voorwerp en voorwerpen was je af boven de wasbak, maar kennelijk dacht ik dat een been onder de douche hoorde, alsof er nog steeds een vrouw aan vastzat.

En toen besefte ik dat ik haar zou missen. Ik kleedde mij uit en ging samen met haar onder de douche staan. Maar dat was alleen maar lief, zoals samen douchen na de seks. Ik waste haar zacht, zorgvuldig en aandachtig. Het was ons afscheid. Daarna pakte ik een vuilniszak en trok die over het been zonder de frisgewassen huid aan te raken en sporen achter te laten. Ik knoopte de zak stevig dicht, kleedde mij aan, ging naar buiten en gooide de zak in de container met bouwafval. Ik was zowaar een beetje verdrietig.

8

Come si deve. Als er een concept is dat Italië in zoverre het bestaat, kenmerkt en tot een eenheid maakt, dan is het deze levensfilosofie dat alles hoort te zijn zoals het hoort. Natuurlijk heeft iedereen er verschillende ideeën over, over hoe het hoort te zijn, maar iedereen is het erover eens dat het zo moet zijn zoals het hoort, niet noodzakelijkerwijs omdat dat goed is, maar omdat het nu eenmaal altijd zo is geweest. Het duidelijkste voorbeeld is voedsel. Iedere regio, iedere provincie, elke stad, elke wijk heeft verschillende ideeën over hoe spaghetti al ragù moet smaken. Ze geven er zelfs verschillende namen aan. Maar iedereen is het erover eens dat het zo moet smaken zoals het altijd heeft gesmaakt. Creativiteit van de kok wordt niet geapprecieerd. De kok moet een vakman zijn, zoals een schoenlapper, geen kunstenaar. De beste kok is zoals de beste schoenmaker niet iemand die je voor verrassingen stelt. Daarom eet je ook altijd zo goed in Italië. En daarom hebben ze zulke goede schoenen.

Maar zo is het hele leven in Italië, van de wieg tot het graf. Je zult geboren worden, opgroeien, trouwen en uit huis gaan, kinderen krijgen die het huis uit gaan wanneer ze trouwen en dan zul je sterven. Je zult Kerstmis vieren met kerst en geroosterd lam eten met Pasen. Je zult in augustus naar de zee gaan. Alle grote steden in Italië zijn uitgestorven in augustus. Er is geen winkel meer open. In Genua kan je een maand lang nauwelijks in je basale levensbehoeften voorzien. In het hele centrum zijn er dan nog twee tabakswinkeltjes open, één krantenkiosk en één slijterij. Als je geluk hebt. En probeer die maar eens te vinden. Toeristen lopen verdwaasd rond tussen neergelaten rolluiken. De burgemeester dringt aan op wettelijke maatregelen, en terecht, maar probeer er maar iets aan te doen, want iedereen gaat in augustus naar zee en niet in juni of juli, wat veel verstandiger zou zijn omdat er dan tenminste plek is aan zee en omdat accommodaties en faciliteiten dan de helft kosten van wat ze kosten in augustus. Maar dat is niet come si deve.

Het is leven volgens een liturgische kalender van jaarlijks wederkerende familiefeestjes, familie-uitjes, verjaardagen, naamdagen, uit- en thuiswedstrijden, voorronden en finales. Het is een spiraal die na zeventig of tachtig omwentelingen eindigt met een rouwplakkaat op de grauwe muur van de kerk, geformuleerd en vormgegeven als alle andere rouwplakkaten. Met trots en dankbaarheid zal worden teruggekeken op een rijk en vol leven dat precies is verlopen zoals andere levens, in dezelfde straten, op dezelfde pleinen, in dezelfde huizen en aan dezelfde stranden, met ontbijt om half acht, pranzo om half een en cena om negen uur, gelukkig met kinderen en kleinkinderen die alles precies zo zullen doen. Stanno tutti bene. Tutto a posto. Come si deve.

Ik heb een dame gezien die precies zo is. Ik zie haar overal, want zij is altijd op het juiste moment op de juiste plek. Zij ontbijt bij Caffè del Duomo op San Lorenzo. Ze luncht bij Capitan Baliano op Matteotti. Stipt om zes uur komt ze bij de Bar met de Spiegels voor het aperitief. Zij neemt een glas prosecco en dan toch nog maar een glas prosecco. Dat zegt ze er ook altijd bij als ze bestelt: dat ze dan toch nog maar een glas prosecco neemt. Alsof dat voor iemand een verrassing zou zijn. En nooit zal ze een derde prosecco bestellen. Ook dat zegt ze er altijd bij. 'Ik neem nooit drie prosecco voor het aperitief. Twee is genoeg.' In alle opzichten is zij een voorbeeld-Italiaan. Ik zou mij haar in geen enkel ander land dan Italië kunnen voorstellen. Ze is zó come si deve dat ze buiten Italië zou verwelken en afsterven als een boom die is verplant naar buiten het specifieke, precieuze microklimaat van zijn natuurlijke habitat. Op zaterdag spreekt ze af op het plein om een vriendin te ontmoeten en samen op precies het juiste moment van precies de juiste dag op precies de juiste plek pizza te gaan eten. Zij is precies een kwartier te laat voor de afspraak en haar vriendin precies een kwartier later dan zij. Dan volgt het vaste rituéel van verontschuldigingen van de dame die te laat is, die resoluut worden weggewoven door de dame die minder te laat was. Het is een roestvrijstalen stramien dat op de seconde nauwkeurig wordt herhaald, keer op keer, week na week, jaar in jaar uit, generatie op generatie.

Twee dagen per week heeft zij haar kleindochter, een beroemde roodharige diva van een jaar of drie. Ze heet Viola. Dat weet ik doordat iedereen haar bij voortduring zo noemt. Ook zij. Telkens als het meisje iets doet, het maakt niet uit wat, op haar schoot klimmen, van haar schoot af klimmen, rondjes lopen om de poot van de parasol, met haar vinger in haar prosecco roeren, zegt zij: 'Viola, niet doen!' Als aperitief krijgt zij acqua frizzante met een rietje, met een bakje patattine – hoe noem je die ook al weer in het Nederlands? – chips. Dan zegt zij: 'Kijk, Viola, het aperitief van Viola!'

Het mooiste meisje van Genua, dat werkt bij de Bar met de Spiegels, is helemaal verliefd op Viola. Ze kust haar, aait haar over haar rode krulletjes, knuffelt haar en praat honderduit met haar over de chips, over haar nieuwe schoentjes, over de kleur van het rietje, duiven, parasols, sproetjes, dansen en de pleisters op haar wonden die nog steeds niet zijn genezen. Het is verbijsterend. Het is een heilig wonder om te zien. De magie van sprookjesachtige harmonie tussen een mormeltje en een goede fee. Het mooiste meisje van Genua hoort ongenaakbaar te zijn als een glimp van een beeld dat je opvangt via spiegels, maar voor mijn ogen veranderde ze in één brok vertederde benaderbaarheid. Zij keek ernaar met de glimlach van een Italiaanse grootmoeder die het vanzelfsprekend vindt dat haar kleindochtertje wordt geadoreerd door serveersters. Ik besloot haar aan te spreken.

Ik hield ervan Italiaans te spreken. Ik kon het niet goed, maar ik deed het graag, wat volgens mij precies voldoet aan de definitie van een amateur. Wanneer ik lekker bezig was, althans naar mijn eigen idee, voelde het als zwemmen op de golven van een warme zee. Ik kon deinen op het ritme van de lange en korte lettergrepen. Ik rekte mij uit in lange heldere klinkers om vervolgens een frivool spartelend sprintje ten beste te geven in het staccato van de medeklinkers. Ik dook onder in een gewaagde constructie, waarbij ik wist dat ik vroeg of laat een conjunctief nodig zou hebben, en kwam proestend boven. Het deed er niet toe waarover het ging en of het ergens over ging. Het was een spel. Ik hoefde niet ergens naartoe te zwemmen, het was al leuk genoeg om gewoon te zwemmen.

Hoewel ik hield van het Italiaans en mijn best deed het te leren, nam ik het als taal helemaal niet serieus. Het is een taal voor kinderen, een taal die smaakt naar rijst met boter en suiker. De taal is perfect geschikt voor een maand aan zee in augustus met het hele gezin, wanneer de wereld overzichtelijk is en kan worden opgedeeld in heldere categorieën als bello en brutto, buono en schifoso, libero en occupato, pranzo en cena. De taal is ook uitermate geschikt om gebruikt te worden om de godganse dag naar kinderen te schreeuwen dat ze niet mogen doen wat ze ook maar aan het doen zijn en om te zeggen dat het zo genoeg is. Je kunt er ook heel goed elkaar de hele dag gedag in zeggen. Het is een taal die herrie maakt en dat is het enige wat telt, zoals kinderen blij zijn, wekenlang blij zijn, tot vervelens toe lang blij zijn met een rammelaar.

Maar ik ook. Ik was ook blij. Ik wilde ook herrie maken. En het feit, het overduidelijke feit dat ik mijn Italiaans moest oefenen en verbeteren gaf mij een heerlijk excuus om wildvreemde mensen aan te spreken over wat dan ook maar. In mijn eigen taal zou ik dat nooit doen omdat die mensen mij niet interesseren, laat staan wat ze te zeggen hebben, en omdat mijn eigen taal geen speeltje is. En als ik in het Italiaans per ongeluk iets verkeerds zei, kon ik er altijd nog een paar grammaticale blunders aan toevoegen en vervolgens naïef gaan zitten glimlachen als een rare buitenlander. Ik kon mij alles permitteren, dat was het mooie ervan.

Op zo'n manier sprak ik de grootmoeder van Viola aan. Zij was zo Italiaans en zo come si deve, dacht ik, dat zij amusant oefenmateriaal zou kunnen zijn.

9

'Mijn naam is Franca. Maar het is beter als je mij signora Mancinelli noemt en vousvoyeert, want je moet je Italiaans oefenen en de beleefdheidsvormen zijn moeilijker. En jij? Hoe? Giulia? Giulian? Gigia? Leonardo. Dat is inderdaad een stuk makkelijker. Zoals Leonardo da Vinci. Dat kan ik onthouden. Of, als je het aan de jeugd van tegenwoordig zou vragen, zoals Leonardo di Caprio. Ik ben een oude dame van stand. Ik heb nog onderwijs gehad. Ik weet nog wie Leonardo da Vinci was. Zie je die man daar? Kijk goed.'

Hij zit bijna elke dag op het terras van de Bar met de Spiegels. Hij is een enigszins scheefgezakte bon vivant die te jong doet voor zijn leeftijd. Hij heeft wit haar en draagt felgekleurde hawaiishirts uit de bakken met restanten op de markt. Als hij komt aanschuifelen met zijn plastic zakjes van de Di per Di, lijkt hij op een zwerver. Maar als hij eenmaal zit, bestelt hij mojito. Zwervers drinken geen cocktails. En hij heeft praatjes. Iedereen die hem groet, wordt vergast op een ongetwijfeld kostelijke anekdote, vers geplukt uit de rijkdom van zijn dagelijks leven. Hij grijnst met zijn tanden en betrekt omstanders en serveersters in zijn monoloog. Hij draagt een bril op zijn voorhoofd die hem het aura moet verschaffen van een oudere intellectueel. Maar ik trap er niet in. Hij heeft gaten in zijn schoenen. Zijn ogen liggen diep, zijn wangen zijn ingevallen en een stoppelbaard kleeft aan zijn kin als rafels van een ongewassen badmat. Collega-zwervers die langstrekken over de grauwe stenen, begroet hij met een korte knik.

'Pas op,' zei de signora. 'Hij is een erg belangrijk man. Bernardo heet hij, Bernardo Massi. Hij is rijk.' Ze liet een veelbetekenende stilte vallen. 'Heel erg rijk. Althans, ze zeggen dat zijn vrouw hem heeft verlaten. Maar ik weet dat hij in elk geval zijn palazzo nog heeft op de Piazza Corvetto.' Ik knikte om aan te geven dat ik begreep dat dat veelzeggend was. Ik probeerde hem beter te observeren, maar er waren toeristen gaan zitten aan het tafeltje tussen hem en mij. Ze zaten breeduit, met een overdaad aan camera's en plakkerige lichaamsdelen. Ze bestudeerden de plattegrond. De serveerster kwam en ze bestelden een bier en een icetea. De serveerster vroeg of ze ook iets wilden eten. Het is nu eenmaal de charmante gewoonte om desgewenst een keur aan hapjes te serveren bij het aperitief, met de complimenten van het etablissement. Maar de toeristen raakten acuut achterdochtig, vermoedden een vuiligheidje om hen meer te laten betalen dan de twee drankjes die ze hadden besteld en zelfs die zouden zeker veel te duur zijn, hier midden in het centrum, en zie je wel, je moet in die zuidelijke landen zo op je tellen passen want ze zetten je af waar je bij staat en in elk geval komen we hier nooit meer terug, veel te duur, maar doe ik er moeilijk over, doe jij er moeilijk over, het is vakantie, toch, dus kunnen we er maar beter van genieten, anders heb je helemaal geen leven, toch, dat zeg ik altijd, genieten is best wel belangrijk in het leven, zelfs op vakantie, dus drinken we gewoon ons drankje op.

Ik weet niet of het onbeschaamdheid is, onverschilligheid of een culturele code. Maar waarom moeten toeristen zich in hemelsnaam kleden in hun vuile ondergoed zodra zij in een zuidelijk land in mijn uitzicht gaan zitten? Hij droeg een bevlekt T-shirtje van een Duitse voetbalclub boven stukgewassen shorts, zij een gemakkelijke, lekker wijde vakantiebermuda. Ze leken mij intelligente en welgestelde mensen. Ongetwijfeld hadden ze thuis in Dortmund een dvd-collectie in hun designkast om je vingers bij af te likken, een auto met siervelgen in de garage en avondkleding in de verzonken kleedwand voor de nieuwjaarsrecepties van zijn bedrijf.

In de wijk Pré, waar Rashid woont met de rest van Afrika, geeft elke kansloze illegaal de eerste zestig euro die hij verdient uit aan een nep-Rolex met imitatiediamanten om er in Europa om te beginnen een beetje fatsoenlijk bij te lopen, en daar zaten de erfgenamen van het wirtschaftswunder in hun ondergoed. Wat denk je dat dat voor indruk maakt? En wat denk je dat dat betekent? Wat willen ze ermee zeggen? Als je op het strand ligt bij Deiva Marina of op de camping staat in Pieve Ligure, kan ik het nog begrijpen. Maar dit was het historisch centrum van Genua, La Superba, op het dierbaarste terras van de stad, regelrecht in mijn blikveld, het hart van de hardvochtige die hen had toegelaten, aan de wortels van haar trots, in de schaduw van eeuwen. Betekent dat dat je het niet begrijpt of dat je het niet wilt begrijpen? Of wordt er misschien een speciale boodschap uitgedragen? Zoals: wij zijn hier toevallig gewoon op vakantie, even lekker weg van alle stress, en daarom doen wij wat wij willen, gewoon lekker gewoon jezelf zijn voor die drie weken per jaar, weet je wel. Of: weten die Italianen veel, het is hier toch één groot hiep-hiep-hoerastrand van de Costa Brava tot aan Alanya. Of is het misschien juist bedoeld als statussymbool om je zo te kleden en wil het zeggen dat je het je kunt permitteren om op vakantie te gaan zonder zorgen over wat dan ook?

'Je moet je niet vergissen in de buitenkant,' zei de signora.

'Mijn excuses, signora, ik was even afgeleid.'

'Hij ziet eruit als een onopgemaakt bed. Hij kleedt zich alsof hij aandelen heeft in illegale naaiateliers in Pré. Dat zou me overigens niet verbazen. Ik moet dat eens navragen bij Ursula.'

'Over wie heeft u het?'

'Ursula Smeraldo. Ze heeft nog een gravin in de familie. Aangetrouwd, hoor. Ze is ook, tussen ons gezegd en gezwegen, een beetje uit haar stand gevallen, als je begrijpt wat ik bedoel. Maar we zijn zo goed als buren op de Via Giustiniani en het zou raar zijn als ik niet zou groeten. Bovendien is zij op de hoogte.'

De onbeschaamdheid van de toeristen bereikte een nieuw dieptepunt. Ze hadden hun plattegrond opengevouwen en vroegen de serveerster waar iets was. Ze hadden het gore lef haar aan te spreken. Waarschijnlijk over iets onbenulligs als het aquarium. Ze stond minutenlang voorovergebogen aan hun tafeltje allerhande uitleg te verschaffen. Mijn serveerster. Ze was heilig. Niemand mag haar in ondergoed vragen waar het aquarium is. En zij mag geen antwoord geven en zeker niet zo uitvoerig en zo lief en zo mooi. Niet zo lief en zo mooi. Niet zo uitvoerig. Niet zo voorovergebogen en in mijn uitzicht dat het mij pijn doet.

'Van haar weet ik het ook.'

Ik keek de signora geërgerd aan.

'Van Ursula weet ik dat Bernardo Massi van zijn vrouw af is. Maar iedereen weet dat hij puissant belangrijk is, dat hij rijk is bedoel ik, al kleedt hij zich als een zwerver. Je moet je niet blindstaren op de buitenkant. In Genua is alles verborgen. We hebben geen pleinen met fonteinen, geen palazzi met blinkende façades. Alle goudstukken en kunstschatten zitten weggestopt achter metersdikke muren van ordinair grauw kalksteen. De ware koopman pot zijn fortuin op in een oude sok en gaat in lompen over straat in de hoop op een aalmoes. In Milaan en in Rome wil iedereen alles laten zien, fare bella figura, met zwierig vertoon van goede smaak en overdaad. In Genua begrijpt iedereen dat dat geen voordeel brengt. Integendeel. Wie zijn rijkdom ostentatief tentoonspreidt, heeft veel te veel vrienden, zoals het spreekwoord zegt. Het spreekwoord is een beetje anders, maar je begrijpt wat ik bedoel. Begrijp je wat ik bedoel?' Ze tikte op mijn panamahoed die op tafel lag. 'Je moet je leren te gedragen in deze stad. Zij is een grot van porselein.'

'Volgens mij zie ik alleen de buitenkant,' zei ik. Toen pas draaide de serveerster zich om. Ze vroeg ons of we misschien nog iets wilden eten. Ze vroeg het koel, ongenaakbaar en trots, als iemand met een gravin in haar familie, als de marmeren hertogin zelve, La Superba.

10

Als ik denk aan deze notities, mijn vriend, en als ik eraan denk hoe ik ze ooit zal transformeren tot een roman, die gedragen moet worden door een protagonist die zich vrij zal zingen van mij en het recht zal opeisen tot zijn of haar eigen naam, ervaringen en ondergang in ruil voor mijn persoonlijke confrontatie met mijn nieuwe stad, die meer weg heeft van een triomftocht dan van een tragische koers in de richting van onvermijdelijk falen en alleen daarom al ongeschikt is als grondstof voor een groot boek, dan denk ik eraan hoe cruciaal het zal zijn toch iets voelbaar te maken van de sensatie van geluk die deze stad mij keer op keer verschaft, al was het maar als een sprankelende prelude op de paukenslagen van het noodlot. Geluk, zei ik. Ik begrijp dat je je lachen niet meer kon inhouden toen ik dat zei. Ik besef dat het raar is om zo'n wee en doorgekauwd woord uit mijn mond te horen vallen. Geluk is iets voor minnaars voordat ze hun eerste ruzie krijgen, voor meisjes in bloemetjesjurkjes aan zee die de kwallen en toxinen niet zien, of voor een oude man met een fotoalbum die vroeger en nu niet meer zo goed uit elkaar kan houden. Geluk is, kortom, een kortstondige illusie zonder enige vorm van diepgang, stijl of klasse. De suikerspin onder de emoties. Toch voel ik mij, bij gebrek aan een beter woord, gelukkig in Genua, op een goudgele, trage, duurzame manier. Niet als een suikerspin, maar als een goed glas. Niet als een kermis, maar als een oerbos. Niet als een bekkenslag, maar als een symfonie.

Het is ook merkwaardig, om niet te zeggen ongeloofwaardig, dat geluk afhangt van een locatie, van lengte- en breedtegraden, van een gemeentegrens, van plaveisel en straatnamen. Ik heb genoeg filosofen gelezen, uit het Westen en het Oosten, om te beseffen dat wijsheid gebiedt om mij uit te lachen en mijn sensatie weg te honen als een dwaling. Het zij zo. Juist daarom. Hoe meer ik erover nadenk, terwijl ik deze woorden schrijf, hoe meer ik overtuigd raak van het belang om dit onmogelijke, onwenselijke, ongeloofwaardige geluksgevoel onder woorden te brengen.

Straatnamen en plaveisel. Zo formuleerde ik het. In eerste instantie uiteraard als stijlfiguur, gepenseeld met die grove sprezzatura die mijn schrijven zo kenmerkt. Maar in tweede instantie is het nog waar ook. Ik zal een voorbeeld geven. Ik kan zo gelukkig worden van Vico Amandorla. Het is een steeg van niks, die loopt van Vico Vegetti naar Stradone Sant' Agostino. Dat is een kort stukje en onderweg kom je niets tegen van belang. De steeg is niet eens echt mooi, althans niet op de conventionele manier. Gewone lelijke oude huizen en gewoon stinkend vuilnis. Maar de steeg krult als een slang de heuvel af. Een oud vrouwtje zwoegt vanaf de andere kant bergopwaarts. De steeg is eigenlijk te steil, eeuwen en eeuwen geleden verkeerd aangelegd of zomaar ontstaan op een erg onhandige manier. De steeg is bovendien zinloos. Je komt te laag uit, nog onder Piazza Negri. Als je daar wilt zijn, bij San Donato, is het veel handiger om gewoon Vico Vegetti naar beneden te nemen en dan rechtsaf te gaan over Via San Bernardo. Dat is sneller en comfortabeler. En als je op het hogere gedeelte van de Stradone Sant' Agostino wilt zijn, bij Piazza Sarzano, dan is het veel sneller en comfortabeler om dezelfde Vico Vegetti te volgen in de andere richting, langs de Facoltà di Architettura regelrecht naar Piazza Negri. Dit alles maakt mij erg gelukkig. En dan het plaveisel. Deze steeg is niet verhard met de grote blokken grijs graniet zoals bijna overal in Genua, maar met kiezels zo groot als een vuist. Daarover kun je niet lopen. In het midden van de steeg is een strookje begaanbare weg aangelegd met smalle bakstenen op hun kant. De helft is verzakt of ligt los. Sinds de vroege middeleeuwen heeft hier geen onderhoud meer plaatsgevonden. En dan die naam. Wie ter wereld wil niet wandelen door Vico Amandorla? Het is een naam die geurt als een belofte, zacht als marsepein, gerijpt als likeur op vergeten vaten, in de kelder van een verafgelegen klooster waar de laatste monnik twintig jaar geleden op een namiddag is gestorven met een onschuldig kindergebedje op zijn lippen in de kloostertuin, in de schaduw van de amandelboom, gelukkig als een man na een rijke maaltijd met dierbare vrienden. Zeg de naam zacht als je bang bent en je zult niet meer bang zijn. Vico Amandorla.

Vanaf Piazza Negri kun je, tijdens openingsuren van het museum, door de kloostertuin van Sant'Agostino naar Piazza Sarzano lopen en naar de muren van de stad. De kloostergang is driehoekig, ongetwijfeld als architectonisch compromis met uitzonderlijke topografische omstandigheden. De punt wijst naar de toren, die met kleurrijke mozaïeken is besprenkeld en op schandalige wijze detoneert met het streng sobere grijs van het klooster. Wat is de boodschap? Wat moeten de monniken die het plaveisel van de kloostergang hebben uitgesleten met hun voetstappen, hebben bedacht bij het uitzicht op hun eigen feesttoren. Dat het buiten kermis is? Dat het grauwe kloosterleven detoneert met de weg omhoog naar de hemel, een weg die bont en veelkleurig is als een vuurpijl, klaar om te worden afgeschoten en om in een cascade van kleuren uiteen te spatten?

Piazza Sarzano is een plein waar ik me nog steeds geen raad mee weet, een plein als een vormloos weekdier met een metrostation waar ik nooit iemand in zie gaan of uit zie komen. Maar even rechts daarvan, links van de kerk, is een geheime doorgang naar een andere stad, een middeleeuws *wormhole*. Met diepzinnig en gelukkig plaveisel slingert het straatje steil bergafwaarts naar een verlaten en vergeten bergdorpje ergens in Umbrië of de Abruzzen. Een handvol smalle, verlaten straatjes die stijgen en dalen, rond een schelpvormig dorpspleintje dat sluimert onder de zon. Maar in de verte zie je geen bergtoppen, geen gearceerde heuvels met wijnstokken, geen geitenhoeders, maar de havens van Genua. Dit is een magische plek waar je niet kunt zijn zonder te beseffen dat je er eigenlijk niet kunt zijn omdat de plek niet kan bestaan. Dit is Campo Pisano, een perfecte naam in eufonisch opzicht, een volmaakt huwelijk van klank en ritme. Het metrum is het triomfantelijke slotakkoord van een heroïsch vers. De naam past precies na de bucolische diëresis van de dactylische hexameter. De opeenvolging van het bisyllabische en trisyllabische woord gehoorzaamt aan das Gesetz der wachsenden Glieder en creëert een charmant woordeinde na het eerste ongemarkeerde element van de dactylus, waardoor een ideale afwisseling ontstaat van een dalend en een stijgend ritme. De klank wordt gedragen door de open vocalen die stralen als de drie elementaire kleuren op een abstract schilderij van Mondriaan. De dalende beweging van de a naar de o vindt een frivool contrapunt in de hoge i voordat zij wordt herhaald.

De stoere harde medeklinkers articuleren de compositie zoals de zwarte lijnen op hetzelfde schilderij, met precies in het midden die pikante verdubbeling van de p. Het is een naam als een incantatie die een betoverende plek evoceert. Om een onbestaanbare plaats te laten bestaan is een spreuk nodig van onwerelds raffinement. Als iemand het straatnaambordje van de muur zou schroeven, zou Campo Pisano oplossen in de mist van de havens, om pas weer op te doemen als een oude hogepriester zich de naam herinnerde en deze tussen de muren van Barbarossa en de zee over zijn rimpelige lippen deed komen. Campo Pisano. Het is een gelukkige plek met een tragisch verleden, zoals ook alleen mensen die pijn hebben gekend gelukkig kunnen zijn, omdat mensen die zomaar pijnloos gelukkig zijn wegwaaien als een zondagskrantje op de wind van een vroege voorjaarsdag. Deze plek was ooit een soort Abu Ghraib. Hier werden de krijgsgevangenen opgesloten nadat de vloot en legers van Genua La Superba uiteindelijk voorgoed de macht hadden gebroken van aartsvijand Pisa. De vervloekingen van de verslagen en vernederde Pisani klinken tot op de dag van vandaag door. Symbolen van de macht van Genua zijn met een mozaïek van grove kiezels aangebracht in het plaveisel. Ik ben de enige op dit uur van de dag. De groene luiken van de huizen zijn toe. De wijnbar gaat vanavond pas open. In de verte hoor ik een geit mekkeren of de stoomfluit van een veerboot.

    Vico Superiore del Campo Pisano loopt dood, maar Vico Inferiore del Campo Pisano niet. Of andersom. Dat verschilt met de dag. Een van beide is een nieuw wormhole, niet terug naar Genua en het heden, maar naar Amerika en de toekomst van gisteren. De weg gaat met een flauwe bocht naar links verder naar beneden en leidt naar een grot. Vegetatie en vocht lekken van beschimmelde muren. Dit zijn de gewelven van de brug die Piazzo Sarzano verbindt met de wijk Carignano. Onder de laatste boog woont de hogepriester. Zijn schedel is ouder dan de stad. Het volk van Genua gaat, hoog boven hem, op zoek naar parkeerplaatsen en koopjes. Verder naar de zee raast het snelverkeer over de Sopraelevata, de verhoogde snelweg langs de kust.

    De grot mondt uit in een postapocalyptisch landschap, of preciezer gezegd: dit is de ideale locatie om een ouderwetse sciencefictionfilm op te nemen, bij voorkeur in zwart-wit. De officiële naam is Giardini di Baltimora, maar de mensen kennen het als de Giardini di Plastica, de plastic tuinen. Het is een gigantische hondenuitlaatstrook die tevens dienstdoet als spuitplek voor heroïneverslaafden en als zoenzone voor jonge stelletjes zonder zelfstandige woonruimte. Het is een plek die eruitziet zoals ze zich in de jaren zestig of zeventig de eenentwintigste eeuw hebben voorgesteld. Desolaat groen met lieflijk grauwe kantoorkolossen. Bovengrondse atoombunkers in een veld van brandnetels. Vooroorlogse ruimteschepen die zijn neergestort in een vergeten gat in de stad dat in de loop der tijden is teruggeëist door de natuur.

Vanaf hier gaan allerlei weggetjes terug omhoog naar de middeleeuwen of naar Piazza Sarzano of Via Ravecca. Maar je kunt ook onder de staketsels door lopen van de verroeste kolossen, over de ondergrondse parkeergarage waaronder de snelweg is aangelegd naar de zee, langs afgebladderde bars en clubs met fantasieloze namen, onder de wolkenkrabber door, naar Piazza Dante. Daar zal de stad zich ironisch glimlachend opnieuw aan je openbaren. Ja. Na je grote, lange reis ben je gewoon weer op Piazza Dante. Duizenden Vespa's, Porta Soprana, het huis van Columbus, het klooster van Sant'Andrea, in de verte de fontein van Piazza de Ferrari en aan de andere kant Via xx Settembre. Hier ken je elke straat. Vanaf hier is het drie minuten lopen naar je favoriete cafés. Van verrassing barst je in lachen uit. Maar hoe moet ik dit ooit opschrijven, mijn vriend? Hoe kan ik ooit geloofwaardig maken dat een stad mij gelukkig maakt?

11

Godsdienst is opium van het volk. Hoewel Italië vaker en intiemer heeft geflirt met het marxisme dan de meeste andere West-Europese staten, is het een van de meest gedrogeerde landen die ik ooit heb gezien. De Heilige Stoel bemoeit zich actief met actuele politiek. Zelfs in liberale en linkse kranten worden de uitspraken van de Heilige Vader en zijn woordvoerders breed uitgemeten. Er gaat geen week voorbij zonder een publiek debat dat uitsluitend een debat is bij de gratie van het feit dat het Vaticaan een van zijn anachronistische opvattingen heeft herhaald in een persbericht. Er zijn nauwelijks politici die de moed hebben voor electorale kamikaze door zich van de dictaten van de Heilige Moederkerk te distantiëren of de autoriteit van de conservatieveling die zich de plaatsvervanger van Christus op aarde waant in twijfel te trekken.

Genua is een beschaafde, noordelijke en zelfs uitgesproken linkse stad, waar geld wordt verdiend, waar mensen kunnen lezen en schrijven en waar alleen bejaarden naar de kerk gaan. Of ze ontvangen de communie thuis als ze met hun waterbenen en looprek op de zevende verdieping wonen en de lift weer eens defect is. Daar spreken de schandaalbladen dan weer schande van. In Genua heerst de gezonde scepsis van de koopman zoals de weldadige schaduw in de steegjes verdampt onder geen enkele zon. Jezus zei over Petrus dat hij op die rots zijn kerk wilde bouwen. De kerk van Petrus in Genua is op Piazza Banchi en gebouwd op winkels. Onder de fundamenten van de kerk liggen nog altijd de fundamenten van de handel. Maar zelfs hier hoeft de burgemeester maar op het idee te komen om een Gay Pride-parade te organiseren of de aartsbisschop heeft er de volgende dag al een stokje voor gestoken.

Het is niet zo dat het een bewuste keuze behoeft om katholiek te zijn, zoals het in het vaderland met existentiële worstelingen gepaard gaat om al dan niet driedubbel vernieuwd hervormd of gereformeerd te zijn. In het vaderland is bekering tot het katholicisme voor mannen van mijn professie een persbericht waardig, dat garant staat voor een eindeloze reeks discussieavonden in wijkcentra. In Italië word je zo geboren, net zoals je geboren wordt als supporter van Genoa of Sampdoria en net zoals je geboren wordt als iemand die trofie met pesto eet in plaats van foe yong hai met bami. God is niet iemand die je zoekt op een wanhopig pad met je handen tot bedelnap verkrampt, maar zoals de coach van het elftal of de kok van het restaurant: hij zal er wel zijn en hij zal heus zijn best wel doen, want zo is het altijd geweest. Dus word je gedoopt en je trouwt in de kerk, niet omdat je daar speciaal voor kiest, maar omdat oma dat leuk vindt en omdat het nu eenmaal altijd zo gaat. Katholicisme is de default, de standaardinstelling, en het vergt veel ingewikkelde downloads en moeizame processen om daarvan af te wijken. De meesten nemen al die moeite niet.

Maar daarover wilde ik het eigenlijk helemaal niet hebben. Religie is toch een beetje een vrouwending. De mannen van Italië vieren hun eigen heilige hoogmis, elke zondag, stipt om drie uur. Het jaar ontvouwt zich al sinds mensenheugenis rond de cyclus van vriendschappelijke duels en voorronden tot finales en de eindstand. De religie heet Serie A. De mis is de wekelijkse wedstrijd van het team. Op zondagmiddag om drie uur zitten miljoenen Italiaanse mannen in hun vaste parochie om zich voor negentig minuten te laten geselen door de livebeelden van Skynet of een andere betaalzender. De kerk van Sampdoria is het Doge Café op Piazza Matteotti, de kerk van Genoa is Capitan Baliano daar schuin tegenover. In de pauze van de eredienst rookt iedereen gebroederlijk een sigaretje op hetzelfde plein om om vier uur stipt terug te keren naar de eigen tempel voor de tweede helft en nogmaals vijfenveertig minuten leed, hel en verdoemenis.

Want niemand geniet, zoals dat hoort bij een religie. In het vaderland heb ik weleens een voetbalwedstrijd bekeken in het café. Daar moet je heel veel bij drinken en hossen en in de tweede helft is het inmiddels belangrijker om bier in elkaars kraag te gieten dan het wedstrijdverloop te volgen. In Italië is het daarentegen een bloedserieuze aangelegenheid. De mannen drinken koffie en vloeken.

Er is geen Italiaan die geen verstand heeft van eten. Hij kan niet koken, dat doet zijn vrouw, maar hij weet het beter. Het is zijn taak om elk gerecht verontwaardigd van negatief commentaar te voorzien. Er is evenmin een Italiaan die geen verstand heeft van voetbal. Hij kan nog geen sprintje trekken, maar hij weet het beter. Elke zondag weer is het zijn taak om elke actie van topatleten in het stadion te voorzien van verontwaardiging en misprijzen.

Maar Italianen weten niets van voetbal. Ze begrijpen het niet en houden er niet van. Elk balverlies is de schuld van de scheidsrechter die een overtreding niet heeft gezien. Elk tegendoelpunt is een bewijs van de schandalige inferioriteit en het hemeltergende onbenul van de tegenstander die zich het zomaar in zijn botte harsens meent te moeten halen om te scoren tegen hun team. Er wordt gejuicht als een speler van hun team een tegenstander een doodschop geeft en gejoeld als de scheidsrechter die actie bestraft. En in het algemeen kan niemand met de beste wil van de wereld begrijpen hoe het mogelijk is dat duurbetaalde topspelers tegenwoordig bij voortduring de meest basale fouten maken. Het spel is meestal niet om aan te zien, omdat Italiaanse clubs tegen elkaar geen enkel risico willen nemen en nog geen halve spits durven op te stellen.

Het is elke zondag hetzelfde. Niemand beleeft er enig plezier aan. Maar ze zouden het voor geen goud willen missen. Het is een ritueel. De week bestaat bij de gratie van zondagmiddag. Het zou mij ook niets verbazen als dezelfde wedstrijden in verschillende regio's van Italië verschillende uitslagen hebben. Op de Genuese betaalzenders heeft Genoa met 4-0 gewonnen van Palermo, waarna een orgie losbarst van reclames met mooie dingen die je zou kunnen kopen als je gelukkig bent. Waarschijnlijk heeft Palermo diezelfde wedstrijd met 4-0 gewonnen op de Siciliaanse betaalzenders.

Zoals elke religie heeft de Serie A ook een evangelie. Maar het is veel beter dan die vier boeken in slecht Grieks waar het Vaticaan het al eeuwen mee moet doen. Het is gedrukt op roze papier en verschijnt dagelijks met telkens nieuwe heilsboodschappen. De *Gazzetta dello Sport* maakt het mogelijk om je de hele week te verliezen in je fantasieën van zondagmiddag, met dagelijks bijgewerkte terugblikken, prognoses, statistieken en grafieken. Je hebt geen andere krant nodig als je Italiaan wilt zijn onder Italianen. 'Al het roze van het leven', is de wapenspreuk van de krant. De wereld gaat naar de klote, honderdduizenden sloebers landen op Lampedusa, de regering heeft de noodtoestand uitgeroepen, er zijn soldaten in de straten en mensen sterven van ellende, maar als je de *Gazzetta dello Sport* leest, hoef je daar niets van te merken. Daarin gaat het alleen over dingen die echt van belang zijn, zoals het percentage foute passes van de linkerflank in vergelijking met het seizoen 1956/1957.

Italië leeft in zijn fantasie. De opium van het volk is roze.

12

Ik dacht nog vaak terug aan mijn korte en verwarrende relatie met het been, of beter gezegd met het meisje dat ik aan het been vast had gefantaseerd. Ik schaamde me. Maar daar moest ik me overheen zetten. Het was op een bepaalde manier bijna volmaakte liefde geweest. Omdat ik haar zelf bij elkaar had gedroomd, was zij de vrouw van mijn dromen. En toch was zij concreet, stoffelijk en lichamelijk genoeg om mij te laten geloven dat ik niet droomde. Ik kon haar daadwerkelijk aanraken, strelen en betasten en ze bewoog, zuchtte en kreunde precies zoals ik mij dat in mijn mooiste fantasieën voorstel.

Het probleem met complete meisjes is dat ze je fantasie kunnen verstoren. Er is lekker veel lichaam voorhanden om te bepotelen, maar in feite doe je precies hetzelfde als wanneer je enkel één been tot je beschikking zou hebben. Je laaft je aan haar huid terwijl haar wegsmeltende gedachten jouw gedachten zijn. Je kreunt haar je eigen zuchten in de mond. Je maakt een beeld van haar en verwacht van haar dat ze daaraan voldoet. Hoe beter ze erin slaagt om samen te vallen met je onuitgesproken fantasie, hoe beter ze is.

Goede seks is de illusie dat de ander jouw seks goed vindt. Liefde is als een spiegel. Je ziet je eigen tronie in het verrukte gezicht van de ander. Je hoopt dat de ander zich in jou gespiegeld ziet, terwijl je je eigen hunkering projecteert op de leegte van haar verbaasde ogen. Ik bedoel: iedereen vindt vroeg of laat de ware liefde. Maar er zijn minstens zes miljard mensen op aarde. Hoe waarschijnlijk is het, statistisch gezien, dat de verzameling ledematen die naast je in bed ligt, toevallig die ene oninwisselbare persoon vormt die jouw bestaan vervolmaakt? Hoe waarschijnlijk is het dat de enige ware je toevalt als een sneeuwwitte duif die in volle vogelvlucht sterft precies boven je van smachtende wanhoop gespreide armen? Ware liefde is het besluit om voortaan te geloven in de onderhavige fantasie in plaats van te fantaseren. Mijn liefde voor het been was precies zo. Welbeschouwd was het precies zo. Begrijp je dat?

En anders dan ongehavende meisjes met een mond in een gezicht op een hoofd tussen schouders dat eigen meningen heeft, kon mijn minnares niets zeggen wat de illusie verstoorde. Ze viel volmaakt samen met het beeld dat ik van haar had gemaakt. En zo bleef ze een concept, een kunstwerk, de sneeuwwitte duif die ik teder kon opvangen waar ik maar wilde dat zij viel. Toen ik seks met haar had, had ik seks met mijn eigen fantasie en daarom was het volmaakte seks. Omdat het zo is. Omdat elk samenzijn gepaard gaat met wilde aannamen over wat de ander er dan helemaal bij denkt en van vindt met haar schokkende schoudertjes en ogen zo bruin in de koplampen van jouw razende lust. De ander lijkt 's nachts de onverlichte snelweg naar de verwezenlijking van vage dromen, maar je hebt niet door dat zij toeterend met gedoofde lichten nog harder op weg is naar een vage bestemming achter je. En na de frontale botsing hangen ooit volmaakte ledematen op scherpe punten van gebroken glas. Ik weet dat je me begrijpt. Jij wel.

En na al mijn zogenaamde wijsheid gespuid te hebben, zul je ook begrijpen hoe dom ik was. It is all in the vuilniszak, stupid. Dan kun je net zoveel fantaseren als je wilt en netjes douchen, maar dan ga je daarna doodleuk een geduldig, maagdelijk, grijs stuk plastic om haar heen wikkelen met je begerig zwetende vingertjes die puntgave afdrukken achterlaten. Ze lag er nog. Ik heb haar voorzichtig opgetild uit de vuilcontainer en mee terug naar huis genomen.

13

De slager was een roodharig meisje. Ze droeg een wit schort en hemelsblauwe klompen. Ze trok de rolluiken omhoog. Het metalige geratel verspreidde zich als de kinkhoest door de buurt. De uren van pranzo en siësta waren voorbij. Rochelend en zuchtend ging de stad aan het werk. Een schoonmaakwagentje van de stadsreiniging ging met luidruchtig vertoon van draaiende borstels, sproeiers en stofzuigers door de smalle steeg, die na al die eeuwen met geen mogelijkheid meer schoon was te krijgen. Het wagentje werd bestuurd door een vrouw met gulle zwarte krullen en een formidabele haakneus. Misschien kon ze heel goed ruiken en was ze daarom uitverkoren tot dit beroep. Ze kon er niet door. Er lag een schooier op straat die weigerde op te staan en uiteraard was daar het vieste plekje dat het nodigst moest worden gereinigd. Scheldend stapte ze uit. Ze was klein. Ze droeg een slobberig groen uniform. En toen de zwerver nog altijd niet reageerde, verkocht ze hem een rotschop. Jankend als een hond trok hij zich terug onder een archivolto.

'Dit is een stad van vrouwen,' had de signora mij een paar dagen geleden gezegd. 'Dat moet je goed begrijpen.' Ze was uit het niets verschenen, zoals altijd, in de buurt van San Bernardo in een lange elegante jurk en met een dunne sigaret tussen haar vingers. 'Een stad wier mannen altijd op zee zijn, wordt bestierd door vrouwen.' Ik zei dat dat des te beter was, maar dat was zij in felle bewoordingen met mij oneens.

Het schoonmaakwagentje reed door en liet een slijmspoor achter van half opgezogen, natgemaakte troep. Een dronken Marokkaan smeet een bierflesje kapot. Iemand gooide van vierhoog een vuilniszak op straat. 's Nachts hebben de ratten hier het rijk alleen, maar ze zijn er niet alleen 's nachts. Dit is de straat van Fabrizio De André, die hij heeft bezongen als la cattiva strada, de kutstraat, Via del Campo. Met felrode lippenstift en ogen zo grijs als de straat staat ze de hele nacht in het portiek en verkoopt ze iedereen dezelfde roos. Via del Campo is een hoer en als je zin krijgt haar te beminnen, volstaat het haar bij de hand te nemen.

'Maestro, hoe is de situatie? Kritiek als altijd?' Het was Salvatore, de eenbenige bedelaar. Hij komt uit Roemenië, maar hij is vergroeid met deze stad. Iedereen kent hem, omdat er aan hem geen ontsnappen is. Hij weet iedereen te vinden. Hij spreekt een soort universeel Romaans, een mengeling van Roemeens, Italiaans, Spaans, een paar Reto-Romaanse dialecten en een handjevol woorden Latijn. 'Eenbenig' is het verkeerde woord. Hij heeft beide benen, maar wanneer hij aan het bedelen is, stroopt hij de broekspijp van zijn linkerbeen op tot zijn dij om een imposant litteken te laten zien en daarmee gaat hij dan heel moeilijk rondlopen met een kruk, alsof dat ene opgestroopte been het niet meer doet. Ik heb hem 's avonds na zijn werk een keer met beide broekspijpen naar beneden en de kruk onder zijn arm rennend de laatste bus zien halen. Maar af en toe geef ik hem wat. Hij is een soort straatartiest. Ik vind hem grappig.

'Het spijt me, Salvatore. Ik heb geen kleingeld vandaag.'

Hij gaf mij een vriendelijk schouderklopje. 'Maakt u zich geen zorgen, maestro. U bent mijn klant. U mag ook morgen betalen.'

Vanaf Via del Campo is het tweehonderd meter naar Afrika. Ik liep door de Porta dei Vacca, stak de weg over en was in Pré. Honderden internetpunten en belwinkels van nauwelijks een deur breed waren afgeladen met Kenianen en Senegalezen. Hun vrouwen verdienden intussen het geld door rinkelend klatergoud te verkopen op straat, telefoonhoesjes, papieren zakdoekjes, cd's, gootsteenontstoppers en handgesneden olifanten van tropisch hardhout. Ze zaten majestueus uitgewaaierd in traditionele gewaden. Talloze groentewinkeltjes hadden zich als mansbrede spelonken tussen de Phone-Centers gewrongen. Ze hadden opschriften en prijslijsten in het Arabisch of in het Swahili. En op mysterieuze wijze was er nog ruimte over voor kapperszaken, gespecialiseerd in Afrikaans haar, dat totaal anders is dan ander haar. Je kon er je kroeshaar steil laten maken en er vervolgens pruiken aanschaffen van kroeshaar in alle kleuren waaraan de schepper niet had durven denken. Ik vermoedde dat je er ook de minnares van je man kon laten beheksen. Waarom zou het anders zo afgeladen vol zijn met opgewonden, gehavende negerinnen die niets kapperigs ondergingen? In een hoek achter de droogkappen vergaderden de dorpsoudsten over de ontstane situatie en de maatregelen die te nemen waren. Hier en daar werd iemands haar geknipt. Moslimbroeders slenterden gestreng over straat. Hoertjes stonden opvallend onzichtbaar in de steegjes. Beneden aan zee waren de vissers teruggekomen om hun vangst te verkopen en hun netten te boeten. Boven op Via Balbi stapten de toeristen en interrailers met hun rugzakken en flessen Fanta, die net waren aangekomen op het treinstation Palazzo Principe, moedig naar hun hotel toe.

Ik was dronken van de stad, raar en verward en veel te vrolijk voor de omstandigheden. Of juist veel te depressief. Dat wisselde met de minuut. Alles draaide om mij heen met een misbaar aan herrie, stank en indrukken die ik niet zo snel kon doorslikken als ze werden ingeschonken. De straten waren te schuin, te steil, te krom, te scheef en te oneffen. Het voelde alsof ik begon te vallen.

14

Rashid glimlachte toen hij mij zag. Maar hij zag er slecht uit. Hij was vermagerd. Zijn blik was vermoeid. Het was al relatief laat op de avond en hij zeulde nog steeds rond met een indrukwekkende hoeveelheid rozen. Het zou moeilijk worden om die vóór sluitingstijd nog te verkopen.

'Hoe gaan de zaken?'

Hij antwoordde met een hulpeloze glimlach. Ik nodigde hem uit aan mijn tafel en bestelde een klein biertje voor hem. Hij zette zijn emmer met rozen op de grond. Hij zuchtte.

'Waarom ben jij hier gekomen, Ilja?'

Ik nam een slok van mijn negroni en dacht na.

'Jij komt uit het Noorden, Ilja. Daar is zoveel regen dat de velden groen zijn en de rozen gratis bloeien aan hun struiken. Daar is gratis geld voor iedereen die zich inschrijft aan het loket. Daar krijg je een schone woning toegewezen in een veilige wijk aan de rand van grazig grasland en er zijn windmolens, kaasboerderijen en pannenkoekenhuisjes en na een tijdje mag je je Mercedes afhalen aan het loket. Is het zo of is het niet zo?'

Ik glimlachte.

'Dus?'

Ik bestelde nog een negroni voor mijzelf en een klein biertje voor hem.

'Je bent een intelligent man, Rashid, en je weet dat je bullshit praat.'

'Daar denken ze in Afrika heel anders over.'

Een bedelaar kwam om geld vragen. Ik gebaarde geroutineerd van nee. Rashid spuugde hem in zijn gezicht.

'Dus?'

'Dus wat?'

'Waarom ben je hier gekomen, Ilja?'

'En jij?'

'Ik vroeg het jou eerst.'

'Ik ben hier gekomen om een boek te schrijven.'

'Dat is geen antwoord.'

'En waarom zou dat geen antwoord zijn?'

'Omdat je pas naar een vrouw luistert nadat je haar in de ogen hebt gekeken.'

'Is dat een beroemd Arabisch spreekwoord?'

'Nee, dat heb ik zelf verzonnen.'

'En wat bedoel je ermee?'

'Dat je pas gaat schrijven over iets wanneer je er al door gefascineerd bent geraakt, wat noodzakelijkerwijs impliceert dat je het al kent en dat je dus aanvankelijk om een andere reden hier bent gekomen en daarna hebt bedacht om een boek te schrijven over deze stad om jezelf een alibi te verschaffen.'

'Denk je dat echt, Rashid?'

'Ja, dat denk ik echt.'

'Je bent te intelligent om rozen te verkopen.'

'Dat weet ik.'

15

'Ik zal je de waarheid vertellen, Rashid. Dat noordelijke paradijs van jou, waar het gras altijd groen is omdat het altijd regent, dat is de plek waar ik ben geboren en waar ik mijn hele leven heb gewoond. In zekere zin is het daadwerkelijk een paradijs. Het is een rustig en veelkleurig land. De treinen zijn geel en blauw en rood en rijden op tijd door de bollenvelden. De formulieren van de belasting zijn blauw of roze en makkelijk in te vullen. Als je iets moet betalen, hoef je niet te proberen slim te zijn en iets te bedenken, want je komt er toch niet onderuit om het te betalen en wanneer je iets terugkrijgt, krijg je het ook onmiddellijk dezelfde maand nog terug. Blonde meisjes spuiten hun gestolen fietsen roze. Politieagenten glimlachen. Ze zeggen dat je de volgende keer een rood achterlichtje moet hebben en delen stickers uit tegen racisme. Het afval wordt gescheiden en gaat in containers met verschillende felle kleuren. Er zijn aanbiedingen bij de supermarkt waarvan iedereen kan profiteren en als je maar genoeg profiteert, krijg je ook nog veelkleurige pluizige beestjes gratis, die je met hun zelfklevende voetjes op je dashboard kunt plakken, op je vensterbank, of waar je maar wilt. Maar weet je wat het is, Rashid?'

'Wat?'

'Precies dat.'

Ik bestelde nog een negroni voor mezelf en een klein biertje voor hem. We toostten. 'Op vrouwen in de ogen kijken dan maar.'

'Maar precies wat?'

'Wat bedoel je?'

'Je was nog niet klaar met je verhaal.'

'In zekere zin wel. In zekere zin heb ik alles al gezegd, Rashid. In mijn vaderland heb ik mijn hele leven lang gemakkelijk en goed geleefd. Maar het was te gemakkelijk en te goed. Ik kende de weg op mijn duimpje van mijn huis naar het station, van de supermarkt naar mijn huis en van het ene café naar het andere. Hebben jullie die uitdrukking in het Arabisch ook? Op je duimpje? Ik viel bij wijze van spreken al in slaap voordat ik naar bed ging en werd zelfs in de tussentijd niet wakker. Ik kende alles al. Ik kende het verhaal al. En uiteindelijk ben ik toch een kunstenaar. Ik heb input nodig. Inspiratie noemen ze dat, maar ik haat dat woord. De uitdaging om wakker te worden in een nieuwe stad waar niets vanzelf spreekt en waar ik het voorrecht heb om mezelf helemaal opnieuw uit te vinden. De uitdaging om wakker te worden. Snap je dat?

Misschien moet ik me verontschuldigen voor mijn woordkeus. Woorden als "input" en "uitdaging" zou ik natuurlijk nooit opschrijven. Ik wou alleen maar zeggen dat een comfortabel leven ook zijn nadelen heeft. Comfort is als een slaapliedje, een drug, een antidepressivum dat alle emoties afvlakt. Je ziet het ook aan de gezichten van de mensen in mijn vaderland. Ze hebben de weke uitdrukkingsloosheid van wie niets meer te bevechten heeft en daar niet speciaal tevreden over is omdat het normaal is geworden dat alles perfect functioneert. Of soms neemt die sensatie de vorm aan van een soort onuitgesproken zelfingenomenheid die vanuit de hoogte van een lang slungelig lijf meewarig neerkijkt op de wereld met een blik van wie niet alles hoeft te hebben gezien om alles wat vreemd is al bij voorbaat volledig te doorgronden en minderwaardig te achten. Hoewel er meer dichters rondlopen dan belastinginspecteurs, is mijn vaderland een weinig poëtisch land.

Hier in Italië spreekt niets vanzelf en moet alles telkens weer bevochten worden. Omdat het systeem niet werkt. Omdat er geen systeem is. En als het er zou zijn, zou niemand erin geloven. Of het voor de grap omzeilen. Uit gewoonte. Om een klein voordeeltje te behalen. Of niet eens. In de voortdurende opera buffa van het dagelijks leven kunnen de simpelste operaties, zoals het kopen van een brood bij de bakker of het afhalen van een pakketje bij het postkantoor, je voor de meest onverwachte complicaties stellen. Dit hele Italië hangt van improvisatie aan elkaar. Daarom zijn Italianen de meest vindingrijke, veerkrachtige en creatieve mensen die ik ken. Ik geniet daarvan. Het maakt me wakker. Daarom ben ik hier. Is dat een antwoord, Rashid?'

Hij zei niets. Hij dronk zijn biertje leeg en stond op. Salvatore liep langs met zijn ene been, maar hij negeerde ons.

'Wat is er, Rashid? Heb ik iets verkeerds gezegd?'

'Heerst er armoede in jouw vaderland? Heb je er honger geleden? Woedt er een bloedige burgeroorlog? Word je politiek vervolgd? En hoe ben je hier gekomen, in een wankele opblaasboot zonder benzine of met EasyJet?'

'Ga zitten, Rashid, alsjeblieft. Ik heb mijn verhaal alleen maar verteld omdat jij ernaar vroeg. Laten we het nu hebben over jouw verhaal.'

Hij ging naar de wc, kwam terug, tilde zijn emmer rozen op en liep weg zonder iets te zeggen. Zonder mij ook maar te bedanken voor zijn biertjes. Maar goed. Ik snapte het wel. Misschien had hij nog net genoeg tijd om helemaal naar Nervi te lopen en althans een deel van de inhoud van zijn emmer te verkopen. Toen ik mijn negroni ophad en naar binnen ging om af te rekenen, bleek hij alles te hebben betaald.

16

Voordat ik mij ten tweeden male definitief van haar zou ontdoen, wilde ik haar nog één keer zien. Ik haalde de vuilniszak uit de kast en begon hem open te maken. Dat kostte moeite. Ik had er een stevige knoop in gelegd. En dat bleek maar goed ook, want toen het mij eindelijk lukte om de zak open te krijgen, steeg er een intens bedorven lucht uit op die mij bijna deed overgeven. Met ingehouden adem knoopte ik de zak zo snel mogelijk nog steviger dicht dan daarvoor. En toen ik bedacht dat ik dat dode, wegrottende stuk menselijk overschot had gestreeld en geliefkoosd, ging ik daadwerkelijk over mijn nek.

Als ik deze notities die ik jou met enige regelmaat stuur, ooit zou omwerken tot een roman, zou ik dat beschamende gehannes met het been natuurlijk verzwijgen. Dat blijft tussen ons, goede vriend, dat begrijp je. Maar ergens is dat jammer, want daarmee laat ik een uitgelezen kans liggen om de affaire uit te buiten als een treffende metafoor voor het misverstand dat liefde heet. Je bemint een vrouw met de passie van een man die tegen beter weten in voor de zoveelste maar nu definitief laatste keer besluit te geloven in de eeuwigheid, die zodra je eenmaal doorhebt dat zij welbeschouwd alleen in je fantasie bestaat voor de volgende keer verrassend kort blijkt te duren, waarna je haar dumpt en als je later terugdenkt aan die zoveelste mooiste tijd in je leven en je dagboeken herleest waarin je gevoelige strelingen natrillen in de zinderende blindheid van je zinsbegoocheling, stijgt er een geur van rotting op die je bijkans of waarlijk doet kotsen vanwege je eigen naïeve romantiek. Zoiets. Ik zou het minder cru formuleren om niet te veel lezers af te schrikken. En ik zou er een affaire bij verzinnen om de metafoor leven in te blazen. Ik zou bijvoorbeeld een personage als ikzelf, te vaak teleurgesteld en nog vaker teleurstellend geweest in de liefde om nog in sprookjes te geloven, cynisch en overtuigd vrijgezel die uitsluitend nog belangeloos neukt en zelfs dat niet al te vaak, in een positie brengen als de mijne, ingeweken in een nieuw, zonnig land, en ik zou hem tegen zijn zin en tegen beter weten in opnieuw volledig wanhopig romantisch verliefd laten worden op een zinderend zuidelijke vrouw, het mooiste meisje van de stad. En dat zou ik dan uiteraard helemaal fout laten aflopen. Iets met cultuurverschil. Iets met fundamenteel onbegrip. Iets met dat hij er heel iets anders bij fantaseert dan zij. Dat hij op een pijnlijke manier opnieuw gelijk krijgt met zijn diepdoorbakken cynisme en als hij daarna in de spiegel kijkt, misselijk wordt. En dan de metafoor van het been. Dat zou kunnen werken. Denk je niet?

Maar niet dus. Jammer maar helaas. Ik waste de vuilniszak aan de buitenkant af met een schuurspons. Het been binnenin voelde een beetje viezig zacht aan. Het was gewoon aan het vergaan. Opeens kon ik er niet meer tegen. Ik moest er zo snel mogelijk vanaf. Ik besloot dat wassen niet meer nodig was als ik de zak gewoon in het water zou gooien. Ergens ver weg. En natuurlijk niet in zee. Zo dom was ik niet. Het pakje zou met de lome golfslag van de zomer keurig retour afzender komen. Snelstromend water moest ik hebben. De rivier moest ik hebben. Ik liep naar de Bisagno.

17

Er stond weinig water in de Bisagno. Het was zomer. De rivier die in het najaar kan aanzwellen tot een serieuze bedreiging van het gebied rond station Brignole, was verschrompeld tot een machteloos stroompje in een bedding van drooggevallen kiezels. Het verkeer raasde achter mij over Via Bobbio. Ik zag het stadion van Marassi in de verte liggen. Daarachter wist ik de gevangenis en daarachter het kerkhof.

Daar stond ik dan met een vuilniszak met een wegrottend vrouwenbeen erin. Yep. Goed gedaan, Leonardo. Het zou een olympische worp moeten zijn om het water überhaupt te bereiken. Een politieauto met sirene en zwaailichten scheerde achter mij langs. Ik zou naar de brug kunnen gaan. En dan zou ik in het midden... Geloof je het zelf? Het pakketje zou al in de tweede bocht vastlopen achter een lullig struikje als het niet al onmiddellijk zou stranden op de keien. En dan wat? Naar beneden klimmen. Ik stelde het mij helemaal voor. Meneer de dichter daalt zwaarlijvig van de kade af in de rivierbedding om een vuilniszak op te rapen. Wat denken wij dat wij hier helemaal aan het doen zijn, meneer? Komt de inhoud van onderhavige vuilniszak ons wellicht bekend voor? Zouden wij het misschien een goed idee vinden om ons te vervoegen op het nabijgelegen bureau om in alle rust nader uit te leggen wat wij hier vandaag nou eigenlijk helemaal aan het handje hebben? Of woorden van gelijke strekking. Of helemaal niet van gelijke strekking, want anders dan de kruimeldiefbrigade in het vaderland die er een dagtaak aan heeft om katten uit bomen te halen, zijn Italiaanse carabinieri een leger dat al decennia strijdt tegen georganiseerde misdaad. In hun politiecellen wordt weleens een oogje dichtgeknepen. Ze weten hoe ze iemand kunnen laten bekennen. Daar hebben ze ervaring mee.

Ik moest naar de zee. Nervi. Hoge klippen. Geen strand. Ik zou de zak moeten verzwaren met kiezels, maar ik wilde hem niet nogmaals openknopen en ruiken wat ik nooit meer wilde ruiken. Ik had er een andere vuilniszak omheen moeten doen en daar de keien in moeten stoppen. Maar no way dat ik terug naar huis zou gaan. Ik moest ervanaf en wel zo snel mogelijk. Misschien kon ik proberen om er van bovenaf stenen op te gooien. Of zoiets.

Op station Brignole nam ik de trein. Voor Nervi stopte hij in Sturla, Quarto en Quinto. Het duurde een eeuwigheid. Forensen trokken hun neus op. Ja, sorry, ik weet het. Ik zit hier even met een rottend been in mijn tas. En wat jullie allemaal in jullie attachékoffertjes hebben, is welbeschouwd vast nog veel erger. Ik wil het niet eens weten. Nee, maar echt niet.

Het treinstation van Nervi is aan zee. Ik had inmiddels zo genoeg van de hele affaire dat ik geen energie meer kon opbrengen om een speciaal, geheim, goed bedacht plekje op te zoeken en de zak vanaf het perron de zee in heb gepleurd. De golfslag was gunstig. Puur geluk. De zak dreef weg. Er hingen zwarte wolken boven de bergen aan de andere kant van de stad. Bosbranden. Een geel blusvliegtuig manoeuvreerde boven de baai. Het zou opnieuw een warme dag worden morgen. Op hetzelfde kaartje nam ik de trein terug.

18

De zondag was over Genua gevallen. De stad lag erbij als een vrouw met een zware verkoudheid die besloten had een dag in bed te blijven. De kussens klam, het onderlaken gekreukeld, het dekbed gedraaid in de overtrek, maar ze had de kracht niet om het bed te verschonen of op te maken. Felle zon scheen door de vitrage op haar snotterige hoofdje. Ze draaide zich om en sloot haar ogen. De vuile vaat van gisteren stond nog op het aanrecht. Haar gevaarlijke avondjurk lag in een hoek van de kamer. Vanavond zou ze niet dansen en ruisen onder de hongerige blikken van de nacht. Zuchtend strekte ze haar arm naar het halflege pakje sigaretten op het nachtkastje en naar de aansteker. Na twee trekjes drukte ze de sigaret uit op het schoteltje van haar kopje lauw geworden thee. Niets smaakte haar vandaag. Het was warm, ondraaglijk warm. Ze schopte het dekbed half op de grond en viel toen in slaap. Ze droomde over niets in het bijzonder. Ze droomde grijze, slepende dromen als een taaie, kleverige film en ze zou zich er niets van herinneren. Toen ze wakker werd, was het avond. Maar ze voelde zich niet beter.

Ik slofte door de verlaten straten van mijn nieuwe stad. Overal in de stegen waren de rolluiken neergelaten. Nergens klonken de rauwe aria's van kooplieden, nergens klonk het felle geblaf of het minachtend gerochel van leven. Zelfs de bedelaars hadden een dag vrij genomen. Hier en daar stond een barretje, dat tegen wil en dank een beetje geopend was, te geeuwen in zijn gevel. De Bar met de Spiegels was dicht. Ik voelde me als een man die zijn best had gedaan met rozen en champagne, zijn beste kostuum piekfijn geperst en de wangen licht besprenkeld met zijn duurste parfum, die klaarzit voor de avond en de rest van zijn leven en de vrouw met wie hij heeft afgesproken komt niet opdagen. Pas laat op de avond stuurt zij een berichtje. 'Lig met zware verkoudheid op bed. Sorry.' En hij antwoordt: 'Geeft niets. Komt mij eigenlijk ook wel beter uit. Beterschap. Hopelijk tot snel.' En uit woede gooit hij een wijnglas kapot. Dan zucht hij diep. Hij staat op om de scherven op te ruimen, waarbij hij zich in zijn vinger snijdt. Een druppel bloed besmeurt zijn kostuum.

Ik was alleen. Natuurlijk was ik alleen. Dat gevoel had ik al een paar dagen onder de leden, maar op deze zondag brak het door als een zware verkoudheid die mij de lust ontnam om wat dan ook te ondernemen. Daarover probeerde ik na te denken, maar daar had ik ook geen zin in. De eenzaamheid had zich als een grijze klont snot in al mijn holten genesteld. Mijn gezicht deed er pijn van. De hitte was ondraaglijk, zelfs in het duister van de nauwe steegjes, die ik inmiddels kende als mijn broekzak. Ik had ook geen zin om te zweten, maar ik zweette toch. Misschien had ik beter in bed kunnen blijven. Maar daar had ik ook geen zin in.

Wat heb ik tot nu toe nou eigenlijk bereikt? In het thuisland herkent iedereen mij en word ik dagelijks lastiggevallen voor een handtekening of een opinie. Hier niet. Ik heb mijn intrek genomen. Ik draag de sleutel bij me van een echt Genuees huis. Het is een grote, echte sleutel met een dikke baard aan een lange steel van staal, die met overtuiging in een zware, oude deur moet worden geduwd en er is kracht voor nodig om de sleutel om te draaien. Ik had dit niet bedoeld als metafoor, maar het valt bij nader inzien wel als zodanig te interpreteren. Ga je gang maar, mijn vriend. Verzin maar iets moois over zware deuren en grote, inheemse sleutels die nodig zijn, alsmede overtuiging en kracht. Je kunt het best zelf. Denk ook aan Rashid. Ik heb vandaag geen zin om het voor te kauwen. Het is zondag. Ik ben alleen.

Uit verveling probeerde ik mij de zondagen van mijn jeugd te herinneren. Ze hadden te maken met stoeptegels en mieren die zonder vergunning hun intrek hadden genomen in de streepjes zand tussen de tegels. Ik vond dat ze daar illegaal woonden en probeerde hen te verdrijven met spuug en stokjes en, toen dat niet hielp, met warme gele pis. Vroeger was het altijd warm op zondag.

In Genua was de bestrating grijs en massief als de muren van haar palazzi. Grote blokken scheefgezakte natuursteen. Je zou drie man nodig hebben om één kei op te tillen en recht te leggen. De spleten ertussen waren de asbak van de stad. Geen mier zou hier een gezin durven te stichten. Op veel plekken was er genoeg ruimte tussen de stenen voor een nest ratten. In de glorietijd van Genua moet de stad er vanuit de hemel zo hebben uitgezien: als een plaveisel van grauwe paleizen met spleten en kieren ertussen waarin de ratten vrij spel hebben. God heeft hen in zijn gloriedagen geprobeerd te bestrijden met spuug en stokjes en, toen dat niet hielp, met warme gele pis. De stad ziet er nog steeds zo uit. Maar God is niet meer wie hij geweest is en heeft de moed opgegeven. La Superba heeft het gewonnen van God door hem het zicht op de steegjes te misgunnen. Elke vorm van vuiligheid en decadentie kan woekeren in de spleten en holten van deze stad. Er schijnen hier zelfs travestieten te zijn. Ik heb ze nog niet gevonden. Ik bedoel, ik ben ze nog niet tegengekomen.

Ik had een spel bedacht. Ik had er ook een officiële naam aan gegeven. Je bent gevierd schrijver of je bent het niet. Het heette 'meisjessurfen'. De regels zijn simpel. Je kiest een willekeurig meisje uit dat voorbijwandelt en begint haar te volgen. Als je wandelingetjes toch doelloos zijn, kun je net zo goed achter een willekeurig meisje aan wandelen. Terwijl je haar volgt, fantaseer je over haar. Over hoe van dichtbij, en wat onder al die kleren, en hoe ze zou zuchten en haar arm zou uitstrekken naar het halflege pakje sigaretten op jouw nachtkastje. Dit blijf je doen totdat je een mooier meisje ziet. Dan stap je over en volg je haar net zo lang totdat je een meisje ziet dat nog mooier is. Het spel wordt bevredigender naarmate je het langer speelt. Voor welk spel geldt dat nou? En intussen leer je de stad kennen. Om een didactisch element toe te voegen aan het spel, had ik de extra regel verzonnen dat ik in het Italiaans moest fantaseren. Het meest leerzaam zou zijn om dat hardop te doen, maar ik besefte dat ik daarmee een beetje moest oppassen. Zo had ik van de week een goede golf, een van de beste sinds ik in Genua ben. Ze was klein en olijfkleurig, met een nonchalant kort rokje en spannende laarzen. Ik kon haar volgen helemaal vanaf Maddalena, via Molo, naar Portoria. Mijn fantasieën werden steeds kleurrijker en expliciter. Ik vermocht ze prachtig te verwoorden in het Italiaans. Maar op een gegeven moment stond ik in haar buurt, naast een kudde forensen, voor een stoplicht te wachten en was ik vergeten dat ik om didactische redenen hardop sprak. Toen ben ik maar overgestapt, al gingen mijn fantasieën er op dat moment juist over wat ik zou doen zodra zij de zware deur van haar huis zou bereiken en de grote sleutel met overtuiging en kracht in het sleutelgat zou rammen.

Er viel weinig te surfen vandaag. Zelfs voor de golven was het zondag. Hier en daar werd een vermoeide toeriste in bermuda bemoedigend op haar vetkwabben geklopt door het magere mannetje van dienst met de kaart in de hand en het rugzakje met belangrijke spullen – 'Waar is onze internationale reis- en kredietbrief? Heb jij onze internationale reis- en kredietbrief gezien?' – stevig om de schouders. En ze herkende mij niet eens. Ik was alleen.

Wat had ik nou eigenlijk bereikt tot nu toe?

19

'U heeft grote indruk gemaakt in Centro Storico. Iedereen kent u.'

Haar naam was Cinzia. Ze was een jong, mooi meisje met een lang gezicht. Ik kende haar als de serveerster van Caffè Letterario op Piazza delle Erbe. Dat waren de rode tafeltjes. Ik kwam er vaker, sinds ik wist dat het zo heette. Maar er was iets met haar. Ik zag haar overdag te vaak en te vaak alleen voor een Italiaans meisje van haar leeftijd en speciaal voor een Italiaans meisje dat gekleed ging in een suggestief hemdje, laag uitgesneden, met een open rug, zonder mouwen, en een korte broek. Ze had mooie benen en droeg schoenen met hakken. Ze was opgemaakt, maar bescheiden en smaakvol. Bijna elke middag zat ze in de Bar met de Spiegels in haar eentje aan een tafeltje te studeren. Ze kwam uit Sardinië en studeerde pedagogiek in Genua. Ze was hier al twee jaar. Soms zag ik haar in het gezelschap van Don, een alcoholistische emeritus hoogleraar Engelse taal- en letterkunde van in de zeventig die al twintig jaar in een hotelkamer woont met uitzicht op de zeven bars van Piazza delle Erbe. Hij had de Union Jack uit zijn raam hangen, sprak geen Italiaans en leefde volledig op gin-tonic. 'Cappuccino senza schiuma', zoals hij dat zelf noemde. Maar ik had hem al een paar dagen niet gezien en zij zat alleen in de Bar met de Spiegels en ze kwam buiten staan om te roken omdat er op het terras geen tafeltje vrij was en toen heb ik haar uitgenodigd aan mijn tafeltje.

'Zeg maar jij.'

'Maar echt. Gisteren zat ik hier ook aan deze tafel, terwijl andere mensen hier ook zaten, mensen die ik niet ken, en ze praatten over u. Over jou. Ze vroegen zich af wie je bent en wat je doet.'

Ze viel op oudere intellectuelen. Waarschijnlijk was dat haar probleem. Je zag het elke avond op de Italiaanse televisie. Het maakte niet uit welk programma je keek. Of het nu reclame was, wat het meestal was, of een talkshow of een quiz of een sportprogramma, het bestond altijd uit een lichtblauwe achtergrond met een handjevol jonge domme mooie meisjes in bikini en één oudere intellectuele man, zwetend in pak, die grapjes maakte over de meisjes, maar ze waren te dom om die te begrijpen: gouden formule, ik geef het toe. De man gebruikt een paar conjunctivi, een van de meisjes snapt het niet en zegt iets ongrammaticaals, het publiek joelt en het meisje moet voor straf haar bovenstukje uittrekken, waarover de intellectueel van dienst dan weer een snedige opmerking maakt, waardoor het hele publiek opnieuw moet joelen.

Heel Italië is zo gemaakt. Het is de taak van de man om snedige opmerkingen te maken en de taak van de vrouw om vervolgens haar bovenstukje uit te trekken. Dat is in elk geval een helder rolpatroon. Dan weet je wie wie is. Zo heeft de Kerk het graag. Dat niet opeens een man een vrouw blijkt te zijn of vice versa. Ik stelde mij voor hoe het zou zijn om Cinzia's bovenstukje uit te trekken.

'Dat vind ik ook zo prettig aan u. Aan jou. Ik waardeer het echt. Je bent de eerste – nee, de tweede – man die ik ontmoet die niet onmiddellijk denkt dat hij mijn bovenstukje moet uittrekken nadat we twee woorden hebben gewisseld.'

'Misschien komt dat doordat ik geen Italiaan ben.' Ik glimlachte heel mysterieus en intellectueel.

'Misschien.' Ze frunnikte een beetje aan haar bovenstukje.

'Ik vind Italiaanse mannen altijd nogal – hoe zeg je dat in het Italiaans – nogal expressief.'

'Maar vrouwen ook,' zei ze.

20

Voordat ze wegging had Cinzia mij een opdracht gegeven. Ik moest de Mandragola vinden. Ik was gecharmeerd van de middeleeuwse allure van de queeste. Ik wilde haar vragen om de zijden zakdoek waarop haar monogram was geborduurd als talisman onder mijn blinkend kuras op mijn hart te mogen dragen tijdens mijn lange lange reis over de zevenmaal zevende berg aan de overkant van de zevenmaal zevende rivier achter het zevenmaal zevende woud. Ik zou haar sneeuwwitte zakdoek hard nodig hebben om mij te beschermen tegen griffioenen en zeeën van vuur, toverkollen en draken die zich drenken in druipend bloed van druïden.

De Mandragola is een legendarische bloem, die maar op één plek groeit en die eens in de honderd jaar bloeit. De magische geur van haar bloei zou de mensheid kunnen redden. 'Het is een bar. Meer een soort nachtclub.' 'En waar is die dan?' 'Dat zeg ik niet. Morgen werk ik in Caffè Letterario. Kom mij vertellen of je het hebt gevonden.'

Ik had haar zakdoek meer dan nodig. Mijn eerste intuïtie was dat het in de zone zou zijn van Maddalena. Daar zijn van dat soort pleintjes, zoals Piazza della Lepre, Piazza delle Oche en Piazza della Posta Vecchia, pleintjes zo groot als een parkeerplaats, die zich elke nacht op mysterieuze wijze op een andere plek bevinden. Daar zijn barretjes, maar ook die verwisselen van plaats. De kunst is om de straatjes te betrappen tijdens hun nachtelijke verschuivingen. Maar het gebeurt onhoorbaar en heel snel. Of juist heel langzaam. Dat weet ik nog steeds niet. Ik liep rondjes en hoeken rond Palazzo Spinola, Vico della Rosa, Vico dietro il Coro della Chiesa di Santa Maddalena. Dit zijn plekken waar de zon nooit komt. Het was nacht. De schaduw had de zon opgegeten. De hoertjes en toeristen waren weg. De stegen waren het domein van ratten, duiven en zakkenrollers, zoals bijna altijd. Toverkollen sisten naar mij. Iemand die ik niet vertrouwde vroeg mij om een vuurtje. Een schurkje schaterde in een steeg.

Ik ging op zoek aan de andere kant van de Via Luccoli, in Sestiere del Molo. Die buurt kende ik nog beter, maar ik wist dat er tussen Via San Bernardo en de toren van de Embriaci straatjes konden zijn die ik niet kende. Daar gaat het allemaal omhoog naar Castello, naar de architectuurfaculteit en het klooster van Sant' Agostino en ik ga niet graag omhoog. Dus het zou heel goed kunnen dat de Mandragola daar te vinden was. Deze wegen waren recentelijk niet begaan. Of als dat wel zo was, waren ze nog recenter ondergescheten door ongedierte. Glasgerinkel klonk in de verte. Dichterbij werd er geschreeuwd. Ik verdwaalde totdat ik bij toeval uitkwam op de Piazza Sarzano, bij de metro. Ik had de Mandragola niet gevonden. Maar in elk geval wist ik weer waar ik was. En dat was niet goed. Ik voel me niet thuis in die buurt. Overdag is Piazza Sarzano te warm en 's nachts verlaten terwijl de steegjes zoals Via Ravecca worden bevolkt door achterdochtige oude Genuezen die niets moeten hebben van buitenlanders, zelfs niet als ze blank zijn.

'Maestro, hoe gaan de zaken?' Het was Salvatore. In mijn zak vond ik een munt van twee euro. Maar die gaf ik hem natuurlijk niet. 'Sorry, Salvatore.' Hij kwam dicht bij mij staan en fluisterde in mijn oor: 'Die man met wie u de vorige keer op het terras zat, is een Marokkaan. Weet u dat wel?' 'Dus?' Hij legde veelbetekenend zijn vinger op zijn lippen en hobbelde weg op zijn ene goede en ene zogenaamd slechte been.

Ik wist de weg naar de Cantine della Torre dei Embriaci. Dat is een café waar ik je nog eens mee naartoe moet nemen, mijn vriend. Het zit in de kelders van een van de middeleeuwse vechttorens. De ruimte is verbazingwekkend groot als je binnenkomt en gerestaureerd volgens alle regels der kunst, met behoud van alle authentieke details. De eigenaar heet Antonio. Hij is verliefd op zijn eigen café. Als je er zit, 's ochtends, 's middags, 's avonds, maakt niet uit, zal hij bezig zijn zijn café te verbeteren door een halogeenlampje twee of juist net iets minder dan twee millimeter naar links te buigen. Of juist naar rechts. Als je er binnenkomt is het altijd leeg. En als je Antonio voorzichtig vraagt of hij wel open is terwijl hij op een barkruk aan zijn lichtjes staat te prutsen, zegt hij: 'Het was een gekkenhuis.' Of hij zegt: 'Het was gisteren een gekkenhuis.' Of hij zegt: 'Nu is het rustig, maar morgen, pff... Het zal een gekkenhuis zijn.' Dan komt hij van zijn barkruk af en vraagt wat je wilt drinken. Nee, ik zeg het fout. Eerst gaat hij klagen over de Italiaanse wetten, dan gaat hij buiten roken, dan komt hij terug en dan pas vraagt hij wat je wilt drinken. 'Een bier.' Fout antwoord. Hij heeft namelijk zestig soorten bier en serveert dat bij voorkeur met een scheut whisky erin en wat cacao op het schuim. Welke whisky had je gewild? En dat in welk bier? Of, als je wilt kan het ook met honing, maar dan wordt het natuurlijk een heel ander soort ding. Dan moet er natuurlijk ook limoncello bij. Of juist iets zouts. Maar misschien mag hij nog een andere suggestie doen? Een verrassing. Nee, niet vragen. Ik maak bier voor je. Zeg me straks wat je ervan vindt.

Dan komt hij met zijn hapjes. Mijn god, wat komt hij dan met zijn hapjes. Gezouten ansjovisfilet onder een korst van zout. 'Heb ik gemaakt. Vanmiddag.' Een bakje penne all'arrabiata met extra Spaanse peper. 'Maak ik altijd een beetje van op donderdag. Voor mijn vrienden.' Intussen drink je een Engelse Strong Ale, opgepimpt met twee maten grappa en een scheutje benedictine, met wat kaneel erbovenop. 'Voor mijn vrienden doe ik het altijd met een glaasje vermout ernaast. Misschien wil jij dat ook? Met of zonder basilicum en basterdsuiker? Het basilicum heb ik vanochtend vers geplukt. Weet je, ik heb dit café voor mijn vrienden. Ik houd ervan om af en toe iets voor hen terug te doen. Scheutje Grand Marnier in de vermout?'

Zijn café is gewijd aan de nagedachtenis van Fabrizio De André, de geniale dichter en zanger die bijna niemand kent buiten Genua. Ik ken hem wel. Hij was echt geniaal. Antonio heeft een muur gebouwd van memorabilia: foto's en schilderijen en de echte gitaar. Alleen zijn muziek zal klinken in zijn café, het liefst van vinyl op een krakerig pick-upje in de hoek. 'Ik heb zijn moeder nog gekend. Haar tante was bevriend met mijn gymleraar en zij was zijn kokkin. Dus.'

Het was zo goed als leeg toen ik er kwam. 'Pfff. Het was een gekkenhuis vanavond. Kijk naar al die vieze glazen. Allemaal vrienden van mij. Maar ik doe het graag.' Er zaten nog een paar plukjes verwaaide mensen. Een klein dapper meisje pakte de gitaar van de muur en begon te spelen. Dat was wel de officiële heilige gitaar, maar het werd toegestaan. Ze zong. Ze zong liedjes van Fabrizio De André. Ik heb nog nooit zoiets gehoord. Voor een bijna leeg café zong ze en ze zong met een stem die mij kippenvel bezorgde. Ze zong heel anders dan Fabrizio De André, maar dodelijk precies, scherp en meedogenloos. Het was ook dat het Genua was en dat het allemaal levende cultuur bleek en dat een dapper meisje zomaar 's nachts in een café al die liedjes waarvan ik zoveel houd zo goed, zo onverwachts en op de heilige gitaar en bijna alleen voor mij – ik zat in een hoekje en ik huilde. Tranen van ontroering liepen over mijn wangen. Echt waar, mijn vriend, ik weet dat je me niet gelooft. En om een of andere reden moest ik aan haar denken, de serveerster van de Bar met de Spiegels, het mooiste meisje van Genua, en ik dacht hoe mooi het zou zijn dit moment met haar te delen waardoor ik nog harder moest huilen.

En daar zat ik in Genua, zonder zakdoek. 'Dat meisje,' zei ik tegen Antonio. 'Dat meisje dat zong, wil je haar bedanken als je haar weer ziet? Ze is heel bijzonder.'

'O zeker, met genoegen.' Toen boog hij zijn hoofd naar mijn betraande wangen en vertrouwde mij toe: 'Ze is inderdaad een lekkere kut.'

21

Ik kom inmiddels dagelijks bij de Bar met de Spiegels, voor het aperitief, van een uurtje of vijf totdat ze om negen uur sluiten en na sluitingstijd hang ik nog een beetje rond in de buurt en je begrijpt uiteraard waarom, mijn vriend. Zij werkt er elke dag op precies die uren. En wanneer zij na het schoonmaken om een uurtje of tien in haar gewone kleren met haar scooterhelm aan haar arm naar buiten komt, lukt het mij soms om heel toevallig langs te lopen en 'Ciao' te zeggen voordat zij naar huis gaat. Of naar haar vriendje met zijn lelijke gelkop, de klootzak. Of misschien wonen ze wel samen. Nee, dat zal niet zo zijn. Dat kan gewoon niet.

Meestal zit ik er alleen op het terras. Soms komt de signora langs, maar als Bernardo Massi er is, de oude man met zijn woeste witte haren, in zijn woeste hawaiishirts, van wie het gerucht gaat dat hij puissant rijk is, verkiest ze zijn gezelschap boven het mijne. En hij is er zo goed als altijd. Hij schijnt de eigenaar te zijn van het gehele palazzo, waar de Bar met de Spiegels deel van uitmaakt. Maar het bevalt me om alleen te zitten. Zo kan ik haar ongestoord observeren. Ze begint, vrees ik, echt een obsessie te worden. Ik krijg kippenvel als ik haar zie. Ze sliert voor mijn ogen als een gedicht in schoonschrift. Ze is als een sierlijke zweepslag in een art-nouveauornament. Ik kan mijn ogen niet van haar afhouden. En ik time het om de laatste slok van mijn negroni precies te nemen wanneer zij uit de grot van porselein naar buiten het terras op komt om mijn nieuwe drankje bij haar te kunnen bestellen in plaats van bij een van haar nietszeggende collega's. Ik ben tegen haar zo beleefd en zo correct mogelijk. Ik spreek haar nooit aan, behalve om een bestelling te plaatsen. Ook gewoon omdat ik dat niet durf. Ik weet dat het gek klinkt, maar ik durf het echt gewoon niet. Ik ben bang om het breekbare sprookje te verstoren door iets onbenulligs te zeggen. Intussen zit ik te wachten op het moment dat zij mij een keer aanspreekt.

Met dat doel ga ik altijd op het terras zitten schrijven. Bijna alles wat je van mij te lezen krijgt, heb ik daar geschreven, op dat déhors met zijn donkergroene tafeltjes aan Salita Pollaiuoli met uitzicht op haar. Misschien is het daarom dat ik het zo vaak over haar heb. Misschien is het daarom dat ik je zoveel schrijf, mijn vriend. Wees haar maar dankbaar.

Want op een gegeven moment moet ze toch nieuwsgierig worden. Als je een klant hebt die elke dag terugkomt, beleefd en onberispelijk in zijn nieuw aangeschafte Italiaanse garderobe, die zichtbaar een fortuin heeft gekost, met een echte panamahoed, waarvan iedereen weet hoeveel die kost, een buitenlander die zich kennelijk hier heeft gevestigd en die elke avond in zijn eentje aan het tafeltje zit te schrijven in een klein secuur handschrift in een opschrijfboekje van Moleskine, een artiest, maar een professional met inkomen die in zijn eigen land waarschijnlijk een beroemdheid is, dan word je toch op een gegeven moment nieuwsgierig? 'Mag ik u vragen wat u eigenlijk schrijft, meneer?' 'O, zomaar wat notities, voor mezelf. Eigenlijk ben ik een dichter.' 'Echt waar? Een dichter? Ik heb altijd al een dichter willen ontmoeten. Bent u beroemd?' 'Ach, wat zal ik zeggen...' 'Wat opwindend! Wilt u misschien een keer een gedicht over mij schrijven?' 'Met alle genoegen. Maar daarvoor moet ik je echt beter leren kennen.' Naam. Telefoonnummer. Afspraakje, zoenen en neuken. En de klootzak met zijn gelhoofd heeft het nakijken.

Maar zij spreekt mij nooit aan. En intussen word ik steeds verliefder.

22

De oude stenen zijn doordrenkt van de geur van rottend afval, pis en iets anders, iets zurigs, wat je eerder proeft op je gehemelte dan ruikt. Het ruikt zoals je je voorstelt dat het ruikt in het riool van een bordeel. Ratten schieten weg en kruipen in de gaten. Hun geknaag klinkt als een verkeerde gedachte. De zeewind brengt zware zilte lucht, waardoor de mensen hijgen en kreunen. Het liefst zouden ze de laatste verstikkende kledingstukken ook nog uitdoen. Het is vochtig als in de verboden kelders van het geheime jachtslot van een perverse prins. De schimmen en schaduwen die zich dag en nacht tegen de klamme muren aanschurken laten geursporen achter. Hier hoeft niemand bang te zijn voor iets keurigs.

Ze doen alsof dit een stad is. Ze doen alsof ze over straat wandelen. Maar daarvoor zijn hun blikken te duister, hun liezen te hoog, hun stappen te klein. Niemand gaat ergens naartoe. Niemand loopt slechts eenmaal voorbij. Niemand loopt voorbij zonder te fonkelen als een gouden tand in de rotte grijns van een pooier.

Ik wandel over de rondingen en tussen de kieren en spleten van deze stad, waar ik de weg ken als geen ander, waar ik doe alsof ik wandel, waar ik telkens weer trefzeker verdwaal zoals een hoerenloper op zijn ronde. Het plaveisel buigt gewillig mee met mijn stappen. Daaronder golft het moeras van pus waarin we allemaal zullen verzinken zodra we de opening hebben gevonden.

Ze doen alsof dit een stad is. Ze doen alsof ze wandelen en kleren dragen. Maar onder die kleren zijn ze bij voortduring helemaal naakt. Ze raken zichzelf aan met hun handen terwijl ze doen alsof ze sleutels zoeken, een mobieltje of kleingeld. Hun dijen schuren zachtjes langs elkaar terwijl ze wandelen. Af en toe staat iemand zomaar ergens een tijdje stil, gelukkig, op zichzelf, als onder een hete douche.

Ik wandel rondjes door het labyrint zoals een kurkentrekker een kurk in wordt gedraaid. Als alles loskomt, zal het bouquet opstijgen van een teerzwarte, zoete wijn met benen als druipende olie, gerijpt op kreunend rot eiken, met volle tonen van aarde, verval, pis en genot. We zijn al dronken bij voorbaat, terwijl wij ons steeds vaster vastdraaien in de kurk, in de geur van kurk, in de belofte van geur. Wat nou oordelen. Dit is geen stad voor een man alleen. Ik moet iets verzinnen. Ik moet er iets aan doen voordat ik, wat God verhoede, iets ga doen.

Het was een klein berichtje in de lokale krant, *Il Secolo XIX*. Ik zag het toevallig. In de verbrande bossen boven Arenzano was een half verkoold vrouwenbeen gevonden. De autoriteiten hadden het met behulp van DNA-onderzoek kunnen verbinden aan een misdrijf dat enkele tijd geleden had plaatsgevonden. De naam van het slachtoffer was Ornella. Onder die naam had zij zich gemeld in het ziekenhuis. Ze had nooit aangifte gedaan. Haar echte naam was onbekend. Van haar ontbrak ieder spoor.

De gedachte drong zich op dat dat mijn been was. Hoeveel losse ledematen konden er rondslingeren in Genua en omstreken? Maar hoe kon het daar zijn terechtgekomen? En toen herinnerde ik mij de manoeuvres van het gele blusvliegtuig boven de baai van Nervi. Geschrokken sloeg ik de krant dicht. Maar toen besefte ik dat ik blij moest zijn. Alle sporen waren zo in elk geval gewist. Ik was opgelucht. Even speelde ik met de gedachte om die mysterieuze Ornella die aan het been had vastgezeten te trachten op te sporen. Als ze was zoals ik haar voor mij had gezien, hoefde het gemis van een been geen bezwaar te zijn. Sterker nog, als het mij zo goed was gelukt om haar aan een van haar benen vast te fantaseren, zou het mij zeker lukken om het tekort van een enkel been met mijn fantasie te compenseren. Maar ik wist dat dat niet klopte. Hoe minder werkelijkheid er voorhanden is om de fantasie te verstoren, des te effectiever, mooier en opwindender de fantasie. En bovendien, ze zou me zien aankomen. 'Hi babe, je weet het niet, maar we kennen elkaar ergens van.' Ik mocht in mijn handjes knijpen dat het allemaal zo probleemloos was afgelopen. Ik moest dat hele been inclusief mijn erbij gefantaseerde Ornella zo snel mogelijk vergeten.

23

Ik maakte zogenaamd zomaar een wandelingetje, met mijn hand in mijn broekzak. Het was prachtig weer, maar we weten allemaal donders goed waarnaartoe ik op weg was. Het was het witte uur na het middagmaal, de blanke pagina waarop hooguit iets met potlood wordt gekriebeld in geheimschrift, iets om onmiddellijk weer uit te gummen zodra de rolluiken omhoog worden getrokken en het leven opnieuw zwart op wit een aanvang neemt met bonnetjes, bestellingen en bezwaarschriften. Vooralsnog lag de stad wat te dommelen en uit te buiken in haar dromende stegen, die achteloos, met een zachte zucht hun ligging veranderden, zoals een vrouw zich loom omdraait op de divan waarop zij na het digestief is gaan liggen. Opeens leidden alle stegen naar Maddalena. Zij woont daar vlakbij, in Palazzo Spinola vier eeuwen geleden, tussen de glorie en luister van de familie waar zij zich binnen heeft weten te trouwen. Portretten van doges en admiraals kijken met donkere blikken van eeuwenoude geilheid neer op haar lichaam. Soms, op dit uur dat het paleis slaapt en de mannen op zee zijn of waar ze ook zijn, kleedt zij zich uit voor het manshoge staatsieportret van de kardinaal. Straks moet ze weer aanzitten en zwijgen. Verder heeft zij niets te doen. Ze heeft veel personeel. Zo ligt ze op haar rustbed, en staart naar het plafond waarop een scène is geschilderd van halfnaakte Romeinen die naakte Sabijnse maagden ontvoeren. Was ze maar een Sabijnse maagd. Haar man, de doge, zegt dat ze alles zullen verliezen als ze de oorlog zullen verliezen en dat hij daarom vaak van huis is. 'Zelfs mijn kleren?' had ze gevraagd. 'Ja, zelfs uw kleren,' had hij geantwoord, waarna hij met een ernstig gezicht naar buiten was gelopen om verder te gaan met zijn oorlog. Tegen wie was het ook al weer? Ze heeft geen idee en het kan haar ook niet zoveel schelen, zolang ze haar de kleren maar van het lijf rukken. Pisa waarschijnlijk, of anders Venetië. Het is altijd oorlog met Pisa of Venetië. Of misschien wel met de Fransen. Zouden de Franse soldaten ook halfnaakt zijn wanneer ze de vrouwen van Genua komen ontvoeren? Het zou haar niets verbazen, want ze heeft veel gehoord over de Fransen. Brute beesten zijn het, zonder enig respect voor de eer van een dame. Dat heeft haar man haar vaak verteld, om daaraan toe te voegen dat ze geen verstand heeft van staatszaken. Ze heeft er genoeg verstand van om te hopen dat Genua eindelijk eens een oorlog zal verliezen, bij voorkeur van de Fransen. Door het open raam van haar kamer hoort ze ver onder haar in de steeg een vrouw gillen als een biggetje aan het spit. Brute beesten zijn het, o, brute beesten.

 Opeens leidden alle stegen naar Maddalena. Ik probeerde van Piazza Soziglia naar Piazza Fontane Marose te wandelen, maar waar op andere uren van de dag Via Luccoli was, was nu een duistere steeg die in zichzelf omdraaide naar de andere kant van Piazza Lavagna, waar morsige mannen met een hand in de broekzak liepen door de stegen met poëtische namen die allemaal Maddalena heetten en waar donker geurende vrouwen die allemaal Maddalena heetten, zeiden dat ik mooi haar had en dat ik daarom met hen mee moest komen. Ze vroegen of ik Frans was. Ze vroegen of ik de geheimen van de jungle kende, waar het de hele middag nacht kon zijn onder haar handen. Ze pakten mij vast bij mijn onderarm om het ergens anders nog beter uit te leggen. Ze verstrikten hun vingers in mijn haar en zeiden dat ik iets vrouwelijks had. Ze streelden de hand in mijn broekzak. Brute beesten waren het.

 Ze draait zich nog een keer om op haar rustbed. De ebbenhouten lambrisering maakte haar misselijk. Ze staat op om een raam open te doen. Er is te weinig licht in deze kamer in dit huis, in dit veel te voorname huis. Er is te weinig licht in Genua. Het grootste probleem van vrouwen is dat ze geneigd zijn iets van mannen te verwachten. Het grootste probleem van mannen is dat ze beseffen dat van hen iets wordt verwacht. Dat besef maakt hen bang. Daarom zijn ze liever met andere mannen, met wie ze ernstig omgaan in de waan dat het voortbestaan van de staat op het spel staat. En zo gebeurt er nooit iets. Een man wil zijn vrouw bezitten, maar als zij bezeten wil worden, slaat hij op de vlucht. Het is zo vermoeiend om op de Fransen te wachten. Ze staat bij het open raam. Ver onder haar in de steeg wordt hard gelachen in talen die ze van haar man niet mag leren. Ze hoort hoe iemand zich uit de voeten maakt. Ze stelt zich voor dat hij een hand in zijn broekzak heeft. Zuchtend valt ze terug op haar divan. Ze kijkt naar de plafondschildering.

We weten allemaal donders goed waarnaartoe ik op weg was. Aan het einde van Maddalena was San Luca. Daar ging ik rechtsaf. Ik liep naar Via del Campo. Vlak voor het einde, tien meter voor de Porta dei Vacca, rechtsaf was Vico della Croce Bianca.

24

Die buurt staat bekend als het Ghetto. Die naam is ironisch bedoeld, maar zelfs overdag is er moed voor nodig om zich daar te begeven. In andere steegjes schemert het de hele dag. Hier is het altijd nacht. Het heeft er de schijn van dat er wordt gerenoveerd. En dat is hard nodig, zoals je onmiddellijk begrijpt zodra je hier binnentreedt. Het plaveisel ontbreekt en bijna alles brokkelt af of is half ingestort. Maar er wordt niet gerenoveerd. De smalle, hoge, onbegaanbare stegen staan al jaren in roestende steigers, die geen enkele andere functie hebben dan aan iedere passant zelfs het smalle strookje blauwe lucht te misgunnen.

Als je op de kaart kijkt, gaat het om vijf of zes stegen: Vico della Croce Bianca, Vico del Campo, Vico di Untoria, Vico dei Fregoso, Vico degli Adorno en misschien ook Vico San Filippo. Maar de kaart klopt niet helemaal. Er zijn ook spleten tussen de muren en ingestorte palazzi vormen nieuwe pleintjes zonder naam. De ratten zijn zo groot als schoothondjes. Zij kennen de weg en maken zich zo snel mogelijk uit de voeten, net als de Marokkanen die schichtig als schimmen langs de beschimmelde muren schuren. En overal zag ik diezelfde sticker weer die ook op de buis van mijn huis zat:

derattizzazione in corso
non toccare le esche

Ik moet nog steeds opzoeken wat dat precies betekent.

Hier wonen de travestieten. De beroemde travestieten van Genua, die Fabrizio De André heeft bezongen als le graziose di Via del Campo. Zij zijn mannen van in de vijftig op hoge hakken die netkousen dragen over hun behaarde benen, een sexy jurkje over hun bierbuik hebben gespannen en een pruik hebben opgezet. Ze lonken je met stoppelbaard en onweerstaanbare bariton hun krochten in waar je je voor een habbekrats kunt vergrijpen aan hun zelfverzonnen vrouwelijkheid. Moslims die geen vrouw mogen ontmaagden voordat ze een aanslag hebben gepleegd, doen gretig hun ronde langs de keur aan harige aarzen. Een volgeschokt condoom is vier dode ratten waard en vier dode ratten zijn een maaltijd. Ze heeft geen tieten, het zijn watten in haar bh, maar als je meer betaalt, mag je daarop zuigen. En als je niet betaalt, steekt ze je met haar naaldhak een oog uit.

Ik heb een verhaal gehoord. In de jaren zestig heeft in deze stegen een heuse oorlog gewoed. Drie dagen lang. De haven lag vol met Amerikaanse oorlogsschepen. Een Amerikaanse marinier had zich, in strijd met alle expliciet geformuleerde regels, op een nacht begeven in deze stegen. In het Ghetto. En hij was verliefd geworden. Zij was voor hem het mooiste meisje van Genua. Het was hem een blozend voorrecht om haar te overladen met sigaretten, chocola en netkousen. Hij schreef stiekem gedichten voor haar in zijn dagboek. Het was de mooiste nacht van zijn leven. Maar toen hij daarna tussen haar plakkerige dijen op zoek ging, vond hij de waarheid. Hij voelde zich verraden, zwoer wraak te zullen nemen en haalde zijn vriendjes erbij. Veertig zwaarbewapende mariniers deden een invasie in het Ghetto. En de travestieten hebben teruggevochten. Naaldhak tegen nachtkijker. Kokende olie vanaf de bovenste verdieping. Vallende hekken zodra zich een troepenverplaatsing aandiende. Intussen rennen over de daken en de roestende steigers. Afleidingsmanoeuvres met netkousen. En de steeg waardoor je bent gekomen en die je terugtocht garandeert, bestaat opeens niet meer omdat hij blijkt te zijn afgesloten met een valhek. Ze hebben gewonnen. De travestieten hebben gewonnen. De wijk werd verboden verklaard voor Amerikaanse mariniers.

Het is een plek die een bijzondere aantrekkingskracht op mij uitoefent. Waarschijnlijk mede dankzij dit verhaal. Of omdat het de plek is die het verst weg is van mijn vaderland. Of om andere redenen. Ik weet het niet. We hebben het er nog over.

25

Rashid liep moeilijk toen ik hem weer zag. Hij had ook een blauw oog.
'Kom zitten. Ik bestel een biertje voor je. Sorry van laatst. En dank je wel. Maar wat is er gebeurd?'
'Een meningsverschil,' zei hij.
'Ben je naar de politie gegaan?'
Hij probeerde een soort schaterlachje te doen, maar moest hoesten, wat hem zichtbaar pijn deed aan zijn ribben.
'Ben je hier illegaal?'
Hij staarde in zijn biertje.
'Sorry, Rashid. Misschien heb je helemaal geen zin om te praten.'
'Kun je misschien een paar van die gratis hapjes voor mij bestellen? Hoe heten ze ook al weer? Stuzzichini.'
'Maar natuurlijk.'
'Sorry dat ik het vraag, maar er zijn zo van die kleine dingen die een buitenlander als jij hier gemakkelijker voor elkaar krijgt dan een buitenlander als ik.'
Hij at als een hond. Hij at als iemand die al een week niets had gegeten. Waarschijnlijk had hij al een week niets gegeten.
'Ik heb al een week niets gegeten, Ilja.'
Ik bestelde nog wat meer gratis hapjes voor hem onder het mom dat ik die voor mijzelf bestelde.
'Ik ben nog bevoorrecht,' zei hij met zijn mond vol. 'Kun je nagaan. Waar ik woon, wonen we met z'n elven, negenen, dertienen, dat verschilt met de dag. Twee kamers. Negenhonderdtachtig euro per maand. De meesten zijn Marokkanen, zoals ik. Maar er zijn ook een paar Senegalezen. Die hebben het nog moeilijker dan wij. Maar daar maken ze het zelf ook wel een beetje naar, moet ik zeggen. Ik ben geen racist, maar die zwarten verpesten het voor ons allemaal. Ik be-

doel, ik ben hier gekomen om te werken, Ilja. Ik ben een eerlijk man. Zeg me dat het waar is. Ik ben een goede moslim, al drink ik af en toe een biertje. Maar die zwarten hebben gewoon een heel andere instelling, daar valt niets aan te doen, dat is gewoon zo. Ze stelen. Ze stelen zelfs van hun eigen huisgenoten. En als je daar iets van zegt, schoppen ze je verrot en slaan ze je een blauw oog. Ze zijn eraan gewend om van anderen te profiteren. Dat is ook niet eens echt hun fout, het is hun cultuur. Die moet je respecteren. Dat zul je met me eens zijn, Ilja, dat je hun cultuur moet respecteren.'

Ik begon me steeds ongemakkelijker te voelen bij deze discussie.

'Maar om terug te keren op je vraag,' zei Rashid. 'Nee.'

'Sorry, ik ben je even kwijt.'

'Ik ben hier niet illegaal. Ik heb een tijdelijke verblijfsvergunning. Anders dan die zwarten. Ik heb het recht om hier te zijn. Zij komen met rubberboten via Lampedusa, Malta of de Canarische Eilanden. Ik ben hier gekomen met een paspoort. Ik ben een vakman. In Casablanca werkte ik als installateur van airconditioninginstallaties. Ik ben een goed mens, Ilja, snap je dat?'

'En waarom ben je hier gekomen?'

'Wil je een eerlijk antwoord?'

'Nee.'

Rashid moest lachen en toen weer hoesten en toen had hij weer pijn aan zijn ribben. Hij sloeg mij op mijn schouder.

'Eigenlijk ben je mijn enige vriend hier,' zei hij. 'Best een eer voor een blanke dat ik dat zo zeg, besef dat goed. Zoals je mij hebt gevraagd, zal ik een oneerlijk antwoord geven.'

Hij nam een slok van zijn bier.

'Ik ben hier gekomen om een boek te schrijven en niet om geld te verdienen. Ik ben hier gekomen om inspiratie op te doen en mijn leven te verrijken met nieuwe ervaringen, zoals bestolen en geslagen te worden door mijn eigen huisgenoten, en ik ben hier niet gekomen om te overleven. Mijn werk in Casablanca verveelde me. Ik kende het verhaal al. Ik ben hier om een nieuwe uitdaging te zoeken. Zoals dat ik met de naam die ik heb hier niet eens een simpel baantje kan vinden. Hier ben ik paria. Maar ik vind het reuze-interessant om met z'n negenen, elven of dertienen een tweekamerappartementje te delen met de ratten. Dat maakt me vindingrijk. Dat maakt me creatief.

Dat houdt me wakker.'

'Het spijt me, Rashid. Ik begrijp wat je wilt zeggen. Maar waarom ga je niet terug?'

'Je begrijpt helemaal niets, Ilja. Ik heb het je al uitgelegd. De eerste dag dat we elkaar spraken. Herinner je je dat?'

'Ja.'

'Je liegt. Maar ik zal het je nog één keer uitleggen. Als je nog een biertje voor mij bestelt.'

Ik bestelde nog een biertje voor hem met stuzzichini.

'Laten we een van mijn huisgenoten als voorbeeld nemen. Dat het niet over mij gaat, maar over iemand anders. Dat maakt het makkelijker. Hij komt uit Senegal. Hij is zwart. Zijn naam is Djiby. Ja, schrijf maar op in je opschrijfboekje: Djiby. Heb je dat, betrokken blanke wereldburger? Goed zo. Hij is een man met een spectaculair vluchtverhaal. Ga hem maar interviewen. Ik stel hem graag aan je voor.'

'Dank je.'

'Maar het principe is hetzelfde.'

'Welk principe?'

'Ook mijn familie heeft gespaard. Ik heb vijf broers. Ook een paar zusjes, maar die tellen niet. Verder heb ik ongeveer veertig neven. De familie heeft mij uitgekozen. De overtocht en de documenten kostten een paar duizend euro. De illegalen, zoals Djiby, hebben nog veel meer betaald. Maar in Afrika wordt dat gezien als een verstandige investering. Iedereen weet dat het moeilijk is om Europa binnen te komen. Daarom kiezen ze de beste van hun zonen en neven. Degene die het meeste kans maakt om in Europa een voet aan de grond te krijgen. Mij hebben ze gekozen vanwege mijn vakdiploma en omdat ik Engels spreek. En iedereen weet dat de investering zich zal uitbetalen. Want als het hem lukt om Europa te bereiken, zal hij automatisch rijk worden en geld, koelkasten en auto's terugsturen naar de familie die er leningen voor heeft afgesloten om hem daar te krijgen.'

'En als het niet lukt?'

'Dat is geen optie.'

'Maar het gebeurt.'

'In zo goed als honderd procent van de gevallen. Maar het is geen optie. Want ze hebben te veel in je geïnvesteerd. En bovendien zou je de eerste zijn.'

'De eerste?'

'Die het niet heeft gemaakt in Europa.'

'En al die anderen dan? Al die Marokkanen en Senegalezen zoals degenen met wie je je huis deelt?'

'De legalen steken zich in de schulden om in augustus in een gehuurde Mercedes met een kofferbak vol Rolexen terug te gaan naar het vaderland.'

'En zo blijft het sprookje in stand.'

'Sprookjes zijn geen sprookjes als niemand eraan twijfelt dat ze waar zijn.'

'En de illegalen?'

'Het is een sprookje dat wordt betaald met het totale vermogen van de familie. Weet je wel hoeveel geld dat is in Afrika, een paar duizend euro? In Casablanca gaan ze ervan uit dat ik dergelijke bedragen inmiddels op maandbasis verdien. Omdat ik in Europa ben. Omdat het mij is gelukt om in Europa te zijn.'

'Wat zou er gebeuren als je terug zou gaan en zou toegeven dat het hele project is mislukt?'

'De illegalen doen hetzelfde als wij. Behalve dat ze niet terug naar huis kunnen. Ze staan de hele dag te zweten in belwinkels om in hun taal uit te leggen waarom de Money Transfer nog niet is aangekomen. Volgens mij hangt heel Senegal rond op de stoep voor een Western Union-geldkantoor. En dat geld gebruiken ze niet om eten te kopen of een winkeltje te beginnen of een bedrijfje op te starten, ze kopen er Rolexen voor om aan hun vrienden te laten zien dat zij het hebben gemaakt omdat zij een achterneef in Europa hebben.'

'En hoeveel verdien je nu, als ik vragen mag?'

'Als ik met lege handen, zonder koelkasten en Mercedessen voor de hele familie, zou terugkeren, zou dat betekenen dat ik, de uitverkorene, als eerste van mijn volk de offers en het vertrouwen van mijn volk heb geschonden. Ik zou worden verstoten door mijn familie en vrienden en ik zou geen familie en vrienden meer hebben. Ik zou de ultieme loser zijn, een paria met wie niemand ooit iets te maken zou willen hebben. Ik zou zo goed als dood zijn.

Deze rozen worden geïmporteerd en gestript in het Ghetto. Ze worden 's ochtends vroeg illegaal verhandeld op Via della Maddalena voor vijftig cent per stuk. Ik neem er veertig op weekdagen en honderdtwintig op vrijdag en zaterdag. Ik verkoop ze voor een euro. En het lukt bijna nooit om ze allemaal te verkopen. Ik moet mijn huur betalen en intussen vraagt mijn familie waar de Rolexen blijven.'

'En dus?'

'En dus en dus en dus. En dus doe ik wat iedereen doet. Ik stuur ze af en toe vijftig, honderd, tweehonderd euro.'

'En die leen je.'

'Die leen ik.'

'En hoe ga je die terugbetalen?'

'Ik leef in een fantasie, Ilja. En ik heb haar niet eens zelf bedacht.'

26

Een interviewer in het vaderland vroeg mij ooit: 'Waarom val je toch steeds op serveersters?' Waar hij die informatie vandaan had, weet ik niet. Maar op dat moment had ik geen tijd om daarover na te denken, want ik moest een gevat antwoord verzinnen. 'Omdat ze niet kunnen ontsnappen aan mijn blik.'

Ik schrijf je, mijn vriend, omdat ik vrees dat het binnenkort uit de hand gaat lopen met de serveerster van de Bar met de Spiegels. Ik vrees het echt, voor jou, want ze is, zoals ik je al tot vervelens toe heb verteld, het mooiste meisje van Genua. Je ziet me sowieso niet meer terug, maar gezien de meest recente ontwikkelingen moet ik tot mijn spijt bekennen dat ik dat met een steeds bredere glimlach zeg.

Om de spanning er nog even in te houden, vertel ik je eerst iets anders. Ik heb de Mandragola gevonden. Je kunt je herinneren dat ik je heb verteld over mijn nieuwe vriendin Cinzia en dat zij mij de romantische of eerder gezegd middeleeuwse opdracht heeft gegeven om ernaar op zoek te gaan. Ik heb dat opgevat als een reden om nog dieper te verdwalen in de steegjes dan ik al deed. Het was in mijn prille begintijd in Genua, toen verdwalen nog mijn belangrijkste bezigheid was. Cinzia is een intelligent meisje. Ze begrijpt dingen. Ik had geen moment de illusie dat de Mandragola daadwerkelijk zou bestaan. Maar toch ben ik op zoek gegaan. Wie zich wil vestigen in een nieuw land, mag orders van slimme, goed bedoelende ingezetenen niet negeren. Je mag een opdracht van een vrouw sowieso nooit negeren totdat zij je vrouw is en je haar opdrachten heimelijk negeert. Maar ik loop erg op de zaken vooruit.

De Mandragola bestaat. Het is een restaurant. Ik ben er gisteravond geweest. Er stonden tafels buiten op een pleintje zo groot als het servicevak van een tennisbaan, vóór een zwartgeblakerd romaans kerkje dat door de eeuwen heen zo vaak is gegrild, geroosterd en platgebrand dat het is verkoold tot zijn essentie en nooit meer zal vergaan. Het minuscule, volgestouwde terras wordt gedeeld met een café dat in de krochten van een belendend pand is gevestigd in middeleeuwse kelders waar je uitstekend zou kunnen folteren, al was het maar omdat de muren zo dik zijn dat geen noodkreet de wereld ooit zou bereiken. En je kunt nog verder afdalen, tot aan de ondergrondse rivier, waar kussens zijn neergelegd en fakkels branden. Ik denk niet dat ik dit café, dit pleintje of de Mandragola ooit nog zou kunnen terugvinden, gesteld al dat dit alles de volgende keer nog zou bestaan, als het gisteren al heeft bestaan en geen vrucht was van mijn verbeelding. Want zo het bestaat, bestaat het in dat schimmige net van duistere steegjes aan de voet van de heuvel van Santa Maria in Castello waar zelfs de ratten de weg niet kennen.

Ik was er met haar. Nee, niet met Cinzia, maar met haar. Echt waar. Toen ik eindelijk de Mandragola vond, was dat te danken aan het mooiste meisje van Genua.

27

Ik heb het echt slim aangepakt, al zeg ik het zelf. Ik heb het onvoorstelbare gedaan. Ik heb haar aangesproken.

'Maar...' zei ik.

Wat ik voor mij zie is een echte Italiaanse bruiloft. Met een witte jurk en een kerkje. Vrienden die invliegen en een lange tafel op het pleintje. Al maanden hebben we het nergens anders over gehad dan over het menu. Antipasti misti, daarover waren we het wel eens. Sardijnse salami en Spaanse pata negra, had ik zo gedacht. Een paar ripieni. Zucchini gevuld met gehakt. En natuurlijk voor de vegetariërs ook wat. Carpaccio van zwaardvis, tonijn en zalm met wasabisaus. En gefrituurde melanzana. Acciughe impanate ook, gefileerd en opengeklapt zodat je ze met je handen kunt eten. Maar volgens jou was dat geen antipasto maar een secondo. En die Calabrese gehaktballetjes van jou dan? Je hebt wel een witte jurk. Dus laten we in ieder geval iets eten waar je geen vlekken mee kunt maken, want ik ken jou. Crudité di gamberoni crudi. En vongole met cozze. Penne al gorgonzola. Als primo. Voor een huwelijk? Peren met Parmezaanse kaas, is dat een primo of een secondo? Volgens mij is dat een dessert. Of anders doen we forel met amandelen. Maar dat is zeker een secondo. Tagliatelli al salmone. Maar weet je dat zeker met je witte jurk? Duck à l'orange. Niet Italiaans genoeg. Dan kunnen we net zo goed naar de Chinees. Maar mijn vader schiet ze zelf. Chinezen? Nee, eenden, mongool. Chinezen schieten mongolen. En dan zoenen. Maar nog steeds geen menu. Weer zoenen. We zien wel. Nee, we moeten het organiseren. Kaasfondue dan. Goed idee! Het was maar een grap. Maar het is echt een goed idee. Maar het was echt maar een grap. We beginnen bij het begin. We nemen fave. Fave met Sardijnse geitenkaas. Het is dan niet het seizoen. Het is altijd het seizoen voor geitenkaas, wat zeg je? Maar niet voor fave. Maar in de kassen. Ja, in de kassen, in jouw land misschien. Oké, dan geen fave. Risotto. Risotto? Voor een bruiloft? Ja, risotto. Hoe? Met asperges. Briljant idee. Daar maak je geen vlekken mee. Met boter en spek. Ben je gek? Het is zomer. Dan zetten we er een salade met tomaat en mozzarella naast. Waarnaast? Naast de lamsboutjes. We hebben het nog helemaal niet gehad over de secondo, laat staan over lamsboutjes. Zoenen. Zie je wel? Zie ik wel wat? Dat je houdt van lamsboutjes. Nee, ik houd van zoenen.

Ga maar vast een pak huren, mijn vriend. Over het menu hebben we het nog, maar de witte jurk is al bijna gepast, bij wijze van spreken.

28

'Maar,' zei ik, 'werk je echt elke avond?'
'Ja.'
'Maar dat je dan zeg maar...'

'Morgen ben ik vroeg klaar.'
'Morgen is voor mij... Ik bedoel...'
'Kom me hier ophalen. Dan drinken we een aperitief. Verzin jij maar een mooie plek voor mij. Je kent Genua beter dan ik.'

Ik heb er die nacht niet van kunnen slapen. De speciale plek had ik allang bedacht. Op loopafstand aan zee. Een soort pier in de haven met uitzicht op de vuurtoren en de grote schepen die ver weg gaan naar sprookjesachtige bestemmingen aan de kust van Noord-Afrika, vanwaar als wisselgeld een purperen zonsondergang wordt teruggestuurd. Sorry, ik lag nogal romantisch wakker te liggen. En ik zag haar daadwerkelijk al voor me in haar witte jurk. Terwijl ik terdege besefte dat alles nog maar op het punt van beginnen stond. Laten we in hemelsnaam niet op de zaken vooruitlopen. Ik kende haar naam niet eens. Maar we hadden een afspraak en dat was het belangrijkste.

Toen ik haar de volgende dag kwam ophalen bij de Bar met de Spiegels, had ze zich al omgekleed. Dat was in haar geval nogal een understatement. Ze had haar serveerstersuniform verruild voor... voor nauwelijks iets. Twee laarzen en dan een hele tijd niets. Een soort kort rafelig spijkerrokje. En wat ze daarboven droeg, kan ik mij niet eens herinneren, misschien omdat ik niet durfde te kijken. Ze speelde het spel. Ze speelde het spel met verve.

Je moet je leven veranderen, dacht ik toen ik haar zo zag. En ik besefte dat ik daar precies mee bezig was. We hebben die avond de zon zien ondergaan. Het was een rib uit mijn lijf, want op de speciale plek die ik had uitgekozen weten ze zelf nog beter dan wie ook dat ze een speciale plek zijn die wordt uitgekozen om voor veel geld indruk te maken met hun gratis zonsondergang. Daar moeten we het ook nog eens over hebben. Over geld. Maar niet nu.

En toen het moment daar was dat zij naar huis moest, vroeg ik haar of ze misschien ergens een hapje wilde eten. Tot mijn verbazing zei ze ja. 'We gaan naar de Mandragola,' zei ze. 'Ben je daar ooit geweest?'

En toen ik haar heel veel uren later naar haar scooter bracht, zei ze dat we elkaar snel weer moesten zien en ze kuste mij op mijn wang. Ik durfde het te vragen.

'Hoe heet je eigenlijk?'
En ze zei me haar naam.

29

Die nacht lag ik nog wakkerder dan de nacht ervoor, als je dat kunt zeggen. Ik kon van mijn eigen dromen de slaap niet vatten. Honderden keren speelde ik de film van de avond af in mijn hoofd en het leek wel een film. Alles was precies zo gegaan als het in de films altijd gaat. Ik kon geen fout ontdekken. We hadden gepraat. We hadden lang en goed gepraat over mooie dingen. We hadden elkaar in de ogen gekeken. Geen cliché was geschuwd. Er was zelfs een zonsondergang aan te pas gekomen. En ik meende mij ook een soundtrack van mierzoete filmmuziek te herinneren met zacht zwellende violen op de maat van haar trage gebaren en haar subtiele, precieze rondingen. Ik streelde haar meters jonge benen in lange gedachten en voelde haar zoen nagloeien op mijn wang als de vuurrode lak van een heilig zegel.

En we hadden elkaar in de ogen gekeken. Of had ik dat al gezegd? Ik kan het wel honderd keer herhalen, zoals ik die nacht dromend met open ogen honderd keer opnieuw in haar ogen keek. En daar, door het vergrootglas van haar duistere, zelfverzekerde blik, belandde ik in een andere wereld, waar niets meer zeker was en alles wankelde. Onder de zachte dwang van die ogen zou ik mezelf zonder nadenken drie keer verloochenen voordat de haan kraait. In die ogen werd ik zo dronken zonder te drinken dat ik het golvende moeras voelde onder de korst van beschaving van de grijze granieten bestrating. Zou ik op mijn benen staan, ik zou wankelen op mijn benen. Maar ik stond niet, ik zwom als iemand die de slaap niet kan of wil vatten en die droom en werkelijkheid steeds minder uit elkaar kan halen.

Martel mij aan de ondergrondse rivier bij de fakkels in de middeleeuwse kelders van het belendende café, alsjeblieft, martel mij, want niets kan meer en zoeter pijn doen dan jouw hoge benen van verdriet in jouw mooiste marteljurkje terwijl je mij aankijkt met een blik die mij tegelijkertijd verzengt, hoop geeft en minacht en die al mijn wensen en dromen verschroeit tot de ene smeekbede dat dit duren mag. Terwijl ik de avond herdroomde in mijn krakkemikkige IKEA-bedje in mijn appartement op Vico Alabardieri, had ik steeds meer moeite om te geloven dat deze avond daadwerkelijk had plaatsgevonden. Het enige wat mij daarvan kon overtuigen was het feit dat het als fantasie mooier was geweest dan wat ik ooit had kunnen verzinnen. Ik was uitgegaan met het mooiste meisje van Genua. Alleen dat woord al: uitgaan. Ik had het al opgeschreven voordat ik erover nadacht. Volgens mij heb ik dat woord nooit eerder opgeschreven, met al zijn connotaties van een volledig verzorgde avond van aperitief aan een sprankelend kristallen zee tot aan een zoen op je wang na middernacht. Volgens mij ben ik nog nooit eerder met iemand uitgegaan. Ja, ik heb weleens met een vrouw in de kroeg gezeten. Maar dat was geen uitgaan. Dat was gewoon zuipen en daarna met elkaar naar bed. Of niet. Maar dat je echt helemaal speciaal voor een meisje een romantische plek opzoekt waar je in je eentje nooit naartoe zou gaan en dat je helemaal speciaal je best doet om het een bijzondere avond voor haar te laten worden, dat zou in het vaderland niet in mij opkomen. Maar ik weet hoe Italiaanse meisjes denken. Ik was in mijn nieuwe thuis van een botte vaderlander aan het veranderen in een geraffineerde casanova die zelfs zonsondergangen kan organiseren. En die zo attent is om eraan te denken om dat ook daadwerkelijk te doen. En die transformatie was te danken aan haar. Het mooiste meisje van Genua had mij een volle avond lang haar volledige en ongecensureerde aanwezigheid geschonken. Niet slecht voor een immigrant. En bij het afscheid bij haar scooter had ze ook nog eens gezegd dat we elkaar snel weer moesten zien. En ze had me haar naam verteld.

Kortom, wat ik maar wou zeggen, volgens mij is je vriend verliefd. Volgens mij weet ik het wel zeker. En als ik eerder al eens gekscherend had opgeschreven of gesuggereerd dat ik verliefd was, was dat gekscherend geweest. Nu is het echt. Nu is het eindelijk echt. En dat ontbrak nog. Daarnaar was ik al die tijd op zoek geweest. In plaats van met passie te verdwalen in mijn nieuwe leven, beginnen eindelijk de eerste contouren op te doemen van een gegronde reden om mij er met passie te vestigen. Wie kiest voor een nieuw leven, kan het nieuwe leven niet nieuw genoeg zijn. Dit is precies het avontuur dat ik nodig heb, omdat het mij raakt op een nieuwe manier.

Ik weet het, mijn vriend, ik druk me een beetje wazig uit. Of misschien is 'voorlopig' een beter woord. Maar in elk geval is dit precies de voornaamste reden waarom ik het vaderland heb verlaten. Niet omdat daar iets was wat mij heeft verjaagd, maar omdat ik het verhaal al kende. Ik had het nodig om mijzelf in een nieuw leven opnieuw te verzinnen. Emigreren is zoals het schrijven van een nieuwe roman waarvan je de plot nog niet kent, noch de afloop, noch de personages die voor het verdere verloop van het verhaal van cruciaal belang zullen blijken. Daarom heeft alles wat ik schrijf iets voorlopigs.

Maar nu ik het decor heb leren kennen en ik mij er thuis in voel, kan het doek op voor de opera. Alles begint nog maar net. Alles staat nog maar net op het punt van beginnen.

30

Op de begane grond van Palazzo Benedetto e Viale Agostino op Salita Pollaiuoli tegenover de Bar met de Spiegels zijn twee winkeltjes gevestigd. Rechts op huisnummer 74 rosso de sieradenwinkel van Laura Sciunnach, links, op 72 en 70 rosso, in een tweemaal groter perceel een damesmodezaak die Chris & Paule heet. Beide zijn speciaalzaken, in die zin dat er bijna nooit iemand komt. Beide zien er goed uit, met verzorgde etalages en smaakvolle bloembakken aan de muur. De klanten die naar binnen dwarrelen, worden daardoor aangetrokken, niet door het voornemen om daadwerkelijk iets aan te schaffen. Daar staat tegenover dat de producten in beide winkeltjes exclusief zijn en dat een of twee betalende klanten per dag volstaan om het boeltje min of meer draaiende te houden. De personeelskosten zijn laag. Beide winkeltjes kunnen van 's ochtends tot 's avonds eenvoudig worden gerund door één filiaalhouder, rechts Bibi, links de mooie verdrietige vrouw die al iets ouder is. Over hen wilde ik het hebben.

Sommige kloven zul je in Genua nooit overbruggen. Alleen al in het labyrint is er een onzichtbaar, elektrisch geladen gordijn ter hoogte van Via Luccoli dat de wijk Molo scheidt van de wijk Maddalena. Toeristen zijn zich er niet van bewust en ik was dat aanvankelijk ook niet, maar het krachtveld wint aan intensiteit naarmate ik hier langer ben. Het bestaat in die speciale blik van de signora als ik vertel dat ik koffie heb gedronken aan de overkant, in Via del Campo of op Piazza Lavagna. In Molo ken ik elke rozenverkoper en elke straatmuzikant, en in Maddalena komen ze niet, evenmin als hun bedelaars naar Molo durven te komen. De meisjes zijn er anders, de honden groter. In Maddalena wonen hoeren en bandieten en de oude, afgebladderde travestieten van Vico della Croce Bianca, vijftigers met bierbuiken en netkousen met twee pakken watten in hun bh.

Zo zijn er ook twee voetbalclubs, Genoa en Sampdoria. De ene is de mooiste club, de andere wint altijd. De ene koestert, als oudste voetbalclub van Italië, de traditie, de andere heeft het geld. Ze delen hetzelfde stadion in Marassi en wanneer de ene thuis speelt, speelt de andere uit. Hun supporters zullen elkaar nooit ontmoeten, behalve bij de derby. En iedereen in Genua is supporter van een van beide, inclusief vrouwen en kinderen. Ze hoeven hun clubkleuren niet te dragen. Je kunt aan iemands neus zien of hij de diepte kent van het lijden of kiest voor succes.

Evenmin zul je ooit de kloof kunnen dichten tussen de bewoners van het labyrint en de honderdduizenden die zich inwoner van Genua mogen noemen maar die vanuit hun tien of twaalf kilometer verafgelegen luxelevens in appartementen met uitzicht op zee in Quinto of Nervi af en toe naar het historisch centrum reizen met auto's of Vespa's om wat te snuffelen in dat soort schattige winkeltjes als Laura Sciunnach of Chris & Paule en die zich gedragen alsof het hun stad is terwijl ze al na twintig meter voorbij hun winkeltjes onherstelbaar zouden verdwalen. Ook de filiaalhouders komen van buiten. Elke ochtend arriveren ze met een brommerhelm bungelend aan hun pols en elke avond gaan ze met diezelfde helm terug naar hun verdrietig geordende levens in de flats van San Fruttuoso, Marassi of Castelletto zonder dat ze weet hebben van de ratten, de hoeren, de oude travestieten met hun bierbuiken en de vloekende visverkopers om de hoek.

Zo arriveren Bibi en de mooie verdrietige vrouw in de ochtend. Ze zijn er rond half tien. Meestal is Bibi de eerste. Hij doet het rolluik omhoog. Hij zet twee van de drie bloempotten buiten op de stoep en gaat rommelen in zijn winkeltje. De derde bloempot wordt 's nachts bewaard in de kledingwinkel en wordt buitengezet door de mooie verdrietige vrouw. Zij geeft alle drie de planten water, knipt de dode blaadjes weg en plaatst de bloempotten met zorg in de drie plantenbakken aan de muur. Dan gaat zij terug naar binnen.

Op dat moment komt Bibi naar buiten om het tinnen emmertje op te hangen aan de spijker in de muur tussen beide deuropeningen. Dat emmertje dient als hun gemeenschappelijke asbak. Hij inaugureert het door onverschillig, om niet te zeggen wezenloos, tegen de deurpost geleund een sigaret te roken. Wanneer hij klaar is, rookt de mooie verdrietige vrouw een sigaret in haar deuropening. Meestal draagt ze laarzen, al weet ik niet waarom het van belang is om dat te melden. Ze gooit haar peuk in het emmertje.

Zoals gezegd, veel klanten zijn er niet. Ze zullen de godganse dag tot lang na het moment dat de zon is ondergegaan, de kaarsjes worden neergezet op de tafeltjes bij de Bar met de Spiegels en prosecco fonkelt tussen discussies in de trapeze van kunst, poëzie en politiek, nog heel veel sigaretjes roken in hun respectieve deuropeningen, Bibi rechts op 74 rosso, zij links op 72 en 70 rosso. Alle peuken zullen zij netjes in het tinnen emmertje gooien. De gele bloemetjes in de drie plantenbakken staan er prachtig bij. Ze zullen niet met elkaar praten, niet omdat ze elkaar niet aardig vinden, integendeel, maar omdat er nu eenmaal weinig te zeggen is zonder prosecco bij kaarslicht. Er zullen bij Bibi verschillende meisjes langskomen, die geen ring of armband van hem willen kopen maar stuk voor stuk denken dat ze speciaal voor hem zijn. Hij zal ze minachten. Ook met hen zal hij nauwelijks spreken. Ze druipen af en zullen zeker terugkomen in nog hogere laarzen.

Heel soms raken ze elkaar bijna aan, maar dat weten ze niet, dat zie ik alleen. Vanaf het terras. Soms grijpt Bibi naar een catalogus rechts van zijn toonbank op precies hetzelfde moment dat zij in de rekken links van haar kassa de mantelpakjes herschikt. Tussen hun beider handen is niets dan een dikke oude middeleeuwse muur van twintig centimeter.

Ze sluiten om half acht. De gele bloemetjes gaan naar binnen, twee potten bij hem, één bij haar. Als laatste haalt Bibi het tinnen emmertje van de haak. Zij doet het rolluik naar beneden en verankert het met een hangslot in de marmeren drempel. Zij sluit het gietijzeren hekwerk en verzekert het met een kettingslot. Dan spreken ze heel even met elkaar. Hij zegt 'Ciao'. Zij vraagt of hij misschien nog een prosecco wil drinken op het terras. Hij zegt dat hij moe is. Dan gaan ze beiden naar hun eigen flat met een scooterhelm bungelend aan de onderarm, de zijne met een sticker van Sampdoria, de hare gespoten in het tragische rood en blauw van Genoa.

31

Ik kon de neiging nauwelijks onderdrukken om al mijn nieuwe Genuese vrienden te vertellen over mijn sprookjesachtige avond. Maar dat bleek volslagen onnodig. Iedereen wist het al. Ik vleide mijzelf met de gedachte dat dat kwam doordat zij het aan iedereen had rondgebazuind, maar ik besefte tegelijkertijd dat ik mij geen illusies moest maken omdat iedereen altijd alles van iedereen weet in Centro Storico. Cinzia zei dat ook: 'Maak je maar geen illusies,' zei ze. 'Je weet toch dat ik laatst mijn badkamer heb laten verbouwen? Dat waren twee carabinieri die na werktijd een beetje zwart bijklussen. Eergisteren had ik met ze afgesproken in een bar bij mij om de hoek om hen te betalen. "Je gaat de laatste tijd wel veel om met die buitenlandse dichter," zei een van hen. En ik woon niet eens hier in de buurt.'

'Waarom kijk je zo?'
'Zo hoe?'
'Zo zo.'
Ze zweeg.
'Ben je niet blij dat ik je opdracht heb volbracht en de Mandragola heb gevonden?'
Ze zei nog steeds niets en keek ook niet echt blij.
'Ben je jaloers?'
Dat had ik beter niet kunnen zeggen.
'Wie denk je wel dat je bent?' zei ze. 'Wie denk je wel dat je bent? Je parachuteert jezelf met dat kolossale lijf in onze steegjes en vervolgens denk je dat je alles begrijpt. Je maakt nog steeds fouten met je conjunctivi en je begrijpt niets, Ilja. Ilja Leonard. Leonardo. Je bent die zelfverzonnen erenaam niet eens waardig. Die moet je nog hele-

maal verdienen. Ga maar lekker schrijven in je kleine opschrijfboekje. Al die dingen die je zogenaamd begrepen hebt. Heb je al uitgelegd hoe het komt dat de vlag van Engeland identiek is aan de vlag van Genua? Dat onze vloot lange tijd de sterkste was en dat we onze vlag voor veel geld hebben verhuurd aan de Engelsen zodat niemand hun schepen meer durfde aan te vallen? Het is een beroemd verhaal hoor. Jouw lezers in het hoge Noorden vinden dat soort dingen reuze-interessant, daar ben ik zeker van. En nee, ik ga het je niet dicteren. Ga maar lekker zelf googelen, Leonardo. Jij bent de schrijver. En heb je al opgeschreven dat de oude bijnaam van deze stad La Superba is? Vast wel. En je hebt daar vast ook al wel een literaire draai aan gegeven. Jij begrijpt toch alles, jij, Leonardo? Laat me raden. Het betekent zowel super als overmoedig, mooi en trots, aanlokkelijk en ongenaakbaar, je hebt vast wel Latijn gehad en ik twijfel er niet aan dat je er een diepe, etymologisch verantwoorde draai aan hebt gegeven. En wat voor naam heb je mij gegeven in je opschrijfboekje? Cinzia? Mijn echte naam? Als dat zogenaamde boek van jou ooit uitkomt, zet ik er de advocaten van mijn familie op. Ze zullen je fileren. Je maakt geen schijn van kans. Je begrijpt niets, Ilja. En wat voor naam heb je haar gegeven? Of durf je dat niet? Weet je waar ze vandaan komt? Ken je haar familie? Weet je welke broers, minnaars of advocaten vannacht op je deur zullen bonzen, als ze zich niet al gewapenderhand toegang verschaffen tot je miserabele appartementje? Iedereen kent je. Iedereen weet waar je woont, Ilja. Dat probeer ik je duidelijk te maken. Jij denkt dat dit Europa is, omdat je met EasyJet binnen anderhalf uur terug kunt zijn in jouw overzichtelijke vaderland. Je vergist je. Je bent in Genua. Dit is Afrika. Deze wereld is jou volslagen wezensvreemd.

En dan nog iets. Stel dat het allemaal goed gaat. Stel dat het allemaal zo gaat zoals jij je in je hoofd hebt gehaald dat het zou moeten gaan. Stel dat zij jouw vriendin wordt. Stel. Hoe stel je je dat in hemelsnaam voor? Hoe ga jij zo'n soort meisje in hemelsnaam tevreden houden? Jij kunt je een Italiaanse vriendin helemaal niet permitteren, Ilja. Je hebt geen idee hoe veeleisend zij is. En niet alleen in materieel opzicht. Je denkt dat ze je interessant vindt omdat je ergens ver weg in een ander land een beroemde schrijver bent die boeken schrijft in een taal die wij niet eens kunnen lezen, maar denk maar niet dat dat voldoende zal zijn. Je zult bij voortduring op je tenen moeten lopen als in een grot van porselein en steeds weer nieuwe romantische plekken moeten verzinnen om een fortuin te besteden aan haar aperitief. Ik hoop ook voor je dat je een onverwoestbare pik hebt. En je zult je leven moeten veranderen. Om half een thuis voor pranzo en om half acht thuis voor cena. Daarna televisie kijken omdat zij dat wil, waarna ze zal klagen dat jullie nooit iets leuks doen en alleen maar televisie kijken, of haar ergens naartoe uit nemen, waarna ze zal klagen dat ze moe is en liever gewoon thuis was gebleven om televisie te kijken. Je zult niet meer kunnen drinken, al was het maar omdat daar domweg geen tijd meer voor zal zijn. En toch zal ze altijd blijven klagen dat je te veel drinkt. En als je alles goed doet, als je het onwaarschijnlijke weet klaar te spelen en haar min of meer tevreden weet te houden, dan zal je beloning zijn dat zij met je wil trouwen en kinderen wil. Dan krijg je er nog een hele Italiaanse familie bij. Met kerstdiners en vakanties aan zee in augustus. Denk daar maar eens over na, Ilja.'

Dus ze was echt jaloers. Ik moest een manier verzinnen om haar te vriend te houden.

'Geef mij een nieuwe opdracht, alsjeblieft.'

Ze zei niks. Ze keek in de verte. Ik had intussen alle tijd om in gedachten aan haar bovenstukje te plukken, als ik dat had gewild, maar dat wilde ik niet, want ik was officieel verliefd, iedereen wist het. Het autootje van de stadsreiniging kwam de containers legen. Ergens in de verte sloeg een hond aan. En toen zei ze: 'Vraag haar naar haar wonden.'

Het dikke lesbische wijf keek mij van achter haar zonnebril grijnzend aan.

32

Geroutineerd wachtte ik een paar dagen. Ik vermeed de Bar met de Spiegels, ook al deed het me bijna fysiek pijn om haar bedwelmende aanblik te moeten missen. Het voelde bijna als afkicken. Ik was verslaafd geraakt aan mijn dagelijkse dosis naar haar staren. Maar nu was ik gepromoveerd naar het volgende level. De tijd van louter aangapen was voorbij. Ik was doorgedrongen in haar leven. Ik kende haar naam. Zij had mij op mijn wang gezoend. Ze had gezegd dat we elkaar snel weer moesten zien. Dus kon ik niet gewoon weer aan mijn tafeltje zitten om me door haar te laten bedienen alsof er niets was gebeurd. Dat zou gelijkstaan aan een verloochening van de mooiste avond in Genua, de avond dat we gezamenlijk de Mandragola hadden gevonden en in elkaars ogen hadden gekeken. Ik moest het spel vanaf nu spelen volgens de nieuwe regels.

Een paar dagen achter elkaar dronk ik mijn aperitief op Piazza delle Erbe. Drie dagen, had ik gedacht. Dat was net lang genoeg om niet al te gretig en opdringerig over te komen en niet te lang om onverschillig te lijken. In het beste geval zou ze mij missen. Ze zou mij zeker missen, in elk geval als klant. Missen is goed. Maar het moest niet te lang duren. Dus op de vierde dag, vlak voor negenen, vlak voor sluitingstijd, ging ik naar de Bar met de Spiegels. Ik ging niet zitten, maar wachtte bij de deur tot zij naar buiten kwam. Ik vroeg haar of ze misschien de volgende avond dorst zou hebben.

Ze glimlachte. 'Dat is goed.'

Ik nam haar mee naar een chique bar die ik had ontdekt op het pleintje aan Via di San Sebastiano, tegenover het Best Western Cityhotel, tussen Via Roma en Via xxv Aprile. Het was een on-Italiaans hippe designbar met peperdure fancy cocktails in designglazen, met een buffet van oesters en zeevruchten. De plek miste zijn uitwerking niet. Ik kon zien dat zij zich gefêteerd voelde. Ze waande zich in Londen of New York, of in een andere stad ver weg van Italië waar het echte, snelle, razende leven zich afspeelde. Dat zei ze althans.

Daarna nam ik haar mee naar Pintori om te dineren. Op Via San Bernardo. Mijn favoriete restaurant, gerund door een Sardijnse familie, met mamma in de keuken. Normaal ga ik daar alleen naartoe als iemand anders mij uitnodigt. Het is een van de duurste restaurants van Genua. Ik zei dat ze spaghetti neri alla bottarga moest nemen. En daarna lamsboutjes. Ze deed wat ik zei en was na afloop onder de indruk dat ik haar zo goed had geadviseerd.

En toen ik haar na een volle, fonkelende avond naar haar scooter had gebracht en afscheid nam, vroeg ze: 'Waarom ben jij eigenlijk naar Genua gekomen, Leonardo?'

'Voor jou,' zei ik.

Voor straf gaf ze mij een klapje op mijn gezicht. Ik wilde haar zoenen op haar wang, maar ze had haar helm al op, en dat besefte ik pas toen ik met mijn gezicht al vlak bij haar gezicht was, waarna ik mijn hoofd stuntelig terugtrok. Ze glimlachte. Ze nam mijn hoofd tussen beide handen en zoende mij op mijn mond. Toen reed ze weg, zonder iets te zeggen.

33

'Ik moet je iets zeggen, Leonardo.'
'Als ik u aan mijn tafel zou mogen uitnodigen, signora, zou u mijn dag goedmaken.'
'Je maakt nog steeds fouten in je conditionalis.'
'Wat drinkt u, signora Mancinelli?'
'Doe maar niet zo je best. Ik bestel zelf wel.'
'En wat wilde u zeggen?'
Haar drankje werd uitgeserveerd. Het was een soort ondefinieerbare cocktail zonder alcohol, met perensap, kokos en aardbeien. Ze dronk het glas in één teug half leeg, haalde een flesje rum uit haar handtas, vulde het glas op tot de rand en tooste.
'Ik heb gehoord dat je regelmatig met die Marokkaan praat,' zei ze.
'Met Rashid?'
Zij legde haar vinger op haar lippen om mij te verstaan te geven dat ik mijn mond moest houden. Ze keek om zich heen om te zien of niemand mij had gehoord.
'Maar hij is een goede en intelligente jongen,' zei ik.
Ze schudde haar hoofd.
'Heeft u iets tegen Marokkanen, signora?'
Zij keek mij kwaad aan. 'Ik ga al jaren naar India, Leonardo. Ik heb daar met het geld van mijn alimentatie een school gesticht.'
'Wat heeft India te maken met Marokko?'
'Het uitgangspunt. Dat is het verschil.'
'Wat bedoelt u?'
'Ik ga naar India om daar te helpen. Maar de Marokkanen komen naar ons.'

'Dus?'

'Het is hetzelfde verschil als tussen iemand uitnodigen aan je tafel om hem een drankje aan te bieden en iemand die zich ongevraagd bij je voegt.'

'Zoals u.'

'Niet slim proberen te zijn, Leonardo. En vooral niet politiek correct gaan argumenteren. Ik ken die praatjes. Je kunt die Marokkanen gewoon niet vertrouwen, om de simpele reden dat het onmogelijk voor hen is om te overleven van hun rozen en nog onmogelijker om een degelijke baan te vinden. Want niemand vertrouwt ze. En zo zullen ze vroeg of laat gaan stelen of in drugs gaan handelen. Omdat er niets anders op zit. Binnen de kortste keren zit die zogenaamde intelligente vriend van jou in de gevangenis in Marassi, let op mijn woorden.

En bovendien zijn we in Genua en dat is een grot van porselein. Hier moet je verkeren met de oude aristocratie of in elk geval doen alsof. Familiekapitaal steken in een school in India is nobel. Biertjes drinken met de eerste de beste Marokkaanse rozenverkoper niet. Wat denk je dat mijn vrienden van mij denken als ik een buitenlander als vriend heb die buitenlanders frequenteert? Jij dient rekening te houden met mijn status in mijn netwerk. Dat ben je als mijn vriend aan mij verschuldigd. Kan ik het je nog duidelijker zeggen? Je wilt deel uitmaken van deze wereld, toch? Zorg er dan om te beginnen voor dat je geen verkeerde vrienden hebt. Anders kan ik je niet uitnodigen op mijn bruiloft.'

'Gaat u trouwen, signora? Op uw leeftijd?'

'Viola heeft een opa nodig, zullen we maar zeggen. En ik heb een goede partij gevonden. Hij is weduwnaar en een stuk ouder dan ik. Bernardo Massi. Je kent hem wel. Ik heb uitgevonden dat hij nog veel rijker is dan ik dacht. Hij moet mij alleen nog vragen. Maar daar zorg ik wel voor.'

'Ik ga ook trouwen.'

Ze keek mij met een verbijsterde blik aan. Toen begon ze te lachen. 'Met dat meisje van de Bar met de Spiegels met wie je twee keer bent uitgegaan?' Ze schaterde. 'Je ziet alleen maar de buitenkant. Dat zei ik je toch al? Je leeft in je fantasie.'

34

En een paar dagen later nam zij het initiatief. Vlak voor sluitingstijd bracht ze mij mijn laatste negroni, legde er met een opzichtig gebaar een dubbelgevouwen servetje onder, bij wijze van viltje, en knipoogde. Ik vouwde het servetje open. 'Morgenavond om half tien bij de Gloglo op Piazza Lavagna. Kus.' Via de spiegels keek ze mij aan. Ik blies een kus naar haar om te laten weten dat ik de afspraak van mijn kant bevestigde.

We dineerden op het terras en praatten. Ze wilde alles weten over mijn land. Ik had niet zo heel veel zin erover te vertellen, maar genoot ervan dat ze aan mijn lippen hing. En voor we het doorhadden was het half twee. De ober kwam de rekening brengen. Ze gingen sluiten.

'Gaan we misschien nog ergens anders naartoe?' vroeg ik.

'Het is al laat,' zei ze.

'Je mag ook bij mij slapen. Ik woon hier vlak in de buurt.'

Ik schrok me rot. Had ik dat echt gezegd? Ja, dat had ik echt gezegd. De echo van mijn woorden hing als een verwijt in de pijnlijke stilte die zij liet vallen. Of zoiets. Zelfs mijn stijl verried mijn wanhoop. In paniek probeerde ik iets te verzinnen om mijn woorden ongedaan te maken, maar mijn gedachten gingen te snel om te kunnen nadenken.

'Oké,' zei ze. 'Maar laten we dan ook nu gaan.'

Ik voelde me alsof ik was beland in een van mijn eigen fantasieën. Ik liep met het mooiste meisje van Genua aan mijn arm door de verlaten nachtelijke stegen naar mijn appartement in Vico Alabardieri. Dit was Italië, mijn nieuwe land. Ik droeg een Italiaans kostuum en Italiaanse schoenen en ik liep met een Italiaans meisje door Italiaanse straten naar mijn Italiaanse huis. We hadden de hele avond Italiaans gepraat. In het Italiaans had ik haar versierd. Ik betreurde het dat het al zo laat was en dat er niemand op straat was om ons samen te zien. Juichende menigten had ik gewild. Aan weerszijden van de rode loper. Die applaudisseren en ons luid toejuichen. Zij glimlacht minzaam in haar witte jurk terwijl een regen van rozenblaadjes op ons neerdaalt.

Ik stak de kaars aan en maakte een fles wijn open. 'Dus hier woon je,' zei ze. 'Leuk.' Ze leek bijna verlegen in deze haar onbekende omgeving. In kaarslicht was ze nog mooier dan ooit. We dronken één glaasje en toen blies ze de kaars uit. 'Kom. We gaan naar bed.'

Ze kleedde zich uit. Het was een heilig moment dat ik nauwelijks kan beschrijven. In het zilverwitte maanlicht dat door de vensters viel zag ik haar adembenemende vormen die ik al zo vaak had bedacht. Ze was als een nimf, als de godin Diana zelf, die zich waste in haar eigen zilveren licht. Ik kon niet geloven dat het mooiste meisje van Genua naakt voor mij stond in mijn huis. Elke gedachte aan seks verdampte. Daarvoor was zij te heilig. Mijn enige verlangen was haar te aanbidden. Ze kwam naast mij liggen en ik aanbad haar met mijn handen. Ik streelde haar nog zachter dan het maanlicht haar streelde. En toen voelde ik haar wonden. Op haar elleboog, haar pols en haar enkel. Ze waren bijna genezen en zo goed als onzichtbaar. Maar ik voelde ze wel. Ik herinnerde mij de opdracht die Cinzia mij had gegeven. En haar eerste opdracht had geluk gebracht. Dankzij het vinden van de Mandragola lag ik nu hier. Ik vroeg haar wat er was gebeurd.

'Wat bedoel je?'

'Je wonden. Ik herinner me nog dat je serveerde met verband en roze plekken van de jodium. Je ziet nu niets meer, maar ik voel het wel. Wat is er gebeurd?'

Ze verstarde.

'Heb ik iets verkeerds gezegd? Sorry. Het was alleen maar een vraag. Uit interesse. Maar het is niet belangrijk. Laat maar zitten.'

'Ik ben gebeten door de ratten,' zei ze.

Ik lachte. 'Ik geloof je niet.'

Ze stond op. Ik probeerde haar tegen te houden.

'Wat doe je?'

'Laat me los.'

Ze begon zich weer aan te kleden.

'Ik ga toch maar thuis slapen.'

Met een luide knal trok ze de deur achter zich dicht.

35

Maar ze kon niet aan mij ontsnappen. Ze was serveerster tenslotte. Ze had werktijden in een openbare gelegenheid. De volgende dag ging ik voor het aperitief naar de Bar met de Spiegels. Nog voordat ik was gaan zitten, kwam zij op mij af. Ze gebaarde dat ik mee moest lopen. We gingen naar binnen in de grot van porselein, naar het hokje waar zij de stuzzichini klaarmaakt. Ze trok het gordijn achter zich dicht.

'Luister, Leonardo,' fluisterde zij. 'Beloof me dat je heel goed naar mij luistert en dat je mij niet in de rede valt. Ik heb liever dat je hier een tijdje niet meer komt. Maak je geen zorgen. Het ligt niet aan jou. Maar ik heb mijn privacy nodig. Je moet me de ruimte geven. Ik moet nadenken. Dus laten we afspreken dat we elkaar even een tijdje niet zien. Twee of drie weken of zo. Er zijn genoeg andere bars. Ga maar naar Piazza delle Erbe. Akkoord?'

Ik knikte.

'En je had gelijk. Uiteraard had je gelijk. Natuurlijk was ik niet gebeten door de ratten. Ik zal je de waarheid vertellen. Ik was gevallen. Van de trap. En dat was niet helemaal een ongelukje. Hij had me geduwd. Francesco. Hij is mijn vriendje. Je hebt hem vast weleens gezien. Ik had hem verteld over jou. Over een interessante nieuwe klant die ik had ontmoet, die altijd zo correct en zo beleefd was en die altijd zat te schrijven in zijn opschrijfboekje. Ik vertelde hem dat ik dacht dat je een dichter was. En toen werd hij zo jaloers dat hij mij van de trap heeft gegooid. Het was een beetje ongelukkig dat je mij daar gisternacht aan herinnerde. Maar dat kon je niet weten. Dus ik neem je niets kwalijk.'

'En daarom heb je Francesco verlaten?'

Ze keek mij verward aan. 'Wat bedoel je?' zei ze. 'Nee. Ik heb hem niet verlaten. Hij is nog steeds mijn vriendje. Dat betekent juist dat hij heel veel van me houdt. Dat hij zo boos wordt als ik het heb over een andere man dat hij zich niet meer kan inhouden. Hij is een gepassioneerde man. Heel anders dan jij.'

'En waarom kwam je dan gisternacht met mij mee naar huis?'

'Precies daarover wil ik nadenken. Ga nou maar.'
Ik had het begrepen. O mijn god, wat had ik het begrepen. Hoe had ik zo stom kunnen zijn? Natuurlijk had ze een vriendje. En nu had dat vriendje ook nog een naam. Francesco, de klootzak. Natuurlijk zou ze hem nooit verlaten. Als ze huiselijk geweld nog interpreteerde als een bewijs van zijn liefde, wat zou er dan voor nodig zijn om haar van hem los te weken? Ik had in mijn fantasie geleefd. De fantasie dat zij van mij zou kunnen zijn. Maar Cinzia en de signora hadden gelijk gehad. Ze was een Italiaans meisje met een gepassioneerd Italiaans vriendje en ze zou nooit in staat zijn de stap te zetten naar een nieuw leven. Ze zou de zekerheid van zijn hardhandigheid altijd blijven verkiezen boven het ongewisse avontuur van mijn handen die haar zachter hadden gestreeld dan het maanlicht. Goed. Dit was het dus. Ik besloot gisterennacht te koesteren als een dierbare herinnering en haar verder te vergeten.

36

Het spijt me, mijn vriend, dat ik een tijdje niets van mij heb laten horen. Ik had even verlof genomen van mijn plezierige plicht om jou door middel van deze notities op de hoogte te houden van mijn wederwaardigheden in het labyrint van mijn nieuwe stad in mijn nieuwe vaderland en van mijn streven om mijzelf, door het vervullen van deze plezierige plicht, te dwingen de ruwe erts te delven waaruit ik het vloeibare, gloeiend hete edelmetaal zal winnen dat zal stromen, stralen en verzengen als mijn volgende roman, om mij te wijden aan een zo mogelijk nog plezieriger taak, die echter om evidente redenen geen weerslag zal kunnen vinden in mijn boek, al was het maar omdat er echte mensen bij zijn betrokken met echte gevoelens en een gezin met drie kleine kinderen en een jaloerse echtgenoot die mijn lezers in het vaderland zouden kunnen kennen. Ook thematisch heeft deze kleine, pikante episode geen relevantie voor mijn roman, die zich, zoals je zult hebben begrepen, zal moeten gaan concentreren op het grote actuele vraagstuk van de immigratie, waarbij ik mijn eigen geslaagde luxe-immigratie zal contrasteren met het betreurenswaardige lot van al die sloebers uit Marokko en Senegal die in deze zelfde stegen zijn verdwaald in hun fantasie van een beter leven en gegarandeerde rijkdom in Europa en die door de autoriteiten, die de noodtoestand hebben uitgeroepen, worden verdelgd als ratten. De roman zal ook moeten gaan over mijn eigen fantasie om hier in dit middeleeuwse labyrint mijn langgekoesterde droom waar te maken van een jaloersmakend rijk en zorgeloos mediterraan bestaan te midden van ware en authentieke mensen die de kunst nog niet hebben verleerd om uitsluitend belang te hechten aan datgene wat er werkelijk toe doet: geur, smaak, elegantie en een vanzelfsprekende, nobele manier van leven. Italië, ach Italië. De warmende, zoemende zomeravondluchten, zwanger van scootermeisjes, en de lichtvoetige opera buffa van het dagelijks bestaan zijn perfect isotoon met mijn ziel. Om in dit land te zijn heeft altijd gevoeld als een proces van osmose, van versmelting van mij met mijn natuurlijk element. Het labyrint van Centro Storico is evenzeer een metafoor voor mijn dromen als voor het wanhopige sprookje waarin Rashid, Djiby en al die anderen zijn verdwaald.

De oude bijnaam van Genua is La Superba. Die naam kun je op twee manieren interpreteren en dat begrijp je het best wanneer je de stad vanuit het zuiden over zee benadert. Opeens ligt zij daar: een schitterend decorstuk van hoge palazzi in een kom van bergen. Maar op hetzelfde moment dat je daarvan geniet, besef je dat de pracht en praal een ondoordringbare muur vormen. Zij is mooi en hardvochtig. Zij is als een hoer die lonkt, maar die je nooit de jouwe zult kunnen maken. Zij is aanlokkelijk en overmoedig. Zij verleidt en verdelgt. Zoals ratten in de val worden gelokt met gif dat hun als honing smaakt. In die zin staat Genua La Superba symbool voor Europa als geheel. Achter haar ondoordringbare muur van grenscontroles, asielprocedures, opsporingsbeambten en gedwongen uitzettingen ligt zij onweerstaanbaar te pronken met haar belofte van glinsterend nieuwe Mercedessen en BMW's. Wie hier weet binnen te dringen, denkt alleen daarom al zijn droom te hebben waargemaakt. Hij is in het paradijs. De rest zal vanzelf gaan. En vervolgens zal hij met elf landgenoten creperen in een lekkend tweekamerappartementje en als een rat worden verdelgd.

Daar zal het over moeten gaan. En over het verleden. Vijftig en honderd jaar geleden hebben miljoenen berooide en wanhopige Italianen zich in de havens van precies deze stad ingescheept op de droom van een beter leven en gegarandeerde rijkdom in La Merica, zoals zij hun sprookjesland aan de overkant van de Atlantische Oceaan noemden. Waarvandaan ooit miljoenen vertrokken, worden nu miljoenen als ratten verdreven omdat zij precies hetzelfde doen als wat hun gastheren vijftig en honderd jaar eerder hebben gedaan: hopen. Daarover moet het gaan, godverdomme, en niet over de trivialiteiten die ik me had voorgenomen je te vertellen.

Oké. Natuurlijk moet het ook gaan over haar. Je bent een veel te goede lezer om dat niet al vanaf de eerste zin die ik je schreef te hebben doorgehad. Natuurlijk moet het ook gaan over het mooiste meisje van Genua, dat, zoals het het mooiste meisje betaamt, werkt tussen spiegels. Zij is een sprookje. Ik weet nog niet precies welke rol ik voor haar ga verzinnen in mijn uiteindelijke kunstwerk. Dat hangt natuurlijk ook af van de toekomstige ontwikkelingen. Als er nog toekomstige ontwikkelingen zullen zijn, wat ik eerlijk gezegd zeer betwijfel. Zij was La Superba. En zij was de fantasie waarin ik steeds meer ben verdwaald. Ook daarom was het goed om een paar dagen verlof te nemen en mij te wijden aan een smeuïge realiteit. Ik zal het je vertellen, mijn vriend. Maar ik ga ervan uit dat je begrijpt dat ik erop vertrouw dat je voor je houdt wat ik je nu zal vertellen.

37

Het verhaal begon eigenlijk al een paar jaar geleden. Ik was op een van die vele verplichte literaire feestjes in het vaderland, die ik altijd met veel machtsvertoon en bombarie frequenteerde en die ik nu mis als kiespijn. Terwijl ik iets belangwekkends stond te oreren te midden van afgunstige bewonderaars en afgunstige rivalen, stapte een vrouw op mij af die zich voorstelde als mijn Duitse vertaalster. Ze was blond en rijzig, enigszins mollig, maar al met al tamelijk indrukwekkend. Ze had zojuist de opdracht gekregen om een selectie van mijn poëzie te vertalen. Ik had daarover gehoord. Haar naam was Inge. Misschien heb ik je weleens over haar verteld.

Na die eerste ontmoeting zagen we elkaar met enige regelmaat om haar vorderingen te bespreken. Gewoonlijk heb ik zo min mogelijk contact met vertalers, maar in haar geval was het een genoegen. Het viel me ook op – of misschien fantaseerde ik dat maar – dat ze zich speciaal kleedde voor onze afspraken. Of in ieder geval had ze er ook voor kunnen kiezen om een minder diep uitgesneden decolleté te vertonen op een werkoverleg met een van haar auteurs. Je zou het ook anders kunnen formuleren. Geheel in overeenstemming met mijn poëtica accentueerde zij haar overdaad. Ik hoefde daar van mijn kant geen moeite voor te doen. Ik had mijn gedichten al geschreven. Ik hoefde er mijn oksels niet eens voor onder te spuiten om haar het idee te geven dat het haar voorrecht was om met mij te flirten.

Vorige week stuurde ze mij een mail dat ze mij graag wou spreken omdat haar vertaling in haar ogen zo goed als definitief was. Ik antwoordde haar per mail dat dat een groot genoegen zou zijn en dat ik erg benieuwd was, maar dat ik tegenwoordig in Genua woon. Zij antwoordde dat ze in dat geval naar Genua zou komen. Ik zei: oké. En toen kwam ze. Ze had een vlucht geboekt naar Milaan Malpensa en een intercity gereserveerd. Ze sms'te een specifieke aankomsttijd.

Ze was getrouwd... is nog steeds getrouwd met een Amerikaanse agent die al sinds mensenheugenis met veel bombarie en machtsvertoon feestjes frequenteert in het vaderland en nog altijd niet het fatsoen heeft kunnen opbrengen om zijn all-American barbecueaccent te verliezen. Hij is een klootzak. Met hem heeft ze drie kleine kinderen. Voor de vorm had ik nog een optie genomen in haar naam op een morsige hotelkamer in het Doria in de Vico dei Garibaldi, het slechtste hotel in de buurt, dat ze zeker na de eerste nacht zou willen verruilen voor een ander en dan zou het zaterdag zijn en dan zouden alle hotels van de stad zeker zijn volgeboekt. Maar die list bleek volslagen overbodig. Toen ik haar op haar specifieke aankomsttijd opwachtte op station Palazzo Principe, kwam zij in al haar flamboyante on-Italiaanse blondheid op mij afrennen. Ze omhelsde mij zoals ze dat in het vaderland nog nooit had gedaan, kuste mij op de mond en vroeg: 'Is het ver naar jouw huis?'

En ik hoefde die nacht het logeerbed niet op te maken. Ze kwam bij mij liggen als een wolk van weelderige vormen. Ze rook naar het Noorden, niet naar Genua. Ik wilde dat zij zich zou uitkleden, maar zij zei dat ik voor haar moest dansen. Ze keek naar mij terwijl ik tergend langzaam mijn eigen lichaam streelde. Ik keek in de spiegel om te zien hoe zij naar mij keek terwijl ik naar mezelf keek als een paaldanseres. Toen zei ze dat ze het mooiste meisje van Genua wilde zien. Toen zei ze dat we haar samen moesten uitkleden. Zij begon haar te zoenen. Ik zoende haar terwijl zij genoot van mijn fantasie. We speelden met het meisje van de spiegels, urenlang, zij en ik, en we kregen onszelf ervoor terug, glanzend en helder als onze eigen weerspiegeling.

Ik besef opeens dat het een beetje raar klinkt als ik het zo aan jou vertel. En toch was het precies zoals ik je zeg. Ik had zachte, lieve lesbische seks met Inge, over wie ik al zo lang had gefantaseerd, en met mijn eigen fantasie. En het werd nog veel gekker.

38

De volgende ochtend regende het. We gingen koffiedrinken in de Bar met de Spiegels. Het meisje was er, maar ze leek niets met ons te maken te willen hebben. Ze zei ons geen gedag, liet ons door andere serveersters bedienen en keek ons niet aan. Toen het droog werd, rekende ik bij haar af en gaf een grote fooi. Ze bedankte niet eens. Toen we naar buiten liepen, zag ik via de spiegels dat zij ons nakeek. Snel wendde ze haar gezicht af toen ze via de spiegels zag dat ik via de spiegels naar haar keek. Maar via de spiegels had ik het gezien. Ze huilde.

Ik nam Inge mee op een lange wandeling door het labyrint. We liepen naar Porto Antico en terug omhoog via de smerige steegjes bij San Cosimo en Santa Maria in Castello en over het plaveisel dat ik zo liefheb, onder de poorten en bogen die mij zo koesteren, langs de namen die zo zingen in mijn oren naar beneden over Vico Amandorla naar Campo Pisano. De zon brak door. Maar ik had een raar duister gevoel in mijn maag. Ze huilde. Ik wist het zeker. Ik had het gezien.

Telkens als ik daaraan dacht, voelde ik een nest jonge ratjes knagen aan mijn ingewanden, mannelijkheid en zekerheden. Maar Inge liep zeer opzichtig te genieten. Haar blonde haar straalde als sint-elmusvuur in de nacht. Voor haar was het een en al hand in hand lopen. Voor haar was het een en al verdwalen in een sprookje. Voor haar was het zoals het voor mij was toen ik voor het eerst verdwaalde. En toen we van onder de hoge boog onder Via Ravasco, die de brug is naar Carignano, zicht kregen op de kolossale ruimteschepen die waren gestrand in het niemandsland van de Giardini di Plastica, zei ze: 'Het lijkt wel Second Life of een andere virtuele wereld. Zo prachtig.' Ze maakte met haar mobiele telefoon een foto van mij.

Later op de middag wandelden we de lange route parallel aan de zee, van Via Canneto Il Curto, Via San Luca, Piazza Fossatello en Via del Campo in de richting van Pré. Ik wilde haar Afrika laten zien. Ik wilde zien hoe exotisch zij in al haar kolossale blondheid zou afsteken tegen de duistere achtergrond van steegjes vol gevaar en grijnzende witte tanden. Het viel haar op hoeveel pruikenwinkels er waren. 'Welke zou jij kiezen?' vroeg ze. 'Voor jou?' 'Nee, ik ben al dom en blond. Voor jezelf.' Ik wees een blonde pruik aan die een beetje leek op haar coiffure. 'Nee, niet lief doen. Ik weet dat je die wilt.' Ze wees op een pruik van prachtig lang donker Italiaans haar dat je zou kunnen opsteken, precies zoals het meisje van de spiegels. 'Dan ben jij het mooiste meisje van Genua,' zei ze. Ze kuste mij op mijn mond. Toen moest ze opeens heel hard lachen.

Ik moest haar toen de travestieten laten zien in het Ghetto bij Vico della Croce Bianca, dat begrijp je wel. Ze was bang in die donkere steegjes vol schimmen van morsige mannen op zoek naar een vijftiger met een harige aars in netkousen. Ik moest haar vasthouden. Ze kroop heel dicht tegen mij aan, alsof ik een inheemse gids was die haar moest beschermen tegen de wilden. Maar de travestieten zelf vond ze eindeloos fascinerend. Hoewel ze bang was, moesten we van haar wel drie keer hetzelfde rondje lopen. 'Dat vond ik eigenlijk het meest indrukwekkend van heel Genua,' zou ze de volgende dag zeggen bij ons afscheid op het station. 'Na jou natuurlijk.' En ze zou weer heel hard lachen.

39

's Avonds moesten we van mij naar Capitan Baliano om de wedstrijd te kijken. Zij had geen enkele belangstelling voor voetbal, maar die avond was de derby en ik maakte haar wijs dat die van cruciaal belang zou zijn voor haar begrip van de stad. Ik wilde die wedstrijd per se zien. Ik had er al weken naartoe geleefd. Ik had dagen over niets anders gelezen op de roze pagina's van de *Gazzetta dello Sport*. Het café was afgeladen. Zij was een van de weinige vrouwen en kreeg daarom een zitplaats aangeboden. Ze ging een beetje zitten sms'en met haar Amerikaanse echtgenoot of haar drie kinderen. Ik stond achter haar stoel en legde mijn hand op haar schouder.

In de grote spiegel achter de bar zag ik haar opeens. Ze keek naar ons en huilde nog steeds. Ik zocht haar in de menigte, maar vond haar niet. Is zij een meisje dat ik alleen maar via spiegels kan waarnemen? Toen ik weer in de spiegel keek, was zij verdwenen.

Ik kon mij niet meer concentreren op de wedstrijd. In de tweede helft scoorde Milito, de Prins, het enige doelpunt. Er barstte een inferno los van vreugde. Mensen sprongen op met gebalde vuisten. Bier en koffie gutsten over de tafeltjes. De barman Fabio maakte een vreugdedans voor zijn flatscreen. Ik omhelsde Inge om eens lekker rondborstig mee te vieren en toen zag ik haar weer. Ze stond onbeweeglijk in een hoek en huilde. Ik ging naar haar toe, maar ze was er niet.

Genoa won de derby tegen Sampdoria met 1-0. De standbeelden van de stad werden met rood-blauwe vlaggen bedekt. Auto's reden toeterend over de Sopraelevata. De fontein op Piazza de Ferrari werd leeggedanst. Op Piazza delle Erbe werd vuurwerk afgestoken. We zagen het vanachter de ramen van Caffè Letterario, waar we goed en lang spraken over mooie dingen. We zoenden elkaar. 'Is dat niet dat meisje?' vroeg Inge. Ik kon het niet goed zien door de rookwolken van de rotjes en vuurpijlen. Ik ging naar buiten en toen zag ik haar wegrennen naar Vico delle Erbe in de richting van Piazza Matteotti en Palazzo Ducale. Ik probeerde haar in te halen, maar ze was te ver weg en te snel en het plein was veel te vol uitzinnige vreugde. Ik probeerde haar te vinden in de steegjes achter Palazzo Ducale en rende zelfs helemaal naar Piazza Campetto, maar ze was verdwenen in het labyrint dat zo goed als onbegaanbaar was geworden door horden hossende supporters.

Toen we diep in de nacht over Via San Bernardo en Vico Vegetti langs de smeulende resten van een memorabele dag teruggliepen naar mijn appartement, wist ik zeker dat zij ons volgde en erop vertrouwde dat we te veel aandacht voor elkaar zouden hebben om om te kijken. Ik heb niet omgekeken omdat ik wist dat ze dan krijsend zou terugrennen naar de onderwereld van het labyrint.

Die nacht speelde Inge zachtjes met mij zoals we de nacht ervoor samen hadden gespeeld met haar. Ze kneep in mijn tieten en zoende mijn tepels. Langzaam streelde zij mijn dikke buik vol knagende ratten. Ze moest heel hard lachen. 'Wat is er?' 'Ik moest er opeens aan denken dat je een heel erg beroemde dichter bent.' Ze ging met haar hand naar beneden en begon mij een beetje af te trekken. 'Je bent een heel raar meisje,' zei ze. 'Je bent een zwangere travestiet.' Ze zoende mij en toen viel ze in slaap.

40

Ik droomde dat ik wakker werd naast het mooiste meisje van Genua. Ze was niet in de Bar met de Spiegels, waar zij hoorde, maar op een groot tweepersoonsmatras van IKEA op de plavuizen van de woonkamer van mijn appartement in Vico Alabardieri. Zij lag te slapen met alle knuffelbeertjes. Ik lag op een soort gammel eenpersoonsslaapbankje van IKEA met mijn hoofd de andere kant op. Ik schrok, want in plaats van haar glanzend kastanjebruine Italiaanse haar had zij wit kort haar met allerlei kale plekken. Ik aaide over haar hoofd en toen glimlachte ze. Ze werd een klein beetje wakker, gleed bij mij in bed, kneep in mijn tepel en begon heel zachtjes en voorzichtig met mij te neuken. Nee, zo was het niet, want ik klom uit mijn krakende bedje om haar roze haar te voelen. Ik ging naast haar liggen op het grote matras. Ze was zo klein, bijna net zo klein als een knuffelbeertje. Ze werd een heel klein beetje wakker en zei: 'Heb ik dan godverdomme geen recht op mijn privacy?' Ik zei dat ze zich geen zorgen hoefde te maken. Ik wilde eigenlijk zeggen dat het de kern is van dat wat ze liefde noemen om ook in moeilijke tijden toenadering te zoeken en zich niet voor elkaar af te sluiten. Of zoiets. Ik kwam er niet helemaal uit. Zij was al opgestaan en had zich al aangekleed in heel veel, heel erg dikke, grijze kleren. 'Waar ga je naartoe?' Maar ze had de deur al achter zich dichtgetrokken. Ze had de deur al met de grote lange sleutel tweemaal in het slot gedraaid.

Toen droomde ik dat ik weer in slaap viel en dat ik droomde dat ik in een Engelse pub was in het midden van Genua. Ik mocht er gewoon roken en iedereen sprak Italiaans. Het was er donker en er waren gezellige zitjes om te zitten, zoals in een bus. In de tafels waren namen gekrast en hartjes. Op de bank waar ik zat, stond met viltstift in het Italiaans geschreven: 'Ik heb geen geld of dingen die ik je kan geven, behalve mijzelf helemaal en alle nachten die wij samen zijn.' Uit de grammaticale vorm van 'mijzelf helemaal' viel op te maken dat de ontboezeming was geschreven door een vrouw. Er klonk Zweedse muziek van Abba, die in het Engels zongen dat het nooit makkelijk is om uit elkaar te gaan, maar dat dat, elkaar kennende, het beste was om te doen.

Ik werd wakker en bedacht dat het misschien beter was om weer op mijn slaapbankje te gaan liggen, want als ze terug zou komen zou ze zeker vinden dat ze recht had op haar privacy op haar enorme matras voor knuffelberen. Zeker zou ze terugkomen. Alleen zou het niet zeker zijn dat alles dan goed zou zijn en ik gelukkig.

Ik droomde dat ze terugkwam. Ze draaide het zware slot open en deed het achter zich weer dicht met de lange sleutel. Ze zei niets. In mijn droom deed ik stiekem één oog open om naar haar te kijken. Ze droeg geen dikke grijze kleren meer. Ze was naakt als een zieke rat. Ik zag haar wonden. Aan haar voet, haar been, haar onderarm, overal. Ze had ze met jodium roze gemaakt, misschien omdat ze hoopte dat ze op die manier minder zouden opvallen. Ze was kaal, klein, gewond en hulpeloos. Alleen ik kon haar redden. Als ze het mij maar zou toestaan. Als ze maar zou willen. Ze keek mij niet aan. Ze was zelfs te trots om te huilen.

Ik droomde dat zij de volgende dag weer mooi zou zijn en mij stuzzichini zou brengen alsof er niets gebeurd was. Alsof alles wat er gebeurt niet van belang is. Alsof we allemaal nu eenmaal een ander leven hebben dan we hebben. Alsof we elkaar daarom nooit zullen kennen.

41

Iemand die eruitziet als een bankier loopt de BNL-bank binnen op de Piazza Matteotti. Iemand die eruitziet als een boef, met gebroken neus, een laag voorhoofd en breed uitstaande oren, komt uit het naastgelegen politiebureau gelopen, terwijl acht carabinieri op de stoep staan te roken en lachend bij een vriendje voordoen hoe ze hem zouden arresteren. Iemand die eruitziet als een oude Italiaanse heer slentert langzaam voorbij zoals een oude Italiaanse heer slentert op zijn middagwandelingetje via Via San Lorenzo naar Porto Antico, waar hij op een bankje gaat zitten om naar de schepen te kijken.

Iedereen is de belichaming van zijn eigen fantasie. Iedereen ziet eruit zoals hij zich voorstelt dat hij is en leeft het leven dat daarbij hoort. De slager van Via Canneto Il Lungo ziet eruit als een slager, een kolossale homp vlees van een vent met bebloed schort en magistrale klauwen die zijn gemaakt om karkassen te doorploegen. Hij ziet er zo uit omdat hij zich zo goed inleeft in zijn fantasie dat hij slager is. En de oude Italiaanse heer zit op zijn bankje op Piazza Caricamento bij Porto Antico, kijkt naar de schepen en fantaseert over verre bestemmingen. Barcelona, Tunis, Panama, La Merica. En als hij keurig op tijd voor het avondmaal thuiskomt, dan voelt hij zich voldaan, verrijkt en enigszins vermoeid als iemand die thuiskomt na een lange, avontuurlijke zeereis. Zijn kleinkinderen wilden hem een cruise aanbieden naar Barcelona, maar dat cadeau heeft hij geweigerd omdat hij daar al jaren elke middag is geweest en het was er elke middag stralend weer en de mooiste mensen slenterden er elke middag weer over boulevards van buitenaardse schoonheid naar de zee om op een bankje te zitten, naar de schepen te kijken en te fantaseren over Genua La Superba, dat rovershol aan de Middellandse Zee, waar de hoeren zo zwart zijn als de eeuwige nacht in de stegen, waar slechts het licht flikkert van opengeknipte messen en waar je op elke straathoek kunt worden ontvoerd om als blanke slaaf te worden verkocht in de krochten van Tanger of Casablanca. De oude heer moet elke middag een beetje glimlachen om hun fantasie van zijn stad. Maar hij is hun er dankbaar voor, want de mythe die zij verzinnen maakt Genua mooier, rijker en dieper. En er zijn dagen dat hij in de stemming is om in hun mythe te geloven. Dat zijn de dagen dat hij iets later dan normaal thuiskomt, bijna te laat voor het avondmaal. En zoals elke avond zal hij zwijgen over zijn avonturen.

Iedereen heeft weleens de angstdroom gehad dat de wereld om hem heen in scène is gezet door een onzichtbare regisseur, dat hij leeft in een decor dat wordt bevolkt door figuranten en dat iedereen daarvan op de hoogte is behalve hij. Zoals in die film. Hoe heet die ook al weer? Ik heb er al eerder over geschreven, in een ander boek. Zoek dat even voor me op, mijn vriend, wil je? Er zijn hele religies gebaseerd op die angstdroom. Bijna alle religies. Althans alle monotheïstische confessies. De wereld die wij denken te zien, is in werkelijkheid de perverse fantasie van een almachtige regisseur die ons in een ingewikkeld spel op de proef wil stellen. Aan ons de taak om de regels van dat spel te raden. Een fantastische gameshow op leven en dood. Wie goed raadt, krijgt zevenmaal zeventig ongerepte maagden onder stromen van ambrozijn en harpmuziek in het verblindende kunstlicht van de almachtige. Wie fout raadt, zal eeuwig branden in de hel. Een gouden formule, die hoge kijkcijfers scoort onder het altijd kritische, altijd verveelde publiek van onsterfelijken.

Iedereen kent ook de omgekeerde fantasie. Iedereen is weleens God geweest in het diepst van zijn gedachten. De wereld om ons heen bestaat alleen maar in zoverre wij haar waarnemen, zin geven en bedenken. Zonder onze ogen en gedachten zou er geen wereld bestaan, of ze zou lekker nutteloos in haar eentje ergens liggen te bestaan zoals een planeet in een verafgelegen sterrenstelsel nog steeds wacht tot wij hem ontdekken, zien en een naam geven. Alles wat bestaat, bestaat alleen maar in ons hoofd of het bestaat niet. En wie zegt dat wij met velen zijn? Wie zegt mij dat ik niet de enige ben? Wie zegt mij dat jij bestaat, mijn vriend? Het is veel waarschijnlijker dat ik je heb bedacht. Zo zijn ook de straatnamen, het plaveisel en de mensen die voorbijslenteren door mij bedacht. En niet alleen omdat ik een schrijver ben. Ik zie alleen maar wat ik wil zien, zoals alle mensen alleen maar zien wat zij al denken te kennen of verwachten. Als ik een slager zou verzinnen, zou ik hem precies zo verzinnen als een kolossale man met een bebloed schort. Misschien is hij wel bankier en is het meisje met rood haar op haar rode Vespa wel de slager. Maar zo is het niet, omdat het in mijn hoofd niet zo is. En zodra ik een oudere Italiaanse heer op een bankje zie zitten om naar de schepen te kijken, zal ik voor hem bedenken wat hij denkt. Het is mijn beroep. Maar dat is het punt niet. Zo zijn wij allemaal. Ook jij, mijn vriend. Zo leven we allemaal langs elkaar heen in elkaars verzonnen werelden. We zijn figuranten in elkaars fictieve autobiografie. We zijn decor van elkaars illusies.

Natuurlijk is het zo dat ik Genua heb verzonnen. In zekere zin bestaat de stad ook zonder mij, althans dat wil ik wel aannemen. Je kunt er zelfs naartoe. Het heeft een vliegveld, genoemd naar Columbus, die zogenaamd uit Genua komt. Hij is de man die Amerika heeft verzonnen. Zijn droom was om via het westen India te bereiken en rijk te worden. Hij bereikte Haïti en zag mensen in rare kleren. 'Ah, u moet Columbus zijn,' riepen ze juichend. 'Hoera! We zijn ontdekt!' Zijn fantasie was dat hij India had bereikt en daarom noemde hij hen indianen. En daar komt weer het sprookje vandaan van de cowboys die moesten schieten op indianen. Intussen was Genua rijk geworden van het zilver in de wilde gebieden die nu Argentinië heten. Maar toen de cowboys eenmaal hadden gewonnen en wolkenkrabbers hadden gebouwd, gingen tienduizenden berooide Italianen vanuit de haven van Genua Columbus achterna in een droom van rijkdom en een nieuw leven. Maar vluchten op Genova International Airport Cristoforo Colombo zijn op het moment nogal prijzig. Ik zou je aanraden om op Pisa te vliegen of anders op Milaan Malpensa. Dan kom je laat in de avond aan op station Brignole of Palazzo Principe. Vanaf dat laatste station kun je comfortabel over Via Balbi langs de lowbudgethotels naar Largo di Zecca, Via Garibaldi en Piazza de Ferrari. Maar je kunt ook gelijk vanaf het stationsplein naar Afrika, zeelui, hoeren en gevaar. Het beste is om op een schip te arriveren vanuit het zuiden. Dan doemt de stad vóór je op als een ondoordringbare muur van overmoed. Genua La Superba. Natuurlijk kun je ernaartoe. Maar natuurlijk heb ik haar verzonnen. Je zult haar nooit zo zien zoals ik haar zie, tenzij ik je vertel hoe je haar moet zien.

Ik heb ook verzonnen dat dit mijn stad is, de bakermat van mijn ware ziel, waar ik voor het eerst waarlijk gelukkig ben, zoals ik eerder had verzonnen dat Leiden dat was en daarvoor Rijswijk Z-H en zoals dat straks wellicht Casablanca zal zijn, Tunis, Zanzibar of Gotham City. Niet dat ik hier ooit nog wegga, maar het gaat nu even om het principe. Ik kijk elke dag naar de schepen. En op een winderige ochtend, als een grote veerboot uit den vreemde aanlegt in de verte, achter Darsena, en het labyrint wordt gevuld met verse verdwalers, dan, op zo'n ochtend, in mijn stad, op loopafstand van Capitan Baliano, Piazza delle Erbe en de Bar met de Spiegels, terwijl de vissers vloeken en de hoertjes van mij willen houden, terwijl donkere wolken zich samenpakken boven de forten op de heuvels, dan voel ik mij... raar om te zeggen... dan voel ik mij... raar om in je eigen fantasie te geloven... maar dan voel ik mij ook echt gelukkig.

Terwijl ik dit schrijf, schuifelt er een zwerver voorbij die eruitziet als een zwerver. Hij draagt een soort buitenaards kostuum van gevonden objecten en afval. Verregende knuffelbeertjes bungelen aan zijn harnas. Hij heeft een magisch masker gemaakt van cd-schijfjes. Met een gevonden stokje slaat hij ritmisch op een leeg colablikje terwijl hij voorbijloopt. Hij is een sjamaan. Hij is God in het diepst van zijn gedachten. Hij ziet niets of niemand. Hij verzint ons wel als hij ons nodig heeft. Hij leeft volledig in zijn eigen fantasie. Hij ziet er volmaakt gelukkig uit. Ik voel mij zeer aan hem verwant.

42

'Wat is volgens jou mijn grootste probleem?'

Ze antwoordde niet. Ze keek mij ook niet aan. Ze nam een slok van haar cappuccino, stak met trage gebaren een sigaret aan en staarde over het plein. Haar blik was koud. Ze keek niet als iemand die nadacht over een moeilijke vraag, maar als iemand die de vraagsteller demonstratief negeerde uit ergernis over het fundamentele onbegrip waarvan de vraag getuigde. Ze blies haar rook uit, maar het was alsof zij zuchtte. Ze bewoog niet, maar het was alsof ze haar schouders ophaalde. Ze was mooi. Ze was nog mooier dan gewoonlijk. Van een Italiaans meisje was ze veranderd in de sculptuur van een Italiaans meisje. Ze was een madonna van het beste marmer uit Carrara in de privékapel van de doge. Bij elk ochtendgebed en bij elk avondgebed verheugde hij zich weer over de fijne trekken van haar onbeweeglijke, zwijgende gezicht. Hij zat op zijn knieën, de handen gevouwen, en verbaasde zich erover hoe haar neus, haar kin, haar kaaklijn tegelijk scherp en zacht konden zijn. Zij was nobel. Tijdens zijn gebed stelde hij zich voor hoe het zou zijn om haar te zoenen. En haar polsen en enkels leken zo breekbaar. Het was onbestaanbaar dat zij in marmer kon bestaan als een vederlichte fantasie van suikerwerk. En in het echt, in het echt – hij stelde zich voor hoe haar handen, haar armen, haar hele lichaam als een sneeuwwitte vlinder bijkans zou bezwijken onder zijn omhelzingen en liefkozingen. Het beeld was hem dierbaarder geworden dan zijn eigen vrouw. Tot haar bad hij. Hij had de kunstenaar afgescheept met een prijsje waarvoor hij niet eens een banket kon organiseren.

Wat hij niet wist, was dat de berooide beeldhouwer zijn madonna had gemodelleerd naar zijn grote liefde, de dochter van de bakker op Piazza Fossatello. Van haar droomde hij elke nacht. Elke ochtend ging hij naar de bakkerij om een glimp van haar op te vangen. Nooit heeft zij hem zien staan. Nooit heeft zij hem een blik waardig gegund. Voor haar was hij niets meer dan de zoveelste schooier uit de stegen. Maar voor hem was het voldoende om haar te zien. Een dag die begon met haar aanblik, was een stralende dag met goudgele zon op de paleizen van Genua. Een dag die zonder haar begon, omdat zij ziek was of die ochtend om een boodschap was gestuurd, was donker als de nacht met bittere regen in de zwarte stegen. Hij aanbad haar. Ach, wist ze maar wie hij was. Kon ze maar een keer met hem mee naar het paleis van de doge om te zien hoe hij haar met hamer en beitel tevoorschijn had gestreeld uit het fijnste marmer. Maar hoe zou een bakkersdochter ooit worden toegelaten in de privékapel van de doge? Hem zelf was ook de toegang tot het paleis ontzegd op de dag nadat hij zijn meesterwerk had voltooid en de in zijn ogen zeer royale betaling in ontvangst had genomen.

Maar op een dag kwam de bakkersdochter in het paleis van de doge. Ze was die ochtend om een boodschap gestuurd. Ze moest manden met focaccia afleveren voor het banket dat voor die avond werd georganiseerd. Ze kwam toevallig uit de keuken op het moment dat de doge afdaalde van de trap. Ze had een verkeerde deur genomen en was tot haar grote schrik beland in het grote trapportaal voor de nobelen. Hij zag haar. Ze leek sprekend op de liefde van zijn leven. Ze had diezelfde scherpe en zachte lijnen in haar gezicht. Ze vertoonde diezelfde breekbaarheid in haar polsen en enkels. Haar handen leken fragiele composities van suikerwerk.

'Je leeft te veel in je fantasie.'

Ze keek me nog steeds niet aan. Maar ze had een antwoord gegeven. Ze had zich zowaar verwaardigd een antwoord te geven. Hoewel het was bedoeld als een verwijt, was het nog een interessant antwoord ook. Ik hoorde drie diepe stoten van een stoomfluit. In de haven stond een groot schip op het punt van vertrekken naar Barcelona, Tunis, Jeruzalem of La Merica. Natuurlijk leef ik te veel in mijn fantasie. Het is mijn beroep. Elke dag weer moet ik Genua verzinnen en bevolken met de mensen die ik zie en tot leven wekken met de gedachten die ze hebben. Ik moet Genua elke dag met hamer en beitel tevoorschijn strelen uit de betekenisloze, ruwe blokken marmer van de palazzi en modelleren naar het beeld van mijn zelfverzonnen geliefde. Ik moet mezelf in haar armen fantaseren en verzinnen dat ik thuis ben in haar omhelzing, en gelukkig. Ik moet mezelf omfantaseren tot een Genuees. Ik moet de zilte zeewind vanuit mijn longen de stegen in blazen. Ik moet de rolluiken laten ratelen en vloeken voor elke visverkoper en bakkersdochter. Ik moet de stoccafisso, de cima, de trippe en de pesto in de etalages leggen van alle stinkende winkeltjes in Via Canneto Il Lungo, in Macelli di Soziglia en onder de arcades van Sottoripa. Ik moet de hoertjes zwart verven en de messenwinkel om de hoek laten blinken. Ik moet de terrassen maken en de daken, de hoeken en de gaten, de pleintjes ter grootte van een Fiat Cinquecento en de stegen ter breedte van een handkar. Ik moet het vuil, de stank en de ratten het labyrint in spugen. Ik moet de Marokkanen en de Senegalezen met z'n elven op een kamer laten creperen.

'Maar is het erg?'

Ze antwoordde niet. Met een spierwitte cappuccino in een spierwit kopje op een spierwit schoteltje staarde ze over het spierwitte plein van marmer vóór het marmeren paleis van de doge.

'Je denkt dat je een goede man bent,' zei ze. Ze nam een trekje van haar sigaret en staarde in de verte. Het toeristentreintje van Porto Antico naar de Porta Soprana reed klingelend voorbij. 'Maar dat is alleen maar jouw fantasie.'

En hoe het is afgelopen met het bakkersmeisje en de doge, mag je zelf verzinnen, mijn vriend. Zou hij haar hebben gehuwd? Wat denk je zelf? En toen haar schande negen maanden later het licht zag en toen zij zei dat hij een zoon van de doge was, denk je dat ze haar toen hebben geloofd. En zo niet? Fantaseer maar, mijn vriend. Helaas zal, zoals dat in het algemeen dikwijls het geval is, je donkerste fantasie de waarheid blijken.

43

Ik had Rashid al tijden niet gezien. Andere rozenverkopers hadden zijn wijk overgenomen. Ze hadden nog minder succes dan hij. Ik zou liegen als ik zou zeggen dat ik vaak aan hem heb gedacht. Ik heb af en toe aan hem gedacht en ik heb geen enkele moeite gedaan om hem op te sporen.

En toen zag ik hem opeens, aan het einde van Via del Campo, vlak bij de Porta dei Vacca. Hij was zichtbaar aangekomen en droeg een goed pak van Italiaanse snit met een paar geraffineerde schoenen. Ik groette hem. Hij zag mij niet. Ik groette hem nogmaals.

'Ik heb het druk, Ilja.'

Ik verontschuldigde mij. 'Je ziet er goed uit, Rashid. Heb je een baan gevonden?'

Hij knikte.

'Als installateur van airconditioners? Hetzelfde werk dat je in Marokko altijd hebt gedaan?'

'Sorry, Ilja, ik heb een afspraak.'

Daarna heb ik hem nog een paar keer gezien, vooral op Piazza delle Erbe, tegen het einde van de avond. Hij groette mij niet meer. Hij vermeed mijn blik. Meestal installeerde hij zich aan de gele tafeltjes van Bar Gradisca. Hij wachtte op anderen en zodra die verschenen, ging hij met hen het labyrint in. Soms kwam hij daarna terug om op een andere klant te wachten, soms niet. Hij was een zakenman geworden en keurde zijn oude vrienden geen blik waardig.

En toen gebeurde het dat hij helemaal verdween. Ik vroeg Oscar, de eigenaar van de Gradisca, of hij iets wist. Hij haalde zijn schouders op. Toen ik doorvroeg, liep hij weg. Ik vroeg Mustafa, een collega-Marokkaan die 's ochtends de tafeltjes buiten zet voor Oscar, of hij iets had gehoord. Hij zei dat al zijn vrienden Italianen waren, dat hij geen enkele Marokkaan kende en zeker niemand die Rashid heette.

Een paar dagen later nam Oscar mij apart. Hij zei niets. Opdat ik nooit zou kunnen zeggen dat hij iets gezegd had. Hij legde zijn wijsvinger op zijn lippen om dat te benadrukken. Daarna sloot hij met diezelfde wijsvinger één neusgat af om met het andere een snuivend geluid te maken. Toen bracht hij beide polsen bij elkaar in het gebaar dat handboeien suggereert. 'Marassi,' fluisterde hij. En ik was lang genoeg in Genua om te begrijpen dat hij niet het stadion bedoelde, maar de gevangenis in diezelfde wijk.

44

En op een avond, toen ik thuiskwam, vond ik een brief. Hij zat niet in een enveloppe. Het was niet meer dan één enkel dubbelgevouwen velletje dat onder mijn voordeur door was geschoven.

'Lieve Leonardo, het spijt me verschrikkelijk dat het zo is gelopen. Zoals ik je al zei, de laatste keer dat we elkaar zagen: jouw probleem is dat je te veel in je fantasie leeft. Je denkt dat je dingen begrijpt, maar alles wat je begrijpt, begrijp je alleen maar in je eigen gedachten. Als je wat meer oog voor de werkelijkheid zou hebben, had dit allemaal niet hoeven te gebeuren.

Ik was verliefd op je, Leonardo. Ik hield van je. Maar die gevoelens waren zo sterk en zo nieuw dat ze mij verwarden. Daarom had ik tijd nodig. Daarom had ik je gevraagd mij een paar weken met rust te laten. En weet je wat? Ik heb echt goed nagedacht. Ik begon te begrijpen dat je gelijk had met de dingen die je zei over Francesco. Of niet zei, maar dacht. Ik begon te begrijpen dat ik niet verplicht ben om bij iemand te blijven die mij van de trap heeft gegooid. Ik begon te begrijpen dat ik het recht had om mijn eigen keuzes te maken en dat ik ook mag kiezen voor het avontuur. Dat niemand mij dat kan verbieden.

En weet je, het was precies die dag, twee dagen voor de derby, dat ik een besluit had genomen. Ik had besloten om voor jou te kiezen. En ik heb het uitgemaakt met Francesco, hoe moeilijk dat ook was. Ik droomde ervan om bij jou te zijn en om misschien ooit samen met jou naar jouw land te gaan. Ik droomde ervan om jouw taal te leren, jouw gedichten te kunnen lezen en ooit samen met jou een nieuw leven te beginnen in het Noorden. Ik kon niet wachten om het je te vertellen.

En de volgende ochtend kwam je met haar. Met dat blonde meisje dat in alles het tegenovergestelde is van mij. En ik zag hoe jullie met elkaar praatten in jullie eigen taal en naar elkaar keken. Je had helemaal geen oog voor mij. Je leek mij helemaal te zijn vergeten. Of bewust te negeren. En tijdens de derby zag ik hoe je je hand op haar schouder legde. En daarna op Piazza delle Erbe zag ik hoe jullie met elkaar praatten als een verliefd stel. Ik zag jullie zoenen. En daarna ben ik jullie gevolgd. Ik heb gezien hoe jullie hand in hand naar jouw huis liepen, datzelfde huis waar ik ooit in het maanlicht in jouw handen heb gelegen en waar ik in mijn dromen samen met jou had willen wonen totdat we naar jouw land zouden gaan. Hoe kon je zo harteloos zijn, Leonardo? Hoe kon je mij zo snel vergeten?

Nou ja, dat wou ik zeggen. Nu weet je het.

En, o ja, nog één ding. Je kunt gerust naar de Bar met de Spiegels gaan. Ik werk daar niet meer. Ik heb vanochtend ontslag genomen.'

Eerste intermezzo

We all live in a yellow submarine

1

Het was de verjaardag van Don. En dat hebben we geweten. Hij werd drieënzeventig. Die ochtend zag ik hem zitten bij Everzwijn. Dat is de bijnaam van Elio, de uitbater van restaurant de Schooner op Salita Pollaiuoli, voorbij de Bar met de Spiegels, iets verder in de richting van Via San Bernardo en San Donato. Everzwijn heeft een simpele strategie. Er mag in zijn restaurant niet worden gerookt, tenzij er toevallig geen klanten zijn. Daarom is het restaurant bijna de hele dag gesloten. Everzwijn staat in een vuil hemd achter de toog te paffen vlak onder het bordje VERBODEN TE ROKEN. Soms staat de deur open omwille van de frisse lucht. Argeloze toeristen die in opperbeste stemming komen binnendwarrelen om een hapje te eten in het wereldberoemde restaurant de Schooner, worden door Everzwijn weggebonjourd. Gesloten. Dicht. Nee, geen restaurant vandaag. Want anders zou hij zich moeten omkleden, asbakken van de tafel halen, menukaarten zoeken, werken. Liever doet hij de deur dan maar weer dicht en zet hij de muziek wat harder. Ella Fitzgerald. Moet je dit horen. Sarah Vaughan. En dan iets met een sousafoonsolo. Zijn hemd slaat geel uit als zijn vingers, gedoopt in nicotine. Wijn. Bier. Gin-tonic. Don. En wie er verder is, moet een vriend zijn van Everzwijn of van Don om er te mogen zijn. Al vanaf elf uur 's ochtends.

Italiaanse humor bestaat eruit om vooral zelf heel hard te lachen nadat je een grap hebt verteld en vervolgens je stem te verheffen om dezelfde grap nog drie keer te maken. Sarah Vaughan zong het lied 'You Are My Honey Bee'. Everzwijn, die anders dan alle anderen een beetje Engels verstaat, vertaalde die regel in het Italiaans. 'Jij bent mijn honingbij, zingt ze. Dat betekent dat hij met zijn angel, weet je wel.' Hij maakte het bijbehorende vulgaire gebaar. Terwijl er aan zijn toog werd geschaterd, verhief hij zijn stem, zichtbaar in zijn nopjes met zijn succesje, en zei hij: 'Jij bent mijn honingbij. Vat je hem? Hij met zijn angel... Dat hij met zijn angel, weet je wel. En dan zingt zij dat hij haar honingbij is. Snap je hem? Snap je hem? Jij bent mijn honingbij. Niet te geloven. Dat zingt ze. En hij met zijn angel...' En telkens weer maakte hij het bijpassende obscene gebaar. En als iemand anders ook een duit in het zakje probeerde te doen, beschermde hij zijn persoonlijke succes door hetzelfde op nog luidere toon te herhalen. Een Italiaans feestje bestaat eruit om zo veel mogelijk grappen zo vaak mogelijk te vertellen en om anderen, die datzelfde willen, te overstemmen.

En daartussen floreerde, zwalkte, zong en glorieerde Don als stoorzender. Hij danste op een grote wattige wolk van gin-tonic. Mijn god, wat was hij jarig. Hij was nu al meer dan twintig jaar in Genua en hij sprak nog steeds nauwelijks Italiaans. Maar de obscene gebaren kende hij als geen ander. En zodra er weer een meisje binnentippelde om hem te feliciteren, spreidde hij zijn armen en zong hij 'You are my honey bee', tot grote hilariteit van Everzwijn en alle andere Italianen aan de toog. Don wist wel hoe hij vriendjes kon maken in Genua, of waar ook ter wereld, maakte hem het uit, zolang ze maar gin-tonic schonken met zo min mogelijk tonic en zolang hij maar, bij wijze van persoonlijk privilege, mocht roken met de barman in de bar waar je niet mocht roken. Hij sloeg vrouwen op hun billen, kneep hen in hun tieten en legde zijn hoofd in hun schoot. Een alcoholist van drieënzeventig met een Engels accent kon zich klaarblijkelijk heel wat permitteren.

'We zijn net zulke schurken als al die Italianen,' zei hij in het Engels tegen mij.

'We zijn antropologen,' probeerde ik nog.

'Op antropologen! Daar drinken we op! Cheers big-ears!' En vervolgens begon hij uitgebreid een kostelijke anekdote op te dissen over een antropoloog die hij ooit had ontmoet in Birma of Maleisië. Ik had die anekdote al tien keer gehoord, maar wederom werd mij de clou onthouden omdat er weer een vrouw binnenkwam die nodig toegezongen, omhelsd en betast moest worden.

Don was in die tijd mijn dierbaarste vriend in het labyrint. Hij was de enige die, door dagelijks uitbundig te verdwalen, nimmer dwaalde. Zijn wereld was gekrompen tot een handjevol bars rond zijn hotel op Salita Pollaiuoli en hoewel hij geregeld zijn hotelkamer niet meer kon terugvinden vanaf Piazza delle Erbe, waarop zijn kamer uitkeek, was hij in zijn ononderbroken delirium de meest constante, standvastige, betrouwbare en realistische van alle mensen die ik kende. En dat is niet bedoeld als een grappige manier om te zeggen dat hij voorspelbaar was en uiterst vindbaar op elk willekeurig moment van de dag. Hij was de enige die het begreep. Hij leefde niet in zijn fantasie, want hij had een in alle bescheidenheid prachtige fantasie volledig waargemaakt: om zich schaterend en dansend dood te drinken te midden van vrolijke oppervlakkigheden, lachende Italianen en wat billen om op te slaan en tieten om in te knijpen. Hij had geen illusies meer. In plaats daarvan had hij besloten dat het altijd feest was. Voor Don was elke dag de verjaardag van Don. Grande Don.

2

Zijn echte naam was Donald Perrygrove Sinclair, maar omdat hij de godfather van het pleintje was en er op drukke avonden honderden langskwamen om zijn hand te kussen, heette hij Don. Hij was de Engelse Professor. Het weinige Italiaans dat hij sprak, sprak hij met zo'n zwaar Cambridge-accent dat hij vanzelf meer dan één Engelse Professor werd: in zijn eigen uitspraak klonk het als 'Il Professori Inglesi'. En iedereen zei het hem na, omdat het juist leek. Hij was te groots om genoegen te hoeven nemen met banaal enkelvoud.

En daarbij was hij ook meerdere personen. Hij was de gekreukelde, morsige bejaarde in de ochtend met een gin-tonic in zijn bevende hand. Hij was Oscar Wilde in de middag, een ravissant causeur die onder het genot van een glas gin-tonic spelevaarde op de stromingen van kunst en literatuur, subliem acteerde wat hem beviel en dwarszat, Shakespeare citeerde en gedichten van hemzelf en kostelijke anekdotes opdiste. Hij was de Don van wie de Italianen hielden na zonsondergang, de ladderzatte clown die liederen zong en danste met een glas gin-tonic in zijn hand zonder zich te bekommeren over decorum of zich zelfs maar te herinneren wat dat woord betekent. Er was geen sprake van dat hij zich de namen of gezichten herinnerde van al die tientallen vrienden en vriendinnen die na zonsondergang aan zijn tafeltje voorbijtrokken en die hij ongetwijfeld weleens eerder had ontmoet, maar ook toen na zonsondergang. Daarom omhelsde en zoende hij iedereen. Pijnlijke misverstanden, die onvermijdelijk waren, loste hij op door uit te barsten in een lied. Hij had een groot repertoire, maar zijn favoriet was 'We all live in a yellow submarine'. Hij was de Don die na sluitingstijd struikelde en zich verwondde. Dat kwam doordat hij last had van duizelingen, conform zijn eigen diagnose. Hij is daadwerkelijk een keer naar de dokter gegaan om te vragen waar zijn duizelingen vandaan kwamen. 'En wat zei de dokter?' vroeg ik toen hij weer terug was. 'Hij is een oude vriend van mij. Ik kan niet tegen hem liegen. Hij vroeg mij hoeveel ik drink en wanneer ik voor het laatst gegeten heb. Ik ben een heel intelligent man, maar niet zo slim.'

Hij was tweeënzeventig jaar oud toen ik hem voor het eerst ontmoette. Hij vertelde mij dat hij ruim twintig jaar geleden naar Genua was gekomen om Engels te doceren. Hij had een contract voor één jaar. Hij was nooit meer weggegaan, ook na zijn pensioen niet. Hij woonde al ruim twintig jaar in het hotel op Salita Pollaiuoli, vlak bij de Bar met de Spiegels. Hij had vier vriendinnen die giftig jaloers op elkaar waren. Hij had meer dan vier vriendinnen. Hij zoende, betastte, omhelsde en bepotelde alles waar een paar tieten aan vastzat en dan zei hij: 'I love you.' Wel honderd keer op een avond. 'Op mijn vijfennegentigste word ik doodgeschoten door een jaloerse echtgenoot. Dat is mijn streven. What a way to go.'

Zijn grootste minnares was ongetwijfeld zijn glas gin-tonic. Dat zei hij zelf ook vaak: 'Ik heb al mijn negen vrouwen verlaten, maar nog nooit een glas gin-tonic.' Cappuccino senza schiuma, noemde hij het zelf liefkozend. Hij dronk zijn glas nooit leeg, maar koesterde haar, beminde haar en zorgde voor haar, de hele dag lang. Telkens wanneer hij halverwege was, vroeg hij om extra ijs en een lacrima, een traantje, een scheutje extra gin. 'Drunk on tears. Zou een prachtige naam voor een popgroep zijn.' Al vroeg in de middag was het pure gin geworden met hooguit een vleugje herinnering aan tonic. 'Genoeg gin om de Titanic te laten drijven en genoeg ijs om haar tot zinken te brengen.' Hij was een professioneel alcoholist die geen seconde van de dag achter een leeg glas zat. En 's nachts bij sluitingstijd wist geen barman nog hoeveel gin-tonic hij moest afrekenen. Welbeschouwd had hij er slechts één gedronken.

'Mijn eerste gin-tonic heb ik gedronken op mijn elfde, samen met mijn Uncle George. Het is allemaal zijn schuld. He was a great character. Er kwam nooit een zinnig woord uit die man, tot die ene keer dat hij opeens zei: "Ze beweren dat je langer leeft als je niet rookt en niet drinkt. Maar dat is niet waar. Het lijkt alleen langer."'

Hij hield niet van verplaatsen, zoveel was duidelijk. Hij hield van Genua. 'Mijn hotelkamer kijkt uit op zeven bars. Acht als je het internetcafé meetelt. Blijf alsjeblieft. Blijf alsjeblieft in Genua, Ilja. Het is de hemel. Alles wat je nodig hebt is hier.'

3

Afgezien van gin-tonic had Don maar één ander ding nodig om te overleven en dat was aandacht. Hij was de koning van Piazza delle Erbe, waar alle tafeltjes scheefstaan. Hij installeerde zich bij voorkeur aan de hoge zijde van een van de hogere tafels omdat er vroeg of laat altijd een flesje tonic omviel en conform de wetten van de zwaartekracht belandde dat niet in zijn schoot maar in die van degene die aan de overkant aan de lagere kant van de tafel zat. Hij was een professional. Hij dacht aan alles. Als het om drank ging, liet hij niets aan het toeval over.

Meestal zat hij alleen aan de hoge kant van zijn hoge tafeltje en hield hij audiëntie. De massa's die hem begroetten, trokken aan hem voorbij. De twee meest gebruikte woorden in Genua waren 'Ciao, Don'. Hij zat daar als een gepensioneerde cabaretier in afwachting van publiek. Als een slapend aapje in zo'n ouderwetse machine waar je een kwartje in moest gooien om ze wakker te maken en dan deden ze een liedje en een dansje. Zo was Don op elk moment van de avond voorbereid om zijn act te doen zodra zich een dankbaar publiek aandiende. In de tussentijd dommelde hij achter zijn zonnebril weg met een halveliter gin-tonic voor zich op zijn hoge tafel.

En zoals elke cabaretier had hij telkens vers publiek nodig. Zijn repertoire was groot, maar vroeg of laat viel hij in herhalingen. De gin-tonic hielp ook niet. Hij was heel wel in staat om drie avonden op rij dezelfde kostelijke anekdote op te dissen omdat hij twee avonden op rij vergat dat hij die de avond ervoor al had verteld. Dat was overigens niet echt een probleem, want de combinatie van zijn antiquarische Cambridge-accent en gin-tonic maakte hem zo goed als onverstaanbaar, zodat je dezelfde anekdote minstens drie keer moest horen om haar te begrijpen.

Zijn lievelingspubliek waren de boaties. Eh, de boaties. Hoe zal ik die nou weer eens beschrijven? Genua is een havenstad, right? Ten westen van Centro Storico meren de cruiseschepen aan, nog meer ten westen daarvan gaan de veerboten naar Sicilië, Sardinië en Afrika en nog meer ten westen daarvan zijn er uitgestrekte kilometers met voorzieningen voor containerschepen. Maar intussen hebben we het wel over de Middellandse Zee. Dus er is ook een grote jachthaven. En die is in Porto Antico, precies onder Centro Storico, op loopafstand van Piazza delle Erbe. Daar liggen de luxe motorjachten van meer dan veertig meter. Als de eigenaar er niet is. Als hij er wel is, gaan ze naar Sardinië, Portofino, Saint-Tropez, Saint-Tropez en Saint-Tropez. Maar de eigenaar is er maar twee of drie weken van het jaar. Verder hebben ze een paar charters, maar voor de rest van het jaar ligt de boot hier. En om een luxe motorjacht van meer dan veertig meter dat in de haven ligt te onderhouden heb je een bemanning nodig van tien of elf man. Er is één Duitse of Russische kapitein, die iedereen haat, de helft zijn Filippino's, die het harde werk doen en voor elkaar koken, en de andere helft komt uit het Gemenebest. Zij zijn de boaties. Australiërs, Nieuw-Zeelanders en Canadezen met veel te veel geld en veel te veel gadgets op avontuur op de Middellandse Zee, maar niet echt op avontuur omdat ze overbetaald en in luxe bij voortduring in elkaars gezelschap verkeren. Zij komen af en toe met hun iPhones op de piazza om luidruchtig honderden euro's stuk te slaan aan cocktails en een belachelijk grote fooi achter te laten voor alle glazen die ze hebben gebroken en alle overlast die ze hebben bezorgd.

Zij waren Dons meest dankbare publiek. Ook omdat hij dan geen Italiaans hoefde te praten, wat hij sowieso niet kon. Verwende jongeren uit de wingewesten vonden zijn archaïsche Cambridge-accent dolkomisch. Het leek er soms wel op alsof ze hem speciaal kwamen opzoeken. Alsof hij expliciet genoemd werd als attractie in hun reisgidsen. Met drie sterretjes. En hij veerde op. Iemand had een kwartje in de machine gegooid. Hij deed al zijn anekdotes en al zijn moppen. Hij voldeed aan alle verwachtingen. En zij betaalden zijn volgende gin-tonic zoals je een nieuw kwartje in de automaat met aapjes gooit. En aan het einde van de avond, als hij niet meer kon praten, begon hij te zingen. En ze kenden het lied al. 'We all live in a yellow submarine.'

4

Ook mij beschouwde hij als nieuw publiek. Hij vertelde mij anekdotes over zijn eigen leven. En hij was een briljant verteller. Althans na zijn derde gin-tonic en vóór zijn dertiende, wat gemiddeld een window of opportunity gaf van drie uur tot zes uur. Hij vertelde hoe hij bijna een eeuw geleden van school was gestuurd. Natuurlijk was hij met een achternaam als Perrygrove Sinclair en met een vader die grote hoogten had bereikt in de hiërarchie van Her Majesty's Royal Army toegelaten tot een van de meest prestigieuze privéscholen van het Verenigd Koninkrijk.

'In het voorlaatste jaar kregen we een wiskundeleraar uit India. Een briljante man, daar twijfel ik niet aan. Maar hij stotterde vreselijk. En daar heb ik een limerick over geschreven in mijn schoolschrift. Maar hij had het gezien en vorderde mijn schrift. Hij las de limerick. En toen hadden we de poppen aan het dansen.

De volgende ochtend moest ik bij de rector komen op zijn kantoor. Samen met mijn vader. De rector had mijn schrift op zijn bureau liggen. Hij zette zijn strenge gezicht op, opende mijn schrift en las de limerick voor. Ik gniffelde. "Er valt hier niets te lachen, Perrygrove Sinclair. Heb jij dit geschreven?" Mijn vader zat onbeweeglijk op zijn stoel, voorovergeleund op zijn wandelstok. Ook hij had zijn strenge gezicht opgezet. "Hoewel het in metrisch opzicht misschien niet helemaal volmaakt is," zei ik, "schaam ik mij er niet voor om te bekennen dat ik de trotse auteur van dit poëem ben." De rector sloeg met zijn vlakke hand op zijn bureau. "Er is geen enkele reden om trots te zijn op deze vuiligheid." Toen stond mijn vader op. "Ik ben het geheel met u eens, meneer de rector. Mijn zoon heeft de goede naam te schande gemaakt van de vele generaties Perrygrove Sinclair die hier zijn schoolgegaan." Zijn besluit was om mij van school te halen. Hij stuurde mij naar het leger.'

Don nam een slok van zijn gin-tonic en vroeg de passerende serveerster om extra ijs en een lacrima.

'En nu vraag jij je natuurlijk af of ik me die limerick nog herinner.

There was a math teacher from Calcutta,
who had an incredible stutter.
But his girl smiled with glee,
for she found out that he
took more time than others to fu... fu... fu...

En dat die laatste regel dan nog steeds rijmt, zeg maar. Maar dat had je al begrepen. Toen ik het die avond aan mijn moeder liet lezen, moest ze lachen. Ze gaf mij een kus op mijn voorhoofd. De volgende ochtend zat ik in de bus op weg naar de kazerne.

En een jaar later zat ik in Maleisië. Voor de zogenaamde Emergency. Je mocht het geen oorlog noemen, maar het was er wel een. Het begon in 1948 en eindigde pas in 1960 of 1961. Ik zat bij een regiment van parachutisten. Op een dag ontplofte er een granaat een beetje te dichtbij. Mijn hele buik lag open. Ik zal je het litteken laten zien. Kijk. Zie je dat? Ik was bijna dood geweest. Vanwege een limerick. Ik was bijna dood geweest vanwege een fucking gedicht.'

5

Het kwam regelmatig voor dat hij in de middag zijn hotel uit kwam met zichtbare verwondingen van de nacht ervoor. Korsten op zijn hoofd of elleboog of bloedvlekken op zijn overhemd. Als ik hem vroeg wat er was gebeurd, spreidde hij zijn armen en antwoordde hij triomfantelijk: 'Dat kan ik mij niet meer herinneren.' En als ik doorvroeg, zei hij: 'Normale mensen vallen van de trap, ik val de trap op.'

En als ik nog meer doorvroeg, zei hij: 'Er hangt een beveiligingscamera bij de ingang van mijn hotel. Ik zou weleens een compilatie willen zien van al mijn spectaculaire opkomsten.'

En langzaam begon me iets anders duidelijk te worden wat hij zorgvuldig verborgen hield met zijn stropdassen en pakken, zijn onberispelijk voorkomen, afgezien van een paar bloedvlekken, zijn Cambridge-accent, zijn lacrima gin en zijn residentie in het hotel waar hij de Union Jack uit het raam had gehangen. Hij had eigenlijk helemaal geen geld.

Het werd me duidelijk toen hij mij op een avond vroeg om naar zijn hotelkamer te komen om zijn televisie te repareren. Die reparatie was het probleem niet. Dat was een kwestie van de stekker in het stopcontact steken. Maar wat voor een stopcontact. Een soort vooroorlogse constructie van meerdere gebarsten componenten in bakeliet. Er lagen draden bloot. 'Is dat van jou?' vroeg ik. 'Nee, allemaal van het hotel.' En toen keek ik een beetje beter. Overal zaten vochtplekken. Het behang bladderde van de muren. Zijn bed was een vergeeld matras op een oude deur. Ik ging naar zijn badkamer, maar dat had ik beter niet kunnen doen. En overal lagen kebabresten en lege ginflessen.

'Hoeveel betaal je voor deze kamer, Don?'

'Ik ben hier al zo lang. De eigenaar is een oude vriend van mij. Ik ken hem nog van...'

'Hoeveel betaal je voor deze kamer, Don?'

'Tweehonderd.'

'En hoe vaak komen ze schoonmaken?'

'Soms.'

'Hoe vaak?'

'Het probleem is dat ik eerst zelf moet schoonmaken voordat de schoonmaakster hier durft binnen te komen.'

We praatten er verder over op het plein. Hij nam een slok van zijn gin-tonic.

'Vlak voordat mijn vader stierf,' zei hij, 'ontbood hij mij op zijn werkkamer. Het was de eerste keer dat ik hem weer sprak nadat hij mij van school had gehaald. "Spreken" is een groot woord. Hij overhandigde mij een dossier. Daarin zaten alle documenten van zijn pensioen, zijn levensverzekering, die van mijn moeder en mijn pensioenopbouw, allemaal voorbeeldig gedocumenteerd en gerangschikt en allemaal ondergebracht bij een van de meest traditionele en betrouwbare banken van Engeland.'

Er passeerde een serveerster, dus bestelde hij ijs en een lacrima.

'Barings Bank.'

Hij liet een stilte vallen.

'Ik weet niet of dat in die tijd ook in jouw land in het nieuws was. In Engeland was het een drama. Tienduizenden fatsoenlijke, eerlijke, hardwerkende mensen zijn in één klap al hun spaargeld kwijtgeraakt.'

Hij kreeg tranen in zijn ogen.

'Nick Leeson. Ik zal zijn naam nooit vergeten. Het was in 1995. Hij was een trader voor Barings Bank in Hong Kong. Hij had van hun kapitaal miljoenen vergokt op de beurs en vervolgens miljarden in een poging om zijn verliezen goed te maken en toen is hij in zijn Ferrari gevlucht naar Thailand. Ze hebben hem uiteindelijk gepakt, berecht en veroordeeld. Hij heeft zijn straf uitgezeten. Vervolgens schreef hij een boek dat een bestseller werd en was hij opnieuw multimiljonair. Maar Barings Bank was failliet. En weet je wat het betekent als een bank failliet is? Ik weet dat je weet wat dat betekent.

Als ik het uitreken, had ik alleen al met mijn verleden in het leger, mijn hoogleraarschap in Cambridge, alles wat ik daarna in Italië heb gedaan, om nog maar te zwijgen over het werk dat ik ben blijven doen voor het Verenigd Koninkrijk, maar daarover kan ik je helaas niets vertellen – en dan ook nog het geld van mijn vader en een beetje van mijn moeder –, alles bij elkaar had ik recht gehad op een pensioen van meer dan achtduizend pound sterling per maand. Hoeveel euro is dat? Maar dat ben ik dus allemaal kwijtgeraakt. Ik ben een van de slachtoffers van het failliet van Barings Bank. Ik ben een van de slachtoffers van Nick Leeson. En nu leef ik op een klein staatspensioen van een paar honderd euro. Net genoeg om dat stinkhok te betalen waar ik woon. En de rest gaat op aan drank en sigaretten. En elke maand weer moet ik een keuze maken of ik mijn overhemden naar de stomerij breng of mijn schoenen laat verzolen. Zo krap is het.'

Hij nam een grote slok van zijn gin-tonic.

'Zo krap is het. Maar je kunt ook zo denken: als ik nu achtduizend euro per maand had gehad om op te drinken, was ik allang dood geweest. Proost. Op Nick Leeson.'

6

We begonnen ons zorgen te maken over Don. De massa's die elke avond aan zijn tafeltje voorbijtrokken om hem te omhelzen en zijn ring te kussen, zagen het niet. Zij zagen de clown die zij hoopten te zien en die leverde op commando. Wij waren een handjevol buitenlanders, een Schot, een Ier, een paar Engelsen, een aangetrouwde Poolse en een Tsjechische, die hem zo goed als dagelijks zagen op het plein. Het was een groepje goede vrienden, van wie ik mij desondanks vaak distantieerde omdat de voertaal Engels was. En dat was niet eens het echte probleem. Het was een soort kleine expatcommunity waar gesproken werd over de uitslagen van testmatches, de queen-mother en de beste plek in Genua voor echte Marmite. Het was nasudderend Engels kolonialisme. Dat je hun taal spreekt, is het uitgangspunt, maar laten we zien of je echt beschaafd bent en op de hoogte van de cricketscore. En intussen maar lachen over die Italianen die toevallig het voorrecht hebben om jou met je superieure cultuur en superieure ironie tijdelijk te gast te hebben in hun corrupte en eindeloos inefficiënte land waar je meewarig hoofdschuddend op neerkijkt omdat er nog steeds steigers staan waar die een half jaar geleden ook al stonden en je stoepje nog steeds niet is gerepareerd. Ik was niet naar het Zuiden gekomen om superieure noorderlingen met korte broeken in hun superieure taal grappen te horen maken over het Zuiden met alle woordspelingen van dien op namen van Engelse cricketspelers en het weinige andere dat er die dag van belang was in het Gemenebest. Maar het waren vrienden van Don. En het waren lieve mensen. Dus ik kon en wilde ze niet blijvend negeren.

We hielden crisisberaad op een plek die Don nooit zou kunnen vinden. De Mandragola. Rebecca, de eigenares van Caffè Letterario was er ook bij, omdat zij als uitbaatster van zijn stamcafé wereldwijd veruit het best gekwalificeerd was om een oordeel te vellen over Dons situatie. De vergadering werd geopend door onze Schotse vriend, die ons allen dankte voor onze aanwezigheid en benadrukte dat Don nooit iets ter ore mocht komen van de vigerende bijeenkomst. We knikten allemaal plechtig. Vervolgens zette hij uiteen waar onze zorgen in de kern op neerkwamen door Dons huidskleur te beschrijven. Volgens hem was die olijfgroen. Daarop barstte een levendige discussie los. De lobby voor mosgroen leek aanvankelijk een meerderheid te behalen, maar na een veto van de Oost-Europeanen werd een compromis aangenomen: kotsgroen. Het volgende punt van orde was zijn gestel. Een kleine minderheid beschreef hem als mager. Maar die werd overruled door een meerderheid die hem beschouwde als uitgemergeld. Het debat ging uiteindelijk over zijn vele verwondingen die slecht genazen en de oorzaak van zijn vreemd opgezwollen buik. Onze Schotse voorzitter stelde een compromis voor: dat Don er, ongeacht de verschillende interpretaties die de verschillende partijen mochten hebben, met de dag ongezonder uitzag. Die motie werd unaniem aangenomen.

Op dat moment vroeg Rebecca het woord. 'Ik houd van Don,' zei ze. 'Hij is een levende legende. Van mij mag hij zich ook dooddrinken op mijn terras. Hij is een volwassen man. Het is zijn keuze. En op een bepaalde manier ben ik ook vereerd, al is dat misschien het verkeerde woord. Ik bedoel...'

Wij knikten begripvol. Wij wisten precies wat zij bedoelde.

'Ik bedoel het volgende. Op een gemiddelde avond drinkt hij makkelijk een fles leeg. Gin. Een liter. Dat is veertig euro verkoopprijs. En zelfs de inkoopprijs kan hij niet betalen. Sorry dat ik zo prozaïsch moet zijn. Don is een gedicht. Maar ik moet elke avond mijn kassa opmaken.'

Er viel een stilte. En opeens hadden alle vrienden van Don andere afspraken. Ik bleef alleen achter met Rebecca. 'Het belangrijkste,' zei ik, 'is dat Don nooit te weten mag komen dat we het erover hebben gehad om hem te helpen. Hij heeft zijn trots. Het is het enige wat hij heeft. Hij zou het ons nooit vergeven.'

Rebecca zei niets.

7

'Na Maleisië was ik gelegerd in Japan en Korea. Japan was een makkie. Dat was gin-tonic drinken met de Japanners. Drie keer raden wie won. En in Korea had ik een soort administratief baantje. Voor een maand. En daarna heb ik nog een tijd op een geheime Britse luchtmachtbasis gezeten in Saudi-Arabië. Die was zo geheim dat er zelfs in de Britse legertop maar heel weinig mensen op de hoogte waren van haar bestaan. Maar de Israëliërs wisten ervan. En dat demonstreerden ze door wekelijks op een vaste tijd laag over te vliegen en de start- en landingsbaan te bombarderen. Symbolisch. Met bloemen. Als waarschuwing. Om duidelijk te maken dat ze ons in de gaten hielden en dat er, als ze zouden besluiten om ons echt te bombarderen, omdat we ons niet koest hielden, niets zou zijn wat hen zou kunnen tegenhouden. Soms kwamen ze een dag eerder of later. En een keer gebeurde het dat de Saudische piloten net bezig waren met een oefening toen zij eraan kwamen. Die piloten waren allemaal prinsen. Vreselijk verwend. En als de dood voor de Israëliërs. En er waren er twee die uit pure angst hun schietstoel gebruikten en hun peperdure jachtvliegtuig lieten neerstorten in de woestijn. We hebben veel gelachen toen.

Maar Maleisië was zwaar. Dat was echt. We kregen een jungleoverlevingscursus in Kuala Lumpur. Wat je wel en niet kunt eten. Hoe je van je eigen pis drinkwater kunt maken. Er waren van die planten met grote bladeren. Echt. Zo groot. Olifantsoren noemden we die. Ze zijn giftig. Als je ze rauw eet, ga je eraan dood. Maar als je ze een nacht laat sudderen in je eigen uitwerpselen, zijn ze extreem voedzaam. En in geval van nood had ik natuurlijk altijd een fles gin in mijn rugzak.

We waren op jacht naar de ct's. Communistische terroristen. Nu zou ik ze vrijheidsstrijders noemen. Bivak achter hun linies. De stress. De stress was het ergste van alles. Vier man die de wacht houden en na vier uur werden ze afgelost door de andere vier. Om de beurt vier uur slapen. En nooit schieten. Was het maar waar. Dat had het nog een beetje draaglijk gemaakt. Maar volgens mij bestonden die ct's niet eens. Ik heb er nooit een gezien.

Wel Fransen. Op ons rugbyveld. Die kwamen uit Vietnam. Hun basis was omsingeld en ze waren met helikopters geëvacueerd. Naar ons rugbyveld in Maleisië. Ze hadden het flink voor hun kiezen gehad, dat kon je zo zien. Gewonden. Gescheurde uniformen. Luizen, bloedzuigers, schotwonden en geen gin-tonic in weken. Wij Engelsen hebben die Fransen allemaal om te beginnen maar eens onder de douche gezet. Een grote hoop gehavende uniformen op ons rugbyveld, benzine en een aansteker. En ze stonden poedelnaakt in de rij voor de douches. Ook de officieren. Die kon je herkennen aan hun dikke bierbuiken.'

Hij bestelde ijs en een lacrima.

'Dbb's noemden we die. Dikke bierbuiken.'

8

'Al met al heb ik acht jaar in het leger gezeten. Fucking acht jaar van mijn leven. Het was een totale tijdsverspilling, welbeschouwd. Ik had er niets geleerd dan vaardigheden die ik nooit in mijn leven meer hoopte nodig te hebben, zoals schieten op vrijheidsstrijders, olifantsoren koken in mijn eigen uitwerpselen en granaatscherven opvangen met mijn buik. Het werd tijd om eindelijk iets nuttigs te gaan doen met mijn leven. Nuttig vooral ook in die zin dat het beter te combineren viel met mijn dorst. Ik wilde als een beschaafd man in cafés zitten in plaats van in ondergelopen mansgaten in de jungle. Volgens mij had ik daar ook meer talent voor. En mijn glansrijke carrière heeft bewezen dat ik gelijk had.

Ik besloot om te gaan studeren. Engelse literatuur. In Cambridge. Maar er was één probleem. Ik had mijn school nooit afgemaakt. Ik had geen diploma. En je hebt een diploma nodig om te worden toegelaten, nietwaar? Ik bedoel, dat was niet genoeg, je moest ook essays overleggen, toelatingsexamen doen, zeg maar, maar zonder schooldiploma krijg je de kans niet om daaraan deel te nemen. Dus ik moest iets bedenken.

Ik had een maat in het leger, een simpele jongen uit Birmingham. Hij kon zijn eigen naam nog niet schrijven, maar hij was een briljant tekenaar. Hij maakte geniale spotprenten van onze officieren op de achterkant van een broodzak of wat er ook maar voorhanden was. Dat hij er nooit mee in de problemen is gekomen, mag een wonder heten. Hij was zo vals, zo precies, zo goed. Ik dacht: hem moet ik hebben.

Ik kan niet meer op zijn naam komen. Peter. Zoiets. Of Brian. Maar dat doet er niet toe. Hij was een briljant tekenaar. Of had ik dat al gezegd? Hij was me nog een gunst verschuldigd. Haha! Ik moet nog lachen als ik daaraan denk. Dat was in Japan. Nee! Korea! Het was in Korea. Ik weet het nog goed. Hij had damesbezoek, zoals we dat in die tijd eufemistisch uitdrukten. Een hoertje, zeg maar. Die hielden zich opvallend vaak op rond de basis van Her Majesty's Royal Army. Maar natuurlijk was het streng verboden, dat snap je wel. Om de vruchten te plukken. Om de rijpe vruchten die vlak voor je voeten op de grond waren gevallen tegen een geringe vergoeding te consumeren. We waren Engelsen, nietwaar? Haha! En deze Richard of Mark of hoe heette hij ook al weer had er eentje getroffen die gilde als een speenvarkentje aan het spit. Ik weet het nog goed. Ik stond buiten op de gang de wacht te houden. En toen kwam er zo'n vijfsterrengeneraal de gang op om zogenaamd de troepen te inspecteren. Moet je je voorstellen. Nee, luister. Dat Koreaanse hoertje daarbinnen lag te gillen als de complete karaokebar van Taipei en daar kwam de generaal de gang op. Weet je wat ik gedaan heb? Ik heb een hoestaanval gesimuleerd. Ik heb haar eruit gehoest. Ik heb een hysterisch Koreaans hoertje op de gang naar huis gehoest. De generaal was bezorgd. "Astma, generaal. Ik heb vreselijk last van astma. En in de tropen wordt het er niet bepaald beter op. De keuringsarts wilde mij om die reden afkeuren toen ik mij aanmeldde bij het leger. Op mijn blote knieën heb ik hem gesmeekt om zijn hand over het hart te strijken. Het was mijn grootste wens om te strijden voor Engeland, de koningin en de vrije westerse democratie." De generaal gaf mij een schouderklop en liep door.

Maar die John of Edwin of hoe hij ook heette was mij dus nog een gunst verschuldigd. Hij was een simpele jongen. Maar wat je moet weten is dat hij verdomd goed kon tekenen. Of had ik dat al gezegd? Dus ik heb hem een kopie van het schooldiploma van mijn broertje gegeven. Vraag me niet hoe ik dat heb geregeld. Het is een lang verhaal. En Michael of Steve of hoe hij ook heette heeft dat nagetekend. Hij heeft mijn diploma vervalst. Ik mocht meedoen aan de selectieprocedure. Mijn essays over James Joyce en de Engelse metafysische dichters werden hogelijk gewaardeerd. Zo ben ik in Cambridge terechtgekomen.'

Don nam een grote slok van zijn gin-tonic. 'Cheers, big-ears.' Hij kreeg een hoestaanval. Toen hij daarmee klaar was, zei hij: 'Ik kan het nog steeds. Ik ben een van de grootste hoesters van mijn generatie. Had Oscar Wilde daar niet een treffend bon mot over?

Overigens had het maar een haar gescheeld.' Een groepje tieners liep voorbij. Stuk voor stuk hechtten ze er belang aan Don te begroeten. Om zijn mening te vragen over Sampdoria dat al weken achter elkaar niet had weten te winnen. Hij stond op, omhelsde ze allemaal terwijl hij zich in al hun namen vergiste, wat hij goedmaakte door het Sampdoria-clublied te zingen. Zo ging het altijd.

'Wat had een haar gescheeld?'

'Dat ik er al in het eerste jaar uit werd geschopt.'

'Vertel.'

'Nee, Ilja. Dat vertel ik je morgen. Anders zet je het allemaal in hetzelfde hoofdstuk.'

'Sinds wanneer houd jij je bezig met de compositie van mijn roman? Je bent maar een personage, onthoud dat goed.'

'En wat voor een personage! Haha! Daar drinken we op. Maar ik wil gewoon een beetje de ruimte voor mijn verhaal. Zelf kan ik het allemaal niet meer opschrijven. Dus daar gebruik ik jou nu voor. En let erop dat je er niets zelf bij verzint, hè? Ik ben daar veel beter in dan jij. Haha! We all live in a yellow submarine.'

9

Toen ik Don de volgende dag aantrof op Piazza delle Erbe, zat hij er stralend bij. Hij glom helemaal. Ik schrok er bijna van. 'Don, wat is er gebeurd?' Met een triomfantelijk gebaar haalde hij een tijdschrift uit zijn binnenzak. Het was het clubblad van Sampdoria. 'Pagina acht,' zei hij. Daar stond hij. Een paginagrote foto. Met als onderschrift: 'Il Don. Een van de grootste Sampdoria-supporters.' Ik feliciteerde hem met deze bevestiging van zijn roem. Glunderend verwierp hij mijn compliment. 'Ach, Ilja. Ik ben al zo lang in deze stad. Ik ken ze allemaal. Vialli en al die anderen. Ik heb ze allemaal Engelse les gegeven. Gullit ook. Maar die vond ik eerlijk gezegd een arrogante klootzak. Tegenwoordig ga ik niet meer naar het stadion. Ik ben te oud. En ik heb last van duizelingen. Maar vroeger kwam ik er voor bijna elke thuiswedstrijd. De laatste keer was op mijn verjaardag. Vier of vijf jaar geleden. Of misschien is het al zes jaar geleden. En ze wisten het. Op een gegeven moment zong het hele stadion "Happy Birthday to Don". Dat was ontroerend. De scheidsrechter heeft de wedstrijd toen twee minuten stilgelegd. Alle spelers kwamen naar de gradinata sud, waar ik altijd zat, om voor mij te applaudisseren. Dat was het mooiste verjaardagscadeau dat ik ooit heb gehad.

Al mijn vrienden zijn Doriani. Weet je, er zijn drie geluiden waar ik niet tegen kan: brekend glas, het geluid van de rolluiken van de bars die worden neergelaten bij sluitingstijd en "Forza Genoa". Jij bent Genoano, dat weet ik. Terwijl je toch zo'n intelligent man lijkt. Maar er zijn wel meer dingen aan je die ik niet snap. Zoals dat je maar de hele tijd van die vieze drankjes blijft drinken in plaats van lid te worden van de Gordon's Club, waarvan je de voorzitter, secretaris en penningmeester vóór je hebt.

Ik was er ook bij op Wembley. Toen Sampdoria de Champions League-finale speelde tegen Barcelona. Simon had dat geregeld, een vriend van mij die in die tijd in het aquarium werkte als dolfijnencoach. Een paar dagen voor de wedstrijd belde hij mij. "Ik heb goed nieuws en ik heb slecht nieuws. Het goede nieuws is dat ik een goedkope vlucht heb weten te vinden. Het slechte nieuws is dat we vliegen via Amsterdam met een overstaptijd van bijna vijf uur." Joehoe! We gingen naar de coffeeshop en werden zo stoned als een garnaal. Ze hebben me na afloop voorzichtig moeten vertellen dat Sampdoria had verloren. Ik had niets van de wedstrijd meegekregen.

En op de terugweg weer. Dezelfde coffeeshop. Of een andere, dat zou ik eigenlijk niet kunnen zeggen. Ze lijken allemaal vreselijk op elkaar, vind je niet? Toen het tijd was om naar Schiphol te gaan om onze vlucht terug naar Genua te halen, hadden we nog steeds een flink stuk hasj over. "Je neemt het niet mee, Simon. Denk erom. Geef het maar aan die twee jongens daar aan dat tafeltje." "Je hebt gelijk, Don, dat zou inderdaad een veel beter idee zijn geweest. Maar ik heb het net door de wc gespoeld."

Op het vliegveld in Genua sloegen de hasjhonden aan. Ze besprongen Simon aan alle kanten. "Fuck, Simon," zei ik, "je hebt toch niet..." Maar ze konden niets vinden. "Het zit in onze kleren," zeiden we. "We hebben de hele middag in een coffeeshop in Amsterdam in de rook gezeten. Die geur zit in onze kleren. Dat is wat die honden ruiken." En omdat ze niets konden vinden, lieten ze ons gaan.

In de taxi van het vliegveld naar Piazza delle Erbe vroeg Simon: "Don, heb je trek in een joint?" Hij had de hasj in zijn reet gestopt. In een condoom. Hij was in die coffeeshop in Amsterdam naar de wc gegaan om een condoom uit de automaat te trekken en de hasj in zijn reet te stoppen. Kun je je dat voorstellen? En dan hebben we het niet eens over de vraag of ik nog trek had om iets te roken waarvan ik wist waar het een hele vliegreis had gezeten.

En dit brengt mij geheel vanzelf op iets totaal anders. Herinner je je dat je mij gisteravond verweet dat ik mij bemoeide met de compositie van jouw roman? Jij bent dat misschien vergeten, dronkenlap, maar ik niet. Want wat moet ik jou nog vertellen? Nou? Precies. Waarom ik tijdens mijn eerste jaar bijna ben weggestuurd uit Cambridge. En dat had niets met hasj te maken. Maar alles met een condoom.

In die tijd hadden we nog bedienden in College. Een soort butlers voor de studenten, die 's ochtends hun bedden opmaakten. "Bedders" noemden we die. En een van de bedders had een gebruikt condoom aangetroffen in mijn bed, iets wat mij overigens in het geheel niet verbaasde. Ik werd ontboden bij de decaan. Met een vies gezicht haalde hij het uit een enveloppe met de achterkant van een potlood. Hij liet het voor mijn neus bungelen. "Is dit van jou, Perrygrove Sinclair?" Ik zette mijn bril op om beter te kijken. Ik bestudeerde het condoom aandachtig. En weet je wat ik toen heb gezegd? De decaan moest er zo om lachen dat hij mij heeft laten gaan. Je kunt het weten. Ik heb het net gezegd. Als ik me bemoei met de compositie van jouw roman, doe ik dat goed.'

Hij nam een formidabele slok van zijn gin-tonic en keek mij triomfantelijk aan.

'Ze lijken allemaal vreselijk op elkaar, vindt u niet?'

10

Don kon bij vlagen onuitstaanbaar zijn. Hij had het talent om zich geliefd te maken, waarmee hij persoonlijke privileges wist af te dwingen die hij vervolgens ging beschouwen als een recht dat hem toekwam en als een rechtsgrond om zijn privileges verder uit te breiden. Vooral horecapersoneel was het slachtoffer. Hij buitte hen uit met zijn charme. Wat begon met een extra ijsblokje, was een paar weken later ongemerkt verworden tot een eigen glas van maximale omvang, een privéstoel, toestemming om na sluitingstijd te blijven en liters onbetaalde gin. En zodra een bareigenaar de moed had om een stap terug te zetten in Dons proces van toe-eigening van de bar, ontplofte hij. Wanneer hem een zelfgecreëerd privilege werd afgenomen, kon hij buitengewoon onaangenaam worden. Als een verwend kind dat zijn zin niet kreeg.

En hij verloor alle controle als hij niets meer te drinken kreeg, bijvoorbeeld wanneer de barman uit het feit dat hij al drie keer was gevallen de conclusie trok dat hij genoeg had gehad. Ook al had hij geen geld om zijn volgende gin-tonic te betalen, hij beschouwde het als een universeel mensenrecht om er nog een te mogen drinken en wie daar anders over dacht was een fascist en nog veel erger.

Gebrek aan aandacht was ook funest. Hij kon in woede uitbarsten wanneer zich een groepje aan zijn tafel had verzameld dat hem niet beschouwde als het middelpunt van het gezelschap, bijvoorbeeld omdat er geen Engels werd gesproken of omdat er wel Engels werd gesproken maar hij werd genegeerd omdat hij te dronken was om een zinnig woord uit te brengen. Op een kwaad moment ontwaakte hij dan uit zijn roes om iedereen de huid vol te schelden.

Maar het ergste was het als hij zich gekrenkt voelde in zijn trots. Hij maakte zichzelf dagelijks te schande, maar wanneer iemand anders dat deed, of wanneer hij ook maar de indruk had dat iemand anders aanstalten maakte om dat te doen, was de piazza te klein. Hij maakte de grappen, inclusief de grappen over hemzelf, en wie het in zijn hoofd haalde om een grap over hem te maken, werd een aartsvijand, althans voor zolang hij in staat was zich dat te herinneren en dat was nooit lang en in elk geval nooit langer dan tot de volgende ochtend.

Maar dergelijke uitbarstingen waren relatief zeldzaam. Ik begon mij zorgen te maken over iets anders. Ook de stille, neerslachtige, melancholische Don bestond en ik zag hem steeds vaker. Ook onze gemeenschappelijke expatvrienden was het opgevallen. Als we vroegen naar de oorzaak, zei hij dat hij aan het nadenken was. En als we doorvroegen, zei hij steeds minder. Maar we konden wel raden waarover hij nadacht. Geldgebrek was een terugkerende domper op de feestvreugde. Zijn depressies overvielen hem bijna altijd in de laatste week van de maand. Zodra hij zijn pensioentje had opgehaald bij de bank, verdronk hij weer in vrolijkheid.

Maar het ging dieper dan dat. Soms kreeg hij een kaart of een brief van zijn zus uit Birmingham. Die droeg hij dan dagen bij zich in zijn binnenzak om ons avond na avond opnieuw te vertellen dat hij een kaart of een brief had gekregen van zijn zus uit Birmingham. Hij leek net zo verbaasd als wij dat hij een zus had en het stemde hem melancholisch, zoals iemand die wordt overvallen door het besef van verloren tijd.

De familie van Don was een concept waarbij niemand zich iets kon voorstellen. Hij was een van die zeldzame personages die zoals Pallas Athene in volle wapenrusting aan iemands hoofd moest zijn ontsproten. Don was geboren met een gin-tonic in zijn hand, dat kon niet anders, want zonder gin-tonic in zijn hand zou hij Don niet zijn. Het was ondenkbaar dat hij ooit een gewone kleuter was geweest met zoiets banaals als een zusje. Zo mogelijk nog onvoorstelbaarder was de gedachte dat hij zelf ooit een gezin had gesticht. Daarvoor was hij veel te tevreden met zijn eenkennige eigenwijsheid en zijn rol van eigenzinnige eenling in het middelpunt van de massa en veel te trouw aan zijn glas, dat zijn enige minnares was. En toch was het zo. Hij had een dochter, die in Griekenland woonde, en een zoon die in Australië een fortuin had verdiend door onder de artiestennaam Dicko de bad guy te spelen in de jury's van talentenjachten op televisie. Dit kwamen we bij toeval te weten. Don had het nooit over hen. Alle contacten waren verbroken. En er moest derhalve ook een echtgenote in het spel zijn geweest, of in elk geval een moeder van zijn kinderen, maar over haar zijn we zelfs bij toeval niets te weten gekomen. Het was zijn verborgen verleden dat hij aan het ontkennen en aan het vergeten was, maar dat steeds vaker kwam spoken in zijn gedachten wanneer hij te weinig geld had voor de gin die nodig was om te ontkennen en te vergeten.

Hij werd oud, dat was het. Hij begon ouder te worden dan hij zichzelf ooit had toegestaan. Hij had de kracht niet meer om elke avond vooruit te vluchten. Hij werd teruggezogen in zijn eigen verleden, dat hij voor geen fles ooit met iemand zou delen. Hij leek op een gewond dier dat zich verbergt onder boomwortels om te sterven buiten het zicht van de camera's die hij bleef bespelen zolang hij ze zag.

11

'Ik mag er eigenlijk niet over praten. Maar ik weet dat ik je kan vertrouwen. Ik zal het je vertellen op voorwaarde dat je het niet opschrijft. Het was vlak voor mijn afstuderen. In Cambridge. Mijn thesis over de metafysische dichters was al goedgekeurd. Sterker nog, ik had de hoogst mogelijke beoordeling gekregen. Dat was ik op mijn manier al een paar dagen aan het vieren. En op een avond kwam ik thuis en toen vond ik een officiële brief van de decaan op mijn bureau. Een van de bedders moet die daar hebben neergelegd. Dat was hoogst ongebruikelijk. De post van het College arriveerde altijd in de postvakjes in de centrale hal, vlak bij de ingang. De volgende ochtend, toen ik nuchter was, heb ik de brief opengemaakt. De decaan nodigde mij uit voor de thee bij hem thuis. Dat was hoogst, hoogst ongebruikelijk.

Ik werd ontvangen in de salon. De vrouw van de decaan serveerde thee met een uitgebreid assortiment van sandwiches, petitfours en gebak. De decaan voegde zich bij ons in de salon en begon een uiterst vriendelijke conversatie over een reeks amusante onbenulligheden. Hij diste anekdotes op uit zijn eigen studententijd en uit de korte periode dat hij actief was geweest in de politiek. Hij was op het overdrevene af geïnteresseerd in de conclusies van mijn thesis en mijn overige opvattingen over de Engelse literatuur. Hij knikte en glimlachte vriendelijk bij alles wat ik zei. Zijn vrouw bleef thee bijschenken en droeg nieuwe delicatessen aan. Intussen voelde ik mij met de minuut ongemakkelijker. Hier klopte iets niet. Dit alles was hoogst, hoogst, hoogst ongebruikelijk. Wat was er aan de hand? Wat wilde hij van mij?

"Ik weet dat je erg van orchideeën houdt," zei hij. "Kom. Ik wil je iets laten zien." Hoe kwam hij daar nou weer bij? Ik hield helemaal niet van orchideeën. Maar ik liep met hem mee. We gingen naar buiten door de achterdeur en helemaal achter in de grote tuin stond een kas waarin hij orchideeën kweekte. Hij leidde mij er rond en op een gegeven moment, terwijl hij met een klein schaartje een paar overtollige blaadjes wegsnoeide, vroeg hij terloops: "Heb je trouwens weleens overwogen om te werken voor de Dienst?"

Ik had geen flauw idee wat hij bedoelde. Hij ging onverstoorbaar door met het bijknippen van zijn orchideeën. Het was een heel precies werkje. Hij boog vooruit om van zo dichtbij mogelijk te zien wat hij aan het doen was en hij zei: "We hebben je geselecteerd als potentiële kandidaat. Je ambieert een wetenschappelijke carrière, is het niet?" Ik knikte. "Dat kan worden geregeld. Dat staat het werk voor de Dienst op geen enkele manier in de weg. Integendeel. Dat is een voordeel, omdat een academische loopbaan een uiterst geschikte dekmantel vormt. Je zult veel buitenlandse congressen moeten bezoeken. Maar daarover hoef je je geen zorgen te maken. Dat organiseren wij wel." Ik begreep nog steeds niet waar hij naartoe wilde. Hij zei: "Wat ik bedoel is het volgende. Als je meewerkt, staat de Dienst garant voor de randvoorwaarden, zoals een promotieplaats en te zijner tijd een leerstoel. Dat spreekt vanzelf."

Ik wist niet wat ik hoorde. "Waarom ik?" vroeg ik. "Omdat jij een van de weinigen bent hier met een militaire achtergrond. En bovendien zijn er bepaalde facetten van je persoonlijkheid die je tot een geschikte kandidaat maken, zoals dat je prijs schijnt te stellen op een rijk sociaal leven en volkomen geloofwaardig bent als gezelschap op locaties waar veel alcohol wordt geschonken en mensen enigszins loslipiger plegen te worden. Dat is een eigenschap die van pas komt. Bovendien sla je niet dicht onder druk. Dat heb ik gemerkt toen ik je op de proef stelde met dat condoom dat zogenaamd in je bed zou zijn aangetroffen. En mocht je nog steeds niet overtuigd zijn, dan zal ik je een laatste argument geven."

Hij liep naar de achterwand van de kas, waartegen een gereedschapskast stond. Hij haalde er een opgerold stuk papier uit. "Herken je dit document?" Het was mijn schooldiploma. "Het is vals," zei hij. "Geen slechte vervalsing, dat geef ik toe, maar we zijn niet achterlijk. Luister. Laat ik het zo uitdrukken: als medewerker van de Dienst pleit een dergelijk vertoon van improvisatievermogen in je voordeel, terwijl het in elke andere omstandigheid wordt beschouwd als een strafbaar feit. Begrijp je wat ik bedoel?" Ik knikte. "Om elk misverstand te voorkomen zal ik nog duidelijker zijn. Als je ja zegt, stoppen we dit document diep weg in onze archieven, studeer je volgende week cum laude af en staan wij garant voor je verdere academische loopbaan. Als je weigert, zal ik mij helaas genoodzaakt zien stappen te ondernemen, waarbij ik om te beginnen je afstuderen zal moeten afgelasten, waarna een juridische procedure in gang zal worden gezet." Ik slikte. "Dus ik heb geen keuze?" Glimlachend legde hij een arm om mijn schouder. "Nee."

Zo kwam het. Zo ben ik geronseld voor de Dienst. Maar nogmaals: je moet zweren dat je hier met geen mens over praat.' Hij nam een ferme slok van zijn gin-tonic.

'Maar wat was dat dan voor Dienst?'

'Ilja! Maar begrijp je dan helemaal niets?' Hij keek om zich heen om zich ervan te vergewissen dat niemand ons kon horen. Hij boog zich voorover en fluisterde in mijn oor: 'M16. Her Majesty's Secret Service.'

12

'In de beginjaren was ik een soort postbode. Als promovendus en later als hoogleraar werd ik regelmatig uitgenodigd voor internationale wetenschappelijke congressen over de Engelse metafysische dichters. Ik was zelf ook verbaasd dat daar wereldwijd zoveel belangstelling voor was. En het merkwaardige was, dat het vooral plekken waren in landen die op zijn zachtst gezegd op gespannen voet stonden met het Verenigd Koninkrijk. Peking. Boekarest. Havana. Daar heb ik allemaal lezingen gegeven. En er was opvallend veel belangstelling voor de metafysische dichters in Moskou. Daar ben ik minstens tien keer geweest voor een congres. En terwijl mijn internationale collega's debatteerden over mijn voorbarige conclusies, werd ik geacht een pakje af te leveren. 'Pakje' is een groot woord. Meestal was het een krant. Of een tijdschrift. Daar zat dan waarschijnlijk een microfilm in verstopt. Ze hebben mij nooit verteld wat ik bij me had. Daar ging ik niet over. En ik werd niet geacht vragen te stellen. Ik was de postbode.

Ik herinner me dat ik een keer in Griekenland was. Dat was ten tijde van het regime van de Kolonels. Ik zat in de trein. Toen kwam de Griekse politie opeens vijf man sterk mijn coupé binnen. Ik scheet in mijn broek van angst. Bij wijze van spreken. Ik wist niet wat ik bij me had, maar ik wist dat ik iets bij me had. Maar de andere vijf passagiers in mijn coupé bleken Turken te zijn. Die hebben ze van onder tot boven uitgekleed en mij lieten ze met rust. Pas later drong het tot me door dat die Turken daar door ons waren neergezet. Maar je kunt je er geen voorstelling van maken, Ilja, wat voor angsten ik toen heb uitgestaan.'

Hij vroeg nog wat ijs en een lacrima. 'My darling,' zei hij. 'My darling,' zei de serveerster.

'Ik houd van jonge mensen, Ilja. Ik houd van jonge mensen. Ze zeggen dat ze je jong houden. Daar geloof ik heilig in. Daarom ben ik ook altijd zo geliefd geweest als hoogleraar. Ik gedroeg me altijd als een van hen in plaats van als hun professor. Maar zo voelde ik mij ook. Ik herinner het me nog goed. Dat was in 1968 of '69. Toen ik hoogleraar was in New York. 1969 was het. Op een dag kwamen mijn studenten naar mij toe na college en ze vroegen mij: "Professor, heeft u zin om morgen mee te gaan naar een concert? Het is wel een stukje rijden. Maar als u wilt, komen we u morgenochtend ophalen met de auto."

De volgende ochtend stond ik klaar in smoking en vlinderdas. Klaar om naar een concert te gaan. Ze zeiden: "Professor, misschien bent u een beetje overdressed. We gaan niet naar de opera. Het is een ander soort concert." "Dat maakt me niet uit," zei ik. "Ik kleed me graag goed voor artiesten. Een kwestie van respect."

Het was inderdaad een flink stuk rijden. We waren al uren de stad uit. We reden over landweggetjes. Ze zeiden dat we in de buurt waren. Het leek mij een onwaarschijnlijke locatie voor een concert. "Volgens mij zijn we verdwaald," zei ik. In de verte reed een boer op zijn tractor. "Ik zal hem de weg vragen. Hoe heet die plaats ook al weer waar we naartoe moeten? Stockwood?"

Hij kon er nog altijd hartelijk om lachen.

'Was je toen al gestopt met je werk voor de Dienst?'

'Nee, toen begon ik nog maar net. Als postbode. Later werd ik ingezet voor serieuzere missies. Of ik weet niet of die serieuzer waren. Dat weet je nooit bij MI6. Maar ik moest informatie vergaren. Ik werd in contact gebracht met machthebbers en dissidenten. Ik moest gin-tonic met hen drinken. Daar kwam het op neer. En in Londen werd ik gedebrieft. Natuurlijk mocht ik niets opschrijven. Dat zou veel te gevaarlijk zijn geweest. Ik moest alles onthouden. Aan die periode heb ik mijn ijzeren geheugen te danken. Ik mocht dezelfde anekdote of dezelfde grap nooit twee keer aan dezelfde persoon vertellen. En in Londen werd ik geacht alles te vertellen wat zij hadden gezegd. Ik kon zelf niet beoordelen wat belangrijk was en wat niet. Daar gingen zij over. Mijn taak was het alles precies zo te zeggen zoals zij het hadden gezegd.

En zo ben ik eerlijk gezegd... Maar wacht. Je moet me echt beloven dat je dit nooit aan iemand vertelt.'

Ik beloofde het.

'Maar ik ben serieus.' Hij verzonk in gedachten.

'Cheers big-ears.' Hij zweeg. 'En zo ben ik eerlijk gezegd getuige geweest van een paar belangrijke ontwikkelingen. Om niet te zeggen dat ik ze heb veroorzaakt.'

Ik bestelde nog een gin-tonic voor hem.

'Jij begrijpt mij.'

'Dus?'

Hij roerde de gin en de lime door zijn family-size glas. 'In 1989 was ik in de DDR.'

'Voor een congres over de metafysische dichters?'

'Ja. En hoe heet hij ook al weer? Kraut. Egon Kraut. Ik heb een ijzeren geheugen. Nee! Krenz. Egon Krenz. Ik zei tegen hem...'

Italianen kwamen zijn ring kussen. 'We all live in a yellow submarine,' zei ik.

Don keek mij vernietigend aan. 'Dat is mijn tekst,' zei hij.
'Sorry. Maar vertel verder over Egon Krenz.'
'Nee.'

13

Ik had Don al een paar dagen niet gezien. Op de piazza begonnen ze zich zorgen te maken. Het was tegen het einde van de maand. Misschien was zijn geld op. Anderzijds was dat nooit eerder een reden voor hem geweest om niet op luide toon het recht op te eisen om gezien zijn status aparte een voorschot te nemen op zijn schuld voor de volgende maand. De luiken van zijn hotelkamer bleven gesloten. Hij beantwoordde zijn telefoon niet, maar dat gebeurde vaker omdat hij niet wist hoe die werkte. En precies op het moment dat we echt ongerust begonnen te worden en serieus overwogen om iemand te bellen, zoals de politie of de eigenaar van zijn hotel, kwam hij op zijn karakteristieke manier, als een gentleman die zich een trage en waardige tred heeft aangemeten om te verbloemen dat hij moeite heeft zijn evenwicht te bewaren, doodgemoedereerd het plein op wandelen.

'Waar was je, Don?'

Hij zei niets. Hij stak zijn armen uit en kruiste zijn polsen. Het gebaar betekende dat hij in de boeien was geslagen. Ik moest er hard om lachen. Hij niet.

'Wat is er gebeurd, Don?'

Hij ging zitten, bestelde een cappuccino senza schiuma en zei niets. En pas na zijn derde lacrima begon hij te praten. En hij zei: 'Proost. Op Nick Leeson.'

Er kwam een rozenverkoper langs die hij een gratis roos probeerde af te troggelen voor het knoopsgat van zijn colbert. Hoewel de rozenverkoper na enige tijd gevoelig bleek voor het argument dat Don niets voor de roos zou betalen omdat hij met pensioen was, ketste de deal uiteindelijk af omdat de kleur Don niet beviel. Hij droeg die dag een lichtblauw overhemd met een witte das en kon derhalve onmogelijk genoegen nemen met een gele, roze of rode roos. De rozenverkoper verontschuldigde zich uitvoerig en beloofde de volgende dag terug te komen met witte rozen.

'Maar o! Wit is wit. Begrepen?'

'Zeker, Don. Sorry, Don.'

De rozenverkoper droop af. Don dronk. Ik wachtte. Don zuchtte. 'Ik heb je verteld hoe krap het soms is,' zei hij. 'Alles gaat op aan huur, drank en sigaretten. En het wordt elke maand minder. Omdat het pond steeds meer koers verliest ten opzichte van de euro. Vorige maand heeft de eigenaar van het hotel de huur verhoogd voor dat stinkhok. Niet veel, maar elk tientje telt. Ik heb geprotesteerd, maar hij zei dat ik als enige in het hotel al jarenlang hetzelfde betaal. Wat kan ik zeggen? Hij is een oude vriend van mij. En overal elders zou ik minstens het dubbele betalen. Minstens.

Ik haal het einde van de maand meestal niet meer. Voor de drank is dat niet echt een probleem. Overal in deze stad heb ik krediet. Maar mijn schoenen moeten worden verzoold. En ik moet naar de stomerij. Ik heb geen schone overhemden meer. En je weet hoe belangrijk het voor mij is om er patent uit te zien. Mijn waardigheid is het laatste wat mij nog rest. Als ik die verlies, heb ik alles verloren. Begrijp je dat?'

Ik begreep het. En uit begrip voor zijn waardigheid besloot ik af te zien van mijn voornemen om hem aan te bieden hem een paar tientjes te lenen.

'Dus.' Hij roerde bedachtzaam met zijn rietje in zijn glas. 'Ken je Bruno? Van Le Cinque Vele. In Porto Antico. Het had eerst een andere naam. La Sirena. Hij heeft drie of vier bars gehad in die buurt. Ik weet zeker dat je hem kent. Hij was een van de grootste drugsdealers in Genua. Jaren geleden. Iedereen wist het. Uiteindelijk is hij opgepakt, maar hij heeft een deal gesloten met justitie. Hij heeft zijn leverancier verraden in ruil voor vrijspraak of althans een forse strafvermindering en is gestopt. Maar wat weinigen weten...'

'Is dat hij niet is gestopt.'

Don knikte. 'Hij levert vooral aan de luxejachten. Aan de boaties. Ik ken ze allemaal. En ik ken bijna elke kapitein. Ze vertrouwen mij. En Bruno heeft af en toe een postbode nodig. En dat is toevallig mijn oude beroep, zullen we maar zeggen. Hij betaalt niet veel. Een paar tientjes. Maar die kan ik goed gebruiken.'

Ik keek hem geschokt aan. 'Maar Don, wat de fuck zeg je? Ik bedoel

– drugskoerier? Op jouw leeftijd?'

'Ik weet het, Ilja. Ik ben een heel intelligent man, maar niet zo slim. En ik heb nog enorm geluk gehad. Toen ze me pakten, had ik bijna niets meer bij me. Een paar gram misschien. Minder nog. De rest had ik allemaal al afgeleverd. Maar toch. Ik moest mee. Ze hebben me een paar dagen vastgehouden. Ze wilden weten voor wie ik werkte en aan wie ik leverde. Ze wisten natuurlijk donders goed dat ik een koerier was, ze zijn niet achterlijk. Maar ik heb Bruno niet verraden. En ook de boaties niet. Ik heb volgehouden dat het voor eigen gebruik was en dat ik het de dag ervoor van een of andere Marokkaan had gekocht op een straathoek in de wijk Maddalena. En die Marokkaan zou ik natuurlijk onmogelijk kunnen herkennen. "Ze lijken allemaal vreselijk op elkaar, vindt u niet?" Daar konden ze niet om lachen. En ze geloofden mij niet. Maar ze konden niets bewijzen.

Maar mijn grootste geluk was dat de commandant een oude vriend van mij is. Hij kwam pas na een paar dagen. Volgens mij werkt hij normaal gesproken ook eigenlijk altijd voor een ander bureau. Ik weet niet precies hoe dat zit. Maar toen hij mij zag, was het gelijk van: "Ciao, Don. Cappuccino senza schiuma. We all live in a yellow submarine." Hij vroeg me wat er was gebeurd. Ik zei hem dat het allemaal een misverstand was en dat hij onmiddellijk het Britse consulaat moest bellen. Dat had ik eerder ook al gezegd tegen de andere carabinieri, die mij hadden ondervraagd, maar die hadden dat geweigerd. Hij wist dat ik nog steeds een speciale bescherming geniet vanwege mijn werk voor de Dienst. En hij was blij dat hij mij kon helpen. Met één telefoontje was het geregeld. Ik kon gaan.

Dat was een uur geleden. Dus je begrijpt, Ilja: ik kan wel een gintonic gebruiken.'

14

Een paar dagen later zat ik vroeg in de ochtend koffie te drinken en de krant te lezen bij het barretje van de Sicilianen op Piazza Matteotti, toen Don kwam aanlopen vanuit de verkeerde richting. Zijn hotel was op Salita Pollaiuoli, maar hij kwam van Piazza de Ferrari. Het was buitengewoon ongebruikelijk om hem op dit vroege tijdstip ergens buiten aan te treffen, maar kennelijk was hij zelfs eerder al ergens anders geweest. Hij kwam bij mij zitten. Zijn blik was bedrukt. Hij bestelde een koffie. Dat was zo mogelijk nog ongebruikelijker.

'Gaat het goed met je, Don? Waar kom je vandaan?'

Hij wees met zijn duim over zijn schouder in de richting waar hij vandaan was gekomen. 'Van het Britse consulaat.'

'Vanwege dat akkefietje? Je arrestatie?'

Don schudde zijn hoofd. 'Of indirect wel. Ze belden mij twee dagen geleden. Om een afspraak te maken. Die was vanochtend. Ze waren heel vriendelijk. Ze informeerden naar mijn gezondheid en vooral naar mijn financiële situatie. Ik heb ze de waarheid verteld. Ik heb ze verteld hoe moeilijk het soms is. Ze wisten alles al en zeiden dat ze misschien konden helpen. "Er zijn hier twee heren die je wellicht kent. Ze willen graag een kopje koffie met je drinken." De deur ging open en ze kwamen binnen. En inderdaad, ik kende hen goed. Ik kende hen maar al te goed.'

Hij staarde mistroostig naar zijn koffie. 'Misschien heb ik iets hartigers nodig.'

'En wie waren het dan?'

'Ik mag je er helaas niets over vertellen, Ilja.' Hij dronk zijn gin-tonic in één teug half leeg. Hij knapte er zichtbaar van op. En toen hij zijn tweede ophad, zei hij: 'Ze wilden me terug. Ze wilden dat ik weer voor hen ging werken. Voor de Dienst. Maar ik ben te oud, Ilja. Ik ben te oud.

Die twee heren, dat waren mijn oude chef en zijn rechterhand. Ze waren speciaal naar Genua gekomen om mij te spreken. Ongetwijfeld waren ze door het consulaat geïnformeerd over mijn geldgebrek en mijn recente wanhoopsdaad. We gingen koffiedrinken in een barretje om de hoek. Ik wist al wat ze me zouden gaan vragen, maar ik deed net alsof mijn neus bloedde. We praatten een half uurtje over koetjes, kalfjes en de goede oude tijd en toen kwam het hoge woord eruit.'

'Wat wilden ze precies van je?'

'Dat zeggen ze nooit van tevoren. Pas wanneer het honderd procent zeker is dat je de job gaat doen, lichten ze je in. En dan nog heel summier. Je krijgt alleen te weten wat absoluut noodzakelijk is voor het volbrengen van je missie. En dan nog komt het waarschijnlijk vaker voor dan je denkt dat het in werkelijkheid om iets heel anders draait dan ze je hebben verteld.

Maar ze lieten wel doorschemeren dat hun gedachte uitging naar meerdere missies. In het buitenland. De naam Cairo viel een paar keer. Ze vertelden mij over een goede oude vriend van mij uit Cambridge. Een collega-letterkundige. Hij schijnt daar tegenwoordig hoogleraar te zijn. Aan de Universiteit van Cairo. Ze vertelden mij dat hij van plan was op korte termijn een groot internationaal congres te organiseren.'

'Over de metafysische dichters?'

'Ik wist niet eens dat hij ook voor de Dienst werkte. Ik had het wel kunnen vermoeden, natuurlijk. En ze boden mij een heel genereuze vergoeding. Zo ongeveer het dubbele van wat ik vroeger bij hen verdiende. En ze hadden donders goed begrepen dat ik gevoelig zou zijn voor hun aanbod.'

'Dus je hebt ja gezegd?'

'Ik kan het niet meer. Vooral al dat reizen. Ik ben er te oud voor. Ik ben oud, Ilja.'

15

En een week later was hij dood.

Het was een mooie zomeravond. De terrassen zoemden. Het was het hoge geluid van een warme dag die nog lang niet moe was van zichzelf en anderzijds vol genoeg was geweest om niets meer van zichzelf te vergen dan dit zacht en moeiteloos verglijden in warme, trage gebaren. Hier en daar klonk de triangel van een toost. Straatmuzikanten passeerden. Ze speelden net iets langzamer en net iets zuiverder dan normaal. Bedelaars glimlachten. De zwaluwen vlogen hoog boven de pastelkleurige palazzi. Duiven scharrelden over het plein zonder angst voor de meeuwen, die ver buitengaats waren gevlogen over een kalme zee. De rode helikopter van de brandweer vloog hoog over om bosbranden te blussen in de bergen. Het zou weer een prachtige dag worden morgen.

Ik had die avond niet met Don gesproken. Ik zat een paar tafeltjes lager met drie Italiaanse meisjes. Hij had aan zijn hoge tafel bezoek gekregen van een groep boaties. Voor hen was hij Don geweest op zijn Donst. Ik had hem breed zien gebaren en hard horen schateren. Er was over en weer hartelijk op schouders geslagen. Hij had alle ruimte gekregen om een groot deel van zijn repertoire op te voeren. Zijn anekdotes waren als warme broodjes van de hand gegaan. Ze hadden zijn liederen meegezongen en ze hadden hem rijkelijk beloond met vele volle glazen. Hij was het middelpunt van de avond geweest. Hij had geglorieerd.

Toen ze waren weggegaan, was hij ingedommeld achter zijn zonnebril. Er stond een vol glas gin-tonic vóór hem. Hij had een glimlach op zijn gezicht.

De massa's trokken aan zijn tafeltje voorbij. 'Ciao Don.' Hij zei niets. Hij glimlachte slechts. 'Forza Sampdoria.' Ze sloegen hem vriendschappelijk op de schouder en liepen door. 'Grande Don.'

Het liep tegen sluitingstijd. Verschillende serveersters hadden Don al een paar keer in het voorbijgaan gezegd dat hij zijn drankje moest opdrinken omdat ze bijna dichtgingen. Hij had het met een minzame glimlach aangehoord.

Toen de rolluiken van de bar half dicht waren, kwam Rebecca, de eigenares, hem wakker schudden. Zijn glas was nog steeds even vol. 'Don, we moeten sluiten.' Zijn zonnebril viel van zijn hoofd. En hij bewoog nog steeds niet. Hij voelde koud aan.

De ambulance was onmiddellijk ter plekke. Maar er was niets wat ze konden doen. Hij was dood.

'Hoe lang al?'

'Dat is moeilijk te zeggen. Maar toch al minstens een uur of vier. Hebben jullie niets gemerkt?'

'We dachten dat hij gelukkig was.'

16

Het nieuws ging als een lopend vuur door de stad. Al de volgende dag kwamen ze vanuit de buitenwijken naar Piazza delle Erbe om te informeren of het waar was. Het was waar. Bij ontstentenis van iemand om te troosten, troostten ze zichzelf maar. Rebecca had een condoleanceregister geïmproviseerd op de bar van haar café: een leeg plakboek met een kaft met poesjes, dat zij nog ergens had liggen, naast een foto van Don, die Nello van het internetcafé had uitgeprint en ingelijst, en Dons laatste glas gin-tonic dat ze de avond daarvoor niet door de gootsteen hadden gespoeld omdat ze dat niet over hun hart hadden kunnen verkrijgen. De rozenverkoper had er een witte roos naast gelegd. Rebecca had hem ervoor willen betalen, maar dat had hij geweigerd. Het plakboek was halverwege de avond al vol. Nello had nog ergens een groot schrift liggen in de clubkleuren van Sampdoria. Ook dat was al snel vol. En iedereen vroeg wanneer de begrafenis zou zijn.

Dat was een goede vraag. Ook omdat het niet bepaald duidelijk was wie dat allemaal zou regelen. Of dat was, beter gezegd, maar al te duidelijk. Don had honderden mensen gekend in deze stad die zich zijn vrienden noemden, maar geen vrienden, afgezien van ons kleine expatgroepje dat zich altijd zorgen over hem had gemaakt in plaats van hem in het voorbijgaan schaterend op zijn broze schouders te slaan, wat hij overigens veel liever had dan dat iemand zich zorgen over hem maakte. Als wij het niet zouden regelen, zou niemand het regelen.

We moesten zijn familie inlichten. Maar dat was makkelijker gezegd dan gedaan. We wisten over het bestaan van een zoon in Australië, een dochter in Griekenland en een zus in Birmingham. Die zoon was snel genoeg opgespoord. Onder zijn artiestennaam Dicko was hij daadwerkelijk beroemd geworden als bad guy in de jury's van talentenjachten op televisie. We probeerden met hem in contact te komen via zijn management. Er kwam geen respons. Van de dochter ontbrak ieder spoor. Ze had inmiddels ongetwijfeld een andere achternaam. Hetzelfde gold voor de zus, maar haar wisten we uiteindelijk na veel moeite en met veel geluk te traceren dankzij contacten van contacten van onze vriend uit Liverpool. Ze reageerde kalm op het bericht van de dood van haar broer. 'Ik ben blij dat het zo is gelopen,' zei ze aan de telefoon. 'Dat is de mooiste dood die hij zich had kunnen wensen, the drunken bastard.'

In de dagen daarna hadden we intensief contact met haar. Nee, het stoffelijk overschot moest niet terug naar Engeland. Het was beter om hem in Genua te begraven. 'Let him take his nuisance where he spent his money. En al zijn zogenaamde vrienden zijn daar. Hier kent niemand hem meer.' En nee, ze zou niet komen voor de begrafenis. Haar broer had altijd gedacht beter af te zijn zonder haar. Bij leven had hij nooit naar haar willen luisteren en ze achtte de kans klein dat dat nu was veranderd.

En zijn kinderen? 'Doe geen moeite.' Hoezo niet? 'Laat maar zitten. Ik wil geen kwaad over hem spreken.' Maar we moesten ze toch in ieder geval op de hoogte stellen? 'Dat heeft hij bij leven ook nooit belangrijk gevonden. Voor hen is hij al meer dan dertig jaar dood. Vanaf het moment dat hij weer is gaan drinken. Als hij ooit al is gestopt. Maar een tijdje deed hij alsof. Toen de kinderen nog jong waren. En toen hij het niet meer volhield, is hij gevlucht. Van de ene dag op de andere. Hij heeft niet eens een briefje achtergelaten op de keukentafel en hij heeft nooit meer iets van zich laten horen. Pas jaren later kwamen we er toevallig via via achter dat hij in Italië zat.'

We informeerden naar zijn hoogleraarschap. Misschien zou de Universiteit van Cambridge geïnteresseerd zijn om een advertentie te plaatsen of anderszins in de gelegenheid gesteld moeten worden om een blijk van respect en dankbaarheid te geven? Ze barstte in lachen uit. 'Heeft hij jullie dat wijsgemaakt? Typisch Don.' Is het dan niet waar? 'Maar wanneer dan? Denk nou eens na. Toen hij uit het leger kwam, is hij gaan studeren. Hij was een *mature student*, zoals we dat noemen. Toen hij begon te studeren, moet hij ongeveer zesentwintig zijn geweest. Toen hij afstudeerde, was hij over de dertig. Zijn kinderen waren al geboren. Hij heeft nog een paar jaar een master gedaan, maar die heeft hij nooit afgemaakt. Daarvoor was hij al naar Italië gevlucht.'

Maar desalniettemin was hij in al die jaren een graag geziene gast op internationale wetenschappelijke congressen toch? Met name over de metafysische dichters? 'Laat me niet lachen. Hij is Italië nooit uit geweest. Dat is onmogelijk. Zijn paspoort is al meer dan twintig jaar verlopen. Ik herinner me de brief nog. Zijn ex-vrouw heeft die aan mij gegeven. Volgens mij moet ik hem nog ergens hebben.'

En dat astronomische pensioen dan? 'Welk pensioen?' Dat hij bij

Barings Bank had ondergebracht en heeft verloren door toedoen van Nick Leeson? 'Alle particulieren zijn voor het faillissement schadeloosgesteld. De waarheid is dat Don nooit in zijn leven heeft gewerkt, afgezien misschien van wat privélessen Engels en een vertalinkje hier en daar. Daar had hij ook geen tijd voor. Hij was fulltime alcoholist. Zijn hele leven. Hij was al een oude dronkenlap lang voordat jullie hem als een oude dronkenlap hebben leren kennen. Het mag een wonder heten dat hij het nog zo'n tijd heeft volgehouden. Ik ben blij voor hem dat hij zo mooi is doodgegaan, want ik houd van hem. Begraaf hem daar te midden van zijn zogenaamde vrienden en houd ons erbuiten. En koester de verhalen die hij jullie op de mouw heeft gespeld. Laat het zo zijn zoals hij het heeft bedacht. En meer wil ik er niet over horen. Ik zal een tegemoetkoming storten voor de kosten. Dat was het. Dank jullie wel.'

17

In Via Canneto Il Curto, in het stuk tussen Via San Lorenzo en Piazza Banchi, is een klein stoffig winkeltje waar je oude munten en insignes kunt kopen. Ik had er nog nooit een klant naar binnen zien gaan. En hoewel ik evenmin ooit een uitbater had waargenomen, bleek hij te bestaan. Hij had het belletje aan de deur gehoord en kwam aansloffen in zijn badjas vanuit het achterkamertje. Hij was nog stoffiger dan zijn eigen winkel. Hij vroeg mij waarmee hij mij van dienst kon zijn. Ik zei hem dat ik een paar oude onderscheidingen nodig had. Hij staarde peinzend voor zich uit. Medailles, zo verduidelijkte ik, en ik wees op de vitrine waarin medailles in alle soorten en maten lagen uitgestald. Er begon hem langzaam iets te dagen. Hij knikte bedachtzaam en vroeg mij wat voor soort medailles ik precies in gedachten had. 'Engelse medailles,' zei ik. 'Onderscheidingen voor betoonde moed in oorlogssituaties of andere buitengewone verdiensten voor het vaderland.' Engelse? 'Ja, Engelse.' Hij schudde zijn hoofd en begon terug te sloffen naar zijn achterkamertje. Ik riep hem terug en zei dat willekeurig welke andere medailles ook goed waren. Ik koos er vier uit: de grootste met de meeste sterren, kronen en stralenkransen en met het meeste nepgoud en met de kleurrijkste linten.

De begrafenis vond plaats op het historische kerkhof Staglieno. Onze Schotse vriend had daar via zijn contacten een bescheiden maar fraai plekje weten te regelen voor een vriendenprijsje. Hij wilde er niet te veel over kwijt, maar volgens mij had hij kwantumkorting bedongen door contractueel te laten vastleggen dat wij allemaal een optie namen op een perceeltje conform de op het moment van ingebruikname geldende tarieven. Om de kosten nog verder te drukken was gekozen voor een dinsdag om acht uur 's ochtends. We hadden het tijdstip bekendgemaakt via een advertentie in *Il Secolo XIX* en een briefje op de deur van Caffè Letterario op Piazza delle Erbe.

Ondanks het vroege uur was het onwaarschijnlijk druk. Op het moment dat de korte plechtigheid werd geopend door Irene Cenboncini, de sopraan van de Carlo Felice, die een goede vriendin was van Don en die een a-capella-uitvoering gaf van zijn lievelingsaria 'O mio babbino caro', stonden er honderden mensen rond het graf, onder wie zo goed als elke barman van Genua en omstreken. Onze Schotse vriend hield een gloedvolle toespraak in het Italiaans waarin hij uitvoerig stilstond bij een aantal verdiensten van Don die hij uit bescheidenheid nooit had willen delen met zijn Italiaanse vrienden, zoals zijn heldenrol tijdens verschillende veldslagen in Korea en Maleisië en de beslissende rol die hij als agent van de Britse Geheime Dienst had gespeeld bij een aantal sleutelmomenten in de geschiedenis van de twintigste eeuw. De medailles lagen te glimmen op zijn kist.

En toen de kist begon te zakken, in een stilte die gonsde van respect, werd de steen langzaam zichtbaar. Het was een simpel blok graniet in de klassieke vorm met een ronding aan de bovenkant. En het enige wat erin was gehouwen, waren de twee woorden die al die jaren de twee meest gehoorde woorden waren geweest in Genua en die nu in alle stilte voor het laatst klonken:

CIAO DON

18

Vanaf Staglieno ging het in een lange optocht langs de oevers van de rivier Bisagno terug naar het centrum. We passeerden het stadion Luigi Ferraris in Marassi. Er was een groot spandoek opgehangen over de letters boven de hoofdingang dat de naam van het stadion veranderde in 'Stadio di Don'.

Op Piazza delle Erbe waren alle zeven cafés geopend op volle oorlogssterkte. De terrassen waren in hun maximale omvang buiten gezet en alle hulpkrachten waren opgetrommeld. Dat bleek nodig. Op die dinsdagmiddag dat alle vrienden van Don het plein overspoelden om een laatste toost op hem uit te brengen, was het drukker dan op een drukke vrijdag- of zaterdagavond. En hoewel het niet was afgesproken, dronk iedereen gin-tonic, die iedereen bestelde als cappuccino senza schiuma. Dat leidde al vroeg in de middag tot liederlijke taferelen.

Het spel werd al gauw wie zich de meeste moppen kon herinneren uit Dons onmetelijke maar uitentreuren uitgemolken repertoire. Wie een mop had verteld, lachte er zelf het hardst om van iedereen en vertelde hem daarna op luide toon nog een paar keer om anderen de kans te ontnemen om het succes te kapen door ook een mop te vertellen. Deze Italiaanse gewoonte, die mij normaal gesproken ergert, had op dat moment bijna iets sympathieks, omdat het uiteindelijk toch Dons successen waren die met zoveel vasthoudendheid en luidruchtige naijver werden gevierd.

Het volgende spel was om Don te imiteren. Elio, Everzwijn, deed na hoe Don voor elk meisje dat binnenkwam het liedje 'You Are My Honey Bee' van Sarah Vaughan begon te zingen. 'Jij bent mijn honingbij, zong hij, en hij met zijn angel...' Hij maakte het bijpassende obscene gebaar. 'Vat je hem? En hij met zijn angel... En dan in de tieten knijpen. Ik zal het voordoen. Kijk. Zo.' Everzwijn kneep een willekeurige vriendin van Don in haar tieten. Maar daar zat ook een stukje eigenbelang bij, volgens mij, dat was niet louter onderdeel van de imitatieact. Hier en daar viel iemand stomdronken van zijn stoel. Maar ook in die gevallen was het niet helemaal duidelijk of dat deel uitmaakte van het spel of dat het door de gin-tonic kwam. Maar uiteindelijk kwam dat op hetzelfde neer.

En zo veranderde de begrafenis van Don in Dons verjaardag. En omdat Don op zijn eigen verjaardagen meestal ook eerder figureerde als een schimmig soort aanwezigheid dan dat hij aanwezig was als een concreet persoon, werd hij nauwelijks gemist. Hij was erbij die dag op Piazza delle Erbe, daaraan twijfelde eigenlijk nauwelijks iemand. En helemaal niemand twijfelde daar nog aan toen opeens als vanzelf, zonder afspraak of teken, zijn lijflied uit honderden kelen galmde over het plein. 'We all live in a yellow submarine.'

In de avond werd er hartstochtelijk gedebatteerd over de vraag hoe we het bij de gemeente, de provincie of de regio voor elkaar zouden kunnen krijgen om het kleine, gehavende standbeeldje van een putto op Piazza delle Erbe te vervangen door een standbeeld van Don met een glas gin-tonic in zijn hand. En toen de rolluiken uren later dan de wettelijke sluitingstijd naar beneden ratelden en iedereen stomdronken naar huis strompelde, hoorden we in de stille stegen van de stad de schrille schaterlach van Don.

Hij was een levende legende en het zal voor de hele stad moeilijk zijn om eraan te wennen dat hij nu een legende is. Hij had zichzelf glimlachend achter zijn zonnebril doodgedronken en schaterlachend had hij daar een levensverhaal bij verzonnen. De schooier. De dronken bastard. Hij had ons allemaal doen verdwalen in zijn fantasie. En hij had het voor elkaar gekregen. Hij was de meest geliefde immigrant, de meest succesvolle buitenlander van heel Genua omdat hij nooit is geïntegreerd, zich nooit heeft aangepast en altijd zichzelf is gebleven. Sterker nog, hij had zichzelf gesublimeerd tot een karikatuur van zichzelf. En op de dag van zijn begrafenis hadden honderden en honderden vrienden cappuccino senza schiuma gedronken terwijl er serieus werd gesproken over een standbeeld. Uit honderden en honderden dronken kelen had zijn lijflied geklonken. We all live in a yellow submarine. En hij had altijd al geweten dat het zo zou aflopen. Grande Don.

Tweede deel

Het theater elders

1

Het is zoals een bad. De stop zit erin en de kraan staat open. Er is niemand thuis. Degene die de kraan heeft opengezet, is dat vergeten. Zij is naar buiten gegaan. Langzaam maar zeker wordt het bad voller en voller. En met een ijzeren zekerheid zal het op een precies moment, dat mathematisch valt te berekenen, overstromen, waarna er onmiddellijk een totaal nieuwe situatie ontstaat, omdat het appartement blank komt te staan evenals dat van de onderburen. Zo is augustus.

In het vroege voorjaar gaat de stop erin en wordt de warme kraan opengezet. Geleidelijk aan, dag na dag, week na week, maand na maand, wordt de stad opgevuld met zomer totdat zij op een mathematisch te berekenen dag in augustus, wanneer bijna niemand thuis is, overstroomt. Het is niet zo dat het alleen maar een beetje warmer is dan de dag ervoor, evenmin als je op het moment dat een bad overstroomt kunt zeggen dat het alleen maar een beetje voller is dan voorheen. In augustus staat de stad opeens blank van hitte. En wanneer de bewoners in september terugkomen van vakantie en in allerijl de kraan dichtdraaien en de stop eruit trekken, duurt het nog een paar maanden om al die zomer op te dweilen.

De hitte van augustus is vloeibaar. En dan doel ik niet op het zweet dat van je voorhoofd gutst zodra je het in je hoofd haalt om je trage hand op te tillen om je voorhoofd droog te deppen. Hoewel het ermee te maken heeft. Het water van de zee dat verdampt, kan geen kant op. Direct achter de stad zijn de bergen. Elders ter wereld word je onder aanzienlijk hogere temperaturen gegrild of geroosterd. Hier word je in hete waterdamp gaar gestoomd. Vanaf de bergen ziet dat eruit alsof er mist hangt boven de stad. Maar in de stad zelf zindert de zon. De mist is de lucht die we ademen. In de stad staat dit weer bekend onder de spookachtige naam macaia, een woord dat alleen gefluisterd mag worden, want anders komt zij 's nachts in je slaap door de wijdopen ramen om je met zachte handen te verstikken. Als de Genuezen, die altijd overal over klagen, over één ding meer klagen dan over al het andere, zijn het deze klamme dagen en nachten van beklemming die zelfs gedachten verlammen. Macaia is gemaakt van de zuchten van de Genuezen.

De hitte van augustus is vloeibaar. Je strekt je erin uit als in een dampend ligbad en je dompelt je erin onder. Je zwemt door de stegen van de stad. De warmte is tastbaar. Zij stroomt tussen je vingers door en langs je huid terwijl je drijft op haar trage golven. In de verlaten stad die is overstroomd met zomer, duurt het drie keer zo lang als normaal om ook maar de meest nabije bestemming te bereiken, zoals de latteria om de hoek, gesteld al dat die nog open is. Misschien moet je dat gewoon niet eens willen proberen uit te vinden.

Ik voel me als een vis in het water in de verlaten, vloeibare stad van augustus. Terwijl iedereen die het zich kan permitteren is gevlucht naar de zee of naar de bergen, probeer ik samen met de ratten en een paar gelijkgestemden te overleven in deze zinderende postapocalyptische speeltuin. Zo goed als alle attracties zijn gesloten. Wij, overlevenden onder elkaar, zijn solidair en wisselen onderling informatie uit die levens kan redden, zoals adressen van tabakswinkels die nog open zijn. Er valt niets te doen, maar iets doen is nooit mijn sterke kant geweest, noch mijn grote ambitie. Ik vind het eerlijk gezegd een nogal overschat concept, dat hele doen. En de verlammende hitte is het ideale excuus om daadwerkelijk bij voorbaat van elk plan af te zien zonder dat er ook maar iemand is die het in zijn hoofd zal halen om je dat kwalijk te nemen. Zo zwem ik glimlachend met minieme gebaartjes kleine rondjes door de stegen. Ik hoef niet naar zee om te zwemmen.

2

Ik had de vorige brief al verstuurd, toen ik besefte dat ik iets belangrijks ben vergeten te zeggen. Iets wat jou zal interesseren. Laten we elkaar geen mietje noemen.

Laat ik het zo zeggen. Als iedereen naar het strand is om in nauwelijks een bikini te flaneren langs verhitte en dorstige ogen die het weinige textiel dat voorhanden is trachten te doen smelten (zelfs mijn stijl wordt steeds wulpser en exhibitionistischer, als dat een woord is, merk je dat, dat moet ik allemaal in de juiste calvinistische banen leiden wanneer ik deze notities omwerk tot een roman, maar intussen geniet ik van de vrijheid om althans jou in oververhitte bewoordingen de waarheid te kunnen zeggen, de naakte waarheid, kunnen we wel zeggen, als je mij deze flauwe woordspeling toestaat, maar dit alles tussen haakjes), dan doen zij die zijn achtergebleven in de stad nog meer hun best. Om niet buitengesloten te lijken. Om het er te laten uitzien als een bewuste keuze dat ze met dit weer in de stad zijn. Volgens mij snap je het niet. Maar ik bedoel het volgende.

Zit ik nietsvermoedend te lunchen. Op het terras van Capitan Baliano. In mijn eentje, krantje erbij, niets aan de hand. Het is augustus. Snoeiwarm. Zit deze jongen op een bepaalde manier toch midden op de catwalk. De mode van deze zomer? Zo min mogelijk. Het is crisis, nietwaar? Besparen op textiel. Maar even als mannen onder elkaar. Dat kan ver gaan. Dat ze niet aan zee zijn, wil niet zeggen dat ze kleren aan moeten hebben. Sterker nog, ze hebben nog minder kleren aan dan aan zee om duidelijk te maken dat we het niet zielig hoeven te vinden dat ze niet aan zee zijn.

Vandaag. Vier lange bruine blote benen in een soort van broekjes die te klein zouden zijn om fris ontluikend schaamhaar te bedekken als ze zich niet hadden geëpileerd, met daarboven een vermoeden van een hemdje waarin minderjarige tietjes loerend hun kans afwachten. Koperen dijen zo dun als mijn polsen die een ronkende scooter omklemmen. Meisjes met maar vier dingen aan: een druppel Chanel, twee pumps en een fladderend zomerjurkje. Een klein aardbevinkje zou volstaan om elk van hen te laten klaarkomen waar ze bij zitten. Ik hoef maar een vinger uit te steken of ik zit in iets nats wat kreunt, terwijl er aan het belendende tafeltje de laatste doorzichtige niemendalletjes zuchtend worden uitgetrokken omdat het zo godvergeten gloeiend warm is.

Ik overdrijf een beetje. Ik zit mijn fantasie uit te leven. Laten we het een stijloefening noemen. Maar dat ik overdrijf, wil niet zeggen dat het onwaar is wat ik zeg.

En verwijt me niet dat ik het, sinds ik naar Italië ben geëmigreerd, nog maar over één ding kan hebben. Dat is net zoiets als dat mopje over een student die zozeer seksueel gefrustreerd is dat ze hem naar de psychiater sturen. Die doet een test. Hij tekent een vierkantje en vraagt de student wat hij daarin ziet. 'Een vierkante kamer vol met naakte wijven.' Dan tekent hij een driehoek. 'Een driehoekige kamer vol met naakte wijven.' Dan een rondje. 'Een ronde kamer vol met naakte wijven.' 'Het spijt me verschrikkelijk,' zegt de psychiater, 'maar je bent inderdaad vreselijk seksueel gefrustreerd.' 'Dat moet u nodig zeggen met die vunzige tekeningetjes van u!' En zo is het maar net. Zo is het precies. Ik ben gedoemd te leven in een stad waar halfnaakte nimfen aan mij voorbijtrekken als reeën in een hertenkamp en dan verwijt jij mij dat ik gefrustreerd ben? De vergelijking met het mopje klopt niet helemaal. Maar toch is het zo.

Maar op een andere manier heb je wel een punt. Wanneer ik deze notities omwerk tot een roman, moet ik de balans in de gaten houden, daarvan ben ik mij nog meer bewust dan jij. Enerzijds heb ik een flinke dosis zuidelijke zinnelijkheid nodig, deels om recht te doen aan mijn fantasieën en deels om recht te doen aan het clichébeeld dat de lezers in het vaderland hebben van Italië. Clichématige verwachtingen dienen te worden gefrustreerd, maar het zou zonde zijn om dat op dit punt te doen. Anderzijds moet het natuurlijk niet ontaarden in een bordeel, ook al zouden velen van mijn lezers daar geen enkel bezwaar tegen hebben. Het moet toch een minimum aan thematische relevantie hebben, laat ik het zo zeggen. Maar daar heb ik al iets op bedacht. Een van de centrale thema's zal toch moeten worden dat verschillende personages, waaronder de ik-figuur, op verschillende manieren verdwalen in hun fantasie van een nieuw en beter leven, zoals toeristen verdwalen in het labyrint van steegjes. Door mijn eigen fantasieën de vrije loop te laten of zo nodig zelfs te overdrijven, onderstreep ik die thematiek. Het zou mooi zijn als daar nog iets bij kwam. Als het zelfbewuste machismo van de ik-figuur in zulke passages in contrast zou staan met iets anders, bijvoorbeeld met de toenemende verwijfdheid van een ander personage die tot zijn ondergang zal leiden. Zo'n personage moet ik nog tegenkomen. Of misschien moet ik hem verzinnen.

3

Er was vanavond een televisieploeg op de piazza.

In het vaderland heb ik vaak met ze te maken gehad, dat hoef ik jou niet te vertellen. Er is altijd sprake van een interviewer die het allemaal zo'n beetje op het laatste moment heeft voorbereid en je daarom meent te mogen tutoyeren. Hij neemt een cameraman met zich mee met een extreem grote camera. Aan de omvang en het gewicht van zijn camera ontleent hij zijn status. Hij zucht al als hij nog maar net binnen is in je huis. Dat heeft ook veel te maken met het feit dat hij zijn extreem grote camera zojuist al die trappen op heeft gezeuld. En dat valt mij persoonlijk aan te rekenen. Zijn blik verwijt mij dat ik het in mijn hoofd heb gehaald om zo hoog te wonen en mijn woning alleen toegankelijk heb gemaakt door middel van een middeleeuws martelwerktuig dat trappenhuis heet, terwijl ik gezien mijn status toch had kunnen verwachten dat er bij voortduring cameraploegen over de vloer zouden komen. Cameramannen zijn ook altijd dik. Dat helpt ook niet. En terwijl ze nog nazuchten vanwege de trap, beginnen ze al te herzuchten omdat wat ze dan uiteindelijk na hun grote lange reis aantreffen op die bovenverdieping, van geen kanten voldoet aan hun hoge artistieke en professionele standaard. Het licht is verkeerd. Dat hadden ze al bij voorbaat gedacht toen ze het godvergeten oord binnenreden waar je meent te moeten wonen. En gezien het belabberde licht is de opstelling van je meubilair ronduit rampzalig. Terwijl ze nog napuffen van het trappenhuis en hun jas nog niet eens hebben uitgedaan, beginnen ze je bankstel, je eettafel en je boekenkasten te verslepen. 'Willen jullie misschien koffie?' vraag je nog. De interviewer heeft er wel trek in, maar hij durft geen ja te zeggen omdat de cameraman al in woord en gebaar te kennen geeft dat hij hier zo snel mogelijk klaar wil zijn omdat hij met zoveel vertoon van stuitend amateurisme niet kan werken en eigenlijk sowieso een ander beroep had moeten kiezen. Het uiteindelijke vraaggesprek is meestal een schuchter fluisteren voor het boze oog van degene die al bij voorbaat wist dat het zo nooit iets zou kunnen worden en zijn intuïties dag in dag uit altijd alleen maar bevestigd ziet. Waarom luistert er dan nooit iemand naar hem? De omroep, ach, de omroep. Als hij zelfstandig was, dan zou hij het wel weten. Dan was het gelijk afgelopen met deze onzin.

Een Italiaanse cameraploeg is anders samengesteld. De cameraman is een schuchtere werkstudent die God dankt op zijn blote knieën voor elke opdracht die hij krijgt, die zijn eigen apparatuur heeft moeten aanschaffen en die in de loop der jaren bijeen heeft gescharreld met de hulp van een vriendje dat hem korting heeft gegeven op verouderde modellen, en een concurrent die voor te veel geld van zijn spullen af wilde omdat hij zich inmiddels betere kon permitteren. De Italiaanse cameraman is een onzichtbare slaaf die dankbaar hijgend zou afdalen tot in de diepste onderaardse krochten om aldaar onder het uiten van nederige excuses zijn uiterste best te doen om in de ondoordringbare duisternis toch nog iets te filmen.

Het team wordt gecompleteerd door minstens drie redactrices. Ze lopen rond met factsheets en storyboards. Daaraan ontlenen ze hun belang en dat niemand zich er vervolgens aan houdt, is onbelangrijk. Maar de ware ster van de ploeg is de interviewster. Zij is per definitie Beroemd met een hoofdletter b. Ook als niemand haar kent, is zij Beroemd. Omdat zij zich zo gedraagt. Wanneer iedereen eindelijk na veel gedoe klaarzit voor het vraaggesprek, is zij in geen velden of wegen te bekennen. Zij is op de wc om haar lippen te stiften en haar bikinilijn te harsen. Ze heeft op kosten van de omroep plastic barbiebenen gekocht en chirurgisch puntige plastic tieten laten aanbrengen onder haar kanten bloesje. Wanneer zij iemand interviewt, komt de geïnterviewde nauwelijks in beeld. Alle cameramannen in het land kennen de regels. En hoewel de vragen die zij stelt soms naïef kunnen lijken, begrijpt iedereen dat het gaat om de goddelijke glimlach waarmee zij die vragen stelt.

De cameraploeg die vanavond onverwacht zijn opwachting maakte op Piazza delle Erbe was maar van de lokale televisie. Dat zag je aan de stickers. Maar ze voldeden aan alle kenmerken. De felrode interviewster die bijna net zo lang was als ik en hooguit een kwart van mijn lichaamsgewicht met zich meetorste, stelde willekeurige gasten op willekeurige terrassen van willekeurige bars vragen over hun ervaringen met het een of ander. Ik zat rustig te schrijven aan mijn tafeltje op het terras van Caffè Letterario, ik aanschouwde het allemaal van een afstand en ik moet zeggen, goede vriend, dat ik verbaasd was dat ze mij niets vroegen. Niet teleurgesteld, maar verbaasd. Ik vond het allemaal best, ik had hun aandacht niet nodig, maar laten we wel wezen: dat een cameraploeg die mij bij toeval in het wild aantreft mij niet onmiddellijk bespringt, is een beetje... laten we zeggen: onwennig. Het klinkt misschien arrogant, maar zo bedoel ik het niet. Ik weet dat je begrijpt wat ik wil zeggen.

En je hebt ook gelijk, natuurlijk. Precies hierom heb ik besloten om het vaderland te verlaten en mij alhier in het labyrint in alle anonimiteit metterwoon te vestigen. In plaats van noodgedwongen te voldoen aan een zelfbedacht imago dat mij onder de druk van de media en mijn bekendheid op een karikaturale manier telkens opnieuw wordt opgedrongen, heb ik hier in Genua de vrijheid voor mezelf herwonnen om te worden en te zijn wie ik ben. In het vaderland ben ik Ilja, die weet heeft van de samenstelling van cameraploegen, en hier in het labyrint ben ik Leonardo, die verlof heeft om te verdwalen in zijn fantasie zonder dat dat onmiddellijk gepaard hoeft te gaan met een snedige verantwoording in een van de landelijke talkshows. Zo heb ik dat gewild, daar heb je helemaal gelijk in. Maar dat je dan ook vervolgens daadwerkelijk wordt overgeslagen door een cameraploegje van de lokale televisie is, hoe gewenst ook, een ontwortelende ervaring.

Dit brengt me op iets anders. Ik heb je postwissel in goede orde ontvangen. Nogmaals dank daarvoor. Het doet me goed om te weten dat er iemand is achtergebleven in het vaderland die begrijpt dat tijdelijke financiële problemen sierlijk kunnen worden opgelost. Mijn gezochte statusverlies in den vreemde heeft nu eenmaal op korte termijn ook zekere materiële repercussies. Ik ben niet meer beschikbaar voor commercials en ik treed niet meer op. Daar was het precies om te doen en ik ben je dankbaar dat je dat begrijpt. Je bent een ware vriend.

Overigens heb ik zojuist via mijn accountant vernomen hoeveel de belastingdienst in het vaderland van mij vraagt voor datgene wat ik in het verleden voor mijn voormalig vaderland heb betekend. Met geen mogelijkheid kan ik aan die verplichting voldoen. Maar daarmee wil ik jou nu niet lastigvallen.

4

Er bestaan vrouwen die ergens naartoe gaan en gaan zitten en er bestaan er die haar opwachting maken. Ook voor dit tweede type zijn er twee categorieën te onderscheiden. Er zijn er die chic anderhalf uur te laat op hoge benen haar opwachting maken om de wereld te splijten met haar oogopslag en er zijn er die met breed vertoon van macht naderen om met een valse glimlach de plaats op te eisen die haar toekomt. Filmsterren en vorstinnen, zo zou die dichotomie gemakshalve kunnen worden samengevat. Het verschil tussen katzwijm en ontzag, hoop en vrees, natte dromen en nachtmerries. Wat ze gemeen hebben, is dat ze een godin zijn in het diepst van haar gedachten en dat elke man in haar gelooft omdat ze in zichzelf geloven. Waar ze haar opwachting maakt, wordt onder het sputteren van excuses opgestaan om de meest comfortabele zetel aan haar af te staan, waarop ze met verpletterende vanzelfsprekendheid plaatsneemt zonder dat het ook maar een seconde in haar opkomt om daarvoor te bedanken of degene die zich voor haar heeft opgeofferd ook maar een blik waardig te gunnen, waarmee zij hem reduceert tot de worm die hij is, terwijl ze de rest van het gezelschap rustig alle tijd gunt om haar aan te gapen.

Sinds het begin van deze zomer is er een blonde vrouw die zo goed als dagelijks als een vorstin haar opwachting maakt op het terras van Caffè Letterario op Piazza delle Erbe. Zoals de komst van de majesteit in vroegere eeuwen werd aangekondigd door een koor van bazuinen, zo laat zij haar verschijning voorafgaan door haar keffende schoothondje dat niet is aangelijnd en dat hysterisch blaffend voor haar uit rent omdat het inmiddels heeft geleerd dat het terras van Caffè Letterario een plek is waar aperitiefhapjes worden geserveerd die hondjes heel goed kunnen aftroggelen als ze maar schattig genoeg doen of, als dat niet werkt, met volharding irritant keffend duidelijk maken dat ze alleen met iets lekkers stil te krijgen zijn. Zijzelf volgt op gepaste afstand. Ze heeft lange blonde, pluizige krullen, die nogal opvallen onder dit mediterraans gesternte, en hult zich in de regel in lange, wijdvallende gewaden. Ze heeft een onbestemde leeftijd van boven de zestig. Ze loopt net iets te langzaam, alsof ze gebukt gaat onder een fysiek ongemak, en daarbij glimlacht ze net iets te kunstmatig naar iedereen die haar aanstaart, alsof ze wil laten blijken dat ze een moedige en sterke vrouw is die zich door een fysiek ongemak niet uit het veld laat slaan. Maar zowel haar pijnlijk trage loopje als de valse glimlach die dat wil maskeren, is ingestudeerd. Zij is nep in het kwadraat. Hoewel zij niets mankeert, speelt zij de rol van iemand die moedig glimlachend acteert dat zij niets mankeert.

Wanneer ze het terras eindelijk heeft bereikt en het hondje enthousiast keffend tegen haar opspringt, verstart haar blik. Er is weliswaar een aantal tafeltjes vrij, maar die voldoen niet aan haar strenge eisen. Zoals iedereen in haar koninkrijk behoort te weten, drinkt zij droge martinicocktails en die worden geserveerd in lage brede glazen op een steel die tot aan de rand toe vol zijn geschonken. Daarom kan zij onmogelijk plaatsnemen aan een tafeltje dat schuin staat. Dat zo goed als elk tafeltje schuin staat op de licht hellende middeleeuwse bestrating van Piazza delle Erbe, is in haar ogen geen excuus. En terwijl zij daar staat in een houding die hoofdschuddend onbegrip uitstraalt over het stuitend gebrek aan hiërarchisch stijlbesef bij haar onderdanen, komt een van de serveersters al naar buiten rennen om onder het uiten van uitputtende verontschuldigingen speciaal een nieuwe tafel voor haar in gereedheid te brengen. 'Dank je wel, meisje,' zegt ze zonder haar aan te kijken en zuchtend drapeert ze zich over haar stoel.

Uit haar gehele houding spreekt dat ze niet voor haar plezier naar Piazza delle Erbe is gekomen om droge martinicocktails te drinken. Ze houdt audiëntie. Dat ze daar de hele avond gaat zitten drinken terwijl haar schoothondje bij voortduring blaft, is een gunst die zij uit haar ruimhartige goedertierenheid bewijst aan haar volk. Wanneer zich niemand voordoet om zich te laven aan haar wijsheid, wat om voor haar onbegrijpelijke redenen af en toe gebeurt, grijpt ze naar haar mobiele telefoon om willekeurige slachtoffers uit haar schier eindeloze contactlijst ongevraagd urenlang met goede raad bij te staan. Ze glimlacht gekweld bij de confrontatie met zoveel onwetendheid aan de andere kant van de lijn en ze is zichtbaar onder de indruk van zichzelf dat ze haar geduld niet verliest terwijl ze uit goedhartigheid voor de zoveelste keer uitgebreid uit de doeken doet hoe de wereld objectief gezien in elkaar steekt. Ze heeft verstand van elk denkbaar onderwerp, politiek en spiritualiteit, honden en mannen, gastronomie en gezondheid, astrologie en ethiek, binnenhuisdecoratie en duiveluitdrijving, psychologie en het weer, en wanneer iemand over deze onderwerpen een andere mening is toegedaan, beschouwt zij dat als verlies van haar kostbare tijd. Sterker nog, dat is een miskenning van de onuitputtelijke bron van wijsheid waaruit zij put en in feite niets minder dan een belediging van de gulheid waarmee ze gelukkige individuen daarvan deelgenoot maakt, maar haar teleurstelling over zoveel ondankbaarheid zal ze verbergen achter een valse glimlach die wil betekenen dat ze haar teleurstelling over zoveel ondankbaarheid verbergt. Nimmer zal ze een vraag stellen, omdat ze alle antwoorden weet, zelfs op de vragen die wij onszelf nog nooit hebben gesteld. Als het aan haar lag, had ze andermans problemen allang opgelost voordat ze zich voordoen. Haar ondankbare roeping is alles uit te leggen, alles almaar opnieuw uit te leggen aan de dove oren van het blinde volk, want zij is, zo moeten wij weten, een goed mens.

En zodra zich iemand bij haar voegt aan haar tafeltje, wordt de ware bron van al haar wijsheid onthuld. Die zit in haar omvangrijke handtas, samen met andere objecten die ze dagelijks meezeult en die haar kenmerken als een vrouw van de wereld die op alles is voorbereid, zoals een lijmpistool, pepperspray, een reservepruik, een rol prikkeldraad, een vissenkom, ondergoed in alle maten, een slijptol, antidepressiva en een waterpas. En wat zij onder uit haar handtas opdiept, is de grote arcana.

Tegen betaling van een droge martinicocktail of vijf euro contant legt zij de kaarten. In het Italiaans heten ze tarocchi, elders tarot. Ze heeft een pak grote kaarten met de meest traditionele afbeeldingen en ze zijn veel gebruikt, dat kan iedereen van meters afstand zien. En het zijn niet alleen bijgelovige oude vrouwen, die sowieso op geen enkele manier meer te redden zijn, die gebruikmaken van haar diensten. Er melden zich opmerkelijk veel onzekere jonge meisjes aan haar tafeltje, voor wie vijf euro of het equivalent aan martini een serieus bedrag te noemen valt. Terwijl zij trillend van spanning elk woord dat zij zegt opzuigen in de hoop om een sprankje positief nieuws over hun toekomst op te vangen of, als dat niet kan, een ambigue frase te vernemen die met enige goede wil wellicht ook positief te interpreteren zou kunnen zijn, schudt zij haar oude wijze hoofd vol pluizige blonde krullen. Helaas laten de kaarten geen ruimte voor twijfel. Alle karakterfouten zijn zichtbaar, in het verleden gemaakte fouten zullen zich wreken en hoop is een uiting van naïviteit of onwetendheid. En het is zichtbaar in de kaarten dat zich binnenkort een jonge man zal aandienen, maar van hem valt evenmin iets goeds te verwachten. De heks glimlacht verontschuldigend. Het meisje moet begrijpen dat zij er, anders dan zovele charlatans, geen doekjes om windt. Zij zegt wat de kaarten zeggen, al is de boodschap hard. Dat is het bewijs van haar goedheid. Met zilte tranen op haar wangen loopt het meisje naar de kassa om een cocktail af te rekenen. Ze had gehoopt op beter nieuws, maar toch, ze is dankbaar. Nu kent ze tenminste de waarheid. En die is meer waard dan ijdele hoop. Toch?

Ik heb het vaak waargenomen en telkens weer vroeg ik mij af waarom de betalende clientèle zo bruut moet worden teleurgesteld. Wat voor raar concept van klantenbinding is dat? Die heks zit met haar kaarten voor haar neus sowieso alles te verzinnen, dus verzin dan iets leuks, zou je zeggen. Dan komen ze tenminste nog een keer terug. Maar ik heb begrepen dat dat een naïeve gedachte is. Mensen komen bij haar met problemen. Haar taak is het om die problemen serieus te nemen, te benadrukken en uit te vergroten. Alles is zelfs nog erger dan je dacht. Dat is pas klantenbinding. Als ze zegt dat alles meevalt, ga je fluitend naar huis en kom je niet meer terug omdat er geen probleem meer is. Als zij daarentegen zorgelijk glimlachend tot haar spijt moet bekennen dat al je zorgen terecht zijn en dat de situatie zelfs nog een beetje ernstiger is dan je dacht, kom je na een week terug met je verergerde problemen om trillend van de zenuwen te vragen of het inmiddels een beetje gunstiger is wat de kaarten te vertellen hebben. Glimlachend zal ze haar oude wijze hoofd schudden. Natuurlijk zou ze kunnen doen alsof. Maar zo is ze niet. Ze is een goed mens. Ze zal je altijd de waarheid vertellen. En de waarheid ligt vóór haar op tafel. Helaas liegen de kaarten nooit.

De heks heeft ook een naam. Ze heet Fulvia. Ik haat haar. Maar dat was misschien al duidelijk.

5

Ik ben gisteren naar het toneel geweest. Het stuk was weinig interessant. Het behelsde een opeenvolging van drie korte monologen vanuit het perspectief van drie verschillende personen die in het begin van de negentiende eeuw de armoede in Italië waren ontvlucht en waren geëmigreerd naar La Merica, zoals zij het beloofde land aan de andere kant van de Atlantische Oceaan consequent noemden. De teksten waren gebaseerd op authentieke brieven en dagboekfragmenten. Het was interessant materiaal en de artistieke doelstelling, om de huidige immigratieproblematiek een spiegel uit het verleden voor te houden, was zonder meer legitiem, maar het stramien van drie monologen was veel te statisch en het stuk ontbeerde elke vorm van dramatische spanning.

Ik ben ernaartoe gegaan omdat ik was uitgenodigd door de regisseur van het stuk, Walter, een jonge jongen die ik een paar weken geleden heb ontmoet in de Zaccharia, het café naast de Mandragola, aan het minuscule, goed verborgen pleintje voor de oude romaanse kerk van San Cosimo en San Damiano. De bar wordt gefrequenteerd door allerhande kunstenaarsvolk, vooral acteurs en actrices, en precies daarom kom ik er eigenlijk niet heel vaak. Zet enkele tientallen in hun eigen ogen zeer getalenteerde en in hun eigen ogen schandalig miskende artiesten in dezelfde ruimte en er ontstaat al gauw een lichtelijk opgefokt en hysterisch sfeertje. Bovendien weet iedereen daar dat ik schrijf en wordt er voor het gemak van uitgegaan dat ik minstens net zo miskend ben als zij. Wat zou ik anders te zoeken hebben in de Zaccharia? Precies. Dat vraag ik mij dan dus ook af.

Maar Walter is een goede jongen. Hij klaagt tenminste niet. Hij is een buitenlander en dat heeft er wel iets mee te maken. Net als ik komt hij uit het Noorden. Hij is, als ik het me goed herinner, half Deens en half Frans, geboren in Zwitserland en hij heeft zo'n beetje overal gewerkt, vooral in Engeland, Duitsland en Spanje. Dankzij zijn noordelijke achtergrond wordt hij gekenmerkt door een mate van nuchterheid en verfrissend realisme. Of je zou ook kunnen zeggen dat het feit dat hij Italiaanse genen ontbeert, hem het talent ontzegt om melodramatisch te zwelgen in het typisch Italiaanse zelfmedelijden dat voortkomt uit een paradoxaal mengsel van eigenwaan en inferioriteitsgevoel. In plaats van zijn frustraties, verbittering en woede over een walgelijke, verworden wereld waarin kennelijk voor hoge kunst geen plaats meer is te verdrinken te midden van grimmig knikkende gelijkgestemden, onderneemt hij dingen. In plaats van met een immer duistere blik naast de telefoon te wachten op de grote opdracht die nooit komt, organiseert hij kleine optredens met bevriende acteurs. Kruimelwerk. Een bewerking van korte verhalen van Kafka in de kelders van Bar Il Conte voor gratis consumpties, voor honderd euro per avond geïmproviseerd cabaret in de nachtclub van Anna, een openluchtoptreden op het plein waarna de mooiste actrice met de hoed rondgaat, dat soort dingen. Het zijn niet bepaald indrukwekkende producties die glanzen op zijn cv, maar in ieder geval doet hij iets.

En nu dus dat stuk met drie monologen over Italiaanse emigratie, in een klein theatertje aan Piazza Cambiaso in de hoerenbuurt vlak bij Via della Maddalena. Dat was niet zijn eigen idee, hij was gevraagd om het te ensceneren. En hij was de eerste om mij gelijk te geven dat het dramatische ontwikkeling miste en als stuk in feite volledig was mislukt. Hij had een beetje met die brieven en dagboekfragmenten zitten schuiven die de acteurs hem hadden aangereikt, maar hij was geen schrijver, dat gaf hij onmiddellijk toe. Misschien kon ik er eens naar kijken? Het materiaal was wel degelijk interessant, toch? Er moest veel meer uit te halen zijn. Ik knikte. Wie weet.

Maar de voornaamste reden waarom hij mij had uitgenodigd, was niet het stuk. Het was het theatertje. Na afloop van de voorstelling leidde hij mij rond. Het was een bescheiden maar kostelijk renaissancepalazzo met marmeren zuilen en fresco's van een navolger van

Michelangelo. Het was korte tijd geleden voorbeeldig gerestaureerd. Een majestueuze marmeren trap leidde naar de bovenverdieping, waar op een smaakvolle manier een bar en een klein restaurant waren ingericht. De hal met zuilen en gotische gewelven op de benedenverdieping gaf toegang tot het theater. Het was intiem. Er waren niet meer dan honderd plaatsen. Maar het was ultramodern, in technisch opzicht volmaakt geoutilleerd en maximaal flexibel met een volledig demontabel podium, state-of-the-artvoorzieningen voor audio en een arsenaal aan lampen waarbij een technicus van menig groot theater zijn vingers zou aflikken. Het was een opgepoetst pareltje, een schitterend kleinood, verborgen in de diepste krochten van het labyrint.

'En weet je wat het merkwaardigste is?' zei Walter. 'Er gebeurt eigenlijk nauwelijks iets mee. De huidige eigenaars hebben geen idee hoe ze een theater moeten runnen. Ze willen ervanaf. Ze hebben het te koop gezet. Ze hebben mij al gevraagd of ik misschien geïnteresseerd ben. Natuurlijk ben ik geïnteresseerd. Het zou een droom zijn. Maar in mijn eentje kan ik dat onmogelijk allemaal organiseren. En daarom dacht ik eigenlijk aan jou. Ilja, zou jij er iets voor voelen om samen met mij dit theater te kopen?'

6

Ik was vereerd dat Walter kennelijk zoveel vertrouwen in mij had, maar natuurlijk ging ik geen theater kopen. Dat had ik nooit gewild, dus waarom zou ik het nu opeens wel willen? Bovendien had ik geen geld. Dus dat was een makkelijke beslissing.

Ik was wel gecharmeerd van het idee om iets te doen met de getuigenissen van de grote Italiaanse emigratie. Walter had gelijk. Dat was mooi materiaal. En er moest ongetwijfeld nog heel veel meer in de archieven liggen dan die paar brieven en dagboekfragmenten die hij had verwerkt in zijn toneelstuk. Het was allemaal relatief kortgeleden gebeurd. De twee grote emigratiegolven van Italianen die vertrokken naar de Verenigde Staten of Latijns-Amerika, waren aan het einde van de negentiende en het begin van de twintigste eeuw. Het was een beweging van ongekende massaliteit, een ware volksverhuizing. Ik had de cijfers zo bij elkaar gegoogeld en ik schrok ervan. De verschillende bronnen die ik zo gauw kon vinden, zijn het er wel min of meer over eens dat tussen 1860 en het begin van de Tweede Wereldoorlog in totaal ongeveer twintig miljoen Italianen de oversteek hebben gewaagd naar het beloofde land aan de overkant van de Atlantische Oceaan. Laat de omvang van dat aantal eens tot je doordringen, goede vriend. Twintig miljoen. Dat is bijna een derde van de huidige bevolking van Italië. Dat is een kwart meer dan de totale bevolking van het vaderland, zuigelingen en bejaarden meegerekend. Ik weet dat je die cijfers zo niet mag gebruiken, omdat die twintig miljoen Italianen zijn geëmigreerd gedurende een periode van tachtig jaar, maar toch, om een idee te krijgen van de gigantische dimensies, stel je voor, een derde van de bevolking vertrekt naar elders, of, in het geval van het vaderland, meer dan de totale bevolking. Het hele land blijft leeg achter. Er woont niemand meer. Iedereen vertrokken naar Amerika. En dan maken wij ons in Europa tegenwoordig al zorgen als er een paar honderd Senegalezen aanspoelen op Lampedusa.

Verder begon ik te beseffen dat het verhaal van de massale Italiaanse emigratie in hoge mate was verbonden met deze stad. Genuezen en andere inwoners van Ligurië waren zo'n beetje de pioniers. Zij waren oververtegenwoordigd in de eerste emigratiegolf. Hun favoriete bestemming op het paradijselijke continent La Merica was het mysterieuze Land van Zilver. Ze vestigden zich in grote aantallen in een wijk van Buenos Aires die ze Boca noemden, naar hun geliefde vissershaven Boccadasse, die inmiddels is opgeslokt door de stad, deel uitmaakt van de wijk Genua Sturla, maar niets van zijn idyllische aantrekkingskracht heeft verloren. Supporters van Boca Juniors, een van de grote vermaarde voetbalclubs uit die wijk van Buenos Aires, noemen zich nog steeds 'Zeneisi', 'Genuezen' in Genuees dialect. Het befaamde lied 'Ma se ghe pensu', dat het van heimwee doortrokken lijflied werd van alle Italiaanse emigranten, wordt gezongen in Genuees dialect. Het verhaal gaat dat het de Genuese immigranten in Buenos Aires waren die de spijkerbroek hebben uitgevonden. Daarom heet een spijkerbroek 'jeans', wat een verbastering is van 'Zeneise'. Ik had dat verhaal eerder gehoord en ik had het natuurlijk nooit geloofd, maar het lijkt nog waar te zijn ook. Ik heb verschillende betrouwbare bronnen gevonden die het bevestigen.

Maar ook later, toen de Genuezen zelf minder geneigd waren om te vertrekken en toen de emigranten uit andere delen van Italië kwamen, is hun verhaal altijd verbonden gebleven met deze stad. Bijna twee derde van alle Italiaanse emigranten is in Genua scheep gegaan voor de reis van hun leven, de oversteek van armoede naar de belofte van een nieuw en beter bestaan. Op de kades van de haven van deze stad wachtten dagelijks duizenden wanhopigen op een kans om aan boord te komen van een van de grote oceaanstomers die in naam passagiersschepen waren, maar meer weg hadden van vrachtschepen voor menselijke lading. De stank en de hygiënische omstandigheden in de derde klasse waren berucht. Bezorgde medici schreven er in die dagen alarmerende artikelen over. Passagiers liepen tijdens de weken durende overtocht vreselijke ziekten op. Velen overleefden het niet.

En voor al die duizenden op de kades was het de ultieme droom om zich toegang te verschaffen tot die hel vanuit het geloof dat de helletocht zou uitmonden in het paradijs dat La Merica heette. Hier stonden, zaten en lagen ze te wachten, soms dagenlang. Boeren, handwerkslieden, bedelaars, schooiers. Al hun schamele bezittingen hadden ze bij zich. De nacht brachten ze door op hun plunjezakken of gewoon op de grond tussen de ratten. Sommigen konden zich een plek permitteren in een van de lange, ondergrondse slaapplaatsen of op een zolder zonder licht of frisse lucht. Ze hadden honger. Ze hadden sowieso hun hele leven al honger gehad, maar hier in de haven van Genua waren de prijzen van zelfs het eenvoudigste voedsel door de enorme vraag tot astronomische hoogten gestegen. Genuezen zijn wel goed, maar niet gek. Als er zoveel arme sloebers op je stoep liggen die honger hebben, vraag je natuurlijk een mooie prijs voor je brood. Je moet zelf tenslotte ook eten. A Zena a prende ma a non rende, zoals het oude spreekwoord zegt. Genua neemt en geeft niets cadeau.

Berooid en geradbraakt kwamen ze aan in de nieuwe wereld, waar ze hun leven opnieuw moesten bevechten op gangsters, maffiosi, huisjesmelkers, bordeelhouders, bovenbazen en onderkruipsel dat met een grote glimlach klaarstond om hen opnieuw uit te buiten. De officiële website van het onderzoeksinstituut voor de Italiaanse emigratie naar de beide Amerika's benadrukt dat de Italiaanse emigrant werd gekenmerkt door trots op het vaderland en een onwrikbaar geloof in menselijke vooruitgang gebaseerd op arbeid en een sterk besef van burgerlijke deugden en religieuze vroomheid. Het staat er echt. Dat is vergelijkbaar met wat ik rechtse Italiaanse politici weleens heb horen zeggen: dat de Italiaanse emigranten gingen om te werken, terwijl het Afrikaanse gespuis dat nu Europa overspoelt, alleen maar komt om te stelen. En dan te bedenken dat dat onderzoeksinstituut wordt gefinancierd door de provincie, die al sinds mensenheugenis in linkse handen is, kun je nagaan.

Ik krijg steeds meer zin om wat tijd door te brengen in de archieven en brieven en dagboeken op te duikelen die onthullen hoe het er werkelijk toeging en die geen enkel Italiaans instituut derhalve op zijn website zou durven zetten. Ik weet niet of dat een nieuw toneelstuk gaat opleveren, zoals Walter wil, maar misschien ook wel, wie weet, waarom niet. In elk geval is het materiaal dat van pas zou kunnen komen als ik deze notities die ik jou met enige regelmaat stuur, ga omwerken tot een roman waarin immigratie en emigratie majeure thema's moeten worden.

7

Toch liet het voorstel van Walter mij niet helemaal los. Ik bedoel: het was natuurlijk te belachelijk voor woorden. Het was als ambitie ver verwijderd van alles wat ik ooit voor mezelf voor ogen had gehad en in praktisch opzicht volslagen onrealistisch. Waar zou ik het geld vandaan moeten halen om een theater te kopen? Mijn financiële situatie was over het algemeen niet riant en momenteel zelfs enigszins nijpend te noemen. En Walter beschikte al evenmin over verborgen reserves, dat hoefde ik hem niet eens te vragen om dat heel erg zeker te weten. In de Zaccharia had ik zijn bier betaald.

Maar Walter is een beroepsoptimist en hij zei mij dat ik dat allemaal niet zo moest zien. Geld was het probleem niet. Daar zouden we wel iets op vinden. 'Het is een buitenkans, Ilja. Heb je gezien hoe dat theater is uitgerust? Ik heb in Duitsland, Engeland en Spanje in grote theaters gewerkt met minder dan de helft van de middelen. Moet je je voorstellen wat we daar allemaal kunnen doen, jij en ik, met onze verschillende achtergronden en talenten. Binnen de kortste keren zijn we het meest spraakmakende theater van Genua, daar zorgen we wel voor, toch?' Met een brede glimlach sloeg hij mij op mijn schouder.

'Toch kunnen we die kwestie van het geld niet helemaal negeren, Walter.'

'Nee, natuurlijk niet. Maar je begrijpt er niks van. We gaan daar juist geld verdienen. Daar heb ik allang over nagedacht. Anders zou ik je nooit hierbij betrekken. Het is een goudmijn. Ga maar na. Zeven dagen per week open en alles kan daar: niet alleen toneel, maar ook muziek, cabaret, jazz, cinema, noem maar op. En na afloop stoelen eruit en het podium eruit en huppa: danceparty's met de beste dj's. En al die tijd blijft het restaurant open. Om van de bar nog maar te zwijgen. Ha! Die overnamekosten dekken we wel op de een of andere manier. Desnoods lenen we. Dat is alleen maar een tijdelijke investering. Die hebben we er binnen een half jaar uit. En dan gaan we binnenlopen. We gaan rijk worden, Ilja, jij en ik, wij op die fantastische plek, met onze talenten.'

'Of we vinden iemand die voor ons wil investeren.'

'Of we vinden iemand. Precies. We moeten gewoon een goed businessplan opstellen. Iedereen met een beetje verstand in zijn kop ziet onmiddellijk dat dit met de juiste artistieke leiding alleen maar een gigantisch succes kan worden. Dus doe je mee? Laten we het zo afspreken. Laten we in elk geval eens met die eigenaars gaan praten en kijken wat ze er eigenlijk voor vragen. Dan zien we wel verder. Oké? Ik moet nu gaan. Kun jij mijn bier even betalen? Ik spreek je later.'

Ik had zo mijn twijfels over die gegarandeerde rijkdommen die ons ten deel zouden vallen zodra we de sleutels van het pand in handen zouden krijgen, maar ik moest toegeven dat ik Walter niet helemaal ongelijk kon geven. Er lagen mogelijkheden voor een succesvolle commerciële exploitatie. Dat zag ik wel. Het zou hard werken worden, zeker in het begin. Maar zodra we eenmaal een naam zouden hebben opgebouwd, zouden we automatisch groeien als we maar kwaliteit bleven leveren. Ik zou mijn contacten in het vaderland kunnen gebruiken. Onder mijn vrienden aldaar bevinden zich enkelen van de meest excellente acteurs, musici en componisten van Europa. Ik heb met ze samengewerkt. Dat zou ook hier kunnen. Ze zouden graag naar Genua komen. En Walter had ook een schat aan internationale connecties. Dat gegeven zouden we kunnen uitbuiten en de internationale oriëntatie zou ons werkelijk onderscheiden van alle andere theaters in de stad.

En ik moet ook toegeven dat het idee om alhier in mijn nieuwe vaderland in elk geval op lange termijn een bron van inkomsten te hebben mij niet tegenstond, zeker in het licht van mijn precaire financiele situatie. En daar kwam nog iets anders bij. Dat ik hier zou werken, zou betekenen dat ik mij hier nog meer zou wortelen. In plaats van hier alleen maar te wonen, terwijl ik leefde van pen, papier en mijn eigen fantasie, wat in principe op elke willekeurige andere plek net zo goed zou kunnen, zou ik een taak en een missie hebben die direct verbonden waren aan deze stad. Dat idee beviel me. Ik was ook gevoelig voor de gedachte om in de gelegenheid te worden gesteld om iets terug te geven aan deze stad waaraan ik zoveel te danken had. Om iets voor haar te betekenen die zoveel voor mij betekende. En daarnaast drong zich nog een andere gedachte op die ik probeerde te onderdrukken maar die telkens opnieuw weer de kop opstak. Ik zou theaterdirecteur worden. Het idee alleen al streelde mijn ijdelheid. Daar zouden ze van opkijken in het vaderland. En al die mislukte acteurtjes in de Zaccharia zouden mij eindelijk serieus nemen.

Later op de dag kwam ik Cinzia tegen. We namen een aperitief bij de Bar met de Spiegels. Ik vroeg haar of zij het theatertje kende. Ze schudde haar hoofd. Zie je wel, dacht ik, die huidige eigenaars zijn charlatans. Mensen weten niet eens van het bestaan van hun theater. Dat zouden wij zeker veel beter doen. Ik beschreef de plek uitvoerig en vertelde Cinzia van onze plannen. Zij luisterde aandachtig. Ik zei erbij dat al deze informatie uiteraard hoogst vertrouwelijk was, waarom weet ik ook niet, maar op een bepaalde manier klonk dat wel professioneel. Zij knikte. Ze zou er met niemand ook maar een woord over spreken.

'Het enige wat mij toch een beetje zorgen baart, is die investering. Ik ben er huiverig voor om mij in de schulden te steken.'

'Wat jij nodig hebt,' zei Cinzia, 'is een rijke minnares.'

Daar moest ik hard om lachen. Maar zij lachte niet.

8

Het theater was gesloten. We belden aan. Geen antwoord. We keken door de ruit. Binnen was het donker. De afspraak was toch om drie uur? Het was al kwart over drie. We belden nog eens. Er was niemand. De deur was aan de buitenkant afgesloten met een hangslot. Dus er kon ook helemaal niemand binnen zijn. We wachtten. Walter probeerde intussen te telefoneren om te verifiëren of de afspraak inderdaad om drie uur was. Hij kreeg geen gehoor. We besloten om nog maar een beetje langer te wachten. En net toen we op het punt stonden om het op te geven, kwam hij doodgemoedereerd aanwandelen. Het liep tegen vieren.

'Waar waren jullie nou? Ik zat binnen. Ik zat al een uur op jullie te wachten. Hebben jullie wel aangebeld? Dan heb ik de bel niet gehoord. Nee, en mijn telefoon heeft geen bereik binnen. Ik stond eigenlijk net op het punt om weg te gaan. Maar goed. Ik ben blij dat ik jullie toch eindelijk heb gevonden.'

'Maar hoe ben je dan binnengekomen?' vroeg Walter. 'De deur zit op het hangslot. Toen we dat zagen, zijn we ook gestopt met aanbellen.'

'Vandaar. Maar ik had de achteringang genomen.'

'Is er ook een achteringang? Dat wist ik helemaal niet. Mogen we die zien?'

'Een andere keer. Kom.'

Zijn naam was Pierluigi Parodi. Hij was een van de beide eigenaars. Hij was nogal jong voor een theaterdirecteur, ergens achter in de twintig, schatte ik. Hij was het schoolvoorbeeld van wat ze in het Italiaans een fighetto noemen: iemand die de mooie jongen uithangt en vooral zelf vindt dat hij een mooie jongen is. Hij had zichtbaar veel tijd van zijn leven doorgebracht voor de badkamerspiegel. Het kost uren om je coiffure zo bestudeerd nonchalant te föhnen en om je zogenaamd onverzorgde ringbaardje zo precies bij te knippen. Hij droeg dure merkkleren en spiksplinternieuwe sportschoenen en uiteraard had hij een Ray-Ban-zonnebril op zijn hoofd. Hij was een rijkeluiszoontje en deed geen enkele moeite om dat te verbergen.

Ook zijn manier van spreken en gebaren verried de mentaliteit van iemand die zich bevoorrecht en superieur acht omdat alles hem altijd is komen aanwaaien. Hij was heel tevreden met zichzelf.

'Zullen we niet hier buiten gaan zitten? Het is warm.'

'Binnen is het koeler,' zei Pierluigi. 'En we willen niet dat de buren meeluisteren. Jullie zijn te goed van vertrouwen, omdat jullie buitenlanders zijn. Les één van zakendoen in Italië is: wat niet weet, wat niet deert. Hoe minder oren horen en hoe minder ogen zien, des te groter is de kans dat iemand iets verdient. Zo. Dat weten jullie dan ook weer. Niets is gratis, maar deze belangrijke les krijgen jullie helemaal voor niks van Pierluigi.' Hij lachte.

We gingen naar boven, naar de bar. Hij zette de koffiemachine aan en maakte drie espresso's. Hij zette een grote, zware sierstenen asbak op tafel, pakte een houten kistje van achter de bar en bood ons een sigaar aan. Hij nam er zelf ook een, ging aan het hoofd van de tafel zitten, leunde achterover en keek ons glimlachend aan.

'Het is eigenlijk heel eenvoudig,' zei hij. 'De vraagprijs is twee veertig. De helft ervan kan ook in termijnen, maar dan moeten we natuurlijk wel de rente verrekenen. Maar dat is een simpel sommetje. En dan moeten we het daarna nog eens worden over de overnamekosten van de inboedel: de lampen, de geluidsinstallatie, meubilair, servies en bestek van het restaurant, de keukenapparatuur, de koffiemachine, de ijsmachine, de terrasverwarming, dat soort dingen. Daar moeten we te zijner tijd een inventarisatie van maken, dan beslissen jullie wat jullie willen overnemen en dan doen jullie een bod. Daar komen we wel uit. Dus?'

'Twee veertig?'

'Tweehonderdveertigduizend euro. Lager kan ik echt niet gaan, het spijt me. Dat is al een absolute bodemprijs. Ga maar na. Weten jullie wat een appartement kost in deze buurt? Dat weten jullie niet, want jullie zijn buitenlanders. Maar ik zal het jullie vertellen, want ik ben eerlijk. Voor een gat in de muur betaal je al het drievoudige. En hier hebben we het over een bloeiend, winstgevend theater met horecafaciliteiten. Vraag me niet om de prijs te verlagen. We zijn vrienden. Breng me niet in verlegenheid.'

'Waarom wil je het eigenlijk verkopen, Pierluigi?'

'Maar ik zit hier goed. Ik wil het eigenlijk helemaal niet verkopen.

Ik bedoel: ik heb geen haast. Het is een vriendendienst. Ik mag jullie. Ik vertrouw jullie. Jullie willen een theater en ik heb er toevallig een. En ik wilde me sowieso een beetje breder oriënteren. Import en export. Ik heb belangrijke contacten in het buitenland. Weten jullie dat het overgrote deel van de Italiaanse productie naar het buitenland gaat? Dat weten jullie niet, want jullie zijn niet Italiaans. Maar het zijn wel de feiten. En in Italië moet je de feiten kennen als je zaken wilt doen.'

De situatie leek mij duidelijk. Het ging, zoals Pierluigi terecht had opgemerkt, om de feiten. En het belangrijkste feit was dat ik geen enkele mogelijkheid zag om de vraagprijs op te hoesten, zelfs niet in termijnen, en laten we maar helemaal ophouden over de bijkomende kosten. Het avontuur eindigde daar, wat mij betreft. Maar omdat de sigaren nog niet op waren, besloot ik om voor de vorm nog iets te vragen. 'Pierluigi,' zei ik, 'kun je ons misschien een indicatie geven van de maandelijkse lasten?'

Hij maakte een wegwerpgebaar. 'Dat is een onzinvraag,' zei hij. 'Elektriciteit is de enige kostenpost. Vanwege de lampen. Maar daar sta je zelf bij. Ik heb het altijd goed in de hand weten te houden. Ik bedoel: met iets minder licht wordt een voorstelling alleen maar sfeervoller. Ik kan jullie de rekeningen laten zien. Gas en water zijn normaal. En verder is de huur aan de gemeente extreem laag.'

'De huur aan de gemeente?'

'Minder dan zevenhonderd per maand. Een schijntje. Dat is hun manier van cultuur subsidiëren.'

'Maar waarom zou je huur betalen voor een pand dat je bezit?'

'Jullie zijn buitenlanders. Maar laat me het uitleggen. In Italië werkt het zo. Er is een concessie voor negen jaar. Maar daar hoeven jullie je geen zorgen over te maken, want die wordt automatisch verlengd.'

'Maar is het pand formeel eigendom van de gemeente?'

'Zo moeten jullie dat niet zien.'

'Hoe dan wel?'

'Twee twintig. Maar lager kan ik echt niet gaan.'

9

We hielden crisisberaad bij La Lepre, een hippe en succesvolle bar op tien stappen van het theatertje. De bar was vernoemd naar het minuscule pleintje voor de deur waar plek was voor een intiem terras. Het is een van de best verborgen oases in een van de duisterste delen van het labyrint, tussen de kerk van Santa Maria delle Vigne en Via della Maddalena. Toen ik nog maar net in Genua was gearriveerd, was ik er op een avond bij toeval beland. Hoewel ik het pleintje actief heb geprobeerd terug te vinden, lukte dat pas na een maand, toen ik er ten tweeden male per toeval belandde.

Walter kende de eigenaars, of in elk geval een van beiden, Raimondo, een energieke jonge uitbater die samen met zijn compagnon in korte tijd veel had bereikt op die plek. Omdat Walter hem kende, kregen we korting. En het zou wellicht interessant zijn om later op de avond, als zich een gelegenheid zou voordoen, met hem van gedachten te wisselen. Hij zou horecatechnisch onze buurman worden, tenslotte. Wellicht viel er op een bepaalde manier samen te werken. Alles ging uiteindelijk om de juiste contacten, zoveel hadden we inmiddels wel geleerd, al was het maar vanwege de korting op de prijs van onze drankjes.

We zaten buiten op het terras. Opeens brak binnen de hel los. Ik bedoel: we weten allemaal min of meer hoe het klinkt als er een glas op de grond valt. Het geluid is spectaculairder dan de werkelijke schade. Soms gaat er een vol dienblad tegen de vlakte. Daar heeft iedereen het dan nog dagen over. Dit klonk vele malen erger.

We stonden op om te kijken wat er aan de hand was. Twee jongens waren bezig om de hele godvergeten bar aan gort te slaan. De tafel naast de ingang was al aan splinters. Intussen waren ze bezig om met barkrukken in te hakken op de spiegelwand achter de bar waarvoor alle flessen stonden. Binnen een minuut hadden ze La Lepre veranderd in een ravage. Raimondo en zijn compagnon waren in geen velden of wegen te bekennen. De overige gasten vluchtten naar buiten. En intussen gingen die jongens met vernietigende effectiviteit door met hun missie. Er was niemand die het ook maar in zijn hoofd haalde om in te grijpen. Dit was te serieus. Dit was geen pittoresk Italiaans uit de hand gelopen onenigheidje. Hier waren twee vaklieden aan het werk die precies wisten wat ze aan het doen waren. De situatie was ronduit bedreigend. Ook Walter en ik maakten ons snel uit de voeten.

We gingen naar de Gloglo op Piazza Lavagna om te bekomen van de schrik. We vertelden Samir, de Iraanse eigenaar van de Gloglo, wat we zojuist hadden gezien. Hij knikte. Hij liep naar binnen en kwam terug met drie glaasjes grappa. 'Van het huis,' zei hij. 'Om bij te komen.' Hij kwam bij ons aan het tafeltje zitten, nam het derde glaasje en toostte. 'Weet je wat het is?' zei hij. 'Die twee jongens willen te veel. Raimondo en die ander. Hoe heet hij ook al weer? Ik bedoel, begrijp me niet verkeerd. Het zijn fantastische barmannen met een fenomenale inzet en ze hebben in korte tijd echt iets neergezet op die plek. Het zit er bijna elke avond vol. Ze draaien een mooie omzet. Beter dan ik hier. Haha! Maar daar gaat het niet om. Proost!'

Hij stond op om een paar andere klanten te helpen die net waren gearriveerd. Toen hij weer aan ons tafeltje kwam zitten, had hij nog drie glaasjes meegenomen. 'En dan te bedenken,' zei hij. 'Ja, proost. Op jullie. En dan te bedenken dat het nog maar een paar jaar geleden echt een stinkhol was. Maar echt. Uitschot kwam daar. En de term 'uitschot' wil heel wat zeggen in deze buurt. Om iemand hier in de Maddalena uitschot te noemen, moet je, hoe zeg ik dat?' Samir lachte. 'Enfin. Jullie begrijpen het. Maar dat is ook precies de pech van die twee jongens. Hoe heet die ander nou ook al weer? Die ene heet Raimondo. Maar goed.' Hij nam een slok van zijn grappa. 'Kennen jullie de wc's van La Lepre? Met die grote stalen deuren. Daar werd vroeger op grote schaal gedeald. Zij hadden daar genoeg van en hebben de plek schoongeveegd. Maar dan krijg je dus dit. Helaas werkt het zo in deze stad.'

'Maar wat bedoel je, Samir?' vroeg Walter. 'Dat het een wraakactie was van de maffia?'

Samir legde zijn wijsvinger op zijn lippen. 'Dat woord bestaat niet,' zei hij. 'Ik bedoel, zij bestaan, maar het woord niet. Je moet heel machtige vrienden hebben om dat woord in de mond te kunnen nemen, onthoud dat goed.' Hij keek nadenkend voor zich uit. Zijn stem veranderde. Hij begon zacht en langzaam te spreken. 'Deze stad is een grot van porselein,' zei hij, 'een labyrint van belangen. En als je zelf een belang hebt, botst dat al gauw met de belangen van een ander. En dan geldt het recht van de sterkste. Zo gaat het al eeuwen en zo zal het altijd gaan. De dragers van wettelijk gezag, de politie, de rechters, de politici, zijn niets meer en niets minder dan individuen met hun eigen belangen die zich wapenen met het wetboek of de wapenstok om zich te mengen in de machtsstrijd. Zij staan niet boven de partijen, zij zijn zelf partij. En daarom krijg je in deze stad niets gedaan zonder de juiste bondgenoten. En zelfs met de juiste bondgenoten krijg je niets gedaan. Verandering is per definitie een bedreiging voor andermans zaken. Het is in ieders belang dat alles blijft zoals het is. Nou ja, ik wil jullie niet ontmoedigen. Maar zo is het wel. Ik moet nu gaan. Die drankjes zijn betaald, hè. Denk erom.'

Samir ging ervandoor. Walter en ik bleven nog een beetje zitten. We zwegen. We dachten na over wat Samir had gezegd. Voor elkaar wilden we niet naïef lijken door verbaasd te zijn over zijn woorden. We deden voor elkaar net alsof hij niets nieuws had gezegd en dat wij allang wisten dat het hier zo werkte. En in zekere zin was dat ook zo. Maar ik was wel degelijk geschokt. Genua had mij altijd een beschaafde Noord-Italiaanse stad geleken. Nou ja, beschaafd is misschien het verkeerde woord. Maar in elk geval noordelijk. De maffia was iets van het zuiden. Maar natuurlijk had Samir gelijk. Althans, dat viel overigens nog maar helemaal te bezien. Wist die Iraniër veel.

Walter stootte mij aan. 'Zie je hen?' Twee jongens liepen naar binnen bij de pizzeria I Calabresi tegenover de Gloglo. Ze waren het. Dat waren de jongens die zojuist La Lepre kort en klein hadden geslagen. 'Wat moeten we doen?' vroeg Walter. 'Ik weet het. Ik bel de pizzeria en ik zeg hun wat die twee jongens net hebben gedaan.' Hij zocht het nummer op op zijn smartphone en belde. Hij deed het verhaal, maar het antwoord, dat ik niet kon verstaan, stemde hem zichtbaar somber.

'Wat zeiden ze?'

Walter keek mij veelbetekenend aan. 'Ze zeiden: "Maar die twee jongens zijn onze vrienden."'

'En dus?'

'En dus niks.'

'Bellen ze de politie niet?'

'Ik weet wat ik doe,' zei Walter. 'Ik bel Raimondo. Ik heb zijn mobiele nummer.'

Raimondo nam op. Walter vertelde door de telefoon dat die jongens op dat moment bij I Calabresi zaten. Raimondo zei iets. 'Geen dank, geen dank,' zei Walter. Hij hing op.

'En?'

'Weet je wat hij zei?' vroeg Walter. 'Hij zei: "Dank je wel. Maar als het vrienden van de Calabresi zijn, dan doen wij geen aangifte."'

10

Een van mijn favoriete televisieprogramma's vroeger thuis in het vaderland heette, als ik mij goed herinner, *Een huis onder de zon*. Ken je dat? Volgens mij was het oorspronkelijk een serie van de BBC waar ze verschillende rip-offs van hebben gemaakt in de landstaal. De formule was simpel. In de loop van een aantal wekelijkse afleveringen volgden we een paar noorderlingen, meestal stellen, die één droom hadden in hun leven, en die droom was om hun leven opnieuw te mogen beginnen in het Zuiden. Wat ze allemaal gemeen hadden, was dat ze genoeg hadden van mist, motregen en al het overige gemiezer en dat ze de daad bij het woord voegden. Ze besloten hun schepen achter zich te verbranden en gingen op zoek naar een huis in Italië, Spanje, Portugal, Griekenland of een ander mediterraans paradijs met palmen en altijd blauwe luchten. Daar werd een discrete cameraploeg op gezet die niets anders deed dan gedurende maanden, jaren, of hoelang het ook maar duurde, met regelmaat langs te komen om koelbloedig te registreren hoe het hun verging op hun zoektocht naar licht en warmte en hoe ze langzaam maar zeker steeds verder verdwaalden in hun fantasie van een nieuw en beter leven onder de zon.

Uiteraard ging het bijna altijd over mensen van een zekere leeftijd, die na een lang en moeizaam maar relatief succesvol leven als organisatieadviseur, binnenhuisarchitecte of milieudeskundige genoeg hadden gespaard om serieus te kunnen nadenken over een bescheiden, vervallen, maar o zo idyllische boerderij in de Algarve, op Mykonos of in Toscane.

De cameraploeg was erbij toen ze, na een paar keer dromerig te hebben rondgereden in de streek waar ze samen opnieuw jong wilden worden, in contact werden gebracht met een betrouwbare lokale makelaar, een nette man die anders dan alle andere mannen in de omgeving het fatsoen had om zich ondanks de hitte te kleden in een pak met een stropdas en die, de goden zij dank, ook nog heel aardig Engels bleek te spreken. Hij had, zo zei hij zelf, een reputatie hoog te houden, vooral onder de buitenlanders, die hij altijd voorbeeldig had weten te bedienen omdat hij begreep hoe ze dachten en wat ze wilden, en hij vertelde een paar horrorverhalen over de malversaties van de mannen die hij tot zijn eigen schaamte zijn collega's moest noemen en die uiteindelijk alleen maar uit waren op geldelijk gewin, hoezeer het hem ook speet om dat te moeten zeggen. Helaas werkte dat zo in Italië, Spanje, Portugal, of waar ze maar waren. Maar tegelijkertijd was het een prachtig land, zo verzekerde hij hun met klem. En hij feliciteerde de noorderlingen ermee dat ze hem hadden weten te vinden. Want hij was anders. Hij hield van zijn land. En terwijl ze in zijn fourwheeldrive op weg waren naar de eerste idyllische bouwval die hij met al zijn mensenkennis voor hen had geselecteerd om te bezichtigen, waren ze al verkocht. Ze feliciteerden elkaar op de achterbank van de auto in hun landstaal ermee dat ze zoveel geluk hadden gehad om de juiste makelaar te hebben gevonden. Iemand die ze tenminste konden vertrouwen. Iemand die Engels sprak. Ze mochten in hun handjes knijpen.

De week daarop zien we hetzelfde stel terug. De derde ruïne die ze hadden bezichtigd, had misschien toch hun voorkeur. Oké, het dak ontbrak. En ook van muren was welbeschouwd niet echt sprake. Maar ze hadden sowieso altijd al het idee gehad om alles helemaal te verbouwen naar hun eigen smaak met Ligurisch leisteen en marmer uit Carrara. En kijk nou toch wat een uitzicht. Ja, dat durfden ze voor de camera best toe te geven, dit was de plek van hun dromen. Ze waren verliefd. Ook dat durfden ze voor het eerst hardop te zeggen. Was dat geen mooi begin van een nieuw leven? Zeg nou zelf? De vraagprijs van drie ton was een beetje boven hun budget, maar zo'n kans krijg je misschien nooit meer. Zoals hun vriend de makelaar had gezegd: 'Je leeft maar één keer.' Wat hen betreft was dat de spijker op zijn kop.

Tussendoor worden er opnamen vertoond van hoe ze in hun rijtjeshuis in het miezerige Noorden sommetjes zitten te maken aan de eettafel. Hoe ze ook rekenen, drie ton is te veel. En daar komen de verbouwingskosten nog bij. Hij zegt haar dat het eigenlijk niet verantwoord is. Zij zegt dat hij verkeerd rekent omdat hij er ook nog bij moet tellen dat ze daar eindelijk haar eigen keramiekatelier zal hebben en kan verkopen aan de lokale bevolking. En van de bijkeuken met het grote terras maken ze een trattoria. Hun vriend de makelaar had tenslotte zelf de laatste keer nog gezegd dat er in die streek tot in de wijde omtrek echt helemaal niks was. Dus een trattoria zou een gat in de markt zijn, zeker in combinatie met haar atelier. Dan kun je je eigen lokale gerechten serveren in je zelfontworpen en zelfafgebakken servies. 'En voor mijn ontwerpen laat ik mij natuurlijk helemaal inspireren door de lokale omgeving. Zag je hoe de makelaar keek toen ik dat zei, zag je dat? Maak je sommetje opnieuw, lief, we hebben het hier wel over onze droom. Ik bedoel, schat, kijk uit het raam. Het regent. Het regent al weken. Het regent al ons hele leven. Het is nu of nooit. We hebben het er al zo lang over, dat weet je zelf ook.'

Bij de volgende aflevering zijn we maanden verder. De vrachtwagens met Ligurisch leisteen arriveren. Maar het is een andere soort dan ze hadden besteld. Hij en zij vertellen in afzonderlijke diepte-interviews dat ze dit beschouwen als een persoonlijke nederlaag. Ze hadden het zo duidelijk afgesproken. En nu moet alles helemaal opnieuw worden geleverd. Dat betekende een vertraging van een paar weken, misschien wel een maand. En wat moesten ze dan met de kalkstenen ornamenten? Die zouden over twee weken al komen. Moesten ze die dan soms ergens opslaan? Dat konden ze zich niet permitteren. Ze konden het zich sowieso niet permitteren om vertraging op te lopen. Ze hadden al veel meer kosten gemaakt dan ooit de bedoeling was geweest. De trattoria moest deze zomer open. Maar op deze manier zouden ze pas klaar zijn als het hoogseizoen al voorbij was.

En als de rekening komt voor het verkeerd geleverde leisteen, is de beer helemaal los. Natuurlijk betalen ze die niet. Maar er blijkt sprake te zijn van een clausule in het contract die hen volgens de nationale wetten, die te maken hebben met recent veranderde regelgeving omtrent het gebruik van bepaalde geregistreerde duurzame grondstoffen, verplicht om de rekening voor foutief afgeleverd leisteen alsnog te voldoen. Ze zitten met de handen in het haar. Hun vriend de makelaar beantwoordt al dagen achtereen zijn telefoon niet meer. De vrachtwagens met marmer uit Carrara worden morgen verwacht. Maar daar is ook sprake van een potentiële communicatiestoornis want anders dan afgesproken is de leverdatum niet telefonisch bevestigd en het is godvergeten moeilijk om afspraken te maken in een kutland waar niemand ook maar twee woorden Engels spreekt godverdomme.

Vervolgens zijn er problemen met de rioolvergunning, maar ze kunnen de plaatselijke verordeningen niet lezen. En terwijl de buurman recht van overpad eist over hun idyllische terras, komt er een naheffing van de onroerendgoedbelasting. Er zijn ook problemen met de concessie van de waterleiding. Ze hadden gekozen voor de goedkoopste optie, maar hadden er niet bij stilgestaan dat het duurdere bedrijf op een schimmige manier een bepaalde voorsprong blijkt te hebben in de betreffende streek. De burgemeester van het dorp weigert hun probleem te begrijpen. Zij vermoeden dat hij wordt betaald door het duurdere bedrijf. Maandenlang zitten ze met hun koperen designkranen die ze uit Frankrijk hebben laten komen zonder dat er water uit komt. De opening van de trattoria moet daardoor een jaar worden uitgesteld. Het proces dat ze daarover hebben aangespannen, zullen ze wel winnen, maar dat zal nog maanden duren. Hun advocaat heeft het over jaren. Maar dat zou betekenen dat de advocaatkosten nog hoger zouden worden dan ze al hadden gevreesd.

Wat er nog maar aan ontbreekt, is dat ze onderling ruzie krijgen. Dat komt in de laatste aflevering uitvoerig aan bod. We zien hem terug in zijn ondergemiezerde huisje in het Noorden. Onbetaalde rekeningen liggen vóór hem op de eettafel. Terwijl hij vertelt hoe het allemaal is gelopen, krijgt hij tranen in zijn ogen. Zij is nog steeds daar. Ze friemelt wanhopig aan een onderontwikkeld wijnstokje. Ze laat haar pottenbakkersschijf spinnen met haar magere voet in een sandaal gehuld. Ze heeft geen contact met de lokale bevolking. De trattoria is nooit open geweest. 'Hij durfde het niet,' zegt ze. 'En nu weigert hij zelfs de alimentatie te betalen. Hoe moet ik hier overleven? Van mijn keramiek? Denkt hij dat echt?'

11

Er zijn twee soorten vrouwen: zij die ergens zijn en zij die met veel vertoon hun opwachting maken. En ook bij die laatste soort vallen er twee categorieën te onderscheiden: zij die het terras betreden om het te veroveren en zij die hooghartig afstandelijk smeken om veroverd te worden. En zij was van die laatste categorie.

Ze was ongelooflijk. Ik zat haar met open mond aan te gapen, vriend, ik zweer het je, en ik zweer je dat ik niet de enige was. Het was bij de Bar met de Spiegels. Aanvankelijk had ik weinig oog voor mijn omgeving, omdat ik hard bezig was met deze notities die ik je met enige regelmaat stuur om je op de hoogte te houden van mijn wederwaardigheden in mijn nieuwe vaderland. Het is een ritueel waaraan ik zeer ben gaan hechten, omdat zelfs intense belevenissen beter neerslaan in het geheugen wanneer je ze kunt delen met een dierbare. Daarvoor kan ik je alleen maar dankbaar zijn.

Maar zij was ongelooflijk. Of had ik dat al gezegd? Ze gaf flamboyantie een slechte naam. Ze was lang, bijna langer dan ik, had lang donker haar, hotpants en benen van opgeteld een paar meter. Ze zat alleen aan een tafeltje, rookte zware sigaretten en dronk cocktails. En ze was oud. Zeker boven de vijftig. En dat betekende iets. Wie zich op die leeftijd zo schaamteloos uitdagend kleedt, kleedt zich op die leeftijd met opzet zo. Ze was voor alles in. Ze geurde naar beschikbaarheid. Ze ademde wanhoop tussen haar dijen. En onder haar geraffineerde zijden designbloesje prangden de twee grootste tieten die jij en ik ooit hebben gezien. Maar werkelijk. Voetballen. Het was bijna vulgair. Het was meer dan vulgair. En ze glimlachte er heel onschuldig bij, als een meisje. Maar ze was vijftig. Minstens. Vijfenvijftig zou ook zomaar kunnen.

Ik dronk mijn negroni aan een ander tafeltje en keek haar af en toe met een schuin oog schunnig aan. Wanneer ze terugkeek, deed ik net alsof ik druk aan het schrijven was aan deze brief aan jou. En wanneer ik weer keek, keek ze hooghartig weg. En wanneer zij dan toch nog een keer keek, schreef ik haar hooghartig op.

Maar zo gaat het wel vaker. Ik zou je dit verhaal nooit vertellen als er geen vervolg aan zat. Dat weet je. Je kent me. Houd je vast.

Een paar dagen later zag ik haar opnieuw bij de Bar met de Spiegels. Ze was in het gezelschap van de signora, hoe heet ze ook al weer, de signora uit het eerste deel die mij ooit heeft uitgelegd dat uiterlijk er niet toe doet in Genua en dat het te betreuren zou zijn dat vrouwen het van oudsher voor het zeggen hebben in deze contreien. Hoe heet ze ook al weer? Franca. Precies. Dank je. Franca Mancinelli. Ik had haar al een tijd niet gezien. Ik begroette haar. Zij nodigde mij uit aan haar tafeltje en stelde mij voor.

Ze bleek Monia te heten. Een rare, zeldzame naam die ik niet in één keer verstond omdat ik hem nog nooit eerder had gehoord. Misschien had ze hem wel zelf verzonnen. Omdat ze eruitzag als een personage dat zichzelf had verzonnen, stond de naam haar goed. Uit bewondering stelde ik mijzelf voor als Ilja in plaats van als Leonardo, wat tot enige verwarring leidde bij de signora. Monia glimlachte.

Terwijl zij hun gesprek voortzetten, kon ik hen beiden onder het mom van interesse voor het gespreksonderwerp uitgebreid van dichtbij observeren. Het was fascinerend om te beseffen dat beiden objectief gezien ongeveer even oud moesten zijn, maar een geheel verschillende opvatting hadden over hun eigen leeftijd. De signora droeg een lange witte linnen jurk, maar dat was alleen maar omdat het augustus was en ondraaglijk warm. Ze zag er verzorgd en elegant uit, niemand kon aanstoot aan haar nemen, maar die jurk stond haar van geen kanten. Ze had het lichaam van een aardappel. Maar de tijd dat ze zich zorgen maakte over dergelijke trivialiteiten lag decennia achter haar. Ze was een waardige aardappel. Ze was de ideale oma. Ze zou nooit een verjaardag vergeten en telkens weer een passend, origineel en verantwoord cadeau vinden. Ze sprak direct, zonder ergens doekjes om te winden, en in haar zorgeloos ongeremde manier van formuleren was ze soms erg grappig.

Ook Monia droeg die dag toevallig een lange witte linnen jurk, maar de snit was zo geraffineerd overdreven eenvoudig dat het duidelijk was dat hij door iemand met een naam speciaal zo geraffineerd overdreven eenvoudig ontworpen was en dat hij waarschijnlijk een fortuin had gekost. Hij viel volmaakt over haar schandalige lijf. Een nonchalante split vertoonde de lange arabesk van haar beklimbare benen. Ze hield zichzelf ingesnoerd in haar herinnering aan haar perfecte figuur. En haar decolleté was ronduit misdadig. Aan de rimpels op haar tieten kon ik zien dat ze echt waren, al zou menige pornoactrice bij haar aanblik woedend de plastische chirurg bellen.

Ze had een heel merkwaardige manier van praten. Ze formuleerde overdreven verzorgd, als iemand die veel te hard probeerde te verbergen dat ze eigenlijk aangeschoten was. Waarschijnlijk was dat ook zo. Ze probeerde chic te nippen van haar cocktails, maar soms vergat ze dat en sloeg ze het glas per ongeluk in één keer achterover, waarna ze met inachtneming van alle beleefdheidsvormen die het Italiaans rijk is een nieuwe bestelde. En al die tijd sperde ze haar ogen zo wijd mogelijk open, alsof ze een facelift wilde suggereren.

'Ilja Leonardo,' zei ze, 'ik heb altijd al een beroemde dichter willen ontmoeten. En dit op zichzelf al onschatbare voorrecht komt voor mij op een niet infaust moment, daar ik morgen het genoegen mag smaken om te zijn geïnviteerd voor een eenvoudig diner bij twee kennissen wier belevingswereld wordt gekenmerkt door een fervente interesse voor kunst en poëzie en daar het mij niet onwelkom zou zijn om in de gelegenheid te worden gesteld mijn twijfelachtige reputatie op te vijzelen door goede sier te maken met een muzische tafelheer.'

Ze stond op en wandelde op hoge benen met de overdreven vaste tred van iemand die dronkenschap probeerde te verbergen het labyrint in. De signora schudde haar hoofd. Maar volgens mij had ik een dinerafspraak, al was ik daar niet honderd procent zeker van.

12

Monia's vrienden wonen pal naast Palazzo Spinola. Het is een van die plekken waar het oude en het nieuwe Genua elkaar op een onwaarschijnlijke manier overlappen. Eeuwen geleden was dit een van de meest nobele buurten van de stad. Hier lagen adellijke dames te zuchten onder hoge plafonds in een voortdurende koortsdroom dat Genua eindelijk eens een oorlog mocht verliezen en dat de invasie zou komen met brute soldaten met bajonetten en barbaarse driften. Sommigen liggen daar nog achter hun verfijnde lambriseringen en zuchten nog altijd in de zinderende hitte van het middaguur die oude geesten tot leven wekt. Inmiddels is de buurt overspoeld door Marokkaans tuig, hoertjes en mensenhandelaars. Maar de geschiedenis smelt weg in de hitte. Wat vijf eeuwen geleden nog toekomst was, is nu een herinnering aan een droom van gisteren. Alles is veranderd, maar niets is veranderd. De gauwdieven en gevallen vrouwen van toen zijn er nog steeds. De straten zweten. De eeuwenoude muren druipen van het vocht. Hoge hakken tikken op het plaveisel. Ratten schieten weg. De nacht kreunt.

Monia's vrienden waren op het vervelende af beschaafd. We werden ontvangen in de salon, waar we plaats mochten nemen op antieke meubelen die zo opzichtig antiek waren dat je er niet met je volle gewicht op durfde te zitten. Gelukkig werden we vrijwel onmiddellijk geacht weer op te staan om de schilderijencollectie te bewonderen. Dat was een examen. Op fortuinlijke wijze herkende ik een Vlaamse meester. Dat leverde mij een minuscuul aperitief op van iets onbetaalbaar exclusiefs. Toen we dat hadden gesavoureerd, werden we naar de eetkamer gedirigeerd, waar opnieuw schilderijen te bewonderen vielen alsmede het tafelzilver. Ik voelde me steeds ongemakkelijker, alsof ik gevangenzat in een grot van porselein. Maar Monia leek zich thuis te voelen in deze omgeving, al maakte ze al bij het voorgerecht de indruk dat ze aan het verbergen was dat ze eigenlijk hard op weg was om dronken te worden. Ik leek de enige die het merkte.

'Mijn vriend Ilja Leonardo is dichter,' zei Monia.

'Wat dicht hij dan zoal?' vroeg de vrouw des huizes.

'Gedichten,' zei Monia.

Het hoofdgerecht was konijn op Ligurische wijze, met aardappels en olijven. Er werd een exclusieve rode wijn bij geserveerd. En ik had helemaal schijtgenoeg van het toneelstukje. Tegen alle regels van de etiquette in pakte ik de fles van tafel om mijzelf bij te schenken. Dat betekende dat ik nooit meer zou worden uitgenodigd, maar des te beter. Het had echter een averechts effect. Ze vonden dat onbeschofte gedrag leuk van mij. Ik was waarschijnlijk de eerste in vijf eeuwen die het had aangedurfd om in hun huis de ijzeren wetten der wellevendheid te schenden. Ik was een dichter, nietwaar? Dat had ik met deze bruuske daad maar mooi bewezen. Lachend zetten ze zes flessen op tafel. Monia leek daarover nog meer verheugd dan ik.

En geleidelijk aan veranderde de sfeer, maar op een manier die mij in toenemende mate verontrustte. De conversatie werd onmiskenbaar minder formeel en al snel werd er een niveau bereikt dat mij de eerdere formaliteit bijna deed missen. Het woord 'libertijns' kwam in mij op en dat is een woord dat nooit in mij opkomt. Want zeg nou zelf, wat betekent dat woord voor ons, doorgewinterde moderne viespeuken die wij zijn, die ons als knorrende varkens wellustig wentelen in de vunzigheid van een verworden wereld? 'Libertijns' is voor ons wat 'ondeugend' is voor een uitgewoonde stoephoer. Maar ik was in een andere wereld dan de wereld waarin jij en ik ons thuis voelen. Hier was verval der zeden een traditioneel en bij voorbaat gepland onderdeel van een geslaagde soiree. En precies daarom was het op een verontrustende manier beladen.

De vrouw des huizes begon zich al voor het dessert steeds nadrukkelijker tot haar echtgenoot te wenden, waarmee Monia en ik vanzelf ook een soort stelletje werden. Ik wist mij niet echt raad met die situatie. Na het dessert werden we genood om het digestief te gebruiken in het kabinet. Dat was een kamer die tot dat moment gesloten was gebleven en die een uitgelezen collectie van pornografica bleek te herbergen. Zeldzame negentiende-eeuwse platenboeken, antieke beeldjes van Priapus, een Griekse vaas met een voorstelling van een symposion en een indrukwekkende collectie van stereoscopische foto's en kijkers. De vrouw des huizes ging zich omkleden voor het digestief. Ze kwam terug in een exquis niemendalletje.

Ongewild redde Monia de situatie. Ze was inmiddels zo dronken dat ontkennen geen zin meer had. Ze trok met veel gewaggel haar schoenen uit, viel toen om, maar landde bij toeval min of meer op de chaise longue, waar ze onmiddellijk in slaap viel. Toen de vrouw des huizes haar wakker schudde, greep ze kreunend naar een van haar pumps en begon erin te kotsen. Dat was voor mij het teken dat het wel mooi was geweest.

Maar dat werd dus nog een hele toestand. Hoewel ik bereid was om mij op schandalig laffe manier uit de voeten te maken, had ik nog net genoeg fatsoen in mijn donder om te beseffen dat het van mij werd verwacht dat ik Monia naar huis zou brengen. Met de hulp van de gastheer lukte het om zowel haar lege als haar volgekotste schoen over haar netkousen te duwen. We hesen haar overeind en duwden haar de lift in. Ik nam intussen afscheid van de vrouw en heer des huizes. 'Nou,' zeiden ze, 'we zullen elkaar dan waarschijnlijk veel vaker zien.'

13

En het ergste moest nog komen. Want toen stonden we op straat. Ik vroeg Monia waar ze woonde. Ze antwoordde niet. Ik vroeg het nog een keer. Ze keek mij met grote opengesperde ogen aan. Toen drong het tot mij door dat ze zich haar eigen adres niet meer kon herinneren. Ze viel om. Ik hielp haar weer overeind. Marokkaanse bendeleden hadden ons opgemerkt en begonnen belangstelling voor ons te krijgen. We moesten weg hier. Ik sloeg Monia in haar gezicht. 'Waar woon je?' Ze sperde haar ogen nog wijder open. 'Die kant op,' zei ze. Oké, die kant op. Ik gaf haar een zet en ze stuiterde als een flipperbal door de nauwe steegjes. In elk geval waren we onderweg. In elk geval waren we weg.

Uiteindelijk bleek ze te wonen in Via Chiabrera, vlak naast Piazza San Lorenzo. Welbeschouwd, hemelsbreed, van Palazzo Spinola naar daar, als je de weg kent, maar ik kende de weg, de makkelijke weg, van Via San Luca naar Piazza Banchi en dan Via Canneto Il Curto en dan een stukje naar boven over Via San Lorenzo en dan halverwege rechtsaf, welbeschouwd, in het rustigste wandeltempo, zijn dat hooguit vijf minuten. We hebben er twee uur over gedaan. Als het goed ging, liep ze hooghartig vier stappen voor mij uit met één klikkende en één soppende schoen en als het slecht ging, moest ik haar voor de zoveelste keer oprapen van het grauwe plaveisel.

Maar toen we ten langen leste beneden aan haar voordeur stonden, waren we er nog niet. Ze zei dat ze op de bovenste etage woonde, dat er geen lift was en gaf mij een sleutelbos in handen. Het moment om beleefd afscheid te nemen was nog niet gekomen. En op al die marmeren trappen had ze zonder mij daadwerkelijk geen schijn van kans gemaakt. Ik moest haar stutten, behoeden voor valpartijen en af en toe zelfs letterlijk dragen.

En al die tijd had ik een rare, foute gedachte gehad. Ik had vaak bedacht hoe makkelijk het zou zijn om haar te beroven. Ze leek rijk. Ze kleedde zich rijk. Ze vertrouwde mij op zijn minst in zoverre zij mij was toevertrouwd. Er zou geen haan naar kraaien. Ze kon zich haar eigen adres niet meer herinneren, laat staan dat ze zich de volgende dag voor de politiebalie had kunnen herinneren wie haar had thuisgebracht. Natuurlijk deed ik het niet, maar het idee wond me op.

Het was een lange weg naar boven. Nadat ik de voordeur met haar sleutelbos had ontgrendeld, kwamen we nog drie gietijzeren valhekken tegen. Ik vroeg me af of die waren bedoeld om dieven buiten te houden of om haar binnen te houden en ervoor te behoeden zich te schande te maken in de stad.

Toen we eindelijk boven waren, begon ze mij wild te tongzoenen. Ik proefde de zure smaak van haar kots. Ze stortte neer op haar bed. 'Kleed me uit, Ilja Leonardo. Ik kan mezelf niet meer uitkleden. Ik ben te verliefd op jou om mezelf uit te kleden. Of juist wel. Wacht.' Ze hikte. Ze begon heel hard te lachen. En toen begon ze te huilen. En opeens leek ze klaarwakker. Ze keek mij aan met wijd opengesperde ogen. 'Ik wil,' zei ze. Ze slikte iets door. 'Ik wil dat jij mij neukt als een vieze vuile gore hoer, want ik ben een vieze vuile gore hoer.' En nog voordat ik haar kon bedanken voor de gastvrijheid, zei ze: 'Kom met je dikke gore pik tussen mijn tieten. Ik smeek je, ik smeek je, laat me je hoer zijn, alsjeblieft.' En ze begon weer te huilen. En toen begon ze weer te lachen. Ze rukte met zoveel geweld aan mijn gulp dat ik hem dan maar zelf opendeed. 'Neuk me,' zei ze. Dat was gemakkelijker gezegd dan gedaan. 'Ik ben een gore vieze vuile stinkhoer,' zei ze. Nou ja, met alle respect, dat bedoelde ik maar. 'Spreid je benen,' zei ik om tijd te winnen. Kreunend spreidde ze haar benen. Het zag er zo vies uit dat mijn pik verschrompelde. Om mezelf een houding te geven, ging ik haar maar likken. Dat was een fout. Ze smaakte naar zure pis en bedorven vis. Ik ging bijna over mijn nek. Maar zij gilde van genot. Ze klonk als een anti-inbraakalarm zo erotisch. Toen ik bijna moest braken, heb ik me maar zo snel mogelijk afgetrokken op haar enorme tieten. Terwijl ze dat probeerde op te likken, had ik mijn kleren alweer aan. 'Ilja Leonardo,' riep ze, 'ik wil al jouw pikken tussen al mijn tieten en in al mijn reten en kutten voor altijd. Kom terug!'

Buiten op straat gaf ik over. De visboer was al open.

14

Maar ik had misschien een investeerder gevonden.

'Dan staat zij garant voor honderd,' zei Walter. 'En de andere helft kan ze dan eventueel in termijnen voldoen. Met tweehonderd zijn we er wel, want volgens mij is Pierluigi wanhopig. Als we na de zomer willen openen, moeten we nu handelen. Dan openen we met jouw nieuwe stuk over de Italiaanse emigranten. Met haar geld kunnen we dat echt spectaculair maken, met de voorplecht van een echt schip op het toneel. Ik heb zoiets weleens in Heidelberg gedaan. Ook met echt water. Er bestaan van die chemische zoutoplossingen. Dat het echt naar zee ruikt. En dan nodigen we jouw musici uit en die zetten we op een vlot. En in de slotscène laten we dat afzinken, niet echt natuurlijk, maar dat kun je heel mooi suggereren met rookkanonnen in combinatie met van die speciale lampen die je in het podium kunt laten verzinken. Oké, die kosten wel wat, vooral omdat je dan ook waterdicht moet werken. Maar ik ken een technicus in Madrid die daarin is gespecialiseerd. Die vliegen we dan in. Ik zou hem zo kunnen bellen. Ik zal hem nu gelijk bellen.'

'Walter.'

'Oké, ik weet het, ik loop een beetje op de zaken vooruit. Maar dat is nu eenmaal mijn enthousiasme. Daarmee heb ik altijd dingen voor elkaar gekregen. Maar je hebt gelijk. Laten we realistisch rekenen. Hoeveel heeft ze toegezegd?'

'Ze was niet eens meer in staat om iets te zeggen, laat staan om iets toe te zeggen.'

'Maar je zei dat ze rijk is. Daar gaat het om. Als jij nou maar gewoon je werk doet en dat vruchtbare moestuintje blijft omploegen en besproeien...'

'Niet zo praten, Walter.'
'Waarom niet?'
'Daar houd ik niet van.'
'Jij moet gewoon stug door blijven prakken, weet je wel, dan trekken we over een maand de gordijntjes open voor onze première.'
'Misschien moeten we eerst met de gemeente praten, Walter.'
'Waarom?'
'Omdat ik het idee heb dat Pierluigi iets probeert te verkopen wat niet van hem is.'
'Natuurlijk is dat zo. Ik ben niet achterlijk, Ilja. We zijn in Italië. Maar dat betalen we toch met haar geld. Hoe heet ze ook al weer? Nadia?'
'Monia.'
'Wat maakt het ook uit. Iedereen verneukt hier iedereen. Hoelang ben je nu al hier? Ik ben hier lang genoeg om beter dan jij te weten dat iedereen hier iedereen verneukt. Ben je nou echt zo naïef, of probeer je je eronderuit te lullen? Zeg het me eerlijk. Ik moet het weten. Of ik met jou door kan of niet. Of we een theater krijgen of niet. Zeg maar. Even goede vrienden. Ja of nee?'
'Ik probeer me nergens onderuit te lullen, Walter.'
'Zie je wel.'

15

Monia bleef me maar bellen. Ze stuurde ook om de haverklap smsjes met allerlei suggestieve x'en erin. Toen ik terugbelde, nodigde ze mij uit voor de opera. Ik moest wel eerst met haar winkelen. Daar stond zij op. Dat zei ze wel tien keer. Voor de opera moest ik mij kleden. Zij zou dat ook doen en ze kon zich niet vertonen naast iemand die zich kleedde zoals de eerste de beste boerenkinkel in zijn vaderland, dat begreep ik ook heus wel. Zelfs mijn zomerpak dat ik direct na mijn aankomst in Genua, toen ik nog in de illusie verkeerde dat ik geld had, in al mijn overmoed had gekocht, was te casual voor de opera en zeker veel te schamel voor het gezelschap van een vrouw die zich al op flamboyante wijze overdresst als ze alleen maar een aperitiefje gaat nemen in een bar. En het was een mooie gelegenheid om op haar kosten een echt mooi Italiaans pak aan te schaffen. Dat had ik altijd al willen hebben.

Het was een bloedhete dag. Ze nam me mee naar een chique winkel op Via xx Settembre. Zij overlegde met de winkelbediende. Ik kon nauwelijks iets begrijpen van de details die ze onderling bespraken. Uiteindelijk kozen ze gezamenlijk iets uit het rek. Het was een schitterend maffiapak met brede revers dat ook gedragen kon worden als smoking. Ik moest dat passen. Dat was belangrijk om een idee te krijgen of het me zou staan. Over de precieze pasvorm hoefde ik mij geen zorgen te maken. Alles zou uiteindelijk uiteraard netjes op maat worden gemaakt.

Monia ging met mij mee het pashokje in. Dat werd kennelijk heel normaal gevonden. De winkelbediende verblikte of verbloosde niet. 'Pashokje' was eigenlijk een te bescheiden benaming. Het was een ruime kleedkamer met smaakvol donkerrood tapijt en een bank bekleed met pluche in dezelfde kleur. Er hing een grote, antieke spiegel met een vergulde lijst. Monia ging op de bank zitten en keek mij aan. Ik vond het een nogal merkwaardig moment. Nu werd ik dus geacht om mij voor haar ogen uit te kleden. Nou ja, what the fuck, dat moest dan maar. Ik maakte er een spelletje van. Ik deed net alsof ik een vrouw was die een striptease uitvoerde. Ik deed er een sensueel dansje bij. Ik plaagde haar via de grote spiegel met mijn tieten en mijn kontje. Ze glimlachte. En toen stond ik met een mooie grote tadá in mijn onderbroek vóór haar.

Ze stond op en reikte mij het jasje aan. Toen bedacht ze zich. Ze hing het jasje terug op het hangertje en het hangertje aan het haakje. Ze deed mijn dansje na en knoopte langzaam haar blouse open. Dat leek me nou ook weer niet helemaal de bedoeling. 'Monia,' zei ik, 'jouw les in het leven moet zijn dat alles vanzelf goed komt als je niet doet wat ik doe.' Daar moest ze om lachen. Achter haar rug klikte ze haar bh open.

'Moet je ook iets passen?'
'Kijk naar mij.'

Ik had haar tieten natuurlijk al eerder gezien. Maar toen was alles laat en donker en dronken. Nu zag ik ze in het echt, bij daglicht in een paskamer op Via xx Settembre. Ze waren schandalig. Zulke grote tieten zijn immoreel. Of op zijn minst zou je daar een fortuin aan belasting voor moeten betalen. En verder vond ik het ook niet zo'n goed idee om dat allemaal te bestuderen in de paskamer van een chique herenmodezaak.

'Wacht,' zei ze. 'Niet bewegen.' Het ging haar niet om haar tieten, maar om haar bh. Die deed ze heel langzaam en heel precies bij mij om.

'Nu ben je pas echt een mooi meisje. Dans voor mij.' Terwijl ze dat zei, haalde ze mijn pik uit mijn onderbroekje. 'Kijk naar jezelf in de spiegel,' zei ze. 'Je bent het mooiste meisje van Genua. Ik zou je haren willen kammen.' Ze trok mij af. 'Je zou zo mooi kunnen zijn als een pop. Kijk in de spiegel. Ik wil dat je voor mij klaarkomt. Dat is oké, ik heb hier een rekening. Of doe ik het soms niet goed? Ik bijt op je tepels. Ik speel met je harde, stijve kutje. Ik weet dat je eigenlijk veel meer geilt op kleine jonge meisjes met kleine tietjes dan op mij. Geef maar toe. Geef maar toe dat je nu aan iemand anders denkt. Zo'n meisje zoals die serveerster die vroeger bij de Bar met de Spiegels werkte. Zeg maar. Zeg maar eerlijk. Kijk naar jezelf in de spiegel. Je hebt mijn bh aan, slet. Die is veel te groot voor jouw kleine tietjes. Kijk naar jezelf. Je hebt net zulke kleine tietjes als zij. Je lijkt op haar. Je bent haar. Kijk hoe ik haar voor je klaarvinger.' En terwijl zij voor mij klaarkwam in de spiegel, kwam ik tegelijkertijd met haar klaar in de spiegel.

Monia likte haar vingers af. Opeens was ze weer netjes en aangekleed. Ze stond te frunniken aan mijn revers. Ik had het heel erg warm. Ze gromde goedkeurend. 'We maken een man van je, Leonardo, een echte Italiaanse man. Laat dat maar aan mij over.'

Bij de kassa was ik nog steeds in de war. De hitte van augustus maakte mij duizelig. 'Leonardo is dichter,' zei Monia. 'En hij is een vriend van mij. Geef hem een goede prijs.' Er ging tien procent vanaf en dat bedrag werd afgerond naar beneden. Twaalfhonderd euro moest ik betalen. Maar dat bedrag zou pas een paar uur later echt tot mij doordringen. Monia liep op hoge benen vóór mij de winkel uit. Ik deed een soort verontschuldigend knikje tegen de winkelbediende.

'Ze komt hier vaker,' zei hij zacht.

16

Maar wat gaan we nou beleven, zeg. De volgende dag was ik woedend. Ik had mij een kostuum laten aannaaien voor twaalfhonderd euro, ongeveer net zoveel als jouw postwissel, terwijl het hele idee was dat haar creditcard op die ebbenhouten toonbank had gelegen in plaats van de mijne. Investering, zeg je. Laten we het hopen.

'Maar weet je wel...' vroeg Walter.

'Ja.'

'Maar ik bedoel: weet je wel hoeveel geld dat is? Dat investeert ze dan toch maar mooi in ons, in ons project.'

'Volgens mij heb ik dat betaald, Walter.'

'Maar jij moet leren denken als de Genuezen. Zij heeft je toegestaan om zoveel uit te geven, wat betekent dat ze nu bij ons in het krijt staat. Belangrijker nog: het is een signaal dat ze ons vertrouwt en dat ze in de toekomst zeker meer in ons wil investeren.'

'Met mijn creditcard?'

'Daar gaat het niet om.'

'Waar gaat het dan wel om?'

'Om de contacten. Alles in deze stad draait om de juiste contacten. Zo moeten we denken, Ilja. Als we ons theater deze zomer nog van de grond willen krijgen, moeten we zo denken. En dat weet jij ook.'

Ik knikte, hoewel ik het niet met hem eens was. Ik knikte omdat ik een besluit nam. Ik zou mij wreken. Ik zou wraak nemen op Monia. Ik zou nu daadwerkelijk alles in het werk stellen om haar het fortuin af te troggelen dat nodig was om het theater over te nemen. Ik knikte grimmig.

'Waar denk je aan?'

'Aan Alessandro De Santis.'

'Is dat die acteur?'

'Nee. Hij zat op de Andrea Doria. Hij ging scheep op 24 mei 1894 en arriveerde op 25 juni op Ellis Island, de toen pasgeopende immigratiehaven van New York. Aan boord had hij kinkhoest opgelopen, maar het lukte hem toch om te worden toegelaten, vooral omdat hij tijdens de reis een boekje uit zijn hoofd had geleerd met de wenselijke antwoorden die hij in het Engels moest geven aan de autoriteiten. Hij had nog nooit eerder autoriteiten gezien en nog nooit Engels gehoord. Hij was een boerenzoon, geboren in een dorpje in Piemonte. Wist hij veel? Hij wist niets.'

'Wat heeft dit met Monia te maken?'

'Dat zal ik je vertellen. Luister. Stel je voor. Alessandro arriveert in New York. Hij had niets anders bij zich dan wat zijn familie kon missen: een wollen deken, een kip, die hij tijdens de overtocht heeft opgegeten, een foto van zijn moeder en een briefje met het adres van een verre achternicht die al jaren eerder de oversteek had gemaakt.'

'Hoe heette ze?'

'Dat doet er niet toe. Elena. Ze heette Elena.'

'En toen?'

'Alessandro kon geen werk vinden, ook al hadden ze hem beloofd dat hij automatisch rijk zou worden als het hem zou lukken La Merica te bereiken en binnen te komen. Maar hij zocht zijn achternicht niet. Hij wilde geen hulp. Hij was een Italiaan. Hij had zijn trots. Uiteindelijk vond hij een baantje als dagloner bij de spoorwegen. Met een grote groep andere Italianen werd hij ingezet voor de aanleg van een nieuw spoor vlak buiten de stad. Het was verschrikkelijk zwaar en gevaarlijk werk voor een hongerloontje en de opzichters hielden niet van buitenlanders. Ze werden behandeld als uitschot. Ze werden uitgescholden, bespuwd en geslagen. Op een dag viel er een spoorbiels op zijn voet. Hij kon niet meer lopen. Hij werd ontslagen.

Daarna had hij verschillende kleine baantjes in de stad als krantenverkoper, vuilnisman, stratenmaker en magazijnhulp. Het leverde allemaal nauwelijks iets op. Het lukte hem ternauwernood om zich in leven te houden. En het ergste was dat hij zich schaamde. Zijn moeder in Italië verkeerde in de veronderstelling dat haar zoon inmiddels een rijk en succesvol man was in het beloofde land waar iedereen vanzelf rijk en succesvol werd. Het weinige geld dat hij kon missen, stuurde hij naar haar om dat sprookje in stand te houden. Maar hij schreef haar nooit. Hij kon het niet over zijn hart verkrijgen om haar de waarheid te vertellen en te schrijven dat hij af en toe moest stelen om in leven te blijven en hij kon het evenmin over zijn hart verkrijgen om tegen haar te liegen.'

'Heb je dit allemaal verzonnen?'
'Nee, luister.'
'Ik weet zeker dat je dit hebt verzonnen.'
'Ik ben naar de archieven geweest, Walter.'
'Vertel verder.'
'Zo gingen er jaren voorbij. En op een dag bereikte Alessandro het bericht dat zijn moeder op sterven lag. Hij moest terug naar Italië. Hij wilde terug. Hij wilde niets liever dan haar zien. Hij hoopte dat hij op tijd zou zijn. Maar hij wilde zijn moeder niet teleurstellen op haar sterfbed. Hij wilde dat ze zou sterven met de droom dat haar zoon een rijk en succesvol man was geworden in New York.

Hij besloot zijn trots opzij te zetten en hulp te vragen. Er zat niets anders op. Het lukte hem om zijn achternicht op te sporen.'
'Elena.'
'Elena, ja. En van haar leende hij een flinke som geld. Een deel was voor de overtocht en van de rest kocht hij het mooiste, duurste, chicste pak dat hij kon vinden.

Hij was net op tijd. Zijn moeder was zeer ernstig verzwakt, maar ze leefde nog. Ze was dolgelukkig om hem te zien. En ze was dolgelukkig om te zien dat hij er zo goed uitzag. "Ik heb je al die jaren zo vreselijk gemist," zei ze met zwakke stem en tranen in haar ogen. "Maar mijn enige troost was dat ik wist dat je zo rijk en succesvol bent geworden. Je schreef altijd zo mooi over je nieuwe leven. Dank je wel dat je daar elke week zo trouw over hebt verteld. Sinds jouw vertrek waren jouw brieven het belangrijkste in mijn leven. Dank je wel." Met een gelukzalige glimlach op haar gezicht blies ze haar laatste adem uit.'
'Zijn vader.'
'Ja. Het bleek dat zijn vader elke week een brief had geschreven in zijn naam en dat hij elke week met een smoes naar de grote stad was gegaan om hem te posten.'
'En toen?'
'Daar stopt het verhaal.'
'Je hebt het wel verzonnen, hè?'
'Ja. Maar in de wetenschap dat het de waarheid is.'
'Je hebt gelijk. Zo is het zeker gegaan. Het kan niet anders dan dat het wel een keer zo is gegaan, ook al heette hij misschien niet Ales-

sandro. Volgens mij heb ik trouwens weleens een film gezien waarin ongeveer hetzelfde werd verteld, maar dan alleen niet over een Italiaan in New York maar over een ander soort immigrant.'

'Het gebeurt nog steeds. Mensen verdwalen nog steeds in hun fantasie. En mensen hebben er nog steeds alles voor over om het sprookje in stand te houden.'

'Maar het is een prachtig verhaal. Dat moeten we zeker gebruiken in ons toneelstuk. Maar het mooiste zou zijn als we dan ook het verhaal van Monia en jouw pak er op een of andere manier in konden verwerken. Dat zou een mooi contrast opleveren. De luxe-immigrant die een duur pak koopt om met zijn rijke oude minnares naar de opera te kunnen...'

'En de arme sloeber die zich in de schulden steekt om zijn moeder gelukkig te maken met een fantasie. En dan te bedenken dat die hele actie met dat operapak alleen maar bedoeld is om onze eigen fantasie waar te maken en een theater te krijgen waarin we het stuk over dat pijnlijke contrast kunnen opvoeren.'

'Autoreferentieel toneel.'

'Yep. Ze zullen nog opkijken van ons.'

17

Maar toch zinde het mij niet, dat hele verhaal over een concessie voor negen jaar en huur aan de gemeente. Natuurlijk zinde mij het niet. Ik besloot het uit te zoeken. Ik kon toch gewoon naar het stadhuis gaan en de relevante documenten opvragen? Als er sprake was van een concessie en huur, wilde dat zeggen dat het een publieke zaak betrof en dat de overeenkomst derhalve noodzakelijkerwijs openbaar moest zijn. En zo niet, zat het anders en dan wisten we ook meer. Maar Pierluigi zelf had gezegd dat het zo zat, dus die documenten waren waarschijnlijk gewoon beschikbaar.

Het stadhuis van Genua is een riant palazzo halverwege Via Garibaldi, recht tegenover Vico del Duca. Ze hebben daar voorname buren, zoals musea en representatieve hoofdkantoren van buitenlandse banken. Via Garibaldi, die vroeger Strada Nuova heette, is de pronkstraat van Genua, gebouwd om te verbluffen, een mijlpaal van neoclassicistische architectuur. Rubens heeft er rondgelopen om schetsen te maken. Veel Genuezen die buiten het centrum wonen, beleven die straat als de rand van de afgrond. Tot zover wagen ze zich in het labyrint en niet verder. De zijstegen naar beneden leiden in hun visie regelrecht de jungle in, waar je binnen honderd meter ten prooi valt aan hoeren, pooiers en messentrekkers. En dat is niet eens helemaal onwaar. Ons toekomstige theater lag overigens precies daar in het oerwoud waarin geen fatsoenlijke Genuees zich durft te begeven. Dat was een puntje van aandacht, bedacht ik. Maar dat was tevens van later zorg.

Ik vervoegde mij aan de balie van het stadhuis. Maar zo werkte dat niet. Er werd mij te verstaan gegeven dat ik een nummertje moest trekken en mijn beurt moest afwachten. Ik verontschuldigde mij. Ik had de nummertjesautomaat over het hoofd gezien. Ik had nummer 814. Ik keek op de display. Het nummer dat op dat moment aan de beurt was, was 409. Ik wachtte om te zien hoe snel het ging. Er was maar één loket open en na een kwartier was nummer 409 nog steeds bezig met zeer speciale en zeer tijdrovende handelingen. Ook nummer 410 deed er ongeveer een kwartier over. Ik begon te rekenen. In elk geval had ik alle tijd om buiten op straat een sigaretje te roken en een plan te verzinnen.

Terwijl ik buiten stond te roken, werd ik aangesproken door een zwerver. Ik probeerde hem te negeren. Maar hij hield vol. 'Dank u,' zei ik. Hij greep in zijn broekzak en haalde er een klein briefje uit. Nummer 430. 'Tien euro,' zei hij. Ik besloot hem te betalen. 'En jouw nummer?' vroeg hij. 'Gelijk oversteken.' Ik gaf hem nummer 814. 'Dat wordt overmorgen,' zei hij. 'Als we geluk hebben. Geef me vijf euro extra, dan blijven we vrienden.'

Twee uur later was ik aan de beurt. Ik legde uit waarvoor ik was gekomen. Hoewel ik inmiddels goed Italiaans sprak, moest ik mijn verzoek tot drie keer toe in andere bewoordingen toelichten en toen begreep ze me nog niet. Op mijn aandringen, op mijn nadrukkelijk aandringen, terwijl nummer 431 achter mij al uitslag begon te krijgen, haalde ze haar chef erbij. Ik legde het allemaal nogmaals uit. Hij vroeg mij om mijn legitimatie. Daar was ik op voorbereid. Met een triomfantelijk gebaar legde ik mijn paspoort op de balie. Hij raapte het op alsof het een zeldzame incunabel betrof en begon het uitvoerig te bestuderen. Hij schudde zijn hoofd.

'De door u verlangde informatie is helaas niet gemachtigd.'

'U bedoelt dat u niet gemachtigd bent om mij de verlangde informatie te verschaffen.'

'U zegt het.'

'Dus?'

Hij haalde zijn schouders op en maakte aanstalten om weg te lopen.

'Kom terug, klootzak!' Achter mij hield nummer 431 zijn adem in. Het begon spannend te worden. 'Ik ben een staatsburger van de Europese Unie en ik weet wat mijn rechten zijn. Geef mij inzage in de documenten die ik wil zien of anders sleep ik u voor het gerecht in Straatsburg.'

Dat maakte indruk. Deemoedig keerde hij terug op zijn schreden. Hij haalde een document uit een la en zette er met veel vertoon van macht een stempel op. Hij overhandigde het mij.

'Wat is dat?'

'Hiermee bent u gemachtigd om uw verzoek voor te leggen aan het andere kantoor.'

'Welk kantoor?'

'Matitone.'

'En daar hebben ze de documentatie?'

Hij glimlachte verontschuldigend. 'Ik heb mijn best gedaan, meneer. Ik heb meer voor u gedaan dan ik eigenlijk mag. Dank u wel. Kan ik u verder misschien nog van dienst zijn met een kraslot?' Met een meelevende glimlach die medelijden uitdrukte vanwege mijn queeste trok hij zich terug in de spelonken van zijn pronkpaleis.

18

'Matitone' betekent 'reuzenpotlood'. En zo ziet het er ook uit. Een zeskantige torenflat met een puntdak. Enkele jaren geleden opgeleverd. De trots van de gemeente. Gebouwd door het aannemersbedrijf van de echtgenoot van de burgemeester. Maar dat was uiteraard geheel transparant volgens de regels aanbesteed. Hoger dan de beroemde vuurtoren. Een nieuw landmark voor een moderne stad. Genua deed haar eeuwenoude bijnaam eer aan. La Superba. Een wolkenkrabber in de oude haven. Zichtbaar vanuit de hele stad. Het woord 'horizonvervuiling' had nog nooit zo'n gouden bijklank gehad. En omdat geen enkel bedrijf er kantoor wilde houden, ging de gemeente er maar zelf in zitten. Je bent burgemeester of niet. Je doet iets voor de mensen. Je doet iets voor je vrienden.

Het is de perfecte dependance van het stadhuis, dat moet gezegd, omdat het hoog en onbereikbaar is. Het is het kasteel van Kafka. Het is overal zichtbaar, maar probeer er maar eens te komen. Te voet zou het in theorie vanuit het centrum in een uur te doen zijn, ware het niet dat je dan twee snelwegen moet oversteken. Anders neem je de metro naar Dinegro, maar er gaan verhalen over mensen die van daar nooit zijn teruggekeerd.

Intussen wist ik hoe het werkte. Ik rookte buiten een sigaretje en ik wachtte rustig af tot een zwerver mij een nummertje te koop zou aanbieden. Ik kende de prijs. Ik was bereid om vijftien euro te betalen. Maar er kwam niemand. Na een half uur besloot ik om dan maar naar binnen te gaan. Ik vervoegde mij aan de balie om te vragen waar ik een nummertje kon trekken. De receptionist zei dat dat niet kon. Ik vroeg of dat betekende dat ik aan de beurt was. Hij zei dat dat niet zo simpel lag en dat ik een speciale machtiging nodig had. Ik zei dat ik die had. Hij schudde zijn hoofd. Bijna niemand had een speciale machtiging. En bovendien was het nu lunchpauze. Als ik een half uurtje eerder was gekomen, had hij misschien nog iets voor mij kunnen doen.

'Maar dan kom ik terug na de lunch.'

Hij zuchtte.

'Hoe laat...'

'Half vier.'

In het vaderland hoefde ik maar een kik te geven of de wethouder belde mij terug. En de staatssecretaris kon zich in zulke gevallen meestal ook niet onbetuigd laten. En daarna belde de burgemeester of de minister nog voor alle zekerheid om te informeren of alles naar mijn wens geregeld was en om er zeker van te zijn dat ik er geen stekelig krantenstukje over zou schrijven.

Hier kost het me de grootste moeite om ook maar een baliemedewerker te spreken te krijgen. Toen ik om half vier terugkwam, zat er iemand anders. Hij weigerde op te kijken. Ik kuchte. Er was geen reactie. Ik kuchte voornaam. Hij keek op. Ik overlegde mijn document met de stempel van het stadhuis op Via Garibaldi. Hij keek er vluchtig naar en wijdde zich toen weer met bewonderenswaardige concentratie aan het zeker belangrijke, ongetwijfeld urgente en vooral zeer gewichtige receptionistenwerk dat hij had te verrichten op zijn computer. Ik sloeg zo hard als ik kon met mijn vlakke hand op de balie. Zelfs daarvan schrok hij niet op. Het gebeurde blijkbaar vaker gedurende zijn in verantwoordelijkheid gedrenkte werkdagen. 'Als u wilt dat ik de beveiliging bel,' zuchtte hij zonder op te kijken van zijn beeldscherm, 'dan kan ik u in een oogwenk van dienst zijn.'

'Als ik u was...' zei ik. Ik moest me hierdoorheen bluffen. 'Als ik u was, zou ik althans de beleefdheid betrachten om mij te woord te staan voordat ík iemand bel. Ik ben een vriend van Fulvia.'

Het was eruit voordat ik er erg in had. Ik wist ook niet hoe ik erop kwam. Maar hij reageerde als door een wesp gestoken. 'Fulvia Granelli?' vroeg hij.

'Granelli Fulvia,' beaamde ik.

'Excuses, ik dacht dat u een buitenlander was. Mag ik dat document nog eens zien? En waar komt u voor als ik vragen mag? Oké, oké, ik snap het. Dit is hoogst ongebruikelijk. Veertiende etage. U kunt de lift nemen aan het einde van de gang rechts.'

Ik werd opgewacht door een vriendelijke, oudere vrouw die zich voorstelde als de secretaresse van de persoonlijk assistent van de wethouder. Ik begon al aardig op te klimmen in de hiërarchie. Maar naarmate zij beter begon te begrijpen waarvoor ik was gekomen, keek zij ongelukkiger.

'Maar die informatie kan ik onmogelijk geven,' zei ze met een gekwelde uitdrukking op haar gezicht die oprechte teleurstelling leek uit te drukken vanwege het feit dat ze mij niet van dienst kon zijn.

'Waarom niet?'

'Omdat die niet bestaat.'

'Maar als u zegt dat er sprake is van informatie die u niet kunt geven, wil dat zeggen dat die informatie wel bestaat.'

'Dat mag misschien zo zijn, maar die kan ik u niet geven.'
'Waarom niet?'
'Dat heb ik u al gezegd. Omdat die niet bestaat.'
'Hoe is het mogelijk dat iets tegelijkertijd wel en niet bestaat?'
'In Italië is veel mogelijk.'
'Alles bestaat in zoverre als alles mogelijk is met de juiste contacten en niets bestaat in zoverre als niets mogelijk is zonder de juiste contacten.'
'U zegt het. Ik kan dat bevestigen noch ontkennen.'
'Parodi.'
'Zij zijn een machtige clan in Genua. Zij hebben veel betekend voor deze stad. Mag ik u een advies geven?'
'Een advies dat wel bestaat of een advies dat niet bestaat?'
'Dan niet.'
'Ik begrijp wat u wilt zeggen. Maar toch geef ik het niet op. Ik wil die informatie die niet bestaat. Waar ga ik naartoe?'
'U zou het kunnen proberen op het stadhuis,' zei ze wanhopig.
'In Via Garibaldi?'
'Ja, het stadhuis.'
'Moet ik dan weer een nummertje trekken?'
'Ik kan voor u een laag nummer reserveren.' De opluchting was hoorbaar in haar stem. 'Dat kan ik voor u doen. Dat doe ik graag. Dank u wel. Kan ik u verder misschien nog van dienst zijn met een kraslot?'

19

De hitte was meedogenloos. De zon hing als een trillende koperen gong boven de stad. In de stegen klonk haar galm nog steeds oorverdovend. Het zilte zweet droop van de grijze muren. Het plaveisel zuchtte onder elke zeldzame zuchtende voetstap. Het stond op openbarsten. Het pus van het moeras onder de stenen zocht een uitweg. De stank was al te ruiken. Marokkanen hingen laveloos op een straathoek. Het was te warm om iemand te beroven. Senegalezen hurkten in de schaduw van hun uitgewoonde, overbevolkte palazzi.

Het was te warm om de oorlog tegen de Marokkanen voort te zetten. Het gezucht van alle gekwelden hing als een klamme mist in de zwarte stegen. Dit was de macaia die als een spook van nat laken door de stad waarde.

Het was, kortom, veel te warm om een pak te dragen. Toen ik het thuis had aangetrokken voor de spiegel, was ik er nog blij mee. Het stond mij goed, in zoverre kleren mij goed kunnen staan. Maar eenmaal buiten te midden van halfnaakte toeristen en koperen meisjes in fladderende niemendalletjes op scooters voelde het als een belachelijk overdreven carnavalskostuum waarin ik mij rot zweette en welbeschouwd gewoon voor gek stond, alsof ik voor een of ander belachelijk reclamespotje in een leeuwenpak op het strand moest rondhuppelen tussen de badgasten.

Ik had met Monia afgesproken voor het aperitief bij de Bar met de Spiegels. Zij was er nog niet. Ze wilde er ongetwijfeld zeker van zijn dat zij er later zou zijn dan ik om met groots vertoon haar entree te maken in haar galajurk. En dat deed ze. En hoe. Ze kwam de hoek om zwieren in een reusachtige felgele creatie met een sleep en een brede hoge kraag die uitwaaierde achter haar hoofd en die van voren zo diep was uitgesneden dat er van haar schandalige borsten nauwelijks nog iets te raden overbleef. Ik schrok echt toen ik haar zo zag. Dat was mij allemaal toch een beetje al te – welk woord zal ik daar eens voor gebruiken? Al te ostentatief. Ja, we gingen naar de opera en het wordt verwacht dat je je daarop kleedt. Maar dat wil nog niet zeggen dat je je dan kleedt alsof je zelf het toneel op moet in de rol van de keizerin-hoer van Babylon in het extravagante kostuumontwerp van een regisseur die berucht is om zijn provocaties. Hoe kon ik me met goed fatsoen naast zo iemand vertonen? In mijn veel te warme en veel te dure maffiapak. Ik schaamde me al bij voorbaat. En daar kwam nog bij dat het me opviel dat ze niet helemaal volledig vast ter been was. Maar misschien kwam dat door die overdreven hoge hakken die ze droeg.

Ze kwam aan mijn tafeltje zitten en bestelde een negroni. 'Gaan jullie naar een gemaskerd bal?' vroeg de serveerster. Ze kon haar lachen nauwelijks inhouden. Monia vond het allemaal de normaalste zaak van de wereld. Ze legde geduldig uit dat we naar de opera gingen, dat haar goede vriend de dichter Leonardo hier zo galant was om haar te vergezellen. Ik kreeg een rood hoofd, maar gelukkig viel dat niet op omdat ik de hele tijd al een rood hoofd had van de warmte.

Ik besloot om dan ook maar gelijk spijkers met koppen te slaan. Ik begon over het theater. Uitvoerig legde ik haar de hele situatie uit. Ik beschreef hoe het eruitzag en hoe voorbeeldig het was uitgerust. Ik ging uitgebreid in op de artistieke en commerciële mogelijkheden. Ik liet het woord 'buitenkans' meermalen vallen. Ik vertelde over ons gesprek met Pierluigi Parodi en over mijn pogingen om de overeenkomst met de gemeente boven tafel te krijgen. Ik vroeg haar wat ze van dit alles vond. Ze keek mij met wijd opengesperde ogen aan. Maar dat had geen betekenis. Zo keek ze altijd.

'Maar wat vind je ervan, Monia?'

Het leek of ze de vraag niet had gehoord. Ze bleef mij glimlachend aankijken. Toen dronk ze haar negroni in één teug leeg. 'Mag ik een zoen?' vroeg ze. 'Ik vind je zo sexy als je over business praat.' Ze boog voorover. Haar tieten rolden uit haar decolleté op tafel. Ik gaf haar een vluchtige kus op haar mond. Ze probeerde haar tong bij mij naar binnen te wurmen, maar dat liet ik niet gebeuren.

'Maar om te beginnen,' zei ik om de aandacht af te leiden. 'Om te beginnen zouden we toch een manier moeten vinden om het contract met de gemeente in te zien.' Ze bestelde nog een negroni. 'Maar ik heb de juiste contacten niet. Dat is ook logisch. Ik ben hier nog maar net. Weet jij een manier om aan die informatie te komen?'

'Dat is geen probleem,' zei ze. Ik was enorm opgelucht dat ze inging op mijn vraag in plaats van haar pogingen voort te zetten om mij in het openbaar te verkrachten. 'Mijn goede vriend Alfonso heeft uitstekende contacten bij de gemeente. Alfonso Gioia. Volgens mij kent hij de wethouder persoonlijk. Ik zal hem bellen. Als ik nog een zoen mag. Maar nu een echte.'

Haar tong woelde rond in mijn mond als een natte lap stof in de draaitrommel van een wasmachine. Ik voelde me als een hoer die zich liet penetreren voor een zakelijk belang. Vanuit mijn ooghoek zag ik hoe de serveerster gegeneerd haar blik afwendde.

'We moeten gaan,' zei ze. 'Als jij nou het aperitief afrekent en de kaartjes bij het theater, dan trakteer ik jou op het diner. Ik heb voor na afloop een tafel gereserveerd bij mijn lievelingsrestaurant. Chi-

chibio heet het. In Via Chiossone. Weet je wie Chichibio is?'
'Ja.'
'Is er eigenlijk iets wat jij niet weet?' vroeg ze lachend.
'Dat weet ik niet.'

20

Chichibio is een personage in een van de verhalen in de *Decamerone* van Boccaccio. Het is toepasselijk om een restaurant naar hem te vernoemen, want hij was een kok. Hij werkte aan het hof. In de versie van Boccaccio is dat een beetje anders, maar ik vertel het verhaal zoals het mij ooit is verteld. En toen de koning op een dag een feestelijk banket gaf, bereidde hij een exquise schotel van geroosterde kraanvogel. Maar het viel de koning op dat elke vogel zoals hij lag opgediend maar één poot had. Die oude schurk Chichibio had van elke kraanvogel één poot voor zichzelf gehouden om te verkopen. Kraanvogelvlees deed een mooie prijs in die dagen. Hij riep hem bij zich.

'Maar majesteit,' zei Chichibio, 'kraanvogels hebben maar één poot. Ik ben verbaasd dat u dat niet weet.'

'Je bent een leugenaar, Chichibio.'

'Ik zweer u dat ik de waarheid spreek.'

'Dan gaan we morgenochtend naar het meer om het uit te zoeken. Maar ik zeg je nu alvast dat je straf niet gering zal zijn als ik gelijk blijk te hebben.'

Toen ze de volgende dag bij het meer arriveerden, stonden alle vogels op één poot. 'Ziet u wel, majesteit, ik heb gelijk. Kraanvogels hebben maar één poot.' De koning klapte een paar keer in zijn handen. De zwerm vloog op. Het was duidelijk te zien dat elke vogel twee poten had.

'Wat zeg je daarvan, Chichibio?'

'Maar majesteit, dat telt niet, want gisteravond heeft u ook niet geapplaudisseerd voor mijn gerecht.'

Al tijdens de korte wandeling van de Bar met de Spiegels naar de opera Carlo Felice kreeg dit verhaal een onverwachte relevantie. Monia was zo wankel dat het leek of ze op één been liep. Ze was welbeschouwd gewoon knetterzat. Ik probeerde haar te ondersteunen en te stutten, maar op de helling van Salita Pollaiuoli ging het dan toch mis. Ze struikelde, scheurde de sleep van haar jurk en brak de hak van haar rechterschoen. Toen liep ze daadwerkelijk nog maar op één been, terwijl ze met het volle gewicht van haar slappe dronken lijf aan mijn arm hing. We waren een mooi stel. Haar felgele gescheurde en besmeurde sleep fladderde achter ons aan als een touw met gedeukte blikjes achter de auto van een pasgetrouwd echtpaar dat op huwelijksreis gaat. Gelukkig was de opera niet ver.

De kaartjes waren een rib uit mijn lijf. En het aperitief met al haar cocktails was ook al tamelijk prijzig geweest. Maar het was een investering, zullen we maar zeggen. Ooit zou zich dat allemaal dubbel en dwars uitbetalen. Dat was althans wel de bedoeling. Om te beginnen nam ik mij voor om haar die avond in het restaurant flink op kosten te jagen. Ik was nooit bij Chichibio in Via Chiossone geweest, maar ik was er weleens langsgelopen en het zag er chic en duur genoeg uit om een gepeperde rekening bij elkaar te bestellen.

Tijdens de ouverture leek het erop dat zij in slaap zou vallen. Dat was misschien niet eens zo'n slecht idee. Als ze maar niet zou gaan snurken. Maar ze viel niet in slaap. Ze bleef staren met die wijd opengesperde rollende ogen. En opeens riep ze iets. Het was aan het begin van de eerste akte. Ik had niet verstaan wat, maar het was wel hard geweest. Mensen op de rijen vóór ons keken geërgerd om. Ik legde mijn hand op haar knie en gebaarde dat ze stil moest zijn. Ze legde haar hoofd op mijn schouder. Maar een minuut later zat ze opeens weer helemaal rechtop. 'Vegetariërs!' schreeuwde ze. 'Jullie zijn allemaal godverdomme vegetariërs!' Op grond waarvan ze tot die conclusie kwam, was mij onduidelijk. Misschien had het ermee te maken dat het begin van de eerste akte zich afspeelde in de vrije natuur en dat er om dat feit te benadrukken een keur aan plastic planten en bomen op het toneel stond. Maar hoe dat ook zij, het leek mij in geen geval een goed idee om de zangers tijdens een opera op luide toon te gaan uitschelden vanwege vermeende eetgewoonten. De mensen om ons heen waren dat geheel met mij eens. Kwade blikken keken ons aan. Er werd gesist.

Ik verstarde. Ze was gewoon stomdronken. Het besef drong tot mij door dat ik in de opera zat met een stomdronken oudere vrouw die ik onmogelijk in de hand zou kunnen houden. Ik begon koortsachtig na te denken wat ik kon doen. Gelukkig was ze nu stil. Maar als ze er nog één keer doorheen zou roepen... En terwijl ik dat dacht, deed ze het. In een opwelling drukte ik mijn hand op haar mond en wurmde mijn andere arm onder haar benen. Ik tilde haar op en begon haar naar buiten te dragen. Ze was niet zwaar en godzijdank zaten we een beetje aan de buitenkant en niet helemaal in het midden van een rij. Toch moest ik haar langs een paar andere toeschouwers slepen, die verschrikt opstonden uit hun stoelen om mij ruimte te geven. De mensen op de rij achter ons begonnen te applaudisseren. Via de zijdeur werkte ik haar de zaal uit. Ik sloeg haar in haar gezicht. Ze zeeg ineen op een bank die daar stond. Toen merkte ik dat ze onderweg een schoen was verloren, de linker, met de ongebroken hak. Maar geen haar op mijn hoofd die eraan dacht om terug de zaal in te gaan. Ze moest hier weg. Bezorgde suppoosten kwamen aanlopen. Ik vroeg hun om een taxi te bellen. Die was er binnen vijf minuten. Ik probeerde haar overeind te helpen om haar naar de uitgang te brengen. En terwijl ik haar probeerde op te tillen, gaf ze over. Ze kotste over mijn pak. Met de hulp van de suppoosten kreeg ik haar het gebouw uit. Maar bij het instappen in de taxi ging het weer mis. Ze verloor haar evenwicht, viel, en omdat ik net onhandig stond, kon ik haar niet houden. Ze nam mij mee in haar val. Ik viel op mijn knie. Er zat een grote scheur in de broek van mijn pak en het begon te bloeden. Ik propte haar de taxi in, sloeg de deur achter haar dicht, gaf het adres aan de chauffeur en ik gaf hem twintig euro. 'Dat is om haar boven te brengen. Veel succes.'

Ik liep regelrecht naar Piazza delle Erbe, ging zitten bij Caffè Letterario en zette het woedend op een zuipen. Ik keek naar mijn pak. Het was totaal geruïneerd. Ik heb het diezelfde avond nog weggegooid.

21

Waarover ik mij soms zorgen maak, is dat sommige situaties waarin ik hier verzeild raak en veel van de personen die ik in werkelijkheid ontmoet in dit vervreemdend decor zo kleurrijk zijn, om niet te zeggen grotesk, dat ze het gevaar lopen als fictie nauwelijks geloofwaardig te zijn.

Als ik deze notities, waarin ik jou volledig waarheidsgetrouw mijn wederwaardigheden overleg, ooit ga transformeren tot een roman, zal ik de waarheid noodgedwongen in substantiële mate geweld aan moeten doen. Om te beginnen zou ik natuurlijk als de wiedeweerga al die namen moeten veranderen. En misschien ook hier en daar wat al te opvallende kenmerken van hun uiterlijk of persoonlijkheid. Mochten die Genuezen over wie ik jou vertel er lucht van krijgen dat ik de waarheid over hen vertel, dan heb ik hier geen leven meer, dat snap je ook wel. En Genuezen krijgen er altijd onmiddellijk lucht van als iemand iets zegt over andere Genuezen, heel raar is dat, daarvoor hoeft het boek niet eens in het Italiaans vertaald te worden. Voor een goede roddel hebben ze alles over. Desnoods leren ze er een andere taal voor.

Maar het belangrijkste is dat ik vervolgens gedwongen zal zijn om de waarheid duchtig af te zwakken, want als ik het vertel zoals het echt is gebeurd en zoals ik het jou vertel, denkt iedereen dat ik het verzonnen heb. Dat is wel vaker het probleem met de waarheid: zij is volslagen ongeloofwaardig. Maar het lijkt wel of dat probleem zich hier bij voortduring voordoet. Dit middeleeuwse labyrint lijkt bevolkt door louter ongeloofwaardige romanpersonages, het ene nog pittoresker dan het andere.

Hoe zou ik bijvoorbeeld ooit Alfonso Gioia kunnen opvoeren in mijn roman, de kennis van Monia, met wie ik afsprak vanwege zijn vermeende voortreffelijke contacten binnen het gemeentebestuur? Hij was een magere, jonge man, met een jongensachtig om niet te zeggen bijna kinderlijk uiterlijk, met kort, zwart, sluik haar en een klein rond brilletje. Dat lijkt allemaal nog tot daaraan toe, totdat het tot je doordringt op wie hij lijkt. Als je hem in het echt zou zien, of als ik je een foto van hem zou opsturen, zou je het onmiddellijk zien. Harry Potter. Hij lijkt als twee druppels water op Harry Potter. Ook dat is nog tot daaraan toe, zou je zeggen. Oké. Maar hij is het ook. Niet omdat zijn bijnaam de Harry Potter van Genua is, dat zegt niets, dat zou ook puur op zijn uiterlijk gebaseerd kunnen zijn. Nee, het is veel erger. Hij is tovenaar. Geen goochelaar, maar tovenaar. Dat is zijn beroep. Ik lieg niet. Hij heeft mij er uitvoerig over verteld. Hij bezit naar eigen zeggen een enorme collectie magische objecten en toverboeken. En hij vertelde mij uitgebreid dat hij de nacht ervoor nog bij een Autogrill was geweest langs de snelweg naar Savona om de spoken te verdrijven die daar al een tijdje rondwaarden. Het was gelukt. Hij had het probleem opgelost. De directie van de Autogrill-keten had hem er goed voor betaald. Maar dat was volgens hem alleen maar terecht, want hij had er een leven lang voor gestudeerd. En hij moet er tenslotte van leven. Het is zijn beroep.

Hij vertelde eveneens over zijn speciale gave om in contact te treden met geesten van overledenen of mensen die zweven op de grens van dood en leven. Zo had hij niet zo lang geleden een goed gesprek gehad met Michael Jackson op diens sterfbed. Ik vroeg mij af hoe dat gesprek verlopen was, want Michael Jackson sprak bij mijn weten toen hij nog in leven was geen Italiaans en Alfonso Gioia spreekt geen woord Engels, dat heb ik even gecontroleerd door in zijn bijzijn in het Engels een kort neptelefoongesprekje te voeren waarin ik allengs joligere grappen over hem maakte. Hij vertrok geen spier.

En zo vroeg ik me wel meer af. Hoe had Monia het in haar hoofd durven halen om mij serieus in contact te brengen met deze clown? Hoe zou hij ons in hemelsnaam kunnen helpen? Ik informeerde naar zijn zogenaamd uitstekende persoonlijke banden met sleutelfiguren in de lokale politiek. Hij zei dat hij, zonder onbescheiden te willen zijn, alleen al vanwege zijn contacten een van de belangrijkste personen in Genua was. Zo goed als alle politici die ertoe deden, of ze nou links waren, rechts of uit het midden, had hij persoonlijk geholpen met hun verkiezingscampagne. Hij was iemand die stemmen kon leveren. Hij liet mij een dikke ordner zien die uitpuilde van vellen vol met namen, adressen, telefoonnummers en e-mailadressen. 'Dit is het ledenbestand van de paintballclub waarvan ik president ben. Dit zijn meer dan drieduizend stemmen. Zo werkt dat in Italië. Zo goed als iedere politicus is mij nog wel een grote gunst verschuldigd.'

Maar het belangrijkste was misschien nog wel, zo zei hij, dat hij een voorname positie bekleedde in de plaatselijke vrijmetselaarsloge. Hij kon er uiteraard niet te veel over zeggen, maar op voorwaarde van strikte geheimhouding wilde hij wel kwijt dat hij de Eerbiedwaardige Grootmeester zelve was. 'En wie iets weet over de politieke situatie in Italië, weet dat niets tot stand komt zonder de goedkeuring van de vrijmetselaars. Wij besturen dit land.'

Ik legde hem de situatie uit inzake het theater en vroeg hem of hij in staat was om de hand te leggen op de overeenkomst tussen de huidige eigenaars en de gemeente.

'Dat is geen probleem. Ik kan je dat contract morgen geven.'

'Heel graag. Dank je wel. Dan zien we elkaar morgen weer.'

'Maar dan ben jij mij een wederdienst verschuldigd.'

'Zeg maar wat ik kan doen.'

'Jij bent toch schrijver? En je schrijft voor diverse kranten in het buitenland, nietwaar? Ik zorg dat je dat contract krijgt, op voorwaarde dat je de volgende informatie in het buitenland publiceert.'

Hij overhandigde mij een lijvig document dat door hemzelf was opgesteld. Ik begon het door te lezen. En langzaam drong het tot me door wat ik in handen had. Ik kon mijn ogen nauwelijks geloven. Het document behelsde een betoog dat wilde aantonen dat hij de echte Harry Potter was. De schrijfster J.K. Rowling zou haar inmiddels wereldberoemde personage op hem hebben gebaseerd. De bewijslast was, zoals a priori te verwachten viel, flinterdun. In 1991, toen hij veertien was, was hij te gast geweest in het Italiaanse televisieprogramma *I fatti vostri* als de jongste tovenaar van Italië. Dat moest precies het moment geweest zijn waarop Rowling het idee voor haar reeks aan het concipiëren was. Het eerste deel verscheen zes jaar later. En het was niet zo dat hij op haar titelheld leek, nee, zij had haar personage naar hem gemodelleerd. De overeenkomsten in uiterlijk waren te verbluffend om toeval te kunnen zijn. En er waren meer aanwijzingen. Alfonso had in het programma verteld dat hij had gestudeerd bij een man met een lange witte baard. Ook de tovenaarsleraar van Harry Potter had een lange witte baard. En de naam van een van de vier stichters van de school waar Harry Potter studeerde, was Godric Gryffindor, wat 'vergulde griffioen' betekende, een centraal element in het wapen van de stad Genua. Dat deed wat hem betreft de deur dicht. Dat kon geen toeval meer zijn.

Ik beloofde hem dat ik de wereld in kennis zou stellen van zijn schokkende ontdekking. Ik moest eerst nog maar eens zien dat hij dat contract boven tafel zou krijgen. Daar geloofde ik inmiddels al niets meer van. Hij was gewoon een dwaas. Het zou mij eerlijk gezegd verbazen als ik hem ooit nog terug zou zien. En misschien was het ook maar beter van niet.

Maar hij kwam de volgende dag wel degelijk opdagen voor onze afspraak. En tot mijn verbijstering had hij een kopie van het contract bij zich. Ik bestudeerde het vluchtig, maar er was geen twijfel mogelijk. Hij had geleverd. Dit was het juiste document. Dit was precies het document waarnaar ik al zo lang vruchteloos op zoek was.

Dus schreef ik diezelfde dag nog een kort nieuwsberichtje waarin ik mijn uiterste best deed om nog iets te maken van zijn absurde claim. Ik mailde het naar een van de kranten in het vaderland waarvoor ik met enige regelmaat schrijf.

De volgende ochtend werd ik gebeld door de hoofdredacteur. 'Wat maak je me nou, Ilja? Wat is dit?'

'Ik weet het, Rob. Het spijt me. Het is een lang verhaal. Maar plaats het alsjeblieft, als een vriendendienst aan mij. Het is belangrijk. Desnoods zet je het ergens in een onopvallend hoekje. Graag zelfs. En ik hoef er niet voor te worden betaald. En mijn volgende stuk voor jullie zal ik ook gratis schrijven. Als je het maar plaatst, alsjeblieft. En kun je een exemplaar van die krant opsturen?'

Die krant lag een week later in mijn brievenbus. Mijn stukje stond er onverkort en ongewijzigd in. Alfonso Gioia was tevreden. We stonden quitte.

22

'Maar het komt er dus uiteindelijk op neer dat er echt geen ene fuck van klopt.'

Dat was, kort samengevat, ook precies mijn conclusie.

'Ik dacht natuurlijk de hele tijd al dat er iets niet klopte, maar nu hebben we het zwart op wit. Begrijp je nou waarom ik er zo op heb aangedrongen om dit document boven tafel te krijgen? Hij heeft ons gewoon glashard zitten voorliegen. Pierluigi Parodi. Met zijn sigaren. Alles heeft hij gelogen. Maar dan ook alles. Wat denk jij, Ilja? Zie je nu wel dat ik gelijk had?'

'Bijna alles, Walter. Het enige wat klopt is die lage huur aan de gemeente.'

'Ja, maar dat betekent dus gewoon keihard dat het theater eigendom is van de gemeente en dat hij iets zit te verkopen wat niet van hem is.'

'Hij verkoopt de vergunning om te mogen huren voor die lage prijs.'

'De concessie voor negen jaar.'

'Waarvan er al zeven voorbij zijn. En die wordt allerminst automatisch verlengd. Het staat hier duidelijk dat de gemeente wettelijk verplicht is om de nieuwe concessie openbaar aan te besteden.'

'Ruim tweehonderdduizend euro voor een vergunning van twee jaar.'

'Daar komt het inderdaad zo'n beetje op neer, Walter.'

'Maar daar trapt toch niemand in? Zo vindt hij nooit een koper.'

'Het is ook niet voor niets dat het zoveel moeite heeft gekost om deze overeenkomst te pakken te krijgen.'

'Hij heeft de macht van zijn familie gebruikt om die bij de gemeente onder de toonbank te houden.'

'En hij heeft zijn hoop gevestigd op ons, Walter. Omdat wij naïeve buitenlanders zijn en nooit op het idee zouden komen om naar dit contract op zoek te gaan en, zo we wel op dat idee zouden komen, de middelen en de macht zouden ontberen om er daadwerkelijk de hand op te leggen. Zo zit hij te denken.'

'Maar hij kan natuurlijk wel een bedrag vragen voor de overnamekosten van de inboedel.'

'Maar dan hebben we het dus alleen maar over de uitrusting van de bar en het restaurant. Alles wat bij het theater hoort, de lampen, de audio-installatie, het demontabel podium en wat al niet meer, is ook van de gemeente. Dat staat hier allemaal gespecificeerd.'

'Echt?'

'Kijk maar. Alles. Zelfs het drumstel. En als we het hebben over het restaurant, hebben we het niet eens over de apparatuur in de keuken. Ook die staat hier heel precies vermeld.'

'Dus we praten...'

'Dus we praten welbeschouwd eigenlijk alleen over de borden, messen, vorken, lepels en glazen.'

'Ongelooflijk.'

'En zelfs dat is niet zeker. Want er staat hier een niet nader ingevulde post "overig" en dat kan volgens mij alleen maar daarover gaan. Ik kan mij niet voorstellen wat dat anders zou moeten zijn.'

'Dus wat betekent dat?'

'Dat Pierluigi niets heeft om te verkopen, Walter.'

'Maar wat betekent dat?'

'Wat dat betekent, Walter...' Het was precies de vraag waarover ik lang had nagedacht. 'Dat betekent...'

'Dat betekent dat we die tweehonderdduizend niet eens nodig hebben.'

'Als we de gemeente kunnen overtuigen.'

'Dat ze een probleem hebben omdat hun theater niet wordt gebruikt.'

'Het theater dat ze zeven jaar geleden voor een paar miljoen hebben gerenoveerd.'

'Gemeenschapsgeld.'

'Gemeenschapsgeld, Walter.'

'Zij hebben een probleem.'

'De enige kunst is om dat ook hen te laten inzien.'

'Kunnen we dat?'

'Alfonso.'

'Jouw tovenaar?'

'Ik zal hem morgen bellen. Desnoods bieden we hem een partnership aan.'

'Een wat?'

'Een partnership.'

'Wat betekent dat, Ilja?'

'Dat kunnen we altijd later nog nader invullen.'

'Ik mag jou wel, weet je dat?'

'Proost, Walter.'

'Proost, goede vriend. Op ons theater. Laten we er vaart achter zetten. Hoe gaat het met je stuk?'

23

Ik heb de afgelopen dagen doorgebracht in de archieven van het Ligurisch instituut voor emigratie bij de Commenda aan het einde van Via di Prè en van het Galata Museo del Mare daar vlakbij. De hoeveelheid materiaal is overweldigend, zowel wat betreft de primaire bronnen als wat de secundaire literatuur aangaat. Om dat allemaal systematisch te bestuderen, zou ik maanden nodig hebben. Dat ga ik natuurlijk niet doen. Ik hoef geen wetenschappelijke studie te schrijven. Die tijden liggen achter mij. Dus ik heb een beetje hapsnap op goed geluk gelezen en gebladerd. Maar daarmee heb ik toch een heel aardige indruk gekregen van hoe het eraan toeging. Voldoende, in elk geval, om de waarheid te kunnen verzinnen.

Een van de dingen die mij opvielen, was dat veel Italianen die besloten om te emigreren, het eigenlijk helemaal niet zo slecht hadden. Natuurlijk, er was armoede en er waren nauwelijks wegen om daaraan te ontsnappen, maar ten minste hadden ze te eten en een dak boven hun hoofd. Het personage dat ik zou verzinnen, zou boer zijn, een simpele man, ongeschoold en ongeletterd. Hij bezat een klein lapje grond waarop hij zijn eigen huis had gebouwd. Hij leefde zoals zijn ouders hadden geleefd en de ouders van zijn ouders vóór hen en hun grootouders daarvoor. En zijn kinderen zouden net zo leven, als hij niet had gehoord over La Merica, een land dat verder weg lag dan hij zich kon voorstellen. Iedereen had het erover. Veel mannen uit de streek waren er al naartoe gegaan. Het is belangrijk om te laten zien hoe irreëel zijn voorstelling was van die verre wereld. Ik zou hem uitgebreid laten fantaseren over een paradijs waar je vanzelf rijk werd als je bereid was te werken. De straten waren met goud geplaveid en de huizen waren zo hoog als bergen. Je kon er elke dag zoveel eten als je op kon.

En dan komt er een ronselaar bij hem op bezoek op de boerderij, een stroman van een van de grote emigratieagentschappen in Genua, die op commissiebasis emigranten werft op het platteland, die het agentschap op zijn beurt weer op commissiebasis onderbrengt bij een van de rederijen die de overtocht verzorgen. Ik zou een manier moeten vinden om zichtbaar te maken hoe er een complete subeconomie bestond die draaide op de uitbuiting en afpersing van simpele zielen met een droom van een beter leven. Het was in feite pure mensenhandel. De ronselaar beloofde onze boer gouden bergen, zo goed als letterlijk, in die zin dat hij bergen goud beloofde. Hij zou zijn huis en zijn grond moeten verkopen om de overtocht te betalen, maar dat zou een kleine investering zijn in vergelijking met het enorme fortuin dat hem aan de overkant wachtte. Daarmee zou hij het hele dorp kunnen kopen, als hij zou willen, en dan zou er nog genoeg overblijven om de rest van zijn leven in rijkdom door te brengen zonder dat hij ooit nog hoefde te werken.

De volgende scène zou de miserabele situatie in de haven moeten laten zien. Daar zat hij, onze boer, totaal berooid en volslagen gedesoriënteerd. Hij had de benodigde papieren kunnen regelen via het agentschap en hij hoefde alleen nog maar te wachten tot hij aan boord kon. Maar er waren veel bijkomende kosten geweest bij het agentschap voor dingen die hij niet begreep, maar die ongetwijfeld noodzakelijk waren. Dat hadden ze hem tenminste nadrukkelijk duidelijk gemaakt. Hij had geen lire meer over voor een slaapplaats of een stuk brood. De prijzen waren sowieso astronomisch. Hij voelde zich angstig en onzeker. Hij had nog nooit in zijn leven zoveel mensen bij elkaar gezien. Maar tegelijkertijd voelde hij zich gesterkt door zijn droom. Hij zou zijn leven veranderen en het leven van zijn kinderen. Hij wist dat hij een gefortuneerd man ging worden. Iedereen in het agentschap had hem dat verzekerd.

De Genuezen zagen de mensenmassa's die zich dag in dag uit verzamelden op hun kades met gemengde gevoelens aan. Sommigen zagen hen als een bron van inkomsten, anderen hadden vooral medelijden. En er was ook angst. Ze waren met zovelen en de hygiënische omstandigheden waren abominabel. Ze waren ook zo vies. Achterlijke boeren uit de binnenlanden die kennelijk nooit hadden geleerd om zich te wassen. Er konden ziekten uitbreken. Dat was al eerder gebeurd. In Napels hadden de emigranten in de haven een cholera-epidemie veroorzaakt die veel slachtoffers had gevergd in de stad.

Dit is allemaal makkelijker te vertellen in een roman dan dramatisch vorm te geven in een toneelstuk. Ik zou een manier moeten vinden om de massaliteit op het toneel te suggereren en de intensiteit van al deze tegenstrijdige gevoelens voelbaar te maken. Datzelfde geldt voor de scène van de overtocht. Om te beginnen zou ik moeten laten zien hoe weinig plaats er eigenlijk was aan boord. Onze boer reisde uiteraard in de derde klasse, helemaal onderin in het ruim van het schip. Daar was officieel plaats voor zevenhonderd passagiers, maar het waren er minstens twaalfhonderd. De hoofdrolspeler zou in een hoekje kunnen zitten op de grond naast de trap met een tinnen bordje met schamel eten tussen zijn knieën geklemd. Hij sliep met zijn kleren en schoenen aan op een smalle brits tussen krijsende kinderen, en medepassagiers die zo zeeziek waren dat ze kotsend over de rand van hun bed hingen. Het was een geluk dat hij het bovenste bed had. De stank was ondraaglijk. Het kwam geregeld voor dat er ziekten uitbraken.

En dan was er ook aan boord de voortdurende angst die iedereen probeerde te verzwijgen maar die bij allen knaagde in de onderbuik. Want het was verre van zeker dat ze de overkant zouden bereiken. Iedereen had wel gehoord over een schip dat onderweg was vergaan. Ik heb in de archieven een lijst gevonden die ik heb gekopieerd. Misschien zou je die simpelweg kunnen projecteren op het achterdoek: 17 maart 1891, schipbreuk van de Utopia voor de haven van Gibraltar, 576 doden; 4 juli 1898, schipbreuk van de Bourgogne bij Nieuw Schotland, 549 doden; 25 juni 1901, schipbreuk van de eerste Lusitania bij Newfoundland en 7 mei 1915, toen de tweede Lusitania tot zinken werd gebracht door een Duitse onderzeeër, in totaal 1.198 doden; 4 augustus 1906, schipbreuk van de Sirio voor de Spaanse kust, 550 doden; vele Italianen onder de 1.523 doden bij de schipbreuk van de Titanic op 15 april 1912; 7 november 1915, een Oostenrijkse onderzeeër brengt de Ancona tot zinken, 206 doden; 25 oktober 1927, schipbreuk van de Principessa Mafalda voor de kust van Brazilië, 314 doden; 2 juli 1940, de Arandora Star wordt tot zinken gebracht door een Duitse onderzeeër, 446 doden. En ik weet niet eens of die lijst volledig is.

En ook als het schip de oversteek veilig zou maken, was het geenszins gegarandeerd dat alle passagiers bij aankomst nog in leven waren. De overtocht duurde minstens een maand en als het tegenzat langer. Onder de verschrikkelijke omstandigheden in de derde klasse waren er velen die dat niet overleefden. Ze stierven aan cholera, dysenterie of andere ziekten, of simpelweg van de honger, soms met honderden tegelijk. Ook daar zijn lijsten van. Volgens mij had ik die ook gekopieerd, maar ik kan ze zo gauw niet terugvinden. Maar misschien doen ze er ook niet toe. Die lijsten zijn onbelangrijk. Ik wil de angst in het gezicht zien van een man die thuis heeft gedanst en gezongen. Ik wil geen ijsbergen of Duitse onderzeeërs op het toneel, noch massascènes met creperende passagiers. Ik wil iemand zien die bang is. En die hoop heeft. En ik wil zien hoe mooi die hoop is en hoe onterecht. Ik wil hem met volslagen vreemde lotgenoten 's nachts horen fluisteren over alle plannen die ze hebben met de bergen goud die hun aan de overkant in de schoot zullen vallen. Die gefluisterde dromen bezweren de angst die niet te bezweren valt. Geluid van golven. Geluid van golven.

24

En dan de aankomst. Het decor zou Argentinië kunnen zijn, Brazilië of de Verenigde Staten. Ik zou zeker New York kiezen, al was het maar omdat ik daar het meeste materiaal over heb gevonden. Maar ook om een dramatische reden. Na ruim een maand zagen diegenen die nog in leven waren het Vrijheidsbeeld. Voor onze boer uit Piemonte was dat een onbeschrijflijke aanblik. Dat was waarover ze hem hadden verteld. In La Merica waren de vrouwen zo hoog als bergen en ze betekenden vrijheid. Hij had zich er niets bij kunnen voorstellen. Maar nu wel. Nu zag hij het. Nu zag hij het met zijn eigen ogen. Hij begon zowaar te janken, verdomd als het niet waar was. De overtocht was een hel geweest, maar het was het allemaal waard. Alles wat ze hem hadden beloofd, was waar. Van een afstand zag hij het goud glimmen in de straten. Zijn kinderen zouden een beter leven hebben dan hij.

En dan een harde cut naar Ellis Island. De Amerikanen hadden in 1892 een eiland ingericht om de immigratiestromen uit Italië op te vangen. De passagiers van de eerste en tweede klasse mochten van boord in de haven. De derde klasse werd om te beginnen eerst maar eens in quarantaine gezet, wat gezien de epidemieën aan boord niet eens onverstandig geacht kon worden. En dan de vernederingen. De ondervragingen in het Engels en het medisch onderzoek. 'Broek uit!' Trillende naakte mensjes op een rij die geen idee hebben wat er van hen wordt verwacht maar zich hebben voorgenomen alles te doen wat er van hen wordt verwacht. Alleenstaande vrouwen, zelfs als ze verloofd waren, werden niet toegelaten tot de Verenigde Staten, tenzij ze ter plekke op Ellis Island in het huwelijk traden. Die Amerikanen hadden een land te runnen en het laatste wat ze konden gebruiken was verval der zeden en een ongetrouwde vrouw, daar komt maar prostitutie van.

Hier zie ik een prachtige scène voor me. Een jonge boerendochter uit Lombardije of Emilia-Romagna is niet op de hoogte van die regel. Ze is verloofd. Haar verloofde is al ruim een jaar eerder naar New York overgestoken. Maar om aan land te mogen en zich met hem te kunnen herenigen moet ze conform de wet met iemand trouwen op Ellis Island. Ze vraagt onze hoofdpersoon. Hij begrijpt de situatie, hij snapt dat het slechts een formele kwestie betreft, ze trouwen voor de Amerikaanse wet, ze zoenen elkaar vluchtig en dan wordt hij echt verliefd op haar. Hij had nog nooit een andere vrouw gezoend dan zijn eigen vrouw. Nee, zelfs haar had hij nooit gezoend. Ze hadden drie kinderen, dat wel, maar liefde telde niet in het dorp. Dat was iets van de Nieuwe Wereld.

En in de slotscène zou ik het er echt in smeren. Met boter en suiker. Zo vet als het maar kan. De bergen goud die hem zijn beloofd, blijken een fata morgana. Met grote moeite vindt hij werk in een staalfabriek, bij de spoorwegen, in een mijn. Hij werkt totdat zijn ruggenwervels slijten en zijn knieën breken, verdient dollars in plaats van lires, maar heeft minder te eten dan thuis in Italië, in zijn dorp, ach zijn dorp, waar de botten van zijn voorouders rusten en zijn familie wacht. En de vrouw die hij voor de vorm heeft gehuwd op Ellis Island, kan hij al evenmin vergeten. Hij zou een gouden ring voor haar willen kopen als hij het geld had en wist waar zij was.

En precies op dat moment klopt er iemand op zijn deur. Een vriend. Een Italiaan die het dialect spreekt van zijn streek en die zegt dat hij alles begrijpt. Hij kan helpen. Hij belooft gouden bergen.

Daar zou het stuk volgens mij moeten eindigen, met de hernieuwde valse hoop. De initiatie in de bende, de misdaden en de uiteindelijke veroordeling volgen dan vanzelf, dat snappen de mensen wel. Het is een verhaal van alle tijden.

25

Monia bleef mij bellen en sms'en. Ik antwoordde niet. Ik negeerde haar doelbewust. Maar op een gegeven moment, midden op de dag, kreeg ik een telefoontje van een onbekend nummer. Het was een man. 'Noodgeval,' zei hij. 'Noodgeval. Kunt u zo snel mogelijk komen? In Via Chiabrera. U weet wel. U bent de enige die ik ken die de sleutels heeft.'

'Mag ik u vragen hoe u aan mijn nummer komt?'

'Dat heeft uw vriendin, mijn bovenbuurvrouw, mij toevallig net vandaag gegeven. Voor in geval van nood, zei ze. Maar dan is er vandaag ook gelijk echt een geval van nood. Ik zweer het u, ik zou u nooit hebben durven bellen als het niet zo was.'

Ik had niet zoveel zin in een noodgeval. En zeker niet in een overduidelijk geënsceneerd noodgeval. En zeker niet in Via Chiabrera. Ik belde Monia om te horen wat er aan de hand was. Maar haar telefoon werd beantwoord door een klein meisje.

'Mag ik je moeder misschien spreken?'

'Ik heb geen moeder.' Het kleine meisje begon te huilen en hing op. Ik belde terug. 'Kom alsjeblieft, Leonardo,' zei ze. 'Leonardo, kom alsjeblieft. Ik verdrink hier. Als je niet komt, ga ik dood. Ik verdrink.'

What the fuck. Wat zou jij doen in zo'n geval, vriend? Precies. Ik ging dan toch maar eens kijken wat daar nou eigenlijk helemaal aan de hand was in Via Chiabrera. Niet uit mededogen voor wat Monia ook maar bedacht kon hebben om mijn aandacht te trekken, maar meer als ramptoerist. Ik ben jouw verslaggever, nietwaar? En als ze haar stem verdraait en een klein meisje nadoet en als zelfs de buurman belt, is er misschien echt iets pittoresks gaande wat ik mijzelf en jou niet zou willen onthouden.

Ik had inderdaad kopieën van haar sleutels. Die had ik haar de andere keer afgetroggeld. Misschien had ik je dat niet verteld. Maar je weet maar nooit, dacht ik toen. De benedenbuurman wachtte mij op voor zijn deur, op de marmeren trappen na het eerste hek. Hij stond met zijn handen in het haar. Dat vind ik een stomme uitdrukking, die ik nooit zou gebruiken, maar in dit geval was het letterlijk waar. 'Oi oi,' zei hij. 'Oi oi.'

Ik begreep waarom hij dat zei. Water gutste van de marmeren trappen. Ik waadde naar boven. De buurman volgde mij op gepaste afstand, terwijl hij de namen prevelde van verscheidene heiligen alsmede die van de Heilige Moedermaagd zelve. Het laatste hek was bij verstek opengelaten. En na enige moeite vond ik de juiste sleutel voor de voordeur.

'Monia?'

Ze antwoordde niet. Ik ging naar binnen. De buurman schuifelde stilletjes achter mij aan. Ze lag in bad. Met al haar kleren aan. Nou ja, kleren. Ze droeg een soort bruidsjurk, een wit kanten ensemble met een gezichtssluier. Ze droeg zware, gouden ringen en kettingen. Haar hoofd lag veilig boven water, maar ze was buiten bewustzijn. De kraan van haar ligbad stond wijd open. De overstroming had oudtestamentische vormen aangenomen.

Ik draaide de kraan dicht en tilde haar uit bad. Ik trok de stop eruit en legde haar op bed. Ze kwam enigszins bij. 'Kleed je mij uit, Leonardo? Ik ben je bruid. Zie je hoe mooi ik ben?' Ik kleedde haar uit. 'Oi, oi,' zei de buurman zachtjes. 'Neuk me, Leonardo. Dit is onze huwelijksnacht.'

In plaats daarvan ging ik naar haar werkkamer om het telefoonnummer te vinden van haar werkster. 'Noodgeval?' 'Noodgeval.' Terwijl ik op haar wachtte, keek ik eens wat beter rond in die werkkamer. Het viel mij op dat ik geen enkel poststuk of document zag dat gerelateerd kon worden aan enige vorm van werk. Er lag een stapeltje modetijdschriften, een grote stapel folders waarin verre reizen naar exotische oorden werden aangeprezen en een nog grotere stapel ongeopende enveloppen. Ik nam de vrijheid om er een paar te openen. Ik had tenslotte te maken met een noodsituatie. Het waren allemaal onbetaalde rekeningen. Er zaten dwangbevelen tussen. Sommige waren al een jaar oud.

Ze was er binnen een half uur en had binnen een half uur alles opgedweild. Monia sliep toen al. 'Sorry,' zei ik tegen de schoonmaakster.

'Ik zeg nooit sorry, tegen niemand,' zei ze. 'Want de dingen gaan toch altijd zoals ze gaan.'

'Hoeveel krijgt u van mij? Tenslotte ben ik in zekere zin de opdrachtgever van deze operatie. Hoeveel betaalt Monia u?'

'Niet.'

'Wat bedoelt u?'

'U denkt misschien een rijke, oude minnares te hebben gevonden, ik ken uw slag, u bent kunstenaar, nietwaar. Wij moeten werken voor ons geld. Maar ik neem u niets kwalijk, begrijp me niet verkeerd. Maar ze is niet rijk. En uw minnares is ze ook niet meer, als ik u een goede raad mag geven, al is die waarschijnlijk inmiddels overbodig. Goedemiddag.'

'Oi, oi,' zei de buurman. Hij prevelde nog wat namen van heiligen en toen vond ook hij het tijd om naar huis te gaan.

26

Ze kwam ongevraagd tegenover mij zitten, Fulvia, de heks, en ze zei het volgende: 'Ik hoor veel dingen over je de laatste tijd, Leonardo. Mijn grootmoeder zei altijd: "Je moet het graan laten groeien als het groeit en de glazen breken in november." Mijn grootmoeder was een wijze vrouw. Ze wist dingen die de mensen van vandaag zijn vergeten. Dat neem ik hun niet kwalijk. In elke lunaire cyclus in de geschiedenis zie je dezelfde bewegingen. Het gaat van Venus naar Mars en vice versa. Zo gaat het van de grote naar de kleine arcana.' Ze glimlachte alwetend. 'Het magneetveld onder deze stad is vele cycli geleden ontworpen als een soort van blauwdruk voor de nieuwe tijd. Maar daar moeten we zelf invulling aan geven, dat vergeten veel mensen. We moeten leren te denken in meridianen. Van noord naar zuid. Als een soort handlijnen. Laat me je hand zien. Nee, je linker. Zie je wel. Weet je wat ik zie? Als je niet sterft aan een ziekte of een ongeluk, zul je lang leven.'

Natuurlijk was ik blij met dat nieuws. Maar ik vroeg mij tevens af welke andere doodsoorzaken er bestaan dan ziekte of een ongeval. Ouderdom wellicht?

'Nee, ouderdom niet, daarover hoef je je geen zorgen te maken.'

'Dank je wel.' Ik dacht na over de verschillende manieren waarop een man kan sterven. Aeschylus kreeg een schildpad op zijn kop. Maar dat valt onder de categorie ongelukken. En afgezien van ongelukken of ziekten, wat blijft er dan over? Moord?

'Je moet niet zo negatief denken, Leonardo. Dat karma keert zich tegen je. De aardgodin omvaamt alleen wie de beweging ziet van het pendulum.' Ze glimlachte triomfantelijk.

'Leg je kaarten,' zei ik.

'Zo werkt dat niet, Leonardo.'

'Hoe werkt het dan?'

Ze glimlachte. Oké. Ik begreep het. Ik ging naar binnen om een droge martinicocktail voor haar te bestellen.

Ze glimlachte. Zo werkte het. Ze begon de kaarten op tafel te leggen.

'Dit zijn alle dingen die je al weet.'

'Wat dan?'

'Je komt uit Duitsland.'

'Nederland.'

'Je bent schilder.'

'Schrijver.'

'Precies, maar je moeder maakt zich zorgen over je.'

'Waarom?'

'Omdat je in een spiritueel stadium in je leven bent dat je luistert naar feeën in plaats van elfen.'

'Wat betekent dat?'

'Onderbreek me niet. Ik begin net contact te krijgen met je spirituele onderbuik. Nee, maar echt, ik krijg daar veel resonantie. Weet je, Leonardo, vertel me eerlijk: gebeurt het soms dat je je heel goed voelt en soms heel slecht en soms een beetje daartussenin? Ja? Ik voel het. Ik begrijp je ook.'

Ze legde nog een paar kaarten. Ze maakte er een wegwerpgebaar bij. Die omgekeerde zwaardenkoning in combinatie met de dwaas vertelde haar niets nieuws. Sterker nog, dat probeerde ze mij de hele tijd duidelijk te maken.

'Wat?'

Dat ik een man was die met mijn hart leefde maar ook met mijn hoofd. Ik was een gevoelig persoon, maar helaas ook intelligent. Ik hield van de liefde, maar had ook behoefte aan mijn eigen ruimte. Ik was vreemd en eigen tegelijk. Hoewel ik dacht gevonden te hebben, was ik zoekende. Hoewel ik dacht te begrijpen, was ik vragende. Hoewel ik dacht de kaarten te kunnen ontkennen, was mijn toekomst uiterst ongewis.

Ze legde nog drie kaarten. De koning in de put, de bijl in het hooi en ondersteboven zeven staven.

'Kijk,' zei ze.

'Kijk,' zei ik. 'Wat zou je op grond van deze drie kaarten concluderen omtrent mijn mening over jou?'

'Je veracht mij.'

'Dat is zo ongeveer voor het eerst dat je iets waars zegt.'

'Maar jouw kiezelige mening is onwetend en zal zich tegen je keren zoals de vloed tegen de maanstand en de rotsen tegen de zee ten tijde van de equinox.'

Ik was haar moe. Ik antwoordde niet meer.

'Jij begrijpt niks, Leonardo. Schrijf dat maar op in je boekje.'

'Ach.'

'Wat ach?'

'Wat ach? Wil je dat echt weten? Hoe heet je ook al weer? Fulvia. Ik vind jou, dank je dat je de moed hebt om mij dat te vragen, een door en door verwerpelijk persoon.'

'Kun je dat toelichten, Leonardo?'

'Ja.' Ik ging naar binnen om alles af te rekenen, zowel mijn drankjes als de hare alsmede die van iedereen die eerder aan haar tafeltje had gezeten. Het bonnetje stak ik in mijn achterzak. Toen bestelde ik nog een fles prosecco in een ijsemmer. Ook die heb ik betaald. Ik bracht de bestelling hoogstpersoonlijk aan haar tafel, haalde de fles uit de ijsemmer, zette die op tafel en zei: 'Fulvia, weet je wat mijn grootmoeder altijd zei? "We moeten het hoofd koel houden." Mijn grootmoeder was een wijze vrouw.'

27

Ik wist niet precies wat hij wist en hoe hij mij had gevonden, maar hij wist dingen en had mij weten te vinden. Zijn echte naam ken ik niet, maar iedereen noemt hem Il Varese. Zo stelde hij zich ook aan mij voor. Ik had hem eerder gezien, maar ik kon me niet herinneren waar. Hij bleek de exclusieve brouwer te zijn van Bryton, het authentieke Ligurische bier dat niet te zuipen was maar wel werd gebrouwen volgens een receptuur die was gebaseerd op goed gedocumenteerde archeologische vondsten. Nou ja, precies. Zo smaakte het ook. Hij was een grote, brede, vette man met het uiterlijk van een bierdrinker, als iemand die zweet en stinkt en liters helder pis pist uit zijn verschrompelde slurfje onder zijn massieve buik, die hem ieder zicht ontneemt op wat in zijn natte dromen nog steeds het speerpunt is van zijn vergeefse hoop. Van ellende heeft hij dan maar gepoogd een succesvol zakenman te worden, in de hoop dat smachtende nimfen op grond van zijn commercieel aanzien bereid gevonden konden worden om op zijn zielige pinkeltje te sabbelen. Maar het was niet helemaal gelukt, dat geniale masterplan, en hij wist zelf ook niet wat er precies was misgegaan. Ergens onderweg naar rijk en beroemd had hij beide boten gemist. Sindsdien hing hij zuchtend van arrogantie en neerbuigendheid aan zijn mobiele telefoon vol importante contacten die hem om onbegrijpelijke redenen de hele tijd maar niet belden. Maar hij gaf niet op. Tenslotte had hij zijn eigen bier te verkopen. Hij belde Berlusconi op zijn privénummer in Portofino, maar om een onverklaarbare reden nam hij niet op. Dat was zeker de schuld van de communisten. Die hadden speciale apparaatjes om te verhinderen dat eerlijke zakenlieden zaken konden doen met eerlijke politici die begrepen dat het land behoefte had aan eerlijke zakenlieden. Wat Italië nodig had, was modern ondernemerschap en daar was hij zelf het boegbeeld van. Een archeoloog vindt een paar bedorven bierresten in een aardewerken pot van bijna tweeduizend jaar oud en hij ziet de business. Dat was zijn kwaliteit. Dat was zijn genie. Zuchtend krabde hij zich nog eens in zijn muffe kruis.

Ik beschrijf hem misschien niet helemaal objectief, ik weet het, maar ik mag die man gewoon niet. Plompverloren kwam hij tegenover mij zitten.

'Zo,' zei hij.

En opeens wist ik weer waar ik hem eerder had gezien. Precies hier, op het terras van de Bar met de Spiegels. Ik heb volgens mij zelfs over hem geschreven. Ergens in het begin. Toen ik nog maar net in Genua was, blij en naïef, en toen ik nog schreef over hoe een Italiaan een ander begroet met wie hij kennelijk heeft afgesproken. Hij was het. Maar zoek dat niet terug. Het is niet belangrijk.

'Dus jij wilt mijn theater kopen.'

Ik keek hem niet-begrijpend aan.

'Je hebt met mijn partner gesproken.'

'Met wie?'

'Met mijn partner, Pierluigi.'

Ik knikte.

'Ik ben gekomen om je voor hem te waarschuwen. Hoeveel heeft hij gevraagd? Twee tien? Twee twintig?' Uit mijn blik leidde hij af dat hij er niet ver naast zat. 'De schurk. Onbeschaamde vlegel. Die gast is nog onbetrouwbaarder dan ik dacht. Want zal ik jou eens iets vertellen? Hij heeft helemaal niets om te verkopen.'

'Dat weet ik.'

'Want ik heb het gekocht. Dat wil zeggen: twee jaar geleden heb ik hem voor ongeveer dat bedrag uitgekocht. Hij is alleen nog op papier partner, omdat dat om administratieve redenen handiger was. Maar het theater is van mij.' Hij keek mij triomfantelijk aan. 'Zo. Dat weet je dan ook weer net op tijd. Je mag mij wel bedanken. Ik heb je er zojuist voor behoed dat je voor ruim twee ton zou worden opgelicht. Je moet hier in Italië zo op je hoede zijn als je zaken wilt doen.'

Hij nam een slok van zijn vieze biertje. De Bar met de Spiegels was het enige café in de stad dat Bryton-bier serveerde, een beetje uit medelijden, omdat hij hier al zo lang stamgast was. Hij was de enige die het ook daadwerkelijk bestelde, maar dat durfden ze hem niet te vertellen. En ze durfden hem al helemaal niet te vertellen dat ze geregeld flesjes moesten weggooien omdat de houdbaarheidsdatum was verstreken.

'Dus,' zei hij. 'Als je wilt praten over de overname van dat theater, dan moet je met mij praten. Maar het goede nieuws voor jou is dat ik bereid ben om daarover te praten. Ik heb geen haast, maar voor het juiste bedrag wil ik er op een gegeven moment wel vanaf. Het is eigenlijk altijd meer een soort hobby van me geweest. Maar ik heb er gewoonweg niet genoeg tijd voor. Ik heb het te druk met andere dingen, import-export, dat werk. Dus zeg maar: wat zou je bod zijn? We hoeven er niet gelijk hier en nu uit te komen, maar misschien kunnen we een beetje aftasten wat de mogelijkheden zijn.'

'Maar jij hebt ook niets om te verkopen.'

Hij begreep me niet. 'Wat zei je?'

'Ik zei dat jij ook niets hebt om te verkopen. Het theater is niet van jou. Het is van de gemeente.'

Eerst keek hij mij aan met een verbijsterde blik. Toen begon hij te bulderen van het lachen.

'Ik maak geen grap. Het theater is eigendom van de gemeente. Ik weet niet hoeveel Pierluigi jou heeft laten betalen, maar hij heeft je iets verkocht wat niet van hem was. Het staat allemaal duidelijk in het contract.'

Nu keek hij toch enigszins bezorgd. 'Welk contract?'

'Ik heb het toevallig bij me. Hier. Lees zelf maar.'

En in de vijf minuten daarna ontrolde zich een schouwspel dat nauwelijks valt te beschrijven. Hij zette zijn leesbril op en begon onverschillig te lezen. Maar al snel trok hij bleek weg. Zijn handen begonnen te trillen. Zweet parelde op zijn voorhoofd. Vervolgens werd hij vuurrood. En het leek of hij nog meer opgezwollen raakte dan hij al was. Ten slotte explodeerde hij. Vloekend sloeg hij met zijn hand op tafel. 'Ik vermoord hem,' schreeuwde hij. Hij stond op en woedend liep hij weg.

28

'Vaffanculo.'

'Pronto?'

'Ik knoop je op aan de hoogste boom op de hoogste berg die ik maar kan vinden, Leonardo. Mijn vader zal je met al zijn contacten zo hard in je reet neuken dat je zult wensen dat er geen stoel meer bestaat om op te zitten. We gaan je zo ontzettend uitkleden dat je nog zult wensen om in je hemd te staan. We zullen op je schijten, poepen en kakken, Leonardo. En met alle diarree die jij ons hebt bezorgd, zal dat geen fraai schouwspel zijn, dat kan ik je nu alvast verklappen.'

'Met wie spreek ik?'

'Met wie je spreekt? Met wie je spreekt? Ik zal je vertellen met wie je spreekt. Je spreekt met degene die jouw beide benen zal breken, je nagels één voor één zal uittrekken en daarna alle tanden uit je bek zal slaan om je ten slotte publiekelijk op het plein op te hangen aan je verschrompelde kloten.'

'Sorry, ik herkende je stem niet. Hallo, Pierluigi. Hoe gaat het?'

'Dat gaat dus níét, vuile buitenlander. Kom je hier een beetje in mijn land in mijn stad mijn zaken verzieken met je eigenwijze noordelijke uitgelopen aardappelhoofd vol kleffe noedels. Jullie zijn de barbaren die Rome hebben geplunderd en nou kom jij dat hier hoogstpersoonlijk nog even dunnetjes overdoen in mijn achtertuintje. Ik ben hier jaren bezig om iets op te bouwen van kristal en dan kom jij met je grote, vette, weke, witte lijf daar met je lompe poten doorheen stampen. Maar ik kan je één ding zeggen: kristal is duur en ik zal de schade tot op de laatste cent hoogstpersoonlijk op je verhalen.'

'Ik dacht dat we vrienden waren, Pierluigi.'

'Precies. Dat dacht ik ook.'

'Dus?'

'Morgenochtend om elf uur op het kantoor van mijn vader. En besef goed dat het de laatste kans is om ons een voorstel te doen dat ons kan overtuigen om de juridische procedure tegen jou uit te stellen. En dat laatste voorstel heeft vijf nullen, dat kan ik je nu alvast verzekeren.'

'Waar is het kantoor van je vader?'

'Dat zoek je zelf maar uit. Je weet toch alles beter?'

'Zo werkt het niet, Pierluigi.'

'Piazza della Vittoria 68/24.'

'Ik verheug mij erop.'

'Dat is ten onrechte.'

29

Walter en ik waren op tijd. Piazza della Vittoria 68 bleek een statig marmeren gebouw dat ooit was ontworpen om te imponeren en die functie nog steeds met verve vervulde. Naast de hoofdingang hingen de koperen platen met de namen van rechters, notarissen en advocaten, de ene nog klinkender dan de andere. We werden verwacht. We hadden een afspraak. Nummer 24 was het kantoor van Parodi en dat was op de vijfde etage. Aan het einde van de gang links. Twee liften. De linker deed het niet altijd. Beter de rechter.

Walter was zichtbaar geïntimideerd door de omgeving. Zijn nonchalante theatervoorkomen detoneerde met dit hoogedelgestrenge marmer. Hij voelde zich ongemakkelijk in de paleizen van de macht, waarschijnlijk omdat hij regisseur was en gewend was aan de situatie dat hij in aftandse repetitielokaaltjes in verwaarloosde kraakpanden zelf de macht in handen had.

'De naam is Parodi,' zei de vader van Pierluigi. Hij zat aan het hoofd van een relatief bescheiden ovale tafel in een ruim, licht kantoor aan de voorkant van het palazzo met uitzicht op Piazza della Vittoria. Pierluigi was er ook, maar hij mocht niets zeggen. Zijn vader voerde het woord.

'En die naam is belangrijk. Gaat u zitten. Mijn zoon Pierluigi hier is natuurlijk een absolute idioot. Dat hoef ik u niet te vertellen. Daarom heb ik dat theatertje voor hem geregeld, om hem van de straat te houden en omdat hij daar relatief weinig kwaad kan doen. Maar ook zijn naam is Parodi. Begrijpt u wat ik bedoel? Hij mag dan wel een lul zijn, hij is wel mijn lul. Ik excuseer mij voor mijn vocabulaire, maar ik probeer u iets duidelijk te maken.

Dit wil zeggen dat ik, zodra u die mongool een spaak in het wiel probeert te steken, genoodzaakt ben om die mongool in bescherming te nemen. Hij is mijn zoon. Hij draagt mijn naam. Mijn naam is het belangrijkste wat ik heb in deze stad. Mijn naam zal ik tot het uiterste verdedigen. Ik weet dat u een intelligent persoon bent. En ik weet dat u inmiddels lang genoeg in deze stad bent om mij te begrijpen.

U komt uit het Noorden en daarom denkt u juridisch. U denkt dat het contract dat ik voor mijn zoon heb afgesloten voor dat theatertje een publieke zaak betreft. In de grond van de zaak moet ik u daarin ook gelijk geven. En ik wil u tevens complimenteren met de wijze waarop u dat document boven tafel hebt weten te krijgen. Ik dacht werkelijk dat ik het genoeg had afgeschermd. Maar kennelijk heeft u contacten met wie ik geen rekening had gehouden.

Dit alles maakt u tot een tegenstander van formaat. Maar wel tot een tegenstander. Door dat document te openbaren aan de compagnon van mijn zoon, heeft u mijn zoon aanzienlijke financiële schade berokkend. En u zult begrijpen dat ik geen andere mogelijkheid zie dan die schade in naam van Parodi op u te verhalen.

U zit vooralsnog vrij onbewogen aan mijn tafel. Ik weet wat u denkt. U gelooft in Europa en in de gedachte dat Italië een democratische rechtsstaat is en in de fantasie dat Genua deel uitmaakt van Italië. U gelooft in uw democratisch recht en in rechtsbescherming. Een deel van mij zou niets liever willen dan dat u gelijk hebt.

Heeft u, toen u hier binnenkwam, de koperen naamplaatjes gezien van allen die in dit palazzo kantoor houden? Heeft u enig idee van de contacten die ik heb? In Straatsburg, Brussel of aan het internationale hof van Den Haag zou u wellicht een kans maken, als u genoeg geld zou hebben voor een bodemprocedure tegen onze advocaten. Maar hier in Genua maakt u geen schijn van kans. Niet tegen mij. Ik verlies zelden zaken en ik heb nog nooit een zaak verloren waarbij mijn eigen naam op het spel stond.'

'Wat wilt u van ons?' vroeg ik.

'Twee veertig.'

'Met uw zoon waren we al gezakt tot twee twintig.'

'Mijn zoon is een idioot en ik heb de procedure om beslag te leggen op uw bezittingen al in gang gezet.'

'Waarom zou ik bang voor u moeten zijn, meneer Parodi?'

'Ik wil u niet beledigen. U bent in uw vaderland ongetwijfeld een gerespecteerd persoon. U bent schrijver, nietwaar? Dichter zelfs, kijk eens aan. Is uw poëzie in het Italiaans vertaald? Ik zou graag eens, wanneer ik niets anders omhanden heb, een versje van u tot mij nemen. Nee? Ziet u wel, daar gaan we al. Dat is precies wat ik u probeer duidelijk te maken. Hier bent u in Genua, waar mijn vrienden en vrienden van mijn vrienden al eeuwen de dienst uitmaken, en hoewel ik u nogmaals wil complimenteren met de wijze waarop u gepoogd hebt u onze manier van denken eigen te maken, zult u voor ons altijd een buitenstaander blijven. Erger nog: een buitenlander. Wij kunnen uw aanwezigheid in onze stad tot op zekere hoogte tolereren en zelfs toejuichen in zoverre u zich bij uw eigen zaken houdt. Maar zodra u zich op ons terrein begeeft, bent u weinig meer dan de eerste de beste Marokkaan of Senegalees: een vervelend maar relatief klein probleem dat we even snel uit de wereld moeten helpen, daar hebben we ervaring mee.

Rest mij u te danken voor de vruchtbare discussie. Als u het mij toestaat om onze gemeenschappelijke conclusie samen te vatten, zie ik uw overschrijving van tweehonderdveertigduizend euro met vertrouwen tegemoet binnen, laten we zeggen, twee weken. Is dat redelijk voor u? En mocht u in gebreke blijven, waar ik uiteraard geenszins van uitga, zal ik u conform onze gemeenschappelijke afspraak vergrijpen ten laste leggen waarvan u nooit heeft kunnen dromen dat die bestonden.'

30

Hoewel ik had begrepen dat de situatie ernstiger was dan ik dacht, maakte ik mij geen zorgen. Ik had tenslotte mijn magische contact. Harry Potter zelf stond aan mijn zijde. Ik belde hem onmiddellijk. Hij beantwoordde zijn telefoon niet. De volgende dag probeerde ik het weer en de dag daarna nog een paar keer.

De dag daarna kwam ik hem toevallig tegen in Via Canneto Il Lungo. Hij liep met zijn hond en probeerde mij te negeren. Ik nodigde hem uit voor een koffie. Hij kon niet weigeren.

'Dus?'
'Dus wat?'
'Zijn we vrienden of niet?'
Hij keek zwijgend voor zich uit.
'Oké, ik snap je, Alfonso. We staan quitte. Je bent mij niets verschuldigd. Maar ik heb opnieuw je advies nodig.'

'Over die kwestie met Parodi?'
'Heb je daarover al gehoord?'
'Natuurlijk.'
'En wat vind je ervan?'
Hij haalde zijn schouders op en keek weg.
'Maar kun je me helpen, Alfonso?'
'Weet je wat het is, Leonardo? Je hebt een fout gemaakt.'
'Ik weet het, Alfonso. Daarom zoek ik ook precies jouw doorluchtige aanwezigheid, als je mij de uitdrukking voor het moment wilt vergeven.'
Hij lachte niet.
'Ik ben buitenlander, tenslotte.'
Hij lachte nog steeds niet.
'Ik zal je een aanbod doen, Alfonso, bij wijze van wederdienst voor de gunst die ik je nu vraag. Parodi heeft me bedreigd, maar samen staan we sterker dan hij. Luister, Alfonso. Ik bied je aan om partner te worden.'
'Wat betekent dat?'
'Wat je maar wilt, Alfonso. Daar komen we wel uit. We gaan rijk worden, jij en ik, met Walter. Maar eerst moet je me helpen om deze oude familie te neutraliseren. Jij, met al jouw contacten, Alfonso. Luister je?'
Alfonso luisterde niet.
'Speel open kaart met me, Alfonso.'
'Grappige woordspeling.'
'Wat is er? Alsjeblieft, vertel me.'
'Je hebt een fout gemaakt, Leonardo, een grote fout.'
'Dat weet ik. Maar dat had ik al toegegeven. Ik had dat contract niet zomaar aan Il Varese moeten laten zien. Maar ik heb ervan geleerd.'
'Dat is niet het probleem.'
'Wat dan?'
'Je bent een buitenlander, Leonardo. Je begrijpt niet waar de macht huist.'
'Dat wil ik ook toegeven. Maar daarom praat ik met jou. Ik wil leren. Zeg me wat je denkt.'
Hij keek peinzend voor zich uit. Zijn hond sloeg aan op een ande-

re hond, die passeerde. Hij moest opstaan om de situatie te kalmeren. Daarna kwam hij weer zitten.

'Herinner je je wat ik je in ons laatste gesprek heb verteld over de basis van mijn eigen macht?'

'Over de vrijmetselaars?'

'Zij is na mij de hoogste in de organisatie.'

'Wie?'

'Zij heeft buitengewoon goede contacten. Zij is de persoonlijke adviseur en vriendin van de burgemeester. De burgemeester doet niets zonder haar eerst te raadplegen.'

'Over wie heb je het, Alfonso?'

'En jij hebt haar beledigd. Zij is een persoonlijke vriendin van mij. Ik ben haar nog een paar gunsten verschuldigd. En jij hebt haar tot op het bot vernederd. Je hebt en plein public een emmer ijs over haar hoofd leeggegooid.'

Ik moest lachen door de herinnering daaraan.

'Lach niet, Leonardo. Daarmee heb je een van de machtigste vrouwen van Genua tot je vijand gemaakt. Daarmee heb je een van mijn trouwste politieke bondgenoten en een van mijn beste persoonlijke vriendinnen tot je vijand gemaakt. Ik kan je niet langer helpen. Sterker nog, je bent nu officieel mijn vijand. Dit is geen Amsterdam of Berlijn. Dit is Genua. Ik wens je succes met je manier van leven.'

31

Ik ontmoette Walter voor crisisberaad bij La Lepre. Van zijn triomfantelijk optimistische uitstraling was weinig meer over. Hij was bang. Hij hield net als ik van Genua, maar hij zag geen toekomst meer voor zichzelf in deze stad. Hij zag alleen maar schadeclaims.

'Maar je mag me nu niet alleen laten, Walter. Het gevecht begint nog maar net.'

'Ik zal je nooit alleen laten,' zei hij. Maar zijn ogen zeiden iets anders.

'Op een dag veroveren we deze stad. Deze stad heeft ons nodig.'

'Heb jij je creditcard bij je, Ilja?'

'Ja, hoezo?'

'Misschien kunnen we dan even naar Piazza delle Erbe gaan. Dan drink jij er daar nog eentje op het terras en dan ga ik even naar het internetcafé. Ik zal je terugbetalen, maak je geen zorgen.'

Na een half uur kwam hij naar buiten. Hij gaf mij mijn creditcard terug.

'Je krijgt nog tachtig euro van mij.'

'Kom zitten. Dan drinken we er nog eentje en praten we nog een beetje verder.'

'Ik heb nu even geen tijd. Ik zie je later.'

'Wat heb je eigenlijk gedaan in het internetcafé?'

'Ik moest even iets reserveren.' Hij zoende me. 'Tot ziens.' Het leek of hij tranen in zijn ogen had.

Die nacht stuurde hij een sms'je: 'Pisa. Vliegveld. Sorry.' En de volgende dag nog een van een buitenlands nummer: 'Succes met je manier van leven. Weet dat ik aan jouw kant sta. Genua is voor altijd in mijn hart.'

Tweede intermezzo

Fatou yo

1

Djiby heb ik voor eerst ontmoet in Via di Prè, waar anders. Overdag is dat misschien wel de mooiste straat van Genua. 'Overdag' is een weinig precies woord, dat ik slechts gebruik als contrast voor de nacht. Via di Prè is op haar mooist in de vooravond van een zomerdag, wanneer zwoele schemer neerdaalt in de zwarte steeg. Dat is het uur waarop iedereen net is ontwaakt uit zijn middagslaap om geeuwend op de straathoek gade te slaan hoe anderen werken. En anderen werken. Er wordt onder luid rumoer halal geslagerd in nissen in de muur. Daarnaast wordt onder luid gekrakeel het kroeshaar gladgestreken van aardbevingbestendige negerinnen, die in alle talen die Afrika rijk is roddelen over anderen die de dag daarvoor hun haar hebben laten strijken, waarbij ze vooral grappen maken over hoe dik de betreffende konten wel zijn en hoe lui hun mannen. Fruit ligt te bollen in de winkels. Hier is zo goed als alles voor zo goed als niets te koop. Dit is Afrika.

Vrouwen in breed uitwaaierende, traditionele gewaden zitten op straat om papieren zakdoekjes en tandenstokjes te verkopen. Maar ze verkopen geen papieren zakdoekjes en tandenstokjes, ze zijn voodooheksen die voor het juiste bedrag de macht hebben om een rivaal impotent te maken of een onbetrouwbare minnares een been te laten verliezen. Er zijn witte en zwarte heksen, zij die helpen en zij die schaden, maar het verschil is voor een noorderling niet te zien. Daarnaast hebben ze nog een functie. Ze zitten meestal voor de deur van het palazzo waar ze wonen en dat is niet voor niets. Ze houden de wacht. Want ze wonen daar met familieleden, zonen en neven, die dealen en allerlei andere louche zaakjes bedrijven en daarom is het van belang om in de gaten te houden wie het pand binnengaat. En ze zijn allemaal schatrijk. Er hoeft maar ergens een abusievelijk aangesloten gasfles te ontploffen of trillende volgelingen van de heks komen in een Mercedes voorrijden om haar met haar koffers geld op de achterbank in veiligheid te brengen.

's Nachts, wanneer de slagers, kappers en fruithandelaars hun rolluiken hebben neergelaten en afgesloten met minstens vier hangsloten, wordt Via di Prè oorlogsgebied. Voetstappen klinken hol terwijl je wandelt tussen de loopgraven en ze klinken voor alle partijen even verdacht. De Senegalezen voeren oorlog tegen de Marokkanen, de Zuid-Amerikanen tegen de Senegalezen en de Marokkanen, de Marokkanen tegen iedereen. Ze gebruiken stenen en flessen als munitie. Soms gebruiken ze munitie als munitie. Het komt voor dat er doden vallen, al lees je daar zelden iets over in de krant omdat de slachtoffers illegaal zijn en officieel niet bestaan en omdat ze om verdere problemen te voorkomen door hun landgenoten zo snel mogelijk worden opgeruimd. Van de politie hebben ze sowieso niets te verwachten. Ze vereffenen de rekening wel op hun eigen manier.

Dat je niet wordt geraakt in dit spervuur, heb je uitsluitend te danken aan je blanke huid. Voor de oorlog tussen de immigranten onderling ben je irrelevant. Je bent voor hen gewoon een domme, weke, witte buitenstaander die nergens iets van begrijpt. Van de bendeleden mag je rustig onwetend voorbijsjokken door het niemandsland dat is gewapend op een manier waar jij geen weet van hebt. Maar in dat niemandsland zijn gauwdiefjes actief die het hebben voorzien op je wankele tred, je mobiele telefoon en de vijf euro die je nog in je broekzak hebt. De politie is hier geen partij. Zij mijden Via di Prè na zonsondergang omdat het er dan gewoonweg te gevaarlijk is.

2

Daar woont Cinzia, vlak bij de Commenda, op de bovenste etage van een palazzo dat al is uitgewoond sinds de middeleeuwen. De trappen zijn zo uitgesleten dat je er soep in zou kunnen koken. Buren heeft ze niet meer, niet echt. Wel scheuren in de muur vanwege een gasfles die is ontploft in het belendende pand. Maar ze heeft het mooiste terras van Genua. Boven op haar dak zie je alles: het wanhopige labyrint, de verkeerd aangelegde snelweg, de vuurtoren en de haven. Het uitzicht op de haven is magisch. Langzaam drijvende flatgebouwen zoals de MSC Fantasia of de MSC Poesia groeten de stad met drie diepe hoornstoten, terwijl de veerboten afvaren naar Sardinië, Sicilië, Barcelona of Afrika. Al die boten samen zijn een ontroerend traag ballet van dromen van elders waar het net zo slecht zal zijn als hier maar in elk geval niet hier.

Ik zat met Cinzia op haar terras, dacht aan al deze dingen en toen kwam hij binnen, hij droeg iets zwaars. Hij lachte er vrolijk bij. Witte tanden blonken in zijn zwarte gezicht.

'Oi Djiby,' zei Cinzia. 'Maar wat voor cadeau kom je mij vandaag brengen?'

'Dat weet ik precies,' zei hij. 'Iets zwaars.' Dat vond hij zelf erg grappig. 'Je weet dat dat mijn beroep is: zware dingen dragen. Voor lichte dingen heeft Francesco iemand anders. Maar die verdient nog minder dan ik.' Schaterend legde hij de grote zak in een hoek van het terras.

Ze stelde hem aan mij voor. 'Leonardo is ook buitenlander, net als jij.'

'Misschien is hij ook buitenlander, maar niet zoals ik. Hij hoeft geen zware dingen te dragen. Hij mag dingen die ik niet mag. Want zijn oren zijn doorschijnend en zijn tanden zwarter dan zijn gezicht.' Grinnikend nam hij afscheid. Op de trap naar beneden begon hij te zingen. Het klonk als 'Fatou yo'. Het klonk melancholisch. Het geluid stierf weg terwijl hij afdaalde naar de straat.

'Heeft hij de sleutels van je huis?'

Cinzia haalde haar schouders op. 'Hij is een goede jongen. Hij is een van de slaafjes van Francesco, mijn huisbaas.'

'Huur je dit?'

'Hij is eigenaar van het hele palazzo. En ik heb gehoord dat hij tientallen panden bezit, vooral hier in Via di Prè.'

'Dus hij verhuurt vooral aan de Senegalezen.'

'Maar hij is een goed mens. Volgens mij heeft hij ook politieke ambities, dus hij kan het zich niet permitteren om bekend te staan als de zoveelste huisjesmelker die illegalen uitbuit. En hij houdt van Via di Prè. Hij wil meer blanken hier, daar spant hij zich echt voor in. Zo ben ik aan dit appartement gekomen.'

'Omdat zijn panden dan meer waard worden. Als dit een minder zwarte wijk wordt.'

'Maar tenminste doet hij er iets aan. Wat hij Djiby heeft laten brengen, is een zak met specie om de barsten in de muur te repareren die de explosie van de gasfles heeft veroorzaakt. Vooral hier op het terras. Zie je die scheur daar? Andere huiseigenaars zetten vijftien Senegalezen in een appartement en laten de boel lekker verkrotten.'

'En jouw vriend Djiby, waar woont hij?'

'Ik begrijp wat je bedoelt, Leonardo. Maar het is complex.'

3

In de dagen die daarop volgden, zag ik Djiby vaker, ook in mijn wijk, Molo, ver van Afrika. Soms mocht hij 's ochtends vroeg voor Oscar de tafeltjes, stoelen en parasols van de Gradisca buiten zetten. Daarna ging hij langs de fruitwinkels en visboeren van Via Canneto Il Lungo om zware dozen te brengen of om lege dozen in de vuilcontainers te gooien. Hij belde aan op verschillende bellen om voor hulpbehoevende oude dames die zijn klanten waren en geen lift hadden flessen water naar boven te brengen of andere zware dingen. Waarschijnlijk had ik hem ook al eerder gezien, voordat wij aan elkaar waren voorgesteld, maar was hij mij niet opgevallen. Nu ik hem kende, groette ik hem altijd vriendelijk. Hij groette lachend terug.

En toen ik hem een keer 's avonds zag met wat armbanden en snuisterijen die hij probeerde te verkopen, heb ik hem uitgenodigd aan mijn tafeltje.

'Wat drink je? Ben je moslim?'

'Bier is goed.'

'Een groot of een klein bier?'

'Dat ligt eraan hoeveel je te vertellen hebt.'

'Ik wou je juist iets vragen. Ik wil dat jij vertelt.'
'In dat geval een héél groot bier.'
Het bier werd uitgeserveerd. We proostten. Hij begon te lachen.
'Waarom lach je, Djiby?'
'Om jou, Leonardo. Omdat je grappig bent. Omdat je zo'n rare naam hebt.'
'Djiby is pas een rare naam.'
'Zoals Leonardo Dicaprio met zijn armen zó wijd en dan blub blub.'
'Eigenlijk heet ik Ilja.'
Dat vond hij pas echt grappig. 'Dat is een meisjesnaam.' Hij schaterde het uit. 'Wil je soms graag een meisje worden, Ilja? Mag ik je dan als eerste neuken?'
'Ik wil je iets serieus vragen, Djiby.'
Daar moest hij nog harder om lachen. 'Blub blub,' zei hij. Hij dronk zijn bier in één teug leeg. 'Morgen ben ik weer serieus.'
'Serieus?'
Hij sloeg mij op mijn schouder. 'Ik mag jou wel, meisje Leonardo.'

4

Zijn volledige naam was Djiby P. Souley. Ik vroeg hem waar die P. voor stond. Lachend zei hij dat hij dat ook niet wist. Die P. had hij er zelf bij bedacht omdat hij graag drie initialen wilde hebben: D. P. S., dat stond chic, voor later, wanneer hij een rijke en succesvolle zakenman zou zijn.
'Wil je dat worden, een rijke en succesvolle zakenman?'
'Voor mijn familie thuis in Senegal ben ik dat al. Dat is misschien wel de grootste mop van de eeuw.'
'Heb je ze dat wijsgemaakt?'
'Nee, maar ze weten dat ik in Europa ben en iedereen in Europa wordt vanzelf rijk en succesvol, dat weet iedere Afrikaan.'
'Ze weten inmiddels toch wel beter?'
'Nou, niet dus. Niet echt. Weet je wat ze mij hebben verteld over Europa? Thuis in Senegal, voordat ik op reis ging? Ze zeiden dat Eu-

ropa een fort is. Dat de grenzen zo goed worden bewaakt dat het bijna onmogelijk is om er binnen te komen. Maar dat is goed te begrijpen, want voor iedereen die binnen is, is geld gratis te verkrijgen. Je kunt naar het loket en daar wordt je inkomen geregeld dat je elke maand kunt komen afhalen zonder dat je er iets voor hoeft te doen. Iedereen in Europa loopt dan ook in dure chique pakken en draagt een gouden horloge waar ze de hele tijd op kijken, want in Europa gebeurt alles op tijd. Ze verkopen er zonnebrillen die meer kosten dan een maandsalaris in Dakar, maar iedereen draagt ze, ook al heeft niemand ze echt nodig omdat er veel minder zon is dan in Afrika. Iedereen kan zich dat gemakkelijk veroorloven. En als je wilt, kun je ook werken. Dan word je miljonair. En de banen liggen voor het oprapen en in Europa bestaan er geen zware fysieke beroepen zoals werk op het land of in de fabriek. Dat soort werk wordt door robots gedaan. Alle mensen werken bij banken, waar ze het geld beheren dat de robots voor hen verdienen. Je hoeft alleen maar in een pak achter je bureau te zitten in een kantoor en je hoeft niets anders te doen dan naar een computerscherm kijken waarop wordt weergegeven hoeveel geld er binnenstroomt. De banken geven ook gratis pasjes weg aan iedereen die dat maar wil waarmee je het geld van die bank uit de muur kunt trekken als je dat nodig hebt. Ook in huis wordt al het werk gedaan door computers en machines. Niemand hoeft te wassen, schoon te maken of te koken. Daar bestaan apparaten voor. Daarom heeft iedereen heel veel vrije tijd om naar voetbalwedstrijden te kijken op televisies die zo groot zijn als bioscoopschermen. En iedereen rijdt er in een mooie grote auto, zoals een Mercedes of een Jaguar, en de meeste mensen kopen al een nieuwe zodra het asbakje vol zit. De gebouwen zijn van glas en zilver. Ze hebben zelfs een speciaal soort glas uitgevonden dat is gemaakt van zilver en dat licht weerkaatst als een spiegel. Daar bedekken ze paleizen mee die zo hoog zijn als bergen. En er is zoveel goud dat sommige mensen dat in hun kiezen laten stoppen, niet eens als versiering, want niemand ziet het, maar gewoon omdat het kan. En er is altijd zoveel eten als je maar op kan, want ze hebben wetenschappelijke technieken ontwikkeld waarmee ze een tomaat zo groot kunnen maken als een appel, een appel zo groot als een meloen en de koeien zijn nog vetter dan nijlpaarden. De mensen in Europa eten niet alleen vlees op feestdagen, maar elke dag, zowel voor ontbijt als voor lunch als voor avondeten. Ze hebben zoveel water dat ze zich elke dag douchen. En ze douchen zich ook met parfum. Bier zit niet in flessen, maar komt gewoon uit de kraan zoals water. Wie ziek wordt, mag gratis naar het laboratorium, waar hij wordt genezen. Daar kunnen ze alles. Desnoods geven ze je nieuwe lichaamsdelen als je die nodig hebt. En je kunt zoveel seks hebben als je wilt, omdat alle Europese mannen klein zijn geschapen en hun vrouwen hunkeren naar een echte pik. En je hoeft niet eens met ze te trouwen, want ze zijn geëmancipeerd, wat betekent dat het hun alleen om de seks gaat.'

'Je overdrijft, Djiby.'

'Ik weet inmiddels dat de realiteit een beetje anders is.' Hij lachte. 'Maar dit soort verhalen doen wel degelijk de ronde in Afrika. En als je ze maar vaak genoeg hoort, terwijl je zelf dag in dag uit net genoeg franken in je zak hebt om wat brood te kopen, komt het vroeg of laat in je op om dan misschien maar eens een reisje te gaan maken. En als dat plan niet bij jezelf opkomt, dan zijn er wel familieleden en vrienden die je op het idee brengen en als kleine wederdienst voor die suggestie alleen maar van je vragen dat je hen niet zult vergeten zodra je eenmaal bent aangekomen in het beloofde land. In Afrika wordt het beschouwd als een schande voor een jonge man om arm te zijn en er zijn veel vrienden en familieleden die je daaraan herinneren.'

'Ik wil graag het verhaal horen van jouw reis.'

'Dat dacht ik al. Ga je dat dan ook opschrijven in je boek?'

'Vind je dat vervelend?'

'Integendeel. Ik heb altijd al graag een romanpersonage willen worden. En als ik niet rijk en succesvol kan worden, dan kan ik op die manier misschien nog beroemd worden, dat is tenminste iets. Zorg je dan wel dat je mijn naam goed spelt? Djiby P. Souley. Vooral die P. is erg belangrijk.'

'Dat heb ik begrepen.'

'Maar serieus, ik vind het belangrijk dat mijn verhaal aan de mensen van het Noorden wordt verteld. Het is het verhaal van mijn volk. Ik zal het je vertellen.' Hij kreeg een brede glimlach op zijn gezicht. 'Op voorwaarde dat jij mijn bier betaalt. En er zal heel wat bier nodig zijn, want het is een lang verhaal dat erg dorstig maakt omdat het zich grotendeels afspeelt in de woestijn en aan boord van schepen onder de brandende zon.'

5

'Ik was de uitverkorene. Mijn twee jongere broers zijn misschien fysiek sterker, al dacht iedereen dat eigenlijk alleen maar omdat ze dat zelf de hele tijd zeiden. Maar ik ben slimmer en dat werd zelfs door hen niet betwist. Ik heb een talent voor talen. Dat heb ik waarschijnlijk van mijn moeder geërfd. Ik spreek al best goed Italiaans toch?' Hij lachte. 'Niet ja of nee zeggen. Maar talen zijn belangrijk voor zo'n reis. Misschien zelfs het allerbelangrijkste. Omdat je overal telkens weer moet onderhandelen. Maar dat wist ik toen nog niet. Spierballen zijn belangrijk voor een neger als je eenmaal in Europa bent, om zware dingen te kunnen dragen waarmee je een paar euro kunt verdienen, maar om in Europa te komen zijn heel andere kwaliteiten nodig. Daarvoor moet je weten hoe de wind waait op de derde dag. Daarvoor moet je de tongen spreken die de woestijn verkoelen en de zee doen splijten.

De oude route was onbegaanbaar gemaakt. Vroeger kwamen ze allemaal naar ons. Van Nigeria tot aan Kenia kwamen ze naar Senegal om de overtocht te maken naar de Canarische Eilanden. Dat was altijd al een gevaarlijke tocht, maar sinds 2006 is die route feitelijk gesloten. Te veel controle, te veel marine, niemand doet het nog. Ook de Marokko-route naar de Spaanse exclaves Ceuta en Melilla was niet meer begaanbaar volgens de experts. Toen ik vertrok, was iedereen het erover eens dat de meest kansrijke route via Libië liep. Volgens mij is dat nu nog steeds zo.

Familie en vrienden hadden het geld bij elkaar gelegd, ik gaf mijn moeder een zoen en mijn vader een hand en ik ging. "Ik ben trots op je," zei mijn moeder. "Maak me trots," zei mijn vader. Mijn broers zeiden niets.

Het eerste deel van de reis was het makkelijkst. Ik moest naar de stad Agadez in het noorden van het land Niger. Met het geld van mijn familie en vrienden kon ik een bus nemen en toen nog een en toen een andere en alles bij elkaar duurde het meer dan een week, maar toen was ik er ook en toen begon het pas echt.'

Hij nam een slok van zijn bier. 'Ik vat het misschien een beetje kort samen, want er komt nog veel.'

'Vertel me alles, Djiby, alsjeblieft.'

'Wat ik voor het gemak even had overgeslagen, is hoe we de grens met Mali overkwamen en daarna de grens tussen Mali en Niger. Dat is niet echt een kwestie van een simpel stempeltje. Zelfs als je genoeg geld zou hebben om beambten om te kopen, zou het niet makkelijk zijn. En dat geld had ik niet, dus dat was sowieso geen optie.

Dus wat er gebeurde, was dat we een paar kilometer vóór de grenspost werden afgezet. Daar moesten we wachten tot het donker werd. Op een gegeven moment zouden er vrachtwagens voorbijkomen, zeiden ze. Ze zouden kort stoppen op de plek waar wij wachtten. Je moest de chauffeur een klein bedrag betalen. Daarna moest je je vasthouden aan de stang aan de achterkant en onder de vrachtwagen naar voren kruipen tot je je benen over de assen kon leggen. Het zou zwaar zijn, zeiden ze, maar we hoefden het maar een paar uur vol te houden. Totdat we veilig de grens over waren.

En zo ben ik de grens met Mali gepasseerd, liggend op de assen onder een vrachtauto. Al na tien minuten kreeg ik kramp in mijn handen. Toen was er nog een hele nacht te gaan. En het was niet bepaald de A7 van Milaan naar de Rivièra. We reden over een onverharde weg vol kuilen en keien. Alles schokte en trilde. Een paar keer maakte de vrachtauto zulke grote klappen dat ik bijna mijn houvast verloor. Het was welbeschouwd levensgevaarlijk. Het is niet moeilijk om je voor te stellen wat er zou gebeuren als je zou vallen. En toen ik op dezelfde manier de grens van Mali met Niger passeerde, gebeurde dat ook. De vrachtwagen raakte een rotsblok en kapseisde bijna. Ik verloor mijn grip, maar door een wonder kon ik me nog net ergens aan vasthouden en het lukte mij om mijn positie te herstellen. Maar de jongen die naast mij lag, was minder gelukkig. Hij werd naar voren gekatapulteerd, viel op de grond en een van de wielen reed over zijn hoofd heen. Gelukkig voor hem ging het allemaal heel snel. En gelukkig voor mij was het donker en kon ik niet goed zien wat er van zijn hoofd was overgebleven.'

6

'Het is lastig om Agadez te beschrijven. Op een bepaalde manier is het een prachtige stad. Of dat is het in ieder geval ooit geweest. Het is een van de weinige plekken in Afrika waar historie tastbaar is. Ooit kwamen er veel toeristen, vertelden ze me. Maar de stad is in handen gevallen van gespuis, Toeareg-rebellen en dubieuze sujetten die banden hebben met Al Qaida, en is in verval geraakt. De toeristen komen niet meer. In plaats daarvan wordt de stad overspoeld door emigranten zoals ik. De stad is het knooppunt van de verschillende wegen naar het beloofde land. Ze komen ernaartoe vanuit alle uithoeken van Afrika, niet alleen vanuit Senegal, maar ook uit Sierra Leone, Ghana, Nigeria, Kameroen, Tsjaad en wat ook maar. En vanuit Agadez vertrekken de twee belangrijkste routes naar het noorden: die via Tamanrasset in Algerije naar de Spaanse exclave Melilla of naar de kust van Tunesië en die naar Libië. Agadez is altijd al een smokkelaarsnest geweest. De inwoners kennen de bergen van het grensgebied met Algerije en Libië op hun duimpje. Vroeger smokkelden ze sigaretten en wapens. Nu negers. "En dat is betere business," zei een van de vele smokkelaars die ik daar heb ontmoet, "want sigaretten en wapens kunnen niet lopen."

De meeste emigranten zijn volledig blut als ze in Agadez aankomen. Ze worden gehuisvest in het Ghetto, waar ze met tientallen naast elkaar slapen op de vloer van kale schuren of op binnenplaatsen. Alles bij elkaar zijn er continu tienduizenden berooide negers in dit kleine gedeelte van de stad. Stromend water is er niet. De hygiënische omstandigheden zijn erbarmelijk. Velen lijden aan malaria. Er breken ook geregeld andere ziekten uit. Ze vertelden me dat het een paar jaar geleden nog beter was, omdat er toen westerse hulpverleners in Agadez waren. Maar ook voor hen is de stad nu te onveilig geworden. En de meeste emigranten blijven hier noodgedwongen omdat ze geen geld hebben voor de tweede helft van hun reis. Ze proberen werk te vinden. Ik heb een paar landgenoten gesproken die er al langer dan een jaar waren.

In vergelijking met hen was ik een bevoorrecht persoon. Ik had nog wat over van het geld van mijn familie en vrienden en in theorie zou dat genoeg kunnen zijn om direct door te reizen naar Libië. Maar ik moest behoedzaam opereren, zoveel was mij wel duidelijk. Om te beginnen moest ik proberen te vermijden politieagenten tegen te komen. Al op mijn eerste dag in Agadez werd ik meegenomen naar het bureau. Ik kwam weg met het betalen van twintig dollar. Later hoorde ik dat ik daarmee in mijn handjes mocht knijpen.

Het was niet moeilijk om in contact te komen met iemand die bereid was om mij over de grens met Libië te smokkelen. Integendeel. De hele dag door werd ik zo ongeveer besprongen door de meest uiteenlopende types die mij de meest uiteenlopende arrangementen aanboden, het ene nog duurder dan het andere. Ik besloot om een paar dollar neer te leggen voor een slaapplek in het Ghetto en tijd te winnen om informatie te vergaren. Het Ghetto was smerig, maar goedkoop en veilig. De politie kwam er niet, want het stond onder controle van Mohammed, een Toeareg, die door iedereen The Boss werd genoemd.

Ik sprak met zo veel mogelijk landgenoten en hoorde alleen maar horrorverhalen. Een Nigeriaan had vijfhonderd dollar betaald aan een Arabier met een auto die hem had beloofd om hem naar Tamanrasset te brengen, maar de Arabier stopte bij een politiebureau, ging er met het geld vandoor en de man werd in de cel gezet. De chauffeur van een grote vrachtwagen had zijn vijfentachtig passagiers achtergelaten in de woestijn. Ze waren allemaal doodgegaan van de dorst. Een ander konvooi was overvallen door gewapende Toeareg-rebellen. Ze hadden iedereen gedwongen zich uit te kleden, alles van waarde afgepakt en zes Senegalese en drie Nigeriaanse vrouwen meegenomen de woestijn in. En overal waren checkpoints van het leger. En de noordgrens van Niger was bezaaid met landmijnen. Het was van het grootste belang om een chauffeur te vinden die het gebied daadwerkelijk kende. Maar die kostten meer. En de Ténéré was meedogenloos. Vaak stierven reizigers daar aan boord van hun voertuig doodgewoon van stomme dorst omdat ze vóór vertrek niet genoeg water hadden ingekocht, wat op zich begrijpelijk was, want een jerrycan met vijf liter water kostte in Agadez zes dollar.'

7

'Ik krijg dorst van dit verhaal. Ik had je gewaarschuwd. Bestel je nog een bier voor mij?'

'Ik krijg er zelf ook dorst van.'

'Dat interesseert mij niet.' Djiby begon te lachen. 'Als jij een verhaal opschrijft over dorst, interesseert het jou toch ook niet of je lezers daar dorst van krijgen?'

'Eigenlijk wel, Djiby. Eigenlijk is dat het enige wat mij interesseert.'

'Misschien heb je wel gelijk. Proost dan maar. Op de dorst van jouw lezers. Dus ik vertel het goed?'

'Adembenemend. Ik hoef er niets meer aan te doen.'

'Ha ha ha. Ik vertel het gewoon zoals het was. De waarheid.'

'Ga verder, Djiby.'

'Oké. De volgende dag besloot ik om het erop te wagen. Ik speelde het via The Boss, Mohammed, de Toeareg. Hij bracht mij in contact met een tchagga. Zo noemen ze de mensensmokkelaars in Agadez. Deze was een vriend van hem. Daardoor was hij duurder, maar het leek mij dat een vriend van The Boss althans betrouwbaar zou zijn. Daarin heb ik mij dus lelijk vergist.

Hij vroeg driehonderdvijftig dollar voor de reis naar Sabha in Libië, een reis van ongeveer zestienhonderd kilometer. Ik wist af te dingen tot driehonderd. We gingen met z'n twintigen achter op zijn fourwheeldrive pick-uptruck. Hij bracht ons naar een hut, dertig kilometer ten noorden van Agadez. Daar kwam hij ons de volgende avond ophalen. In het donker reden we naar het noorden. We waren ongeveer zeventig kilometer van de grens, toen de motor begon te sputteren en daarna stilviel. Hij zei dat er niet genoeg benzine was. Hij zei dat hij benzine zou halen. We waren in de buurt van een dorp, zei hij. Het was niet ver. Maar misschien konden we iets bijdragen. Hij zamelde ongeveer tweehonderd dollar in en ging op pad. Het was te gevaarlijk om hem te vergezellen, zei hij, vanwege alle checkpoints.

Toen hij bij zonsopgang nog niet terug was, begrepen we dat hij nooit meer zou terugkomen. We besloten om te voet verder te gaan. Maar na twee dagen zonder voedsel of water begrepen we dat het zinloos was. Er kwam een handelskonvooi uit het noorden over de weg waar wij liepen. Ze boden aan om ons terug te brengen naar Agadez. We zeiden dat we geen geld hadden en dat we naar het noorden moesten. Ze zeiden dat we niet zo stom moesten zijn, dat we zeker dood zouden gaan, dat we onmiddellijk moesten instappen en dat ze geen geld hoefden. Vier van ons besloten om ondanks hun waarschuwingen toch verder te lopen. Met de vijftien anderen werd ik teruggebracht naar Agadez.'

8

'Maar toen was ik dus net zo blut als alle anderen. En ik kon Mohammed de Toeareg niet eens op zijn bek slaan vanwege het verraad van zijn vriend, want ik was meer dan ooit afhankelijk van zijn bescherming en zijn contacten.

Ik had werk nodig. Ik vond verschillende onbeduidende baantjes die zo goed als niets opleverden. En ook daar ben ik meermalen opgelicht en afgezet, maar dat is alleen maar logisch en daarmee hoef ik je niet te vervelen. Maar ik werd slimmer en handiger. Ik leerde te denken zoals zij, hoezeer ik hun manier van denken ook verachtte. Uiteindelijk ben ik iets minder dan een half jaar in Agadez gebleven. Vervloekte stad. Toen had ik genoeg verdiend om het een tweede keer te proberen.

Deze keer gingen we met een grote vrachtwagen. Meer dan negentig negers in een open laadbak. Dat was goedkoper. Honderdvijftig dollar per persoon. En het voelde ook veiliger omdat we met zovelen waren. De jerrycans met water bungelden aan weerszijden van de truck. En de negers pasten alleen maar als iedereen ging staan. Voor zitten of liggen was geen plek. We sliepen rechtop, ingeklemd tussen anderen die al dan niet sliepen, dus we sliepen nauwelijks. Wie aan de buitenkant stond, moest extra oppassen om niet per ongeluk overboord geduwd te worden door mensen die tegen hem aan stonden te slapen.

Op een gegeven moment ging de chauffeur van de weg af om een checkpoint te vermijden. En toen gebeurde het. We reden op een landmijn. Hij explodeerde aan de rechtervoorkant van de vrachtwagen. Gelukkig was het een kleintje en gelukkig stond ik aan de linkerachterkant. Ik was oké. Maar er waren een stuk of zeven doden en een paar gewonden. En wat misschien nog erger was, was dat we een lekke band hadden.

De chauffeur begon met onze hulp de band te vervangen. Intussen was de vraag wat we met de doden en de gewonden moesten doen. De chauffeur was een goed mens. Hij zei dat hij via zijn satelliettelefoon hulp kon vragen. Maar dat zou betekenen dat ze ons zouden terugbrengen naar Agadez. En daar voelde niemand iets voor. Er brak bijna een opstand uit. Er vielen klappen. En toen hebben we ze gewoon maar daar achtergelaten. De lichtgewonden hebben we meegenomen, maar de hopeloze gevallen hebben we naast de lijken in het zand gelegd en we hebben onze reis vervolgd. En weet je wat het erge was, Ilja?'

Hij nam een slok van zijn bier.

'Die nacht, onder die omstandigheden, was ik het helemaal eens met die beslissing.'

Hij begon te lachen. Toen keek hij stil voor zich uit. Hij keek mij aan en begon opnieuw te lachen.

'Waarom lach je, Djiby?'

'Dat weet ik ook niet. Omdat ik het heb gehaald. Omdat ik de kust van Libië heb bereikt, waar ik keurig werd overgedragen aan sadisten die mijn geld hebben afgepakt en mij wekenlang hebben geschopt en geslagen omdat ze niet meer geld van mij konden afpakken. Omdat ik nu in het beloofde land ben en bier drink met jou, een schrijver, die geïnteresseerd is in mijn ellende. Daarom lach ik. Omdat ik te veel dorst heb om te huilen.'

9

'Midden in de nacht werden we wakker geschopt door de Libiërs. Ze zeiden dat onze boot klaar was. Ze zeiden dat we zo snel mogelijk moesten vertrekken. Ze zeiden dat we nog moesten betalen. We hadden al betaald. Dat was voor onze logies geweest, zeiden ze.' Hij begon te lachen. 'Kun je je voorstellen hoe grappig ik dat vond? Wekenlang hadden ze ons opgesloten in een kleine barak zonder ventilatie onder de brandende zon aan de Libische kust. Ze hadden ons uitgebuit, geslagen en gemarteld. Ze hadden de vrouwen verkracht. Soms meermalen op dezelfde dag, soms met z'n vijven of zessen tegelijk. En nu vertelden ze ons doodleuk dat de hotelkosten voor ons riante verblijf aan de gastvrije Libische stranden uiteraard in rekening moesten worden gebracht op het voorschot dat wij hadden betaald en dat er derhalve voor de overtocht als zodanig nog een bedrag openstond.

Maar dat ik dat grappig vond, vonden zij op hun beurt helemaal niet grappig. Ze sloegen mij en spuugden mij in het gezicht. Dat was hun manier om duidelijk te maken dat ze serieus waren. Ze missen een beetje gevoel voor humor, die Libiërs. We wisten met z'n allen nog wat geld bij elkaar te schrapen. Ze wilden meer, maar toen ze begrepen dat het alles was wat we hadden, namen ze er genoegen mee. Ze brachten ons in het pikkedonker naar de vloedlijn. En daar zou ons schip liggen, het lelieblanke schip van onze dromen dat ons met fier klievende steven naar Europa zou brengen. Onze reis was zwaar geweest, maar eindelijk hadden we het doel bereikt. Als we eenmaal eindelijk aan boord van ons schip waren, zouden we vanzelf arriveren in het paradijs.'

Hij nam een slok van zijn bier. 'En daar lag ons schip. Ze schenen erop met hun zaklantaarns.' Hij lachte. 'Het was een rubberbootje. Zo'n simpel oranje ding. Zo groot als vanwaar jij zit tot dat volgende tafeltje daar. Ik zweer het je, niet groter dan dat. Zeven meter, hooguit. En wij waren met z'n eenenvijftigen. Mannen, vrouwen, van wie twee zwanger. Er was zelfs een klein meisje bij, Julia heette ze, een schat van een kind, de lieveling van ons allemaal. De meesten waren Senegalezen zoals ik, maar er waren ook een paar Eritreeërs, twee jongens uit Mali en een Egyptenaar. Nou ja, dat doet er niet echt toe. Wat ertoe deed was dat het in totaal eenenvijftig personen waren en dat dat bootje nauwelijks groter was dan een badkuip.

Maar de Libiërs meenden het. Ze joegen ons aan boord. Ze gaven ons een jerrycan benzine voor de buitenboordmotor en twee flessen water. Wij vroegen of dat wel voldoende was. Ze zeiden dat we niet moesten zeuren, Lampedusa was vlakbij en Lampedusa was Italië en Italië was Europa. We vroegen hoe ver het was. Een paar uurtjes varen, zeiden ze. We vroegen welke kant het op was. Naar het noorden, zeiden ze, kan niet missen. Ze verdwenen in de nacht. Het lukte ons om in het donker de benzine in de tank te gieten zonder al te veel te morsen en om de motor aan de praat te krijgen. We voeren weg, de zee op, op weg naar het beloofde land waar we vanzelf rijk zouden worden.'

10

'Aanvankelijk waren we opgetogen. Een gevoel van euforie maakte zich van ons meester, snap je dat, Ilja? De zee was zwart en glad onder een zwarte, gladde nacht. We waren onderweg. Het lichtje van de barak waar we al die weken waren misbruikt, raakte al snel uit zicht. We waren vrij. Begrijp je wat ik zeg, Ilja? We waren vrij.

We zaten bij elkaar op schoot. Ik kreeg kramp in mijn linkerbeen, maar ik kon niet gaan verzitten, daar was geen ruimte voor. Maar het zou niet ver zijn. Afrika lag achter ons. Europa lag te blinken aan de horizon. We begonnen te zingen. Niet "Fatou yo" maar vrolijke liedjes. De Egyptenaar vertelde mopjes in het Arabisch die we maar half verstonden. Maar we lachten er toch heel hard om. We waren blij. We waren zo blij, Ilja.'

Hij nam een slok van zijn bier. Hij vertelde niet verder.

'Waar denk je aan, Djiby?'

'Aan Julia.'

'Dat meisje?'

'Maar moet je je voorstellen, Ilja. Toen we eenmaal uit het zicht waren van de Libische kust, zagen we niets meer. Toen stopten we ook met zingen. Het was een maanloze nacht. Je kon niet zien of we voor- of achteruitgingen. We dreven op een zee van inkt onder een hemel van inkt. Hoeveel zwarte inkt is er nodig om onze dromen op te schrijven op zwart papier? En wie zal ons lezen? Begrijp je mij, Ilja? Jij hebt een pen en een naam.'

'Vertel verder.'

'Daarna werd het echt angstaanjagend. De zee, die bij vertrek zo glad leek, begon vervaarlijk te bollen. De golven waren soms metershoog.

De vrouwen gilden. Julia had haar handjes voor haar gezicht geslagen en was te bang om te huilen. En het is bijna niet voor te stellen als je de verstikkende hitte van Afrika net achter je hebt gelaten, maar het was koud op zee. Er stond een aanhoudende, harde, ijskoude wind. De meesten van ons hadden niet meer aan dan een broekje en een t-shirt. Gelukkig was het niet ver. Nog even en we zouden er zijn. Maar hoe wisten we dat we in de juiste richting voeren? Een van de Malinezen zei dat hij kon navigeren op de sterren. Dat had hij geleerd in de woestijn, maar de sterren op zee waren toch dezelfde sterren? Er klonk twijfel in zijn stem. Hij probeerde ons en zichzelf gerust te stellen door te zeggen dat we gewoon naar het noorden moesten en dat dat de makkelijkste van alle richtingen was.

We begonnen water te maken omdat we te zwaarbeladen waren. Maar daar maakten we ons niet echt zorgen over, want we waren er bijna. We goten de twee waterflessen leeg in de zee en sneden ze doormidden om bekers te hebben om mee te hozen. Het was de nacht. We moesten de nacht overleven. Als we de nacht zouden overleven, zouden we landen op de gouden stranden van Europa.'

'Wil je nog een biertje, Djiby?'

Hij lachte. 'Weet je wat echt grappig was? Ja, ik wil nog wel een biertje. Maar wat echt grappig was, was dat we blij waren toen de zon opkwam.'

'Waarom was dat grappig?'

'Voor vandaag heb ik even genoeg gelachen, Ilja. Ik drink mijn biertje op en dan...'

Hij verslikte zich. Ik sloeg hem op zijn rug. 'Dank je wel,' zei hij. 'Tot morgen.'

11

'Waarom was het grappig dat de zon opkwam?'

Djiby moest lachen om die vraag. 'Maar Ilja, ben jij nou zo dom of ben ik nou zo slim? Het is altijd grappig als de zon opkomt. Want dan denk je dat je nachtmerries voorbij zijn, alleen maar omdat er een nieuwe dag aanbreekt. Dat vind ik om te lachen.'

'En toen?'

'We waren blij om de zee te zien. De zee ziet er bij daglicht een stuk minder angstaanjagend uit dan wanneer je in het pikkedonker aan haar bent overgeleverd. Ze was blauw en rustig. Ze was doorzichtig en glom. Dit was de Middellandse Zee waarvan we hadden geleerd te dromen, net zoals dat op jouw manier voor jou geldt. Voor ons was het de snelweg van topaas naar onze fantasie.'

'Wat ging er mis?'

'Wat er misging, wat er misging? Ilja, je bent zo'n belabberde interviewer. Laat mij het nou maar gewoon vertellen. Dat bespaart ons beiden een hoop gedoe.' Hij lachte. 'Maar het grappige was dat de dag onze vriend niet was.'

Hij nam een slok van zijn bier. Er liepen blote benen langs. Hij stak zijn arm omhoog langs zijn gezicht, maakte een mondje met zijn hand in de lucht en zong: 'O mami sera boutuo mbele, o mami casse boutou mbele.'

'Wat betekent dat, Djiby?'

'Dat is uit mijn liedje, uit "Fatou yo", het liedje dat mijn moeder altijd voor mij zong toen ik een kind was. Dat liedje zong ik altijd wanneer ik bang was. Het heeft mij op een manier in leven gehouden. Maar ik weet niet precies wat het betekent. Iets met giraffes. In mijn streek spreekt iedereen Wolof. Maar dit liedje is niet in Wolof. Mijn moeder komt oorspronkelijk uit het zuidoosten. Waarschijnlijk is het in haar taal, al weet ik niet precies welke dat is. Balanta misschien. Of misschien Jolaa of Soceh. Mijn moeder heeft mij haar eigen taal nooit geleerd.' Hij knikte in de richting waar de blote benen heen waren gewandeld. 'We hebben maar geluk, jij en ik, dat we in dit land vol giraffes mogen wonen.'

'Zijn er in Senegal giraffes?'

'En in jouw vaderland?'

'Sorry, Djiby.'

'Hebben jullie in jouw vaderland ook mooie vrouwen?'

'Ik had al sorry gezegd, Djiby.'

'Onder het licht van de opgaande zon zagen we dat we Afrika daadwerkelijk achter ons hadden gelaten. Het continent was niet meer zichtbaar. Kun je je voorstellen, Ilja, wat voor gevoel dat was? Europa was nog niet in zicht, maar we waren er bijna. We dachten de gouden glans van zijn straten al te kunnen zien.

En toen begon het warm te worden. Ik zat met Julia op mijn schoot. Om beurten hoosden de mannen water met de doorgesneden plastic flessen. De zon klom. In onze boot was geen schaduw. Rond het middaguur was het veertig graden. We hadden geen water meer, maar dat gaf niet, want we waren er bijna. Over een half uur zouden we Europa zien. Misschien ook al eerder. We waren vol goede moed.

En toen viel de motor uit. Er was geen benzine meer. Dat was alles wat de Libiërs ons hadden gegeven. We lagen stil. We dobberden met z'n eenenvijftigen in een oranje opblaasboot op volle zee. Een paar mannen begonnen met hun handen te peddelen, maar al snel hadden we door dat dat geen enkele zin had. Er zat niets anders op dan te wachten totdat we toevallig gered zouden worden.'

'En hoelang duurde dat?'

'Wat bedoel je?'

'Je zit hier voor me, dus je bent op een gegeven moment gered. Hoelang duurde dat?'

'Twaalf dagen.'

12

'Twaalf dagen?'

'Twaalf dagen.'

'Maar dat houdt niemand vol.'

'We hebben het gered, allemaal, ook de kleine Julia. Het was een wonder. Twaalf brandend hete dagen en twaalf snijdend koude nachten zonder water en voedsel met eenenvijftig man op een sloep van hooguit zeven meter. Het was een hel, maar dat hoef ik er niet bij te vertellen. We hielden ons in leven door onze eigen pis te drinken uit die bekers die we hadden gemaakt van de plastic flessen en die we ook gebruikten om te hozen. Daarbij braken geregeld vechtpartijen uit, omdat iemand de beker met pis van iemand anders probeerde af te pakken. Ik probeerde intussen voor Julia te zorgen. Ik gaf haar mijn pis te drinken. Regelrecht uit mijn lul, zodat niemand iets kon stelen. Dat had er voor een buitenstaander misschien een beetje raar uitgezien, maar dat kon mij weinig schelen.' Hij lachte. 'Ik ben er zo trots op dat Julia het heeft overleefd.'

'En toen brachten ze jullie naar Lampedusa?'

'Was het maar waar. Af en toe passeerde er een schip in de verte. Op het gevaar af dat ze overboord zouden slaan, gingen de mannen staan en schreeuwen terwijl ze zo woest mogelijk met hun armen zwaaiden. Maar ze zagen ons niet. Of ze wilden ons niet zien. Uiteindelijk werden we gered door een Spaanse vissersboot. Haar naam was de Francisco Catalina, ik weet het nog precies. Ze waren twintig dagen daarvoor uit Alicante vertrokken om naar garnalen en krab te vissen in de internationale wateren tussen Libië en Sicilië. De kapitein vertelde me dat. Hij heette Josè Durante Lopez. Ik sprak veel met hem, omdat ik de enige van onze groep was die een beetje Spaans kende. Hij vertelde me dat we honderddertien zeemijl uit de kust van Libië waren en Lampedusa was ongeveer net zo ver. Die Libiërs hadden ons precies genoeg benzine gegeven voor de helft van de reis. Typisch Libische humor, zullen we maar zeggen.'

Hij nam een slok van zijn bier en keek mij met een grote glimlach aan.

'We hebben geluk gehad, Ilja. Kapitein Josè was een moedig man, besef je dat wel? Andere kapiteins zijn in de grootste problemen gekomen door arme sloebers zoals wij te helpen. Om te beginnen is het natuurlijk niet niks om eenenvijftig uitgedroogde en uitgehongerde personen aan boord te nemen van je eigen schip. Daar moet je maar net zin in hebben, zullen we maar zeggen. En dat ook nog eens terwijl je eigenlijk met heel andere plannen uit je thuishaven bent vertrokken, zoals garnalen en krab vangen bijvoorbeeld, er moet tenslotte brood op de plank, je hebt vrouw en kinderen te onderhouden en datzelfde geldt voor je twaalfkoppige bemanning. Op negers vissen levert niet zoveel op. Integendeel, dat kost je alleen maar geld omdat je ze te eten en te drinken moet geven en intussen verlies je ook nog eens kostbare tijd. Dit alles snap ik maar al te goed.

En dan is er nog een groter probleem dan dat. Weet je wat ze twee jaar eerder hebben gedaan met de kapitein van het schip de Cap Anamur toen hij zevenendertig verschoppelingen op volle zee had gered en naar Lampedusa had gebracht? Niet lachen. Ze hebben hem gearresteerd op grond van de aanklacht dat hij illegale immigratie bevorderde. Dit heb ik niet van kapitein Josè. Dit heb ik later gehoord, toen ik al hier was. Maar toen snapte ik opeens waarom zoveel boten die ons passeerden het prefereerden om ons niet te zien. En precies daarom was kapitein Josè een moedig man.'

13

'Zodra we allemaal aan boord waren van zijn schip en voorzien waren van water en voedsel, deed hij een oproep op het internationale noodkanaal, kanaal zestien, om te vragen wat hij moest doen. De Italiaanse autoriteiten antwoordden dat hij ons naar Malta moest brengen. Maar zodra we de Maltese wateren binnenvoeren, werden we tegengehouden door de kustwacht. Ze zeiden tegen kapitein Josè dat hij weg moest gaan. Ze zeiden dat hij ons had opgepikt in internationale wateren en dat er daarom geen wettelijke reden was waarom Malta ons zou moeten opnemen. Hij nam contact op met de Italiaanse kustwacht om te vragen of hij ons naar Lampedusa kon brengen, maar die hanteerden precies hetzelfde argument.

Het was een patstelling die zeven dagen duurde. We konden de kust van Malta in de verte zien liggen. Daar was Europa. Daar was het beloofde land. Maar we waren er niet welkom. Intussen werd de situatie aan boord steeds nijpender. De Francisco Catalina was een schip van vijfentwintig meter, heel wat comfortabeler dan onze oranje rubberboot van zeven meter, maar hij was gebouwd voor twaalf Spaanse bemanningsleden en een kapitein, niet voor dertien Spanjaarden plus eenenvijftig Afrikanen. En er was weinig plek aan dek, want overal lagen de nassa's, de kooien die ze gebruiken om krab en garnalen te vangen. De gelukkigste van ons was Julia. Zij mocht samen met haar moeder in een van de drie hutten slapen die voor de bemanning waren. Ze was nog maar net twintig, de moeder van Julia. De rest van ons moest zich maar zien te behelpen in de openlucht. Overdag hadden we schaduw en 's nachts dekens, we hadden te eten en te drinken, dus welbeschouwd mochten we niet echt klagen. Maar sommigen deden dat toch. We waren moe. Er braken ruzies uit. De Egyptenaar dreigde op een gegeven moment overboord te springen. Toen besloot kapitein Josè dat het zo niet langer ging en dat er iets moest gebeuren.

Er werd een compromis gesloten met de autoriteiten in La Valletta. De twee zwangere vrouwen, Julia en haar moeder mochten van boord. Een schip van de kustwacht kwam hen halen en bracht hen naar Malta. De rest van ons zou door kapitein Josè ergens anders naartoe worden gebracht.'

'Naar Lampedusa?'

'Kapitein Josè nam mij in vertrouwen. Hij zei dat er niets anders op zat. En hij zei dat ik niets tegen de anderen moest zeggen, want anders zou er muiterij losbreken. Dat begreep ik. "Fatou yo," zong ik. "Fatou yo."

Na een dag en een halve nacht varen bereikten we de kust. Iedereen was uitgelaten van blijdschap. We werden afgezet in Europa. Kapitein Josè ging voor anker vlak onder de kust. Iedereen sprong van boord en rende juichend het strand op. Ik liep zachtjes zingend achter hen aan. Kapitein Josè groette mij verontschuldigend en voer weg.'

Hij nam een slok van zijn bier. Hij begon te lachen. 'Het is eigenlijk zo grappig als je erover nadenkt.'

'Waar waren jullie? Op Sicilië?'

'In Libië.'

14

'Binnen de kortste keren zouden we worden opgemerkt door de Libische milities of de mensenhandelaars die met hen samenwerkten en dan zou alles weer van voren af aan beginnen, het slaan, het schoppen en het spugen, de uitbuiting, de martelingen en de verkrachtingen. En het zou alleen maar erger worden dan de vorige keer, want niemand van ons had nog geld op zak. Om onze gastheren te compenseren voor het ongemak, zal ik maar zeggen.

We moesten ons proberen te verstoppen. Ik stond op het punt om naar de anderen, die ver voor mij uit renden, te schreeuwen dat dit Europa niet was. Maar toen bedacht ik mij. We waren nog altijd met z'n zevenenveertigen en het zou onmogelijk zijn om ons als zo'n grote groep verborgen te houden. En hoelang zouden we dat dan wel niet moeten volhouden? En wat zou dan eigenlijk ons plan zijn? Ik besefte dat ik alleen een kans zou maken als ik in mijn eentje was. Ik besloot de anderen niet te waarschuwen. Ik liet hen gaan. Dat deed pijn, Ilja. Dat deed ontzettend veel pijn, want ik wist dat ze recht in de armen van hun folteraars liepen.

Ik ging op zoek naar een schuilplaats. Dat was nog niet zo makkelijk. Ik was op een breed strand dat vrijwel naadloos overliep in de woestijn. Er was nauwelijks begroeiing. Instinctief bleef ik de vloedlijn volgen. Ik wilde niet te ver van de zee weggaan, want hoewel ik nog geen flauw idee had hoe ik het zou klaarspelen om hier ooit weg te komen, was de zee hoe dan ook mijn enige redding, de enige weg naar de vrijheid. Na een tijdje zag ik iets op het strand, een meter of honderd landinwaarts. Het was een roestig, leeg vat. Waarschijnlijk had er olie in gezeten of benzine. Daar rook het althans sterk naar. Ik groef het gedeeltelijk uit en kroop erin. Daarna veegde ik het zand terug totdat er een opening overbleef die net groot genoeg was om adem te halen en te zien wat er op het strand gebeurde.

Het werd dag en al gauw besefte ik dat mijn schuilplaats verre van comfortabel was. Het was krap, het stonk en al ver voor het middaguur werd het er ondraaglijk heet. Gelukkig had ik een fles water meegenomen van de Spaanse vissersboot en ook wat brood. Maar het werd me duidelijk dat ik het hier niet heel lang ging uithouden. Tegelijkertijd was het evenmin echt een alternatief om mijn schuilplaats te verlaten, want er reden geregeld Libische milities voorbij in hun jeeps over het strand. Het was een tamelijk komische situatie. Uit angst om gevangengenomen te worden, had ik mijzelf gevangengezet en ik had geen flauw idee hoe ik aan mijn zelfopgelegde gevangenschap kon ontsnappen.'

Hij lachte. 'Bestel je nog een bier voor mij, Ilja? Een grote, want ik krijg een enorme dorst als ik eraan terugdenk.'

'Hoelang heb je daar gezeten, in dat olievat?'

'Ik heb heel veel geluk gehad. Tijdens de derde nacht schrok ik opeens wakker van geschreeuw. Ik sliep niet echt, dat was onmogelijk in mijn benarde positie, maar ik was toch een beetje weggedommeld. Ik zag een groep mannen lopen over het strand. Een stuk of vijfentwintig negers en vier bewapende Libiërs die hen uitscholden.

Ze liepen richting de vloedlijn. Ik herkende het ritueel. Ze werden naar een boot gebracht. Ik kon de boot vanuit mijn positie niet zien, maar er moest een boot zijn, dat kon niet anders. Mijn hart begon zo luid te bonzen dat ik bijna bang was dat ze het konden horen.

De Libiërs gingen weg. Ik hoorde het geluid van pogingen om een buitenboordmotor aan de praat te krijgen. Dit was mijn kans. Ik aarzelde geen moment. Ik kroop uit mijn vat en rende zo hard als ik kon. Nog nooit van mijn leven heb ik zo hard gerend. Precies op het moment dat de motor begon te pruttelen, was ik bij de boot. Ik sprong aan boord. De Libiërs hadden mij gezien. Ze kwamen terugrennen. Maar ze waren te laat. De boot voer al. Maar die anderen waren niet heel erg blij dat ik ongevraagd zonder geldig vervoersbewijs bij hen aan boord was gesprongen. Ze probeerden mij in zee te gooien. "Jullie hebben mij nodig," schreeuwde ik. "Ik ken de weg." Met enige tegenzin besloten ze mij te geloven. En zo begon ik ten tweeden male aan de oversteek naar het beloofde land.'

15

'Het was een verschrikkelijke ervaring. Terwijl de anderen net zo uitgelaten waren als ik de vorige keer over hun herwonnen vrijheid en over het feit dat ze hun grote droom eindelijk aan het waarmaken waren, wist ik wat ons te wachten stond. Ik zag de jerrycan met benzine. Die was niet groter dan de jerrycan die de Libiërs de vorige keer hadden gegeven. Ik zag dat we opnieuw maar twee flessen water hadden. Ik zei hun dat we daar zuinig mee moesten zijn. Ze vonden dat ik zeurde. Ik zei hun dat Lampedusa veel verder weg was dan ze dachten. Ze geloofden mij niet. Het was vlakbij, dat hadden de Libiërs zelf gezegd. We waren er welbeschouwd al bijna. Terwijl zij grappen maakten en lachten, zong ik zachtjes "Fatou yo".

De boot was ongeveer net zo groot, net zo klein beter gezegd, als de vorige. Maar we waren met minder. In totaal met z'n zevenentwintigen, allemaal mannen en allemaal ongeveer van mijn leeftijd. Bijna allemaal Senegalezen zoals ik, maar er waren ook twee Nigerianen bij en een jongen uit Ivoorkust. En omdat we minder zwaarbeladen waren dan de vorige keer, maakten we nauwelijks water. We hoefden niet te hozen. Dus gelukkig was er nog iets positiefs te noemen.'

Djiby lachte.

'Je vertelt het allemaal zo vrolijk.'

'Hoe zou ik het dan volgens jou anders moeten vertellen? Het was allemaal al erg genoeg hoe het ging, dus kunnen we er maar beter om lachen.'

'En viel de motor weer halverwege uit?'

'Natuurlijk. Alles ging precies zoals de eerste keer. De aanvankelijke opgetogenheid maakte plaats voor de angst en de kou van de nacht en de aanvankelijke opluchting bij dageraad smolt weg onder de brandende hitte van de zon en toen was de benzine op. Het was allemaal net zo erg als eerst, behalve dat het toen nog heel veel erger werd.'

'Hoelang duurde het deze keer totdat jullie werden gered?'

'Twintig dagen.'

'Maar twintig dagen zonder water en voedsel, dat is bijna niet te overleven.'

'Dat klopt. Dat heb je goed gezien, Ilja. Meer dan de helft van ons heeft het dan ook niet overleefd. Toen we uiteindelijk werden onderschept door de Sibilla, een schip van de Italiaanse marine, dat was uitgevaren nadat de kapitein van een klein Siciliaans vissersbootje, de Pindaro, ons had gezien en alarm had geslagen, waren we nog maar met zijn dertienen. Veertien sterke, jonge mannen waren inmiddels overleden. We hebben de lijken in zee gegooid. Wat moesten we anders? Bij de vijftiende hadden we er de kracht niet meer voor. Die hebben we maar gewoon laten liggen en dat was maar goed ook, want hij was nog niet helemaal dood, hij was in coma.

Maar we waren allemaal zo goed als comateus. We waren er werkelijk niet al te best aan toe. We leden allemaal aan zware uitdroging en ondervoeding. Toen de Italiaanse mariniers kwamen, kon ik alleen nog met grote moeite mijn handen bewegen om te gebaren dat ze moesten helpen. De meeste anderen konden zelfs dat niet meer. Onze lippen waren gezwollen en opengesprongen door de zon en het zout. Onze blikken waren hol en leeg. Spoken waren we. Moussa, een Senegalese jongen, was de enige die nog een woord kon uitbrengen. Hij hield een kettinkje met een kruisje in zijn hand en zei dat hij christen was. Dat bleef hij maar herhalen.

De kapitein van de Sibilla heeft de traumahelikopter gebeld. Degenen die er het allerergst aan toe waren, werden naar het ziekenhuis van Palermo gevlogen. Ikzelf werd met zes anderen aan boord gebracht van de Sibilla en daar verzorgd. Bij zonsopgang voeren we de haven van Lampedusa binnen. Eindelijk was ik in Europa.'

16

'Maar Europa was niet wat ik me ervan had voorgesteld. Het leek wel Afrika. Alleen maar negers. En van dat automatisch rijk worden was ook nog niet zoveel terechtgekomen. Zelfs in Afrika had ik nog nooit zoveel berooide negers bij elkaar gezien. Het enige verschil met Dakar was dat de politieagenten blank waren. Maar ze waren net zulke klootzakken als in Dakar.

In feite was Lampedusa één groot concentratiekamp. 'Groot' is het verkeerde woord. Het is een klein eiland. Een rots in zee. Het was een klein concentratiekamp. Te klein. Er was geen plek voor zoveel gevangenen. En elke dag kwamen er nieuwe bij, terwijl niemand het eiland verliet, want dat mocht niet. Daarvoor had je papieren nodig en dat was kennelijk een groot logistiek probleem voor de Italiaanse autoriteiten, om papieren naar Lampedusa te brengen.

Ze hadden ooit, in een niet eens zo heel ver verleden, faciliteiten aangelegd om negers zoals ik op te vangen. Een grasveld met een hek eromheen van prikkeldraad. Twee barakken, honderden tenten en een gaarkeuken. Pissen in de bosjes en wassen in de zee. Waarschijnlijk mocht je ook pissen in de zee. Het was althans geen actief beleid om daar preventief op te controleren. Maar die centra zaten vol, dus lieten ze ons maar over het eiland zwalken. We sliepen op straat. Drie keer per dag mochten we water halen en wat te eten, maar een inkomen en Mercedessen werden niet verstrekt, terwijl we daar precies allemaal voor waren gekomen. Eten en drinken hadden we in Afrika ook. En beter. En meer. En daar hadden we tenminste ook nog een dak boven ons hoofd. Maar zonder papieren was het verboden om rijk te worden en de papieren kwamen niet. Ik sprak met landgenoten die al een jaar op Lampedusa waren. Een jaar. Weet je hoelang een jaar duurt, Ilja? Weet je hoelang een jaar duurt als je je niet meer kunt herinneren hoelang je al onderweg bent?

Er braken om de haverklap opstanden uit. Er zaten gewoon te veel boze, gefrustreerde negers op een te kleine rots. Ik heb gezien dat landgenoten van mij een winkel in brand staken omdat je daar moest betalen met echt geld. Ik heb niet meegedaan, maar ik begreep hen. Ik begreep hen maar al te goed.'

'Maar je bent nu in Genua.'

Dat vond Djiby heel erg grappig. 'Je kunt zo scherp observeren, Ilja.' Hij schaterde het uit. 'Geef mij nog maar een biertje.'

'Maar ik bedoel...'

'Hoe ik hier gekomen ben?'

'Ja, dat wou ik vragen.'

'Ha ha ha, Ilja. Heb je de kranten niet gelezen? Dat was vanwege die goede grap van... Hoe heet hij ook al weer? Die vorige. De vorige premier van Italië.'

'Berlusconi?'

Djiby schaterde het uit. 'Ja, precies. Mooie man was dat. Met z'n bunga bunga. Hij had een Afrikaan kunnen zijn. Berlusconi. Ik zal die naam nooit vergeten. Hij kwam met zijn privéhelikopter naar Lampedusa om het probleem op te lossen. Daar hield hij van, van problemen oplossen. Speciaal wanneer er televisiecamera's op hem stonden gericht. En toen die op hem stonden gericht, toen zijn haar goed zat en toen zijn schmink was gedaan, zei hij dat hij ons allemaal een tijdelijke verblijfsvergunning zou geven.'

'Ik heb daarover gelezen.'

'Het was geniaal. In feite zei hij tegen de rest van Europa: als jullie ons niet helpen door marineschepen naar het kanaal van Sicilië te sturen om uitgedroogde en uitgehongerde negers tegen te houden en terug te sturen naar Libië, dan geef ik hun een pasje waarmee ze naar jullie toe kunnen gaan.'

'En hij wist...'

'En hij wist dat ze allemaal naar Frankrijk wilden. De Senegalezen sowieso. Wij spreken Frans en de meesten van ons hebben wel een achterneef of een vriend in Parijs. Berlusconi charterde een paar veerboten naar Genua, die ons keurig zouden afzetten in de veerhaven en die was toevallig in de buurt van het internationale treinstation Palazzo Principe, waar we een intercity konden nemen naar de Franse grens bij Ventimiglia. De Fransen zouden ons niet kunnen tegenhouden, want we hadden een verblijfsvergunning voor de Europese Unie en Berlusconi had het probleem opgelost.'

'En waarom ben jij niet naar Parijs gegaan?'

'Ik ken daar niemand. En toen we bij zonsopgang de haven van Genua binnenvoeren, stond ik aan dek. Roze licht viel op de roze stad. Ik hield mijn adem in. Het was zo prachtig om te zien. Weet je hoe ze Genua noemen?'

'La Superba.'

'Precies. En die ochtend, terwijl het schip manoeuvreerde in de haven en ik het spel van licht zag op de huizen, de torens, de stad, werd ik verliefd. Ik weet even geen beter woord. Weet je, Ilja, in Afrika is geen historie. En vanaf het schip zag ik niets anders dan historie. In Afrika is geen schoonheid buiten de overweldigende schoonheid van het gouden licht op de groene bomen in de rode aarde. Alles wat door mensen is gebouwd, is afzichtelijk. En die ochtend aan dek van het schip zag ik tussen de blauwe baai en de wazig blauwe bergen een levend landschap van eeuwenoude gebouwen, een door mensenhanden gemaakte jungle in onwaarschijnlijk warme pasteltinten en het was voor het eerst in mijn leven dat ik zag dat een stad mooi kan zijn. Nu pas was ik in Europa. Ik kreeg er tranen van in mijn ogen.'

17

'Maar die verliefdheid was van korte duur. Of laten we zeggen: die verliefdheid zal nooit overgaan, ik zal dat moment aan dek koesteren tot aan mijn dood, ik houd van Genua, maar de stad houdt niet van mij. Ze heeft mij uitgespuugd als een rat. Dat is niet echt een goede uitdrukking omdat je ratten normaal gesproken niet zou willen inslikken, maar je begrijpt wat ik bedoel.'

'Maak je geen zorgen, Djiby. Over de metaforen denk ik wel na. Dat is mijn beroep.'

Hij lachte. 'Zo is het maar mooi verdeeld in de wereld. We zijn beiden vanwege een droom naar deze stad gekomen, jij uit het noorden, ik uit het zuiden, en we kunnen perfect samenwerken. Want terwijl het mijn beroep is om zware dingen te dragen en te overleven, is het jouw beroep om te bedenken waarmee je dat allemaal het beste kunt vergelijken. En daarmee verdien je honderd keer zoveel als ik.'

'Vind je dat grappig?'

'Hilarisch.' Hij schuddebuikte van het lachen. 'Ga je me ook heel mooi Italiaans laten praten, zonder fouten?'

'Ik zal het je nog sterker vertellen. Je zal de taal van mijn vaderland spreken.'

Dat vond hij helemaal om zich te bescheuren. 'Kan ik dan ook een verblijfsvergunning voor jouw land aanvragen?'

'In ieder geval zal ik ervoor zorgen dat je de taaltoets met glans doorstaat.'

'Op papier dan.'

'Maar op papier is het enige wat telt.'

'Ha ha ha. Daar heb je helemaal gelijk in, Ilja. Papier is het enige wat telt. Wie bestaat op papier, heeft het recht om te bestaan. Wie geen papier heeft, of het foute papier, of niet helemaal het juiste papier, is geen rechtmatig persoon. Zijn bestaan is illegaal. Zijn aanwezigheid is verboden. Weet je hoe dat voelt, als iemand je aanwezigheid verbiedt? Dat weet jij niet. Dat heb jij nog nooit meegemaakt. Ze hebben mijn bestaan strafbaar gesteld. Ik kan ervoor naar de gevangenis gaan als ze erachter komen dat ik leef. Mijn enige voordeel is dat ik nauwelijks leef. Wie zo zwart ziet als ik, is het niet vergund het daglicht te zien. Hij draagt de schutkleur van de nacht en zal niet lachen opdat zijn blinkend gebit hem niet verraadt.'

'Maar jij hebt toch een verblijfsvergunning?'

'Begin jij nu ook al? Wil je dat ik mij legitimeer? Ik heb haar bij me, hoor. Wil je dat ik mijn vingerafdruk geef? Hier, doe maar wat van de inkt van jouw pen op mijn duim, dan druk ik hem in je opschrijfboekje. Fuck you.'

'Sorry, Djiby.'

'Het is al goed. Ik heb intussen geleerd dat jullie zo denken. Ik weet intussen dat het zo werkt in Europa. En dit is jullie land. Wat heb ik erover te zeggen? Jullie hebben wetten en daar zijn jullie trots op. In Afrika hebben we geen wetten en we zijn er niet trots op dat we die niet hebben, maar ten minste heb je daar geen pasje nodig om te mogen bestaan.

En ja, dat pasje heb ik. Dat tijdelijke pasje dat ik van Berlusconi heb gekregen. Geldig voor een jaar. Kijk maar. Hier staat het. Ik heb nog iets meer dan een half jaar. Voor nog iets meer dan een half jaar is mijn leven niet strafbaar. En dan?

Maar het werkelijke probleem is een ander. Mijn bestaan in het beloofde land is nu al bijna een half jaar wettelijk toegestaan en ik heb nog meer dan een half jaar te gaan totdat ik kan worden opgepakt omdat ik leef. Ik had het idee dat het genoeg was om hier te geraken om vanzelf rijk te worden. Dat had iedereen mij verteld. Als ik eenmaal in Europa zou zijn, zou ik naar het loket mogen waar mijn inkomen zou worden verstrekt en daar zou ik ook mijn Mercedes mogen uitkiezen. Ik zou duizenden franken per maand naar huis kunnen sturen naar mijn familie en vrienden en dan zou ik nog duizenden euro's overhouden om een horloge en een zonnebril te kopen die trots zouden weerschijnen in de zon wanneer ik zou terugkeren naar mijn vaderland voor een welverdiende vakantie.

Intussen woon ik met elf landgenoten in een uitgewoond tweekamerappartement voor honderd euro per persoon per maand, terwijl de ratten daar kennelijk gratis mogen wonen, en ik moet mijn huisbaas nog te vriend houden ook omdat hij me af en toe voor een tientje zware dingen laat dragen. Maar in plaats van mij uit te betalen bedenkt hij altijd wel de een of andere schuld, gas, licht, water, servicekosten, waarop mijn loon in mindering wordt gebracht. En hij is een goed mens. Ik moet hem dankbaar zijn.

En ook al ben ik voor het moment legaal, ik ben altijd erg voorzichtig om mij na een bepaald uur op straat te begeven. Een loslopende neger na negenen, daar worden de carabinieri heel zenuwachtig van, dat kan ik je wel vertellen. Op mijn huis zit een sticker met de tekst:

derattizzazione in corso
non toccare le esche

Weet je wat dat betekent? Ik heb het opgezocht in mijn woordenboek. Het is werkelijk de grap van de eeuw. Het betekent dat de rattenverdelging in volle gang is en dat het is af te raden om het lokaas aan te raken. Terwijl de ratten binnenshuis zich kennelijk niets van die sticker aantrekken, of juist wel, in die zin dat zij wel linker uitkijken om het lokaas niet aan te raken, ben ik persoonlijk steeds meer geneigd tot een metaforische interpretatie van die tekst. Want als de echte ratten niet worden verdelgd, dan wordt er kennelijk iets anders bedoeld, toch? Jij bent schrijver. Jij weet dit soort dingen. Zo werkt het toch met metaforen? En wie wonen er afgezien van de ratten nog meer in die bouwval waar die sticker op zit geplakt? Precies. En precies zo voel ik me in het beloofde land dat Europa heet: als een rat waartegen gewaarschuwd wordt met stickers op mijn huis. En al het lokaas dat mij hier heeft gebracht, de gegarandeerde rijkdommen, de Mercedessen, horloges en zonnebrillen, mag ik niet aanraken. In deze stad waarop ik ooit aan dek van een schip zo verliefd ben geworden, voel ik mij als ongedierte dat dient te worden verdelgd. De waarheid is dat ik een rat ben voor iedereen hier in deze stad, zelfs voor jou, Ilja.'

18

Ik ontkende in alle toonaarden.
'Kun je mij misschien vijftig euro lenen, Ilja?'
'Waarom ga je niet terug, Djiby?'
'Hoor je wat je zegt?'
'Zo bedoelde ik het niet. Ik...'
'Ik weet dat je het zo niet bedoelde. Niemand die dat soort dingen zegt, bedoelt dat echt. Dat is het probleem met ons negers. Iedereen zegt de hele tijd dingen over ons die ze niet echt zo bedoelen. Maar ze zeggen ze wel. En jij bent een goed mens, Ilja, dat weet ik heus wel. Jij bent geen racist, evenmin als al die honderden eigenaars van winkels, bars en restaurants aan wie ik heb gevraagd of ze misschien een baantje voor mij hebben racisten zijn. Ze hebben gewoon geen werk. En jij betaalt mijn bier omdat ik jou mijn verhaal vertel. Maar je zult mij nooit vijftig euro lenen. We zullen nooit echte vrienden worden. Daarvoor ben jij te bang. Omdat je denkt dat ik dan echt een keer vijftig euro kan vragen en dat je dat dan niet meer kunt weigeren

omdat we vrienden zijn. Sommige mensen zijn bang voor mij omdat ik zwart ben, maar dat zijn er eigenlijk niet zoveel. De meesten zijn bang voor mij omdat ik arm ben. Dat zien ze aan mijn zwarte huid. En iemand die arm is, kun je beter op een afstand houden, dat weet iedereen, zelfs in Afrika, dat heeft niets met racisme te maken, ook al heeft het feit dat je arm of rijk bent alles met je huidskleur te maken. Maar dat is in Afrika ook zo. Zoals een blanke bij ons per definitie rijk is, zo is een neger hier per definitie arm.'

'Wil je echt vijftig euro lenen?'

'Ik weet dat je dat alleen maar vraagt opdat je straks kunt opschrijven dat je dat hebt gevraagd. Dat is sowieso de enige reden waarom je met mij praat, om mij te kunnen opschrijven. En zodra je genoeg materiaal hebt, zullen we nog één keer lachen voor de camera en daarna zullen we elkaar niet meer zien. Je zult me niet vermijden, maar je zult me evenmin opzoeken of uitnodigen aan je tafeltje. Maar voel je niet schuldig. Het is goed zo. Ik wil dat mijn verhaal wordt verteld.'

Hij lachte. 'Bestel nog maar een bier voor mij. Doe maar een grote, want ik krijg dorst van al dat gepraat. Wat was je vraag ook al weer? Waarom ik niet terugga? Naar Senegal? Ben jij nou zo dom of ben ik nou zo slim? Ik zal het je precies vertellen. Maar eerst bier.'

19

'Weet je hoeveel het heeft gekost om mij hier in Europa te krijgen? En dan bedoel ik niet wat ik allemaal heb doorstaan en dat het mij meerdere keren bijna mijn leven heeft gekost, ik heb het nu even alleen over geld. Ik heb het uitgerekend. Alles bij elkaar zou het in jouw munt ongeveer drieduizend euro zijn. Drieduizend. Weet je hoeveel geld dat is? Voor een jongen in Afrika? Voor een jongen in Afrika met zijn familie? Mijn oom heeft een goede baan. Hij werkt in een staalfabriek even buiten Dakar. Hij verdient omgerekend bijna honderd euro per maand. Dat is naar Senegalese maatstaven een goed inkomen. Hij is in elk geval de rijkste in mijn familie. Mijn vader heeft een kapperszaak en mijn moeder werkt in een naaiatelier. Misschien dat ze samen net tot honderd euro per maand komen. En mijn moeder heeft steeds minder werk, omdat de Chinezen het nog goedkoper doen. Een goede vriend van mij runt een winkeltje voor gebruikte mobiele telefoons en onderdelen, maar hij heeft weinig klandizie en de marges zijn klein. Verder heeft niemand van mijn familie een vast inkomen. Ik had zelf geen werk, evenmin als mijn twee broers. Af en toe hielp ik in de zaak van mijn vriend en af en toe had ik ergens een tijdelijk baantje. Voor de meesten van mijn goede vrienden geldt ongeveer hetzelfde. Kun je je voorstellen hoe groot het offer is geweest voor mijn familie en vrienden om de drieduizend euro bij elkaar te krijgen die nodig waren voor mijn reis? En ze hebben allemaal bijgedragen. Mijn vader heeft zelfs een lening afgesloten en twee van mijn vrienden hebben hetzelfde gedaan. Ze hebben zich voor mij in de schulden gestoken, Ilja. Maar ze hebben het met overtuiging gedaan. Ze zagen het als een investering die zich tienvoudig of honderdvoudig zou uitbetalen. Ik zou immers gegarandeerd rijk worden. Door bij te dragen aan de kosten van mijn overtocht, hebben ze het recht gekocht om te mogen delen in mijn onmetelijke rijkdommen.

En dan vraag jij mij doodleuk waarom ik niet terugga naar Senegal. Denk je dat ik dan nog vrienden zou hebben? Denk je dat mijn familie mij als een verloren zoon in de armen zou sluiten? Ze zouden me zien aankomen, hun mega-investering voor wie ze zich diep in de schulden hebben gestoken en die berooid terugkomt, met lege handen, zonder auto's, goudstaven, wasmachines, luxejachten, smartphones, diamanten of zelfs maar een vaatwasser, om uit te leggen dat het allemaal helaas is misgelopen, dat hij met elf landgenoten tussen de ratten heeft geslapen, geen ander werk heeft kunnen vinden dan af en toe zware dingen dragen en dat het hele idee dat je in Europa automatisch rijk wordt, wat hem betreft op een misverstand berust.'

'Maar...'

'Wacht even, Ilja, ik ben nog niet uitgesproken. Want wat er nog bij komt is dat ik de eerste zou zijn.'

'Wat bedoel je?'

'Iedereen in Senegal weet dat het een lange weg is naar Europa, vol gevaren, die alleen de allersterksten overleven, dat het derhalve een investering betreft die gepaard gaat met grote risico's en dat de familie daarom met zorg de beste kandidaat moet kiezen om de reis te ondernemen. Maar iedereen weet eveneens dat elke Senegalees die het daadwerkelijk is gelukt om Europa te bereiken, rijk is geworden. Als ik zou toegeven dat het mij niet is gelukt, zou ik de eerste zijn wie dat niet is gelukt. Kun je je voorstellen wat voor schande dat over mij zou afroepen?'

'En jouw elf landgenoten dan met wie je slaapt tussen de ratten? En al die anderen in Via di Prè? Het is een fabeltje.'

'Het is een sprookje waarin iedereen in mijn vaderland blijft geloven omdat niemand van ons de moed heeft om als eerste toe te geven dat het een sprookje is.'

'Maar vroeg of laat krijgen ze toch door dat de investering niets oplevert?'

'Wat bedoel je, Ilja?'

'Dat er geen geld komt.'

'Maar natuurlijk komt er geld.'

'Hoe dan?'

'Ik stuur elke maand een paar honderd euro. Via Western Union. Ik zal wel moeten.'

'En zo houd je het sprookje in stand.'

'Ik heb geen keuze. Dat was de deal.'

'En hoe kom je aan het geld?'

'Dat leen ik. Dat doen we allemaal.'

'En hoe ga je dat ooit terugbetalen?'

'Ik ben hier gekomen vanwege de droom van een beter leven. Intussen ben ik verdwaald in die fantasie. Dat was wat ik te vertellen had. Dat is mijn verhaal. Grappig toch?'

20

Een paar maanden later zat ik op het terras van Caffè Letterario in mijn eentje een beetje na te denken over dingen die ik alweer ben vergeten, toen ik mijn Senegalese vriend weer zag. Hij zag mij ook en kwam recht op mij af. Het leek alsof hij mij had gezocht. Dat verontrustte mij, want dat kon alleen maar betekenen dat hij iets van mij wilde. Wat was zijn naam ook al weer? Ik moet voorzichtiger worden om vriendschap te sluiten met dat soort mensen. Uiteindelijk verwachten ze toch dat je hen helpt. Ik had natuurlijk ook helemaal niet echt vriendschap met hem gesloten, maak je geen zorgen. Ik was alleen maar nieuwsgierig geweest naar zijn verhalen. Laten we het research noemen. Mijn interesse gold minder zijn persoon dan de horrorverhalen over zijn helletocht naar het beloofde land Europa, die ik hoop te kunnen gebruiken voor mijn roman waarin discriminatie van immigranten een majeur thema zal zijn. Maar professionele belangstelling wordt in die culturen maar al te vaak verward met vriendschap. Hij had een wanhopige uitdrukking op zijn gezicht. Wat was zijn naam ook al weer? Djiby. Wat doet het er ook toe. Maar ja, volgens mij was het Djiby. Hij zag er altijd wanhopig uit, maar nu nog meer dan gewoonlijk. Ik bereidde mij voor op het ergste en nam mij voor aardig tegen hem te zijn maar hem in geen geval geld te geven.

'Ik heb vandaag niets nodig, Djiby.' Ik gaf hem een hand. Dat had ik misschien beter niet kunnen doen, want zonder toestemming te vragen kwam hij aan mijn tafeltje zitten.

'Je moet me helpen, Ilja.' Daar had je het al. Ik probeerde mijn strenge maar rechtvaardige blik op te zetten.

'Het spijt me, Djiby. Het zijn moeilijke tijden voor ons allemaal. Ik bedoel...'

'Ik bedoel... Ilja, luister. Weet je wat er is gebeurd?'

'Dat is vreselijk, Djiby. Maar ik kan je echt niet helpen.'

'Ze waren met z'n vieren. Het was 's nachts om een uur of een. Misschien iets later. Ik was op weg naar huis. Ik liep hier vlakbij, daar, op Salita del Prione. Ze hebben mij klemgereden. Een auto met felle koplampen. Slaande deuren. Ze dwongen mij op de grond.'

'Carabinieri?'

'Vier Italianen. Niet in uniform. Ze zeiden dat ze van de politie waren. Een van hen liet mij een pasje zien. Maar ik zag niks. Het ging veel te snel. Ze vroegen mij om mijn documenten. Die namen ze in beslag. Daarna doorzochten ze mijn zakken. Ze hebben alles gestolen. Ook de zeshonderd euro die ik bij mij had.'

'Zeshonderd euro? Hoe kom jij aan zeshonderd euro?'

'En ze hebben mij met z'n vieren in elkaar geschopt. In mijn buik getrapt, in mijn gezicht, in mijn... Ik moest naar het ziekenhuis, Ilja. Ik heb nog geluk gehad dat het niet erger was.'

'Je bent op straat in elkaar geschopt en beroofd door de Italiaanse politie?'

'Je snapt het niet, Ilja. Die jongens doen alsof ze politie zijn. Ze laten een fakepasje zien voordat ze je beroven en aftuigen. En soms dat niet eens. Dat gebeurt er in deze stad als je een zwart gezicht hebt.'

'Heb je aangifte gedaan?'

'Ja.'

'En?'

Djiby zuchtte. Hij staarde in de verte, dwars door de eeuwenoude huizen heen over de zee naar een continent waar hij evenmin ooit vrij was geweest, maar waar de autoriteiten die hem hadden mishandeld tenminste net zo zwart waren geweest als hij, hoewel dat misschien niet eens wil zeggen dat dat beter was. Als je in elkaar wordt geslagen omdat je een andere huidskleur hebt, is er tenminste nog een soort reden. Of wat doet het er ook eigenlijk toe. Het waren mijn gedachten, niet de zijne. Ik zou in zo'n geval dwars door de gevels heen naar het Noorden hebben gekeken, zoals ik mij ooit had weggedroomd uit het druilende vaderland toen ik daar nog mokkend resideerde en zoals hij zich ooit had weggedroomd uit Afrika naar het Noorden waar iedereen vanzelf rijk wordt. Het is allemaal dezelfde romantiek. Waarschijnlijk dacht Djiby helemaal niet zoals ik aan betekenisvolle verten, maar nam hij een ogenblik pauze om te reflecteren op de beste manier om mij met zijn zielige verhaal geld af te troggelen.

'Ze vroegen om mijn documenten. Ik moet het anders vertellen. Ik werd van het ene politiebureau doorgestuurd naar het andere. Toen ik in het hoofdkantoor was en eindelijk kon vertellen wat er was gebeurd, vroegen ze of ik die vier mannen kende. Natuurlijk niet. Maar of ik desalniettemin aangifte wilde doen? Natuurlijk. Daarvoor was legitimatie vereist. Maar mijn papieren waren gestolen, dat had ik precies net uitgelegd. Ze keken mij bestraffend aan. En weet je wat ze toen zeiden?'

'Wat?'

'Als u geen papieren heeft, bent u illegaal. Illegaliteit is in Italië een misdrijf. Als u nu verdwijnt, kunnen we doen alsof we u nooit hebben gezien. Anders zijn we gedwongen u te arresteren.'

'Maar waarom had je zeshonderd euro bij je?'

'Waar het op neerkomt, is dat het volgens de Italiaanse wet is toegestaan om een neger te molesteren en te beroven zolang je er maar aan denkt zijn papieren af te pakken. Dan kan hij geen aangifte tegen je doen.'

'Ik geloof je verhaal niet, Djiby.'

'Die zeshonderd euro waren niet van mij. Het was geld van mijn vrienden dat ik had moeten geven aan de man die hun overtocht en onze kamer heeft geregeld. Hij is een zakenman. Hij heeft weinig begrip voor klanten die hun financiële verplichtingen niet nakomen. Hij zal mijn verhaal niet geloven. En mijn vrienden evenmin. Ik ben gefuckt, Ilja. Ik ben gefuckter dan gefuckt. Maar ik vraag je niet om geld. Ik wilde je alleen maar heel graag mijn verhaal vertellen. Omdat je de vorige keer ook zo goed geluisterd hebt, toen ik je vertelde over mijn overtocht. Voor je boek. Ik wil dat je het doorvertelt aan de mensen in het Noorden. Dat is het enige wat ik van je vraag. Beloof je dat, Ilja?'

Hij wachtte mijn antwoord niet af. Hij stond op en liep weg. Toen bedacht hij zich. Hij kwam terug en hij zei: 'En weet je wat nog het mooiste was? Het was die dag mijn verjaardag. Maar het lijkt wel of het in deze prachtige stad in het sprookjesland Europa iedere dag mijn verjaardag is.' Hij glimlachte. Hij kuste mijn voorhoofd en vertrok. 'Fatou yo,' zong hij zachtjes voor zich uit. Dat was de laatste keer dat ik hem heb gezien.

Derde deel

Het mooiste meisje van Genua (reprise)

1

Hoe dun moet het zijn, het verschil tussen alles of niks? Luttele centimeters krakend nat hout scheiden de zeeman van zijn graf. Een paar staalplaten maakten het verschil tussen hoop en wanhoop voor tienduizenden op weg naar de Nieuwe Wereld. Wat bij elkaar geïmproviseerd plastic brengt Afrikanen naar Europa of niet.

Ik kan nergens leven. Ik houd mijzelf alleen maar voor de gek met stenen en namen, locaties die iets te maken zouden hebben met geluk. Het is zo dun als een vloeipapiertje. Als de winter komt, zal ik me geen raad weten met de situatie, want de plekken waar je binnen mag roken, maken niet gelukkig. In het vaderland zou alles nog erger zijn. Ik drink te veel. Ik heb warme, mooie plekken nodig om veel te drinken en veel te roken en als vanzelf vrienden te ontmoeten die mij bewonderen, vereren, liefhebben, bewonderen, vereren en liefhebben. Blote meisjes die kirren oog in oog met mijn roem en gewichtigheid. Schuimende meisjes die als vanzelf aan mijn schoot plakken vanwege alle hoofdletters waarmee mijn naam is gespeld.

Ik kan nergens leven. Ik denk dat het gaat om plekken, maar in plaats daarvan gaat het om roken in de horeca en sluitingstijden van kroegen. Overal. Maakt niet uit waar. Moet ik dan nog verder naar het zuiden? Daar zal zeker niemand mij kennen. En hoe kom ik dan aan meisjes? Wat moet ik in Genua als het regent? Wat moet ik in Casablanca als het regent? Wat moet ik in Kaapstad als het regent? Vertel mij hoe te leven en ik zal je uitlachen. Laat maar. Ik wacht liever op de ober. En een schone asbak.

En tussendoor ben je even in een stad die je zogenaamd zelf hebt ontdekt, Genua, oehoe, heel wat anders dan je eeuwige schrijversvriendjes met hun eeuwige Venetië, Florence of Rome, echt, authentiek, met een haven, immigratie, verdwalen in het labyrint, problemen, travestieten. Fuck that. Geloof je het zelf? Het zijn luttele centimeters krakend nat hout.

Ik vind het tegenwoordig ook niet meer zo'n heel slecht idee om dood te gaan. Vroeger raakte ik in paniek bij de gedachte. Nu begrijp ik dat het niet zoveel uitmaakt hoe ver ik naar het zuiden reis. Overal zal het hetzelfde zijn. Je kunt iets doen of niet doen. Je kunt een stad vinden, vrienden om mee te drinken en cafés om je eigen te maken met vernieuwde, onvermoede passie, maar je weet dat je het allemaal ooit zult verraden voor een nieuwe illusie. En daar schrijf je dan over. Dat is nog de grootste illusie. Ik schrijf alleen maar bij de gratie van gebrek aan vrouwen of drinkmaatjes die mij van het werk houden, in weerwil van mijn wensen. Als Genua echt zo leuk was als ik beweer zou je er niets over horen, mijn vriend. Alles wat ik schrijf is nep, omdat ik niet schrijf als ik mijzelf ben. Het is een vlucht uit de realiteit op een wankel vlot van taal, zoals de schepen gingen naar La Merica, zoals ze komen, stumpers, naar het beloofde land van Europa.

Ik kan nergens leven dan elders. Ik ga naar het zuiden, zij naar het noorden. Als we sterven is het misschien niet zo erg. Zij aan honger, ik aan dorst en verveling. Het zou een hoop vergeefse dromen schelen.

2

Er bestaat geen winter in Italië. Daarmee bedoel ik dat in die twee of drie maanden dat het echt koud is, Italië niet meer bestaat in de zin dat het ophoudt te functioneren. Gisteren viel er een dun laagje sneeuw in Genua. Een millimeter die binnen de kortste keren wegsmolt. Het leven was volslagen ontregeld. De bussen reden stapvoets met sneeuwkettingen over Via xx Settembre. Scholen werden gesloten. Winkels, bars en restaurants gingen eerder dicht omdat ze niet meer bereikt konden worden door leveranciers. Wie nog op straat was, was een zonderling of een buitenlander. Een dakloze of een Senegalees die tegen beter weten in probeert paraplu's te verkopen voor vijf euro aan niet-bestaande toeristen. Een natte, koude wind slaat door de verlaten stegen. Ik merk dat ik zonder reden ben overgegaan in de tegenwoordige tijd. Dat is omdat ik het fucking koud heb. Ik schrijf dit in de rookruimte van de Britannia, een foute Engelse pub, waar ik alleen kom omwille van de rookruimte. Het is de enige die ik ken sinds de bovenzaal van Bar Berto is gesloten op last van de politie omdat de afzuiginstallatie niet voldeed aan de regelgeving. Maar de eigenaar van de Britannia is een gierige oude vrek van wie ik nog nooit korting heb gekregen en die winst maakt door de verwarming uit te zetten en te besparen op zijn stookkosten. Staat hij daar met twee dikke truien achter zijn bar over zijn leesbrilletje heen cocktails en bier te verkopen tegen woekerprijzen. Ik haat hem. Toch kom ik altijd terug omdat ik geen betere plek ken in de winter. Of ik zou moeten stoppen met roken, maar dat zou het andere uiterste zijn, dat zul je met mij eens zijn, mijn vriend. Dan hebben zij gewonnen. De anderen. Onze vijanden.

De Genuezen sluiten zich intussen op in hun palazzi. Ze hebben zo hun eigen rituelen. Ze keren hun stad de rug toe om zich zogenaamd vrijwillig te wijden aan verplichtingen jegens veeleisende familieleden. Ook voor hen bestaat Italië een paar maanden niet meer. Of ze trekken weg naar hun buitenhuizen in de bergen waar sneeuw de bedoeling is omdat zij daar elk jaar tussen lunch en aperitief een uurtje skiën met gelijkgestemden die eveneens gehuld zijn in de laatste skimode.

En zo wordt het labyrint een grimmige en onbegaanbare plek. De straatstenen glimmen glad, gitzwart en dreigend in het vroeg ingevallen duister. Een kleine wandeling is een overlevingstocht langs dichtgeslagen deuren en geblindeerde ramen. Het is zoals in Dickens of op kerstkaarten van Anton Pieck, maar dan niet pittoresk. De sneeuw is niet warm, wit en wollig, maar vies en nat en grauw. En de vriendelijk glimlachende bedelaars in hun speciale kerstlompen die hoopvol op de feestelijk verlichte ramen tikken, krijgen geen aalmoes. Ze kunnen verrekken.

Gisteren is er een dakloze doodgevroren in de passage onder de opera Carlo Felice. Het staat vandaag in alle kranten. Het verhaal is extra wrang omdat er op het moment van zijn overlijden een feestelijke openingsceremonie plaatsvond van het symfonische winterseizoen in de opera, vijf meter boven zijn hoofd, in aanwezigheid van de burgemeester en alle Genuese magistraten. Zijn naam was Babu. Ik kende hem. Een Afrikaanse jongen. Hij kwam vaak langs de terrassen om te bedelen. Ik heb hem nooit iets gegeven. Vandaag ben ik naar de passage onder de opera gewandeld. Zijn collega-daklozen hadden een altaar voor hem opgericht in de nis waarin hij gisteravond is gecrepeerd. Genuezen in bontjassen kwamen langs om offergaven te brengen en hun schuldgevoel af te kopen. De nis stond vol met bloemen, pakjes sigaretten en flessen gin. En zo heeft Babu toch nog alles gekregen van zijn nieuwe vaderland wat hij ooit heeft begeerd.

3

De bloemen lagen er nog vandaag. De pakjes sigaretten en de flessen gin waren verdwenen. Babu's dakloze vrienden waren evenmin in velden of wegen te bekennen. Mediagenieke tragiek en ongedroomde buitenkansjes hebben wel vaker een wrang huwelijk gesloten.

Die laatste zin moet er natuurlijk uit wanneer ik deze notities omwerk tot een roman. Veel te pretentieus. Zo'n zin waarin je als ijdele schrijver eens even rondborstig gaat staan te poseren met je unieke vermogen om de werkelijkheid te doorgronden met een rake analogie. Het verbinden van het concrete met het abstracte. Normale mensen zien dat soort diepe verbanden niet. Het kortstondige genot van een sigaret is een verzoening met de vergankelijkheid. Dat soort wijsheden. $X=y$. Ik schud ze zo uit mijn mouw. Misschien was de hapering van mijn pen op het papier een voorbode van het traag ontluikende besef dat ik op de verkeerde weg was. Genot is niets anders dan vergetelheid van wat ons na het moment van genot te wachten staat. Daar zat ook nog een paradox in, zag je die? Nog één. Ik maak er een met rum-cola. Rum-cola is de muziek van de nacht die in de ochtend weerklinkt als een vals akkoord. En weet je dat het nog echt gebeurt ook? Ik zit echt aan de rum-cola terwijl ik dit schrijf en prompt komt er zo'n Italiaans meisje dat vraagt wat ik schrijf. Ik zeg dat ik over haar schrijf. Ze gelooft me niet.

Als ik hier een boek van maak, moet die hele vorige alinea er ook uit. Als ik er al ooit een boek van maak. Want je vraagt je soms wel eens af of het al die moeite nog wel loont. De mensen lezen niet meer. En terecht. Ze hebben wel wat beters te doen. Zoals overleven, kerstcadeaus kopen voor de schoonfamilie, minnaressen geheimhouden en schuldgevoel afkopen door gin en sigaretten te geven aan de vrienden van een doodgevroren zwerver. De mensen weten al hoe alles moet en zit en gaat. Ze hebben geen boek nodig om iets te leren. Ik heb altijd gedacht dat het onze taak was als literatoren om te ontwortelen. Om vaste waarden op losse schroeven te zetten. Al was het maar voor een moment. Maar nu besef ik dat de mensen daar geen enkele behoefte aan hebben. Hun dagelijks leven is al veeleisend en ontwortelend genoeg. Dankzij hun verplichting om bij voortduring aan al hun verplichtingen te voldoen staan ze bij voortduring op losse schroeven. Ze zoeken houvast in hun rituelen en vaste patronen. Ze zoeken troost, iemand die de schroeven aandraait en zegt dat alles zal gaan zoals het moet gaan omdat het altijd zo is geweest en dat het niet hun schuld is dat er een zwerver doodvriest in de passage onder de opera, omdat ze fatsoenlijke mensen zijn die zich na een dag hard werken voor hun baas nogmaals afbeulen om nog net vóór sluitingstijd in de juiste winkel de juiste soort panettone te kopen voor hun schoonmoeder. Wat meer kun je doen? Een verontrustend boek lezen over immigratie? Per carità. Ze hebben hun handen al vol aan hun eigen problemen. Weet je wel hoe moeilijk het is om een garage te vinden in deze stad? En weet je wat er gebeurt als je je auto zomaar op straat moet parkeren? Daar weet dat Marokkaanse en Senegalese tuig wel raad mee, dat kan ik je wel vertellen. Maar we zijn goede mensen, want we stemmen links en brengen sigaretten en gin voor de Marokkaanse en Senegalese vrienden van Babu.

En het waren niet eens zijn vrienden. Ik heb ze nog nooit samen gezien. Die zogenaamde dakloze vrienden van de dakloze Babu wonen in Via di Prè of in de wijk Maddalena. Ze zijn inbrekers en zakkenrollers. Ook zij moeten overleven. Ze hebben het uit de krant, net als ik en alle andere Genuezen. Ze begrepen de buitenkans, hebben hun goorste kleren aangetrokken, de echte daklozen weggejaagd en kaarsen aangestoken in de passage onder de opera. Vandaag zijn ze er niet meer. Natuurlijk niet. Ze zullen er nooit meer zijn, tenzij er opnieuw iets te halen valt. En jij komt aan met literatuur? Als een wereldreiziger die mijmert in de hotellobby? Je moet de wanhoop voelen van de natte grijze sneeuw en verdwalen in een droom die verwatert onder je steeds wankeler tred om ook maar iets te begrijpen. Je moet geen boeken lezen, maar buiten proberen te overleven, waar je wordt verneukt, genaaid en bestolen.

X is nooit y, omdat het er maar helemaal van afhangt wat je met x en y wilt bereiken. Het abstracte is altijd concreet. Vriendschap gaat altijd over vijftig euro. Rouw om een zogenaamde vriend die is doodgevroren levert een veelvoud op. Iedereen bedriegt elkaar, daar komt het zo'n beetje op neer. Dat heb ik geleerd, mijn vriend. Morgen schrijf ik weer iets leuks.

4

Soms ligt er in het donkere gat van de nacht voorbij sluitingstijd aan het einde van de dievensteeg San Bernardo aan de uiterste buitenkant van het labyrint in het verwaarloosde en vergeten stuk na Via delle Grazie, waar je de vismarkt en het rottende water van de haven kunt ruiken, een nachtclub. Soms. Want het komt net zo vaak voor dat hij dicht is of dat je hem niet meer kunt terugvinden. Daar is de afvoerput van het uitschot van de nacht: acteurs, travestieten en Marokkanen en hun clientèle met wie ze om de haverklap naar de wc moeten om te snuiven, te pijpen of beide. Het ruikt er naar rook, pis, kots en hasj en die geurstoffen worden overal om je heen bij voortduring vers geproduceerd. Er breken met regelmaat vechtpartijen uit die voortkomen uit conflicten die geen van de betrokkenen zich de volgende dag nog kan herinneren en die er meestal mee eindigen dat iemand uitglijdt over een plak kots, met zijn kin op de bar klapt en wordt afgevoerd.

De uitbater Pasquale staat intussen braaf cocktails te mixen in plastic bekers, terwijl hij desgewenst uitlegt dat hij een vergunning heeft om een culturele club te runnen. De cocaïne wordt in zijn toiletten met kilo's tegelijk verhandeld, maar Pasquale doet alsof zijn neus bloedt. Zo voorkomt hij problemen. Zowel de maffia als de Marokkanen beschermen hem, omdat ze hem nodig hebben, of althans zijn culturele club, of althans de wc ervan.

Dat is de fout die Fabio heeft gemaakt in zijn bar daar vlak in de buurt. Hij heeft hem geprobeerd schoon te vegen. Hij heeft de politie erbij gehaald en de Marokkanen eruit gegooid. Op een avond zijn ze gekomen. Ze hebben zijn bar kort en klein geslagen en Fabio mist sindsdien een oog en loopt ook een stuk slechter. En ze schijnen ook te hebben uitgevonden waar hij zijn auto parkeert en waar hij woont.

Pasquale is daarentegen al bijna twintig jaar in business, als je het een business mag noemen om de dronken verschoppelingen van de nacht nog meer dronken te voeren terwijl je verder doet alsof je niets ziet en in geen geval je toiletten schoonmaakt, hoezeer de kak ook zit aangekoekt aan de tegels. Ik kom er soms. Ik kom er graag. Eenzaam zijn te midden van andere eenzamen is een gesublimeerde vorm van eenzaamheid. Ik zit als het silhouet van een midnight cowboy aan de plakkerige bar met een veel te sterke negroni in mijn van levenswijsheid verkrampte knuisten en voer met lage stem in Laconische oneliners gesprekken met acteurs die niet meer uit hun woorden komen en misschien daarom of om een andere reden die ze niet meer kunnen achterhalen tranen in hun ogen krijgen en mij, in de veronderstelling dat ze een nieuwe vriend hebben gemaakt, van hun laatste centen grienend nog een negroni aanbieden.

En op een avond heb ik daar aan die bar de gevaarlijke travestiet Penelope Please gezoend met mijn dorstige tong die minutenlang strijd leverde tegen haar dronken tong terwijl ik met één hand de portemonnee in mijn achterzak beschermde en in mijn andere het bewijsmateriaal dat zij inderdaad geen vrouw was met de seconde overtuigendere vormen aannam. Gewoon. Omdat ik daar zin in had. Omdat de plek je dwingt om te doen wat je elders niet doet. Want als je zo diep bent gezonken om je daar te bevinden, valt er weinig schone schijn meer op te houden en kun je net zo goed totaal voorgoed ten onder gaan.

En toen ik die avond, content over de poëzie van mijn bestaan, als een reusachtige eenzame schim naar huis zwalkte over Via San Bernardo, werd ik beroofd. Ik had altijd gedacht dat ik er te groot en te sterk uitzie om beroofd te worden. Overvallers willen geen problemen, ze zoeken een makkelijke prooi, zoals een argeloze toerist of een dronken Erasmus-studentje. Ik ben bijna twee meter lang, weeg meer dan honderd kilo, heb een zwarte band aikido en kan heel gevaarlijk kijken, zelfs als ik dronken ben. Maar zij waren met z'n tweeën en ze waren professionals. Uiteraard waren het Marokkanen. Volgens mij had ik ze zelfs eerder gezien in de nachtclub. Ze hadden mij geobserveerd en waren mij gevolgd. Ze wisten precies in welke zak mijn portemonnee zat. Het lukte mij om een van hen op de grond te gooien, maar daarbij verloor ik zelf mijn evenwicht en intussen had de ander mijn portemonnee al te pakken. Ze renden weg en verdwenen in het donkere labyrint. De hele schermutseling had misschien een paar seconden geduurd. En ik was kansloos geweest. En ik heb het niet eens overwogen om een poging te ondernemen om ze te achtervolgen. Strak, hard en gelaten vervolgde ik mijn weg. Ik was in Genua. Ik was ontmaagd. Er verscheen zowaar een glimlach op mijn gezicht.

5

Helemaal aan het einde van Via San Vincenzo, vlak bij station Brignole, ontdekte ik vandaag een pornobioscoop. Ik moet er al honderden keren langs zijn gelopen, maar hij was me nog nooit eerder opgevallen. Er hingen geen suggestieve foto's in de etalage, geen schreeuwende aankondigingen van verboden genot. Maar vandaag viel mijn oog op het amateuristische affiche, gefabriceerd in een copyshop, met de woorden 'non stop show'. Ik moest kiezen tussen zaal 1 en zaal 2. Ik vroeg wat het verschil was. Ik begreep het antwoord niet. Toen vroeg ik welke voorstelling de goedkoopste was, met de intentie om te kiezen voor de duurdere. De prijs was hetzelfde. Zo belandde ik in zaal 1.

Het was een heuse bioscoop, met groot scherm, rijen klapstoeltjes en een balkon met loges en zitplaatsen aan de zijkant. Het was er donker. Ik had het huidkleurige licht van het scherm nodig om te zien dat ik niet alleen was. De silhouetten van twintig of dertig mannen zaten zo verspreid mogelijk in de zaal. Wanneer we vroeger op school proefwerk hadden, moesten we altijd apart gaan zitten, opdat we niet bij elkaar konden afkijken. Ook hier zat iedereen apart. Er werd niet gespiekt.

De voorstelling behelsde een Franse pornofilm, naar mijn oordeel uit het midden van de jaren tachtig, waarvan de dialogen waren nagesynchroniseerd in het Italiaans. In de neukscènes hadden ze het oorspronkelijke geluidsspoor ongemoeid gelaten. Dit bevestigde mijn fantasie dat Italiaanse meisjes alleen maar doen alsof ze Italiaans spreken totdat je iets in hen stopt. De film was eigenlijk vrij goed. Er waren mooie meisjes met dunne tieten. De scènes verliepen vlot, zonder een overdaad aan slaapverwekkende gymnastiek in close-up. Er was zelfs sprake van een soort verhaallijntje: de man met de lange jas en de zonnebril gaf aan verschillende meisjes de opdracht om zijn fantasieën waar te maken. En dat deden ze dan. Daar ging de film over. En zo kon het gebeuren dat een meisje 's nachts masturbeerde op een autokerkhof voordat ze door twee zogenaamde zwervers werd genomen, totdat de man met de lange jas en de zonnebril op het toneel verscheen om de boel naar behoren af te ronden. Er kwam ook nog een radiografisch bestuurbaar autootje in voor dat met speciale haakjes de slipjes kon stelen van meisjes die toevallig net even in het openbaar hun slipje hadden uitgetrokken.

Ik was zo apart mogelijk gaan zitten en vroeg me af of zoiets nog bestond in het vaderland. Ik kende het van vroeger, jazeker. De dag na mijn achttiende verjaardag ging ik naar de legendarische Rex-bioscoop. Those were the days. Maar de hele pornobusiness was de laatste jaren toch eigenlijk veryoutubed, veryouporned en verredtubed. Een echte cinema met klapstoeltjes en popcorn, pluche en een silver screen, een kassa waar je moet betalen om naar binnen te mogen, de gedeelde emotie met een zaal vol gelijkgestemden in het duister van de verborgen fantasieën waarvan de stad niet wil weten. En na afloop met knipperende ogen de dag in stappen vol met winkelend volk terwijl je in je hoofd nog in de film zit. Ik was zo dankbaar dat ik een echte pornobioscoop had gevonden.

Maar erg opgewonden werd ik er niet van. Althans dat had ik mij voorgenomen. Het probleem van zo'n mooie ouderwetse pornobioscoop is natuurlijk dat je, ondanks de relatieve duisternis en ondanks de verspreidezitstrategieën, nauwelijks privacy hebt. Het blijft in zekere zin toch een openbaar gebouw. Daarom mag je er bijvoorbeeld niet roken. En het is niet echt de uitgelezen plek om eens lekker uitgebreid te gaan zitten masturberen. Zo was ik althans geneigd erover te denken. Maar toen ik in het huidkleurig schijnsel van het grote scherm iets beter om mij heen keek, zag ik dat vrijwel alle betalende bezoekers in dat opzicht met mij van mening verschilden.

Eerst werd ik een sjorrend soort beweging gewaar schuin achter mij. Ik draaide mijn hoofd op zo'n manier dat ik vanuit mijn linkerooghoek ongemerkt kon observeren of het waar was wat ik vermoedde. En het was waar. Dat stond, om het plastisch uit te drukken, als een paal boven water. Een oude vieze Genuees zat zich op het stoeltje schuin achter mij met wilde gebaren, met steeds wildere gebaren, overtuigend, onmiskenbaar af te rukken.

Zoals je zult begrijpen, mijn vriend, was ik geschokt. Ik was ervan overtuigd dat hij een notoire viespeuk was die binnen nu en heel snel voor de zoveelste keer uit de zaal zou worden gegooid. Zo gedraagt een heer zich niet in een uitgaansgelegenheid. Maar toen ik heel discreet mijn hoofd draaide om mijn rechterooghoek de kost te geven, zag ik dat de dikke man die vier stoeltjes verder zat op dezelfde rij als ik, zijn hele fucking pantalon op zijn enkels had met zijn vuile onderbroek erbij en met zijn stinkend rimpelig lid in zijn knuisten zat. Ik kon zijn eikel en balzak zien. Toen ik vervolgens iets minder discreet om mij heen keek, besefte ik dat ik de uitzondering was, niet zij. En niet alleen omdat ik veruit de jongste was. Al die vieze morsige schimmen van mannetjes zaten zich voor mijn ogen af te trekken. En toen zag ik ook dat ze hooguit vanuit hun ooghoeken naar de film keken. Af en toe wendde iemand zijn gezicht in de richting van het doek om inspiratie op te doen of artistieke belangstelling te veinzen. Maar iedereen keek vooral naar elkaar. En vanuit de loges hadden de gepriviligieerden een schitterend overzicht over de zaal als geheel.

Mijn eerste instinct was om zo snel mogelijk te maken dat ik wegkwam. Maar ik moest aan de rechterkant uit de rij stoelen en hoe vraag je iemand om even voor je op te staan die net zijn broek op zijn enkels heeft en zijn lul in zijn hand? Ik besloot beleefd af te wachten tot hij was klaargekomen. Maar toen dat eenmaal was gebeurd, begon hij opnieuw. Hij keek mij aan met oogjes die glinsterden als een valse tand in de nacht.

Ik vertel je niet helemaal de waarheid, mijn vriend, maar dat vermoedde je al. Het was niet mijn eerste ingeving om mij zo snel mogelijk uit de voeten te maken. Ik voelde mij als jongste en, in alle bescheidenheid, mooiste bezoeker van het moment nogal bekeken. Er werd iets van mij verwacht. Er werd over mij gefantaseerd. Ik voelde dat in al mijn vezels. Het was niet mijn eerste instinct om zo snel mogelijk weg te rennen, maar om zo langzaam mogelijk mijn gulp open te knopen. Glinsterende oogjes loerden naar mij als wolven in de nacht. Ik heb mij zelden zo opgewonden gevoeld. En tegen de tijd dat ik tergend langzaam mijn onderbroek had uitgedaan, zat ik opgescheept met een monumentale erectie die glom in het schijnsel van twintig, dertig of veertig blikken. Ik had geen oog meer voor de film. Mooi en traag als een vrouw begon ik met mijn lul te spelen alsof het een kutje was. Als een travestiet werd ik geil van mijn eigen, zelfverzonnen tieten. Ik deed mijn truitje uit en speelde met de wereld alsof ik mijzelf neukte in gedachten. Als er op dat moment een oude geilbaard op mij was afgestapt met zijn zwerend lid, had ik hem afgezogen alsof ik lippenstift droeg. La Superba was ik. Ik was La Superba. Ik kwam bijna klaar bij de gedachte, maar ik stelde het een beetje uit omwille van de show en in plaats daarvan gebeurde er heel iets anders.

Het is welbeschouwd al met al een vreselijk verhaal, gênant, goor en vernederend voor mij. Zoiets zou ik natuurlijk nooit in mijn boek schrijven. Of ik verzin een ander personage dat dit meemaakt. En zelfs dan. Ik vertel het jou alleen maar, mijn vriend, omdat ik je vertrouw en omdat ik je op deze rare manier iets duidelijk wil maken. Ik was die middag slachtoffer van mijn eigen fantasie. Ik voelde me sexy, maar ik was gewoon een dikke schrijver die zich schandalig gedroeg in een openbare gelegenheid in Genua, enfin, je snapt het wel. De omstandigheden waren extreem, maar waar het mij om gaat is dat wij, volgens mijn diepste overtuiging, allemaal zo zijn. Wij dromen onze dromen, voelen ons bemind, begeerd en bijzonder, totdat het licht aangaat.

Want opeens ging het licht aan. De Franse film was afgelopen, kennelijk. Ik had er niet meer naar gekeken. Een nieuwe film werd op de rollen gezet. Het was tenslotte een non-stopshow. Maar om de film te kunnen verwisselen, moest het licht aan. Heel even maar. Een minuutje is genoeg. En daar zat ik. Voor het oog van Genua zat ik met mijn tietjes, mijn omhooggespeelde truitje, mijn radiografisch weggesnaaide slipje, kroelend als een meisje getekend door Milo Manara, met een tergend uitgesteld orgasme op het vijfde stoeltje van rechts van de een-na-achterste rij van een bioscoop aan het einde van Via San Vincenzo, vlak bij Brignole. Op een of andere manier waren alle vieze geile mannetjes opeens keurige heren, onberispelijk gekleed. Het was toen pas dat ik mij zo snel mogelijk uit de voeten maakte.

6

Het was een koude nacht. Het was opnieuw gaan sneeuwen. De sneeuw bleef zelfs liggen. Ik was op zoek naar een bar die nog open was. Het was zondag, dus de opties waren beperkt. Zelfs de Britannia was gesloten. Ik ging naar Piazza delle Erbe, maar alle rolluiken waren al neergelaten. Er was niemand op straat. Ik vestigde mijn hoop op de historische Bar Barbarossa op Piano Sant'Andrea onder de Porta Soprana. Met mijn hoofd diep in mijn kraag gestoken liep ik omhoog over Salita del Prione. Ik moest behoedzaam klimmen. Eigenlijk was de straat te steil voor deze weersomstandigheden. Tot twee keer toe gleed ik bijna uit. Maar het was te laat om van gedachten te veranderen. De terugtocht naar beneden zou net zo glad zijn en bovendien was daar, zoals ik al had kunnen vaststellen, niets te beleven.

In de verte zag ik een schim van iemand die over dezelfde straat vanaf de andere kant naar beneden liep. Zij was een vrouw. Zij leek geen problemen te hebben met de gladheid van de ondergesneeuwde keien. Ze leek de grond nauwelijks te raken.

We ontmoetten elkaar halverwege. Ze was een oude vrouw, dat zag ik aan haar gezicht. Maar ze bewoog zich licht. Ze leek bijna doorzichtig. Ze ging vreemd gekleed, in een lange zwarte rok met een grijze omslagdoek, die uit een andere tijd leken te komen. Ze leek op een rare manier ouder dan zij leek.

Ze sprak me aan. Ik verstond geen woord van wat ze zei. Ze sprak te zachtjes. Ik verontschuldigde mij. Zij verontschuldigde zich op haar beurt en herhaalde haar vraag. Ik begreep dat ze de weg vroeg, maar ze sprak Genuees dialect en dat versta ik maar half. Ik ken het van de dronken verwarmingsmonteurs en stratenmakers bij de enoteca van Paolo die elkaar toeschreeuwen dat de ander een kleine belín heeft, maar vriendelijk en beleefd Genuees had ik nog nooit gehoord. Ze herhaalde haar vraag. Vico dei Librai? Ik had het goed verstaan. Vico dei Librai. Of ik wist waar dat was. Want daar woonde ze en ze kon haar huis niet meer terugvinden.

Ik dacht na. Ik kende Centro Storico inmiddels erg goed, maar Vico dei Librai kon ik niet plaatsen. Was het wel in Centro Storico? Ja, het was vlak bij de poort vlak bij Porta Soprana. Het klonk ook als de naam van een steeg in Centro Storico, dat moest ik toegeven. En zij leek niet dement of verward. Zij leek precies te weten waar zij het over had. Maar ik wist het niet. Die steeg zei me even niks.

Maar tegelijkertijd kon ik er onder deze omstandigheden ook niet mee volstaan om verontschuldigend mijn schouders op te halen. Het was koud. Het sneeuwde. Zij was een oude vrouw die haar huis niet meer kon terugvinden. Ik kon haar niet aan haar lot overlaten. Op dit uur. En ik was gecharmeerd van het idee dat ik als buitenlander de redding zou kunnen betekenen voor een vrouw die zo Genuees was dat ze niet eens Italiaans sprak. Ik stelde voor om naar Bar Barbarossa te gaan. Daar zouden ze ons zeker kunnen helpen. En daar was ik toch al naar op weg. Zij knikte, draaide zich om en liep met mij mee.

De Barbarossa was open, maar er was bijna niemand. Ik bestelde een negroni voor mijzelf en vroeg wat ik haar kon aanbieden. Zij hoefde niets. Ik drong aan. Ik zei dat het koud was. Ik bestelde een warme thee voor haar. Ik zei dat dat wel het minste was wat ik voor haar kon doen.

We stonden aan de bar. Zij raakte haar thee niet aan. Ik vroeg de barman of hij misschien wist waar Vico dei Librai was. Hij wist het ook niet. Ik zei dat het in de buurt moest zijn en dat het belangrijk was omdat de dame naar huis moest. Hij deed zijn best. Hij keek in het telefoonboek, maar daarin kon hij de desbetreffende steeg niet vinden. Hoe schreef je dat precies? Dei Librai? Zoals de boekverkopers? Raar. Stond niet in het register. De vrouw stond nog steeds zwijgend naast mij. Hij haalde er een collega bij. Die had een smartphone met navigatie. Daarmee zou het probleem zeker binnen twee minuten zijn opgelost. Ik bestelde nog een negroni. Zij had haar thee nog steeds niet aangeraakt. Maar Vico dei Librai bestond niet. Zijn smartphone gaf geen resultaat. Misschien was er geen bereik. Misschien kwam het door de sneeuw. Ze bedankte ons. Ze legde een bankbiljet op de toonbank om te betalen voor de thee waarvan ze geen slok had gedronken. Ik protesteerde. De barmannen protesteerden eveneens. Maar ze was al op weg naar buiten. We liepen achter haar aan met het geld dat zij had achtergelaten. Ze was nergens meer te bekennen. In de verse sneeuw waren geen voetafdrukken te zien. Wat zij had achtergelaten bleek een briefje van honderd lire van het Koninkrijk Italië.

7

'Je jas ruikt naar een kooi natte wilde dieren.' Het was de signora. 'Als je een Genuese gentiluomo wilt worden, zul je om te beginnen af en toe naar de stomerij moeten. Maar ik ben bereid om je dat voor vandaag te vergeven op voorwaarde dat je mij je vieze arm geeft en mij begeleidt naar de Bar met de Spiegels. Het is glad voor een dame. En als dank zal ik je een drankje aanbieden. Als het maar koffie is en niet die troep die je normaal drinkt. Hoe heet dat ook al weer? Negroni. Dat is gezonder voor jou en goedkoper voor mij. Ik moet ook overal aan denken, Leonardo. Beloof je dat je binnenkort naar de kapper gaat?'

'Het is zo'n groot voorrecht voor mij om u gezelschap te houden dat ik erop sta dat u mij de gunst verleent om u te mogen bedanken door u aan te bieden wat u maar wilt.'

Ze glimlachte. 'Je leert het nog weleens, Leonardo.'

We gingen binnen zitten, in de grot van porselein, aan het kleine ronde tafeltje naast het raam. Ik bestelde een negroni en zij een warme thee met cognac.

'Als het dan toch op jouw kosten is, dan neem ik het er ook van. Als Genuees zou je dat moeten begrijpen.'

'Dank u, signora. Als Genuees begrijp ik dat u mij een dienst verleent door mijn gastvrijheid zo ondubbelzinnig te accepteren en dat ik alleen maar mag hopen dat ik snel in de gelegenheid zal worden gesteld om u terug te betalen.'

'Ik zie dat mijn lessen vrucht beginnen af te werpen. Ook daarvoor sta je bij mij in het krijt.'

'Daarvan ben ik mij maar al te zeer bewust.'

'Hoe is het afgelopen met dat theater?'

'Hoe weet u dat? Ik bedoel: welk theater? Ik bedoel...'

'Als Genuees zou je toch moeten weten dat ik als Genuese alles van jou weet.'

Ik knikte om te zeggen dat ik dat had kunnen weten en ik schudde toen mijn hoofd om haar vraag te beantwoorden.

'Parodi?'

'Het is niet helemaal goed gegaan.'

'Ik hoop voor je dat je ze niet tegen je hebt gekregen. Ze zijn machtig in deze stad.'

'Dat heb ik inmiddels begrepen.'

'Waar is dat theater eigenlijk?'

'Piazzetta Cambiaso.'

Ze keek mij niet-begrijpend aan.

'Dat kleine pleintje op de kruising van Vico dietro il Coro di Santa Maria delle Vigne en Vico della Lepre, tegenover Da Francesca, het visrestaurant, tussen Piazza Soziglia en Via della Maddalena, eigenlijk om de hoek van Piazza Lavagna.'

'Ik ken die buurt niet.'

'De Maddalena.'

'Daar kom ik nooit. Ik ga nooit verder dan Piazza Soziglia en Via Luccoli.'

Daar had je het al. Misschien was het maar beter ook dat dat hele project op een mislukking was uitgelopen. Echte Genuezen zoals de signora durven niet eens een voet te zetten in die stegen.

'Maar de rest van Centro Storico kent u goed.'

'Ik woon hier aanzienlijk langer dan mijn jeugdig uiterlijk doet vermoeden, Leonardo.'

'Langer dan twintig jaar?'
'Vlei mij niet. Althans niet op zo'n goedkope manier. In deze wijk, Molo, ken ik elke steeg.'
'Kent u Vico dei Librai?'
Het leek of ze versteende. 'Waarom vraag je dat?'
'Nee, gewoon. Omdat...'
'Omdat iemand je de weg vroeg?'
'Ja, het was...'
'Een oude vrouw? Waar?'
'Vlak bij Porta Soprana. Op Salita del Prione.'
De signora sloeg een kruis.

8

'Je hebt haar ontmoet,' zei de signora, 'de oude vrouw van Vico dei Librai.' Ze praatte opeens heel zacht, alsof we spraken over iemand die onlangs was overleden.

'Is zij beroemd?'

'Dat kun je wel zeggen. Of eigenlijk kun je dat niet zeggen, omdat je om beroemd te zijn op zijn minst moet bestaan, hetgeen in haar geval precies de vraag is. Maar die vraag is beroemd. Zij is een mythe, maar wie lang genoeg in deze duistere stegen verblijft, waar de schaduwen schichtiger zijn dan de ratten, komt vroeg of laat iemand tegen die haar heeft ontmoet. Hoe zag ze eruit?'

Ik vertelde haar het hele verhaal. Ze knikte. 'Ja,' zei ze zacht, 'dat klopt precies met alle andere getuigenissen over haar. En dat briefje van honderd lire, heb je dat nog?'

'Nee, de barman van Barbarossa heeft dat gehouden. Het was tenslotte bedoeld als betaling voor een consumptie. Maar vertelt u mij alstublieft wie zij is.'

'Vico dei Librai bestaat niet, althans niet meer. Hij was in de buurt die vroeger Madre di Dio heette, vlak buiten de oude stadsmuren van Barbarossa, aan de voet van Porta Soprana. Het was een oude volksbuurt. Paganini is er geboren. Op een nacht in 1942 is die buurt door beschietingen van de Engelse vloot met de grond gelijkgemaakt. En na de oorlog hebben ze daar dat afzichtelijke nieuwe Genua gebouwd dat je wel kent, met nieuwe straten en pleinen van asfalt die zijn vernoemd naar dichters die bij de aanblik van die ondergrondse snelwegen en fly-overs op slag sprakeloos zouden worden. Piazza Dante, Via D'Annunzio en de Gardini di Plastica. Daar ergens was ooit Vico dei Librai. Tot die ene winternacht in 1942.

Het verhaal gaat dat de oude vrouw van Vico dei Librai die nacht op weg was naar huis. Ze had brood gebracht naar de wezen en bloemen naar de kerk. Ze was die nacht later dan normaal, omdat ze moest schuilen voor het bombardement. Toen het uiteindelijk iets rustiger werd, hervatte ze haar weg naar huis. In de buurt van Campo Pisano werd ze bevangen door de kou. Ze rustte op de trappen van een portiek van een palazzo en verloor haar bewustzijn. Of ze overleed. Of misschien is dat wel hetzelfde. Maar toen ze wakker werd, bestond haar buurt niet meer. Sindsdien waart ze rond door de stad, speciaal op barre winteravonden, en vraagt ze in haar antiquarische Genuese dialect de weg naar Vico dei Librai.'

9

Inzake spoken en geestverschijningen heb ik mijn hele leven een helder beleid gevoerd. Hoewel er geen enkel wetenschappelijk bewijs is voor hun bestaan en elk controleerbaar en verifieerbaar fundament van de moderne metafysica de mogelijkheid van hun bestaan uitsluit, heb ik het altijd verkozen om tegen beter weten in te geloven in hun bestaan omdat dat amusanter is dan terecht niet in hen te geloven. De verhalen zijn te mooi om af te doen als nonsens en vervolgens te negeren. Ik heb in hen geloofd zoals ik heb geloofd in romanfiguren met wie ik meeleef en die ik begrijp in zoverre ze deel uitmaken van een verhaal dat mij interesseert. En zo kan ik hen ook levendig voor mij zien.

Maar je kunt je voorstellen, goede vriend, dat het een nogal verontrustende ervaring is als spoken opeens op eigen houtje besluiten te bestaan in plaats van dat ik hun bestaan grinnikend toesta. Dat is niet de bedoeling. Dan verlies ik de controle. Ik wil ook niet dat een romanpersonage dat ik heb verzonnen, ongevraagd aanschuift aan mijn tafeltje om zich te bemoeien met mijn hoofdstukindeling en de manier waarop ik hem aan het portretteren ben, die dreigt om de vakbond van fictieve figuren op de hoogte te stellen van de onfrisse praktijken die ik hanteer en het ultieme middel van een staking niet uitsluit. Dat zou een mooie boel worden. Ik heb het al eens meegemaakt, met mijn vorige boek, *Het ware leven, een roman*, toen de figuranten onder leiding van de rasintrigant Drinsky in opstand kwamen vanwege de in hun ogen tegenvallende catering en dat werd een bloedbad. Die Drinsky heb ik, om een voorbeeld te stellen, moeten laten terechtstellen. Dat wil ik niet nog een keer meemaken. Dus het laatste wat ik kan gebruiken, is een spook dat besluit te bestaan.

En ik was niet eens dronken die avond. Dat was ik wel van plan, maar alles was dicht en precies daarom was ik omhooggeglibberd naar de historische Bar Barbarossa. Ik had haar echt gezien. Ik had echt met haar gesproken. Ik had het briefje van honderd lire echt in handen gehad. Aan al die dingen kan ik achteraf wel gaan twijfelen, maar dat is net zo irrationeel als in spoken geloven.

De signora heeft mij een boek gegeven over de spoken van Genua, een slecht geschreven, toeristisch prul, maar zij staat erin, de oude vrouw van Vico dei Librai, en alles klopt. Precies zo zag ze eruit, precies zo gedroeg ze zich, precies die vraag stelde ze en ze was op precies die mysterieuze wijze spoorloos verdwenen. Als ik dat boek eerst had gelezen, had ik misschien kunnen verzinnen om haar daadwerkelijk tegen te komen. Maar andersom, nee, dat werkt niet, dat heeft te veel consequenties.

Van de weeromstuit heb ik dat hele boekje uitgelezen. Het wemelt werkelijk van de spoken in Genua. En het erge is dat ik ze nu ook allemaal zie. Ik ga naar Piazza San Matteo en ik kom Branca Doria tegen, die mij zijn met bloed besmeurde handen laat zien. Eeuwen geleden woonde hij in het schitterende palazzo links van de kerk. Zijn goede vriend en zwager, Michele Zanche, die bij hem te gast was, heeft hij verraden en in koelen bloede vermoord. Dante plaatste hem daarvoor in de derde zone van de negende ring van de hel, hoewel hij toen Dante schreef nog in leven was. Maar in die tijd wist men nog dat wie een vriend verraadt, onmiddellijk zijn ziel verliest en zal huizen in de hel, terwijl zijn aardse lichaam vanaf dat moment wordt bezeten door een demon, tot het hart het begeeft. Aan de tweede zuil links van de kerk heeft hij geprobeerd zijn bebloede handen af te vegen.

Bij Porta dei Vacca zag ik de kar die werd bestuurd door een monnik zonder gezicht onder zijn kap, die de onrustige zielen van slachtoffers van geweld naar een rustigere plek brengt in de bergen. Ik hoorde het rammelen van de kettingen van de gevangenen op Campo Pisano. Ik zag de gesluierde vrouw van Vico del Duca en op Piazza del Amor Perfetto zag ik de mooie hoer die van vijfhoog een kool uit het raam hing. En toen ik beter keek, zag ik dat het geen kool was, maar het hoofd van een jaloerse minnaar.

Daar vlakbij, op Piazza Banchi, hoorde ik 's nachts de ijle muziek van de componist Alessandro Stradella, die grote successen had gevierd in Venetië, maar daar verliefd was geworden op de verkeerde vrouw. Hij was gevlucht naar Genua en had zich verborgen in het labyrint. Maar een huurmoordenaar had hem weten te vinden en had hem, terwijl hij de kerk in probeerde te vluchten, op de trappen neergestoken.

Op weg naar huis zag ik soms een man in een purperen tuniek die tegen het voorportaal van de kerk San Donato stond geleund. Hij is Stefano Reggi. Hij was valselijk beschuldigd van verraad jegens de doge en heeft, om zich de schande te besparen, op de trappen van die kerk een crucifix in zijn hart geramd terwijl hij schreeuwde dat hij de stad nooit zou verlaten.

En het ergste was Via del Campo, daar in het midden, waar de fontein is. In het licht van de maan zag ik daar de meest bloederige taferelen, als een macaber soort son et lumière. Hier stond ooit het huis van Giulio Cesare Vacchero, een edelman en vermeende vertrouweling van de doge, die tegen hem samenzwoer met graaf Carlo Emanuele I van Savoia en vervolgens op zijn beurt werd verraden. Een vermeende vriend bracht de doge op de hoogte van het complot en Giulio Cesare Vacchero werd terechtgesteld, zijn bezittingen geconfisqueerd, zijn zoons verbannen, zijn huis tot de grond toe afgebroken en op de plek waar zijn huis ooit stond werd een marmeren zuil opgericht met een Latijnse inscriptie die dit allemaal voor de eeuwigheid heeft vastgelegd:

JULIJ CAESARIS VACHERIJ
PERDITISSIMI HOMINIS
INFAMIS MEMORIA
QUI CUM IN REMPUBLICAM CONSPIRASSET
OBTRUNCATO CAPITE PUBLICATIS BONIS
EXPULSIS FILIIS DIRUTAQUE DOMO
DEBITAS POENAS LUIT
A.S.MDCXXVIII

Dat hoef ik voor jou niet te vertalen. Daar is geen woord Spaans bij. En zijn kleinkinderen schaamden zich daar zo voor dat ze die fontein hebben gebouwd om die zuil aan het zicht te onttrekken.

En inmiddels weet ik niet meer of ik al deze geestverschijningen meen waar te nemen omdat ik als schrijver beroepshalve ben vervloekt met een groot empathisch vermogen en de oude vrouw van Vico dei Librai de laatste verdedigingslinie van mijn ratio heeft geslecht waardoor ik verdwaal in mijn fantasie, of dat ik ze echt zie en hoor en in een rap tempo gek aan het worden ben.

10

Ik probeer het me voor te stellen. Elke jongen die werd geboren in de toen bekende wereld, droomde ervan. Elke schildknaap die tot zijn enkels in de schijt stond om de stallen schoon te maken, viel in slaap met rode wangen van opwinding, die hij zag weerspiegeld in het door hemzelf glimmend opgepoetste harnas van zijn heer. En de dag dat de paarden werden gezadeld, zou hij nooit vergeten. De stille, doffe klap van zwaar leer op de rug van een ruin terwijl de stijgbeugels rinkelden. Het wapperen van de vaandels. De dreunend trage tred van een zwaar geharnaste ridder. Het gekraak en gepiep van de houten kraan die hem neerliet in de holle rug van zijn paard. De historische woorden die weergalmden in de holte van zijn harnas. De droge klik van het vizier van zijn helm. De storm steekt op. De vaandels vechten tegen de wind. Terwijl je je blik nederig afwendt, reik je het schild aan met het heilige teken. Een zwaard klikt zich vastbesloten vast in zijn schede. Het beste zwaard dat ooit is gesmeed. Duizenden zwaarden klikken als antwoord. De beste zwaarden ooit gezien op de oppervlakte van de zware, zwarte, zompige aarde, grofkluitig, vruchtbaar en zwart. Het commando wordt gegeven met een schorre schreeuw. Het paard gilt van de felle por van de gloednieuw schitterende sporen in zijn vaalbruine flanken. Honderden paarden gillen. Je rijdt erachteraan met de karren met uien en aardappels. Het is de gelukkigste dag van je leven. Je bent onderweg. Het avontuur begint. Je leven begint. Eindelijk begint het.

Maanden later sta je uitgemergeld onder stoffige en gescheurde banieren voor de poort. Je hebt tientallen goede mannen zien verdrinken in de eerste rivier die moest worden overgestoken. In de vlakte in het zuiden kon je goed overleven door kippen te stelen van de boeren en hun dochters te verkrachten. En daar was het rendezvous met de troepen van de eilanden. Ze waren een week later dan overeengekomen, maar ze waren talrijker dan de sterren van de nacht. Hun koning had het hart van een leeuw. Hij was driehonderd voet lang, zat op een gouden paard en gaf licht. Zijn mantel met het heilige teken golfde achter hem aan als de wereldzee die de continenten omvaamt. Hij at geen uien en aardappels, maar tijgermerg met drakenvleugels, geserveerd in de vergulde schedels van zijn vijanden.

Met hem en zijn leger ben je over de bergen gegaan. De bergen waren hoger dan alles wat je ooit in je leven hebt gezien of je had kunnen voorstellen. Een geoefend speerwerper zou met zijn worp niet verder komen dan de onverschillig brede enkel van een van die reuzen. De beste boogschutter van het leger zou met zijn lichtste en snelste pijl van zijn zwaarste ijzeren boog, die niemand anders kon spannen dan hij, de grens waar de bomen van boven zijn weggegeten niet halen. Met duizenden glimmende ridders ben je stapvoets over glibberige dichtgevroren bergpassen getrokken. Heren van naam zijn met harnas en paard verdwenen in ravijnen. Dat je je kar met aardappels en uien nog hebt en in leven bent, mag een wonder heten. Velen vroren 's nachts dood in het kamp. Velen vielen overdag neer van uitputting en werden achtergelaten. Sommigen vielen ten prooi aan de wolven van de nacht, die zo wit waren als de sneeuw die hen verborg. Snijdende wind huilde bij voorbaat om de nieuwe slachtoffers van de nieuwe nacht. Onverschillig gebergte zweeg. De dag grijnsde en de nacht sneed. Grote namen van de bekende wereld vielen op glijdende hoeven rinkelend met goed gesmeed edelmetaal de vergetelheid in. De doodskreten begonnen te wennen.

Maar er kwam een einde aan, ook voor diegenen zoals jij, die het hadden overleefd. Je wist niet meer of je daar dankbaar voor moest zijn of niet. Toen je de zinderende vlakte van het zuiden zag, zou je bijna wensen dat je daar hoog boven op het dak van de wereld rillend van kou door warmbloedige sneeuwwolven was verscheurd. Oog in oog met de van hitte gebarsten modder die voor je lag, leek dat een genade. En daar was het tweede rendez-vous, met de ridders van het koninkrijk. Hun tenten waren eleganter dan de rokken van een prinses. Hun harnassen glommen conform de laatste mode. Pluimen woeien wuft aan hun helmen. De stijgbeugels van hun gecoiffeerde paarden waren verguld. Uien en aardappels waren niet langer nodig. Zij aten halfverdronken zangvogeltjes met gemarmerde pauwentongen en gevulde kaviaar. Hun gouden helmen straalden naast hun gouden borden zoals thuis in hun witte kastelen aan kalme rivieren door bossen waarin eenhoorns grazen die uitsluitend in pasteltinten mogen worden geschilderd. En toen de gouden koning de volgende ochtend de hoorn liet blazen, was dat het mooiste geluid dat je ooit had gehoord. Je knoopte je broek dicht, liet de uien voor wat ze waren en strompelde vastberaden naar je diepgewenste ondergang.

11

En terwijl de mist van de bergen en de zindering van de zuidelijke vlakte je blik nog steeds vertroebelden – of misschien was het de vermoeidheid of de dronkenschap van het avontuur of de oogverblindende schittering van honderdduizenden harnassen in de zon – dacht je dat je aan de horizon de contouren van een stad zag opdoemen. Duizenden torens. Je hoorde de klokken beieren. Muren zo hoog als kastelen en paleizen zo hoog als bergen. Zoiets had je nog nooit gezien. Een landschap van marmer, door mensenhanden gebouwd. Achter die gladde, schitterend witte, ongenaakbaar hoge muren die zich uitstrekten over de totale breedte van het land zover het oog kon kijken, moest een bevoorrecht volk wonen dat zich baadt in ezelinnenmelk alvorens zich te kleden in purper, dat kon niet anders. Waar je vandaan komt, schrapen ze uien en aardappels uit de zwarte aarde, hier bloeien de kleurrijkste vruchten aan iedere boom, springen vette zilveren vissen aan wal om zich aan te bieden en vliegen fazanten en paradijsvogels door het open raam kwetterend uit eigen beweging in de van gouden olie sissende pan. Waar je vandaan komt, wordt groezelig bier gedronken uit grimmige mokken, hier spuit de helderste wijn uit alle fonteinen van ieder plein. Misschien overdreef je een beetje. Misschien waren het de ontberingen van de reis. Maar zo'n grote indruk maakte de stad toen je haar uit de verte zag. Haar naam was Genua. De andere schildknapen hadden de naam al maanden gefluisterd als een geheim gebed. Dit was de hoofdstad van een zelfstandige republiek, zeiden ze, de Serenissima Repubblica di Genova. Ze zeiden dat haar motto was: 'respublica superiorem non recognoscens'. Dat begreep je niet helemaal, maar je was des te meer onder de indruk.

Zij wordt La Superba genoemd en al ben je nog niet binnen, je begrijpt precies waarom. Je staat voor de Porta Soprana, de hoge, elegante stadspoort die wordt geflankeerd door twee rijzige torens. Het geheel is zo volmaakt in proportie dat het eerder lijkt op de façade van een kathedraal dan op een onneembaar verdedigingsbolwerk. Er wordt gezegd dat de maten en verhoudingen van de poort zijn berekend door een geheime monnikenorde en dat de magie van hun mathematica de poort beschermt en vijanden van de stad verlamt. Van de trotse torens wapperen vaandels met het heilige teken, het bloedrode kruis, vurig als het brandende geloof in de heilige zaak, op een lelieblank veld, wit als de bleke onschuld van zuivere intenties. Je maakt deel uit van het heilige leger en eindelijk heb je de heilige stad bereikt die de poort is naar het heilige land. Het machtige leger der kruisvaarders is thuisgekomen in de machtige stad der kruisvaarders om eindelijk te vertrekken. In Genua zal het scheep gaan op duizenden galjoenen om met bollende zeilen in naam van het enig ware geloof oostwaarts te varen en met het vlammende zwaard van de enige ware God Jeruzalem te bevrijden van de zwarte horden met hun kromzwaarden die knielen voor een valse profeet. Het goede zal het kwaad overwinnen. God zal zegevieren over de duivel. En jij mag als eenvoudige schildknaap deel uitmaken van deze heilige missie die de geschiedenis van de kosmos ten goede zal keren.

De gouden koning van Frankrijk en de Engelse koning met het hart van een leeuw stellen zich te paard naast elkaar op tussen hun troepen en de gesloten poort. De gouden koning noemt al zijn honderd titels en begroet de stad. Zijn hoornblazer geeft het signaal. De koning met het hart van een leeuw noemt al zijn honderd titels en spreekt het heilige wachtwoord uit. Zijn trommelaars slaan op de grootste pauk. Dan zwaaien de machtige deuren van de poort open. De twee koningen geven het bevel. Het grootste leger dat de wereld ooit heeft gezien, trekt de stad binnen.

Honderdduizenden geharnaste ridders te paard, gevolgd door een horde zonder tal van voetvolk, lansiers, boogschutters, aalmoezeniers, bedienden en schildknapen, gaan door Porta Soprana over Via San Lorenzo langs de kathedraal naar beneden naar de haven. Het geluid van hoefslag, rinkelend metaal, voetstappen, trommels en trompetten weergalmt tussen de hoge gevels van de stad. Je kijkt je ogen uit. De straten zijn gemaakt van steen. Zoiets heb je nog nooit gezien. De hoge paleizen van marmer zijn voorzien van de meest oogverblindende ornamenten. Ze hebben grote ramen van doorzichtig glas. Overal waaien de vaandels met het heilige teken. De kathedraal kun je in al zijn schoonheid nauwelijks bevatten. Het is het grootste gebouw dat je ooit hebt gezien. Het is opgetrokken uit verschillende soorten marmer in witte en grijze lagen. De façade is een overweldigend vertoon van sculpturen, zuilen, mozaïeken en ornamenten in verschillende kleuren. Een volk dat zoiets kan bouwen moet het rijkste en meest wijze volk op aarde zijn. Het laatste paleis voor de haven is versierd met een huizenhoge muurschildering, zo kleurrijk en zo levensecht dat je er bijna bang van wordt. Het is Sint-Joris. Hij zit te paard in zijn harnas. Hij draagt een mantel en een schild met het heilige teken. Hij is de schutspatroon van de kruisvaarders. Zijn lans doorboort de keel van een angstaanjagende draak, precies zoals de zwaarden van dit leger in Jeruzalem de zwarte kelen zullen doorsnijden van het honderdduizendkoppige monster van Satan, de Moren, de aanbidders van de valse god.

Maar de meeste indruk maken de mensen, de stedelingen die langs de route staan opgesteld om het leger met eigen ogen te aanschouwen. Je zou kunnen denken dat zo'n groot leger angst inboezemt, ook al komt het met de beste intenties. Maar van enige angst is niets te zien in de ogen van de Genuezen. Zij stralen iets ongenaakbaars uit. Zij erkennen geen meerderen. Gehuld in smaakvolle kostuums gemaakt van de fijnste en duurste stoffen lijken ze hooghartig, superieur bijna. Alsof ze weten dat het grootste leger dat de wereld ooit heeft gezien, niets meer is dan een tijdelijke gast en voor het verblijf in hun eeuwige stad zal moeten betalen met vele kisten zilver. Maar de allergrootste indruk maken de vrouwen. Je ziet ze uit de ramen hangen van hun paleizen of staan op hun marmeren balkons. De vrouwen die je in je leven had gekend, waren boerinnen of herbergiersters. Zij hadden grove handen, een grove tong en twee uiers waar je voor een stuiver in mocht knijpen. De vrouwen van Genua zijn edel en rank als prinsessen, zo fijn gesneden als een kunstwerk van ivoor, met grote wetende ogen, vurig en hautain hun blik. Zij erkennen geen meerderen. Als zij spreken, zingen zij en als zij zwijgen, spreken ze poëzie.

En dan opeens zie je haar. Voor het eerst van je leven zie je de zee. De grote blauwe spiegelende vlakte die zich koel en ongenaakbaar uitstrekt tot aan de horizon. Je hebt het gevoel dat je flauw gaat vallen, maar gelukkig weet je je nog net staande te houden.

12

Maar al snel zou je de stad leren haten. In de haven was geen plek om de tenten op te slaan. De ridders sliepen op satijnen kussens in de talrijke paleizen van de stad, terwijl de steil zwijgende gastheer voor een geringe meerprijs meisjes kon regelen die hun op hun welverdiende rustbed koelte toewuifden met hun ruisende waaiers. Zij hadden steeds minder haast om te vertrekken. Jij sliep met het voetvolk op de kade met je eigen lege ransel als hoofdkussen. Je voelde jezelf gekaakt en gepekeld onder de brandende zon. Het bleek een enorme operatie om zo'n groot leger in te schepen. Met grote regelmaat werden er troepen overgeroeid naar een van de zwarte deinende galjoenen in de verte, maar jullie waren met zovelen. Je begon te rekenen. In dit tempo zou het weken duren om iedereen aan boord te krijgen, om niet te zeggen maanden. Intussen had je honger. Maar die ongenaakbaar superieure Genuezen die je bij je entree in de stad had bewonderd, bleken nog arroganter en gewiekster dan je dacht. Ze zagen jouw honger als handelswaar. Met duizenden uitgehongerde voetsoldaten op hun drempel verhoogden ze de prijs van een brood tot drie duiten. Gedroogde visjes gingen per opbod. Intussen liet de hygiëne te wensen over. Zacht gezegd. Er braken ziekten uit. Goede mannen stierven aan de hoest of aan zwarte voeten. De Genuezen vaardigden een verbod uit op het verlaten van de oververhitte kade en stelden soldaten op in de schaduw om te verhinderen dat jullie de koele steegjes in zouden gaan om water te stelen uit de fonteinen. Het warme, zoute water van de haven smaakte niet, zelfs niet in combinatie met soep getrokken uit schoenzolen en paardenvijgen. Het zwijgende volk der Genuezen lachte niet eens. Het kende geen leedvermaak, dat had je tenminste nog kunnen begrijpen. Het stond en keek. En het verhoogde zwijgend zijn prijs. Ratten scharrelden rond je geïmproviseerde brits. Je begon je af te vragen hoe zij zouden smaken. En op een avond proefde je het. En wat je van walging had uitgekotst, werd gretig weggegrist door je slapie.

Aan boord was het niet veel beter. Op de kades van Genua had je tenminste nog frisse lucht, hoe relatief dat begrip ook was in de nabijheid van honderdduizenden zwetende en creperende voetsoldaten van het grootste leger dat de wereld ooit had gezien. In het ruim van het galjoen hing de reuk van zwavel van Lucifer zelve, de prins van de buitenste duisternis, die de soldaten van het leger der engelen trachtte te verstikken met hun eigen adem. Dunne kak stroomde langs de binten. De planken kraakten.

13

De landing in Palestina ging gepaard met veel vertoon van macht. Terwijl jij groen van ellende in je eigen kots en schijt lag in het benedenruim tussen de stinkende lijken van je strijdmakkers, werden bovendeks de vaandels gehesen en klonken de bazuinen. Jouw heer sprong in zijn schitterend harnas als eerste aan land, net zoals alle andere heren in hun schitterende harnassen. En pas toen hun holle woorden waren weggestorven in de wind, strompelde je meer dood dan levend het strand op. En terwijl in volle galop met tromgeroffel en trompetgeschal onverwijld werd opgetrokken tegen de heilige stad Jeruzalem, die in handen was gevallen van moslims, de grootste vijanden van jouw god en de beschaving, moest je heel even bijkomen van de reis. Er waren palmen en schaduw. Er was een briesje van zee. Het lukte je om je af te zonderen. Je moest heel even liggen, alvorens de soldaten van het kwaad te bestrijden en Satan zelve met getrokken zwaard in het gezicht te spuwen. Heel even. Vijf minuten uitrusten. Je viel in een diepe slaap.

Toen je wakker werd, was het stil. Er was geen geluid van hoefslag, trommels en bazuinen. Voorzichtig opende je je ogen. Je keek in de ogen van een zwarte vrouw. 'Zwart' was het woord niet. Ze was zo strak en donker en glimmend als een olijf. Haar huid glom van zweet, kracht en waarheid en haar gitzwarte ogen vermochten complete legioenen in as te leggen. Ze hield een fonkelend mes op je keel. Ze zei iets in haar landstaal wat je waarschijnlijk geheel terecht interpreteerde als een dreigement. Je voelde dat je jezelf bewaterde van angst. En uit angst, omdat je zozeer in paniek was dat je alles had kunnen verzinnen, richtte je je langzaam op. Ze hield haar mes op je keel, maar ze sneed niet. Je rees tot haar lippen en zoende haar en je wist zeker dat je zo zou sterven. Maar ze sneed niet.

'Waarom?'

Ze antwoordde iets in haar schrapend droge taal wat je niet verstond. Ze spuwde je in je gezicht, zoende je hartstochtelijk, sloeg je en zette je op een muildier. 'Hi!' schreeuwde ze. 'Hi!'

Maanden later zat je naast haar vader in de blauwe tent. Hij hield de heilige scepter vast terwijl hij de nieuwe god en de nieuwe profeet smeekte om te waken over jullie welzijn. Bij het slotgebed kreeg hij tranen in zijn ogen. Zij raakte je hand heel even aan. Na de zwaarddans sprak je in hun taal over alles wat zij je intussen hadden geleerd. Je sprak over water en vuur, harmonie in mathematische verhoudingen, de filosofie van onderwerping aan de waarheid, en de liefde voor je nieuwe vrouw. Het applaus klaterde als water in een woestijn.

En die nacht, terwijl je nagloeide van de honing en de lauwe, zilte zee van haar onvoorwaardelijke overgave, hoorde je hoefslag buiten het kamp. Je schoof de boeken van de Arabische filosofen opzij, greep je zwaard en ging naar buiten. Maar ze waren te talrijk. Ze droegen het verdoemde teken van het vlammend rode kruis der wrake op een vaalwit veld van hypocrisie. Er was niets wat je kon doen met je kromzwaard. Je bracht jezelf en haar vader in veiligheid. Van haar ontbrak ieder spoor. Het tentenkamp werd uitgemoord en platgebrand. De boeken van de wijzen werden verbrand als aanstootgevende dwaalleer. De vrouwen werden verkracht, keer op keer, totdat iemand de genade betoonde om een zwaard in haar bloedende kut te rammen in plaats van haar nogmaals te bezitten. Zo zag je haar sterven.

Vanaf die nacht was het je enige wens om niet meer in leven te zijn. Haar vader knikte. En zo werd het jouw tweede wens om wraak te nemen.

'Maar de strijders van het bloedrode kruis zijn te talrijk.'

Jij knikte. 'Maar ze hebben een zwakte.'

'Welke?'

'Hun stad. De stad van Sint-Joris en de draak. Ik zal uw dochter wreken op die stad.'

'Hoe heet die stad, mijn zoon? Genua? Ik heb gehoord dat het de mooiste stad is die ooit is gebouwd.'

'Genua,' zei je, 'is de plek die ik het meest haat op aarde. Ik beloof u, vader, ik zal er terugkeren. Sta mij toe om mij te beroven van mijn eigen leven en er te verschijnen als de geest der wrake van de slachtoffers van het kruis.'

14

Het was nacht. Maar ik kon de slaap niet vatten. Spoken uit mijn verleden doken op in mijn dromen die maar geen dromen wilden worden. Er verschenen schimmen uit het vaderland. Het vadsige hoofd van mijn uitgever kwam vervaarlijk dichtbij en keek mij verwijtend aan. Hij zweeg, maar ik wist precies wat hij wilde zeggen. Hij roffelde ongeduldig met zijn vingers op tafel. Ik probeerde me voor hem te verstoppen achter een stapel brieven, maar om de een of andere reden moest jij je daar zo nodig ophouden met je hoofd, goede vriend, en dat hoofd keek ook al niet al te vriendelijk. En je hebt ook gelijk. Het spijt me dat ik je dat geld dat je me hebt geleend nog steeds niet heb terugbetaald. En ik durf het je nauwelijks te vragen. Maar die hele affaire met mijn zogenaamd rijke minnares heeft mij alleen maar geld gekost. Ik zag het gezicht van Monia voor me. Ik probeerde het te verdringen, maar toen duwde ze haar schandalig grote tieten in mijn gezicht. Ik schrok wakker uit mijn slapeloosheid omdat ik geen adem meer kreeg. Ik rook de zurige walm van haar holten. Ze stonk naar een geamputeerd vrouwenbeen in een vuilniszak. Ze stak haar beide vuurrode tongen uit en siste dat zij mijn bruid was. Haar hoofd draaide driehonderdzestig graden. 'Is er iets wat je niet weet?' vroeg ze. 'Neuk me. Of ben je soms vegetariër?' Ze spreidde haar benen en schopte haar ene schoen uit. Die was vol braaksel. De kots stroomde van de marmeren trappen. 'Oi oi,' zei de benedenbuurman. 'Oi oi.' Het gietijzeren hek halverwege de trap viel in het slot.

Ik stond op en ging naar de badkamer om mijn gezicht te wassen. Ik deed het licht niet aan, om mezelf niet nog wakkerder te maken dan ik al was. Ik moest overgeven. En toen ik daarna in de donkere spiegel keek, zag ik haar. Zij was alleen via spiegels waar te nemen. Voorzichtig boog ik naar voren om haar te zoenen. Zij beantwoordde mijn geste. Mijn lippen raakten haar koele, glasharde lippen.

'Je bent het mooiste meisje van Genua.'
'Zeg je dat altijd tegen je eigen spiegelbeeld?'
'Wat doe je hier?'
'Je leeft te veel in je fantasie.'
'Ik heb altijd alleen van jou gehouden.'
'Stap achteruit. Langzaam.'

Terwijl ik mij langzaam verwijderde van de spiegel, deed zij hetzelfde, in precies hetzelfde tempo, net zo lang totdat ik in plaats van alleen haar gezicht haar hele lichaam zag. Ze droeg haar uniform van de bar. Haar ene voet was roze van jodium. De broekspijp was opgestroopt, waarschijnlijk omdat de zoom anders te veel zou schuren en pijn zou doen aan haar wonden. Haar andere voet kon ik niet zien.

'Wat is er gebeurd?'
In plaats van te antwoorden begon zij haar broek uit te trekken.

'Wat doe je?'
'Ik laat zien hoe echt je bent.'
Ze had haar riem al los. Ze deed het knoopje open en toen de rits. Ze hield haar broek vast.
'Ben je klaar?' vroeg ze. En voordat ik kon antwoorden liet ze haar broek zakken en stond ze naakt in de spiegel voor mij. Ze had maar één been.

15

Ik knipte het licht aan. Zij was verdwenen. Ik waste mijn gezicht nog een keer. Onwillekeurig aaide ik over de spiegel zoals iemand toch even een oosterse lamp streelt in de hoop dat het verhaal waar is. Maar de enige geest die verscheen was mijn eigen naakte spiegelbeeld dat mij zei dat ik moest gaan slapen.

Maar het lukte niet meer. Mijn harde IKEA-bedje voelde aan als de smalle brits op het benedendek van een krakend galjoen op weg naar het heilige land of als de slaapplekken der derde klasse diep beneden in het ruim van een oceaanstomer op weg naar La Merica. 'Fatou yo,' zong ik zachtjes. 'We all live in a yellow submarine.' Buiten was gedruis. Iemand schreeuwde in het Arabisch. Hij begon te schoppen en te slaan tegen deuren, ook tegen de mijne. Ik trok het laken over mijn hoofd. Toen schreeuwde hij in het Italiaans dat hij wraak wilde. De overbuurvrouw wist daar wel raad mee. Ze opende de luiken en gooide vanaf de vijfde verdieping een bloempot op zijn knar. Jankend verdween hij in het labyrint. Maar de overbuurvrouw bleef daar nog lang luidkeels over napraten met mijn bovenbuurvrouw, die kennelijk ook wakker was geworden. En dat wekte weer de ergernis op van verschillende andere buren die de discussie nog storender vonden dan de aanleiding, wat een soort kettingreactie teweegbracht en leidde tot nog fellere discussies waaraan uiteindelijk zo goed als de hele steeg deelnam. Iedereen hing uit zijn open raam en schreeuwde dat de anderen niet zo moesten schreeuwen. Er waren mensen aan het slapen hier, schreeuwden ze, die anders dan al die schreeuwende klaplopers morgenochtend gewoon weer aan het werk moesten voor de kost, godverdomme.

Ik trok het niet meer. Ik kleedde me aan en ging naar buiten. Er was niemand meer op straat. Mijn voetstappen weergalmden hol tussen de hoge, afgebladderde gevels. Ratten schoten weg in de scheuren en kieren tussen de straat en de huizen. Zwart en grimmig liep ik zomaar ergens naartoe. Hier en daar blonken witte tanden in donkere nissen. Kansen werden ingeschat. Maar ik was niet dronken. Ik was groot en boos. Elk uitgestoken mes had ik met arm en al bij de schouder afgebeten. En zij wisten dat.

Ik had zin om een hoer te neuken. Het was er de perfecte avond voor. Maar de hoertjes waren er niet. Ze zijn voor de lunch, wanneer de magistraten van Genua hun kalfslederen aktetasjes nerveus onder hun zwetende oksels klemmen. Maar ik moest en zou iemand vinden. Strak, hard en gelaten vervolgde ik mijn weg. Na Via della Maddalena was er altijd nog Via del Campo. Via del Campo is een hoer. Als je haar wilt bezitten, volstaat het om haar bij de hand te nemen. Ze verkoopt aan iedereen dezelfde roos. En na Via del Campo is er desnoods Via della Croce Bianca en het Ghetto.

Maar zelfs het Ghetto was op dit uur uitgestorven. Ik dwaalde doelloos door ontzielde stegen. Als er geen dikke, harige travestieten zijn om naar te kijken, valt het pas echt op hoe vervallen deze stegen zijn. Op hele stukken is de straat niet eens verhard. Stucwerk verkruimelt onder je blik. Je hoeft maar even vermoeid tegen een muurtje aan te leunen om ongewild een nieuwe doorgang te creëren, een toevallige steeg die je even een nacht naar jezelf mag noemen alvorens alles begint te schuiven.

Zuchtend ging ik op een trappetje zitten tegen een deur. 'En dit dan?' zei ik tegen mijzelf. 'Is dit ook alleen maar fantasie?' De deur werd van binnenuit opengemaakt. Ik draaide mij om.

'Jouw fantasie is mijn beroep.'

Ik kon hem niet goed zien in het donker, maar hij was bepaald forsgebouwd. Hij droeg een pruik en een strak, kort jurkje. Hij miste een been. 'Kom,' zei hij.

'Hoe heet je?' Een stomme vraag, dat weet ik. Maar ik wist van de schrik even zo gauw niets beters om te zeggen. Ik hoorde de griffioenen krijsen.

'Ornella,' zei hij.

16

Op zijn krukken hinkelde hij voor mij uit het peeskamertje binnen. Het was een aftands hok, weinig meer dan een garage met een bed erin, maar er was wat meer licht dan in de steeg. Hoewel hij buiten met enige goede wil, voldoende geilheid en doorzettingsvermogen iets weg had van een vrouw, was er onder dit lamplicht weinig meer van die illusie over. Hij had zijn gezicht en zijn been geschoren, één spannende kous aangetrokken onder een jurkje met luipaardprint dat erg strak zat rond zijn buik, watten in zijn bh en een pruik op. Maar daar was dan ook alles mee gezegd. Ik merk dat het mij onwillekeurig niet eens is gelukt om vrouwelijke voornaamwoorden voor hem te gebruiken, al was het maar om de schijn op te houden. Hij zag eruit als een parodie op zijn eigen fantasie. Hij wilde te graag. En dat kan in theorie best opwindend zijn, iemand die ondanks een evident gebrek aan de noodzakelijke capaciteiten en lichamelijke kenmerken hongerig is om het spel te spelen en er alles voor overheeft om zichzelf begeerd te weten – sterker nog, dat is over het algemeen aanzienlijk opwindender dan een gepenseeld lichaam dat gewoon is geraakt om zichzelf ijl achterover te zuchten in de wetenschap dat het zonder een hand uit te hoeven steken extase veroorzaakt –, maar je kunt het ook overdrijven met dat evident gebrek aan noodzakelijke lichamelijke kenmerken.

Hij zette zijn krukken in de hoek en ging op het bed zitten. 'Kom,' zei hij. Hij gebaarde dat ik naast hem moest komen zitten. Ik bleef staan.

'Is er iets?'

En dan was er ook nog die kwestie met dat ene been. Dat was welbeschouwd het probleem niet. Het was eerder het ene been dat ontbrak dat verontrustte. Benen zitten bij het neuken meestal nogal in de weg, oké, zo kon je het ook zien, dat snapte ik. Maar toch werd het alles bij elkaar een nogal specialistische fetisj. Voor de schaarse fijnproever. En ik wist niet of ik dat was.

'Waarom doe je dit?' vroeg ik.

'En jij?'

Dat was een faire wedervraag, dat moest ik toegeven. Precies dat begon ook ik mij steeds meer af te vragen. 'Hoelang heb je dat al?'
'Wat?'
'Dat been.'
'Volgens mij is de vraag eerder hoelang ik dat niet meer heb.'
Hij was nog slim ook. Daar had ik al helemaal geen behoefte aan. Dat was wel het laatste waarvoor ik in het holst van de nacht van huis was gegaan. Dit begon langzamerhand een nog grotere nachtmerrie te worden dan de nachtmerries die ik was ontvlucht. Misschien was het beter om te gaan.
'Datgene wat ik tussen mijn beide al dan niet bestaande benen heb, functioneert overigens uitstekend. Hoe heet je? Je mag ook een naam verzinnen, dat maakt me niet uit.'
'Het spijt me.'
'Dan noem ik je Giulia. En wat is je grootste wens?'
'Ik heb op dit moment geen wensen meer.'
'O jawel, lieve Giulia, jij stroomt over van de hartstochtelijke wensen, ook al ben ik misschien niet degene die ze kan vervullen. Maar je wensen vlammen uit je ogen. Ik zie dat soort dingen.'
'Nogmaals: het spijt me. Het spijt me oprecht. Ik heb een fout gemaakt. Maar ik zal je betalen. Hoeveel is het?'
'Het is nacht. Het is het uur van de wolf. Alleen jij en ik zijn nog wakker in dit vervloekte labyrint. Ik zal je een verhaal vertellen. Ga zitten. Je hoeft niets te betalen. Ik wil alleen maar dat je luistert.'

17

'Je zou het misschien op het eerste gezicht niet zeggen, maar ooit was ik een man. Of misschien zou je dat wel op het eerste gezicht zeggen, maar ik ben heel goed in staat om je dat op het tweede gezicht te laten vergeten. In de liefde gaat het om de illusie. Dat heb ik ooit als man op een pijnlijke manier geleerd en die les pas ik nu toe als vrouw. Als je je bemind wilt weten, moet je zien te voldoen aan het beeld dat de ander van jou heeft gemaakt. Jezelf zijn en dat de ander je respecteert zoals je bent, dat zijn maar wat domme praatjes van mensen die een relatie hebben en daar tevreden mee zijn, terwijl ze de ware liefde niet kennen. Zij is een wrede godin die offers vergt. Zij splijt de aarde met haar wimpers. Zij vermag sterke mannen te breken met een oogopslag, zoals ze mij heeft gebroken. Wie zichzelf denkt te kunnen blijven en daarvoor zelfs wil worden gerespecteerd, wordt door haar vermorzeld of, erger nog, genegeerd.

Alsof er zoiets bestaat als jezelf zijn. Nog zoiets. Alsof er überhaupt iets bestaat als jezelf. Identiteit is altijd een verzinsel, een constructie die is gebaseerd op het beeld dat iemand heeft van wat anderen van hem denken. En dat is geen constante. Dat is zo veranderlijk als een wolkenpartij in de wind, die nu eens lijkt op Scandinavië, en het volgende moment op eenden, een dame, schapen met een herder.

Wat jij moet leren, Giulia, is dat het hoogste is om volledig samen te vallen met de fantasie van je minnaar. Of minnares. En je moet je er geen zorgen over maken of hij hetzelfde doet. Of zij. Sorry. Ik weet dat je nog niet zover bent om dat onderscheid irrelevant te vinden. Maar die tijd zal komen. Je hebt de potentie om een wijs meisje te worden. Je moet haar worden. Of hem. Maar ik zal het niet te moeilijk voor je maken. Je moet haar worden. Pas wanneer je haar gezicht ziet in de spiegel, begin je van haar te houden. Maar je ware taak is om ervoor te zorgen dat zij jouw gezicht in de spiegel ziet. Wat wil zeggen dat zij haar eigen gezicht ziet, want dat gezicht is jouw spiegelbeeld geworden. Begrijp je dat, lieve Giulia? Het is een gevaarlijk spel, daarin heb je gelijk. Je komt terecht in een spiegellabyrint waarin het gemakkelijk verdwalen is. Maar dat moet je wens zijn: om te verdwalen.

Ik zie aan je dat je het niet begrijpt. Arm meisje. Kom zitten. Ik zal het je beter vertellen.'

'Ik ben geen meisje.'

'Natuurlijk niet. Sorry. Ook ik ben dat nooit geweest. Ik was een man die met beide benen in de wereld stond. Ik kon stuken en houthakken. Ik ben nooit bang geweest voor insecten van welke grootte dan ook. Ik was groot, zwart en grimmig. Ratten lachte ik uit. Als ik in een andere eeuw was geboren, had ik een zwaard aan mijn heup gehad.'

'En toen?'

'Ze heette Moana. Dat was niet haar echte naam, maar die doet er niet toe. Voor mij was zij het mooiste meisje van Genua. Ze was de liefde van mijn leven. Ik hield zoveel van haar dat het niet meer volstond om haar te beminnen als een ander. Mijn grootste wens was om met haar samen te vallen. Ik wilde haar niet hebben, dat is banaal, dat is voor gewone mensen met een relatie. Ik wilde haar worden.'

'En is dat gelukt?'

'Doe niet zo cynisch, Giulia.'

'Ik verontschuldig mij. Vertel verder.'

'Het verhaal is eigenlijk heel kort en voorspelbaar.'

'Ik wil het horen.'

'Weet je wat het betekent als je voor eens en voor altijd het besluit neemt om van een vrouw te houden?'

'Geen vragen stellen. Vertel mij het verhaal.'

'Zij zat op de hoogste toren van mijn verlangen en kronkelde onder de tentakels van mijn zwarte nacht. Zij was de onneembare hoogvlakte die ik moest veroveren en de lommerrijke tuin waarin ik mij daarna te ruste legde. Zij was het vuur dat mij verzengde en in as legde en zij was het vuur dat mij warmte gaf en kracht. Zij was het sissende ijs dat mij afkoelde en geruststelde en zij was het harde ijs dat mij verstootte.'

'Waarom praat je opeens zo?'

'Hoe? Poëtisch?'

'Jij zegt het.'

'Klootzak.'

'En toen?'

'Het is een erg dramatisch en pijnlijk verhaal. Maar gezien jouw desinteresse zal ik het samenvatten tot de essentie. Zij kreeg een ander. En uiteindelijk maakte dat niet eens zoveel uit. Ik had geleerd wat ik moest leren.'

'Goed verhaal. En toen ben je travestiet geworden?'

'Pas jij maar op. Ik zal je iets voorlezen wat ik laatst heb geschreven. Wil je het horen? Wacht, hier is het.'

'Dan lijk ik geen keuze te hebben.'

18

'Er zijn mensen die beweren dat ik ben verzonnen. Maar dat kun je van iedereen wel zeggen. Zoals de man in zijn makelaarspak die ik vanochtend zag lopen zichzelf in een makelaarspak heeft verzonnen en zoals de politicus die ik gisteravond op televisie zag in samenspraak met zijn adviseurs en spindoctors zijn authentieke uitstraling heeft verzonnen die het zo goed doet bij de kiezers, zo heb ik mijzelf verzonnen. Ik heb mijzelf gedroomd en heb mijzelf vervolgens de vrijheid gegund om te bestaan.

Er zijn andere mensen die zeggen dat ik de droom ben van een man. Alsof dat een misdrijf zou zijn. Omdat ik mezelf heb toegestaan te wandelen op hoge benen van verdriet door alle werelden die bedacht kunnen worden, klinkt de echo van mijn hoge hakken in de dromen van velen. Ik word graag begeerd, omdat ik zelf begeer als de beste. Ik ben soms net een mens.

Kennen jullie dat ene verhaal? Pygmalion heette hij. Hij had een rare naam omdat hij een oude Griek was. Hij was beeldhouwer. Een kunstenaar. Hij wist wat schoonheid was, zullen we maar zeggen. En natuurlijk was hij verliefd op Aphrodite, de godin van de begeerte. De mensen hebben de goden geschapen naar hun beeld en Aphrodite was de vleesgeworden fantasie van de lust. Of hoe zeg je dat? De fantasie van de vleesgeworden lust. Wie haar niet begeerde, had haar niet goed genoeg bedacht. En niemand kon haar beter bedenken dan de kunstenaar Pygmalion. Hij maakte een beeld van haar uit het blankste en duurste ivoor dat in die dagen verkrijgbaar was. Het was een werk van liefde. Het was een offer aan de godin. Het was een offer aan zijn eigen fantasie. En toen het beeld af was, nam hij haar mee naar bed. In platte mensenwoorden zou je zeggen dat hij de liefde met haar bedreef zoals een puistige computernerd een zelfontworpen opblaaspop neukt. Maar dat zijn platte mensenwoorden. Hij verenigde zich met zijn diepste verlangens. Het was de hoogste vorm van liefde. De godin Aphrodite begreep dat. En om hem te belonen wekte ze het beeld tot leven.

Ik heb het verhaal misschien niet helemaal goed verteld. Want nu lijkt het alsof er drie personages zijn: Pygmalion, Aphrodite en het tot leven gewekte beeld. Maar zo is het niet. Ze zijn alle drie één en dezelfde persoon. Het is heel belangrijk om dat te begrijpen. Oké, het is niet makkelijk, dat geef ik toe. Maar wie het niet begrijpt, zal nooit begrijpen wat liefde is. Bijna niemand begrijpt het. Dat is het tragische.'

Dat was het kennelijk. Hij zweeg. Ook ik zei even niets. Ik dacht na. Ik begreep wat hij wilde zeggen en het was niet eens zo slecht geformuleerd. Maar ik dacht eigenlijk helemaal niet na over wat hij had gezegd. Ik dacht na over de situatie. Die was wat mij betreft oneindig veel interessanter. Want stel je voor, goede vriend: de in het vaderland eens zo gevierde auteur zit in het holst van de nacht in de slechtste buurt van een door en door verdorven stad op de rand van een krakkemikkige stretcher naast een mislukte travestiet met één been die hem een zelfgeschreven verhaaltje voorleest dat is bedoeld als een wijze les. Ze hebben mij in het vaderland tijdens mijn talloze interviews en openbare debatten vaak gevraagd naar mijn definitie van poëzie. Dit nachtelijke tafereeltje kwam dichter bij de waarheid dan elk gewiekst antwoord dat ik ooit heb gegeven. Ik lachte. Ik was mijn nieuwe vriend dankbaar. Ik legde mijn arm om zijn schouder. 'Dank je wel.'

'Waarom lach je?'

'Vanwege de situatie.'

Hij zoende mij zachtjes op mijn wang. Ik liet het toe. 'Vertel over je been.'

19

'Wat?'

'Hoe dat zo gekomen is.'

Hij zuchtte. 'Wil je dat echt weten? Een been meer of minder is niet zo belangrijk, zeker in vergelijking met wat ik je net heb verteld.'

'Ik wil het echt weten. Ben je zo geboren?'

'Nee.'

'Wanneer is het gebeurd?'

'Niet zo lang geleden. Ik was een slachtoffer van mijn eigen succes. Ik weet dat jij mij ziet als een man met een bierbuik in een strak jurkje met een pruik op. In zekere zin heb je gelijk. Dat ben ik ook. Maar ik kan mannen betoveren met mijn beschikbaarheid. Ik kan onder hun harde handen veranderen in de vrouw van hun dromen door een lege spiegel te zijn voor hun obsessies. Hier in het Ghetto word je vooral genomen door Marokkaanse pubers die van hun religie niet mogen liefhebben en pervers moeten neuken. Onder elkaar zijn ze stoer en vol grote verhalen, maar eenmaal alleen in deze peeskamer staat hij te trillen als een kind. Maar als hij wil dat ik een schaap ben, dan ben ik een schaap. Als hij wil dat ik een van de beloofde maagden ben in het paradijs, dan ben ik dat. En zo werd hij verliefd.'

'Had hij je geneukt?'

'Dat durfde hij niet. Hij kocht cadeaus voor mij. Ringen en armbandjes. Zoals deze. Prullen. Maar hij was lief. Hij wilde naast mij liggen en dan zei hij dat hij zich klein voelde.'

'Maar toen opeens durfde hij wel.'

'Precies. Het moest ervan komen. Hij zei dat hij zijn ouders om toestemming had gevraagd.'

'Echt?'

'Natuurlijk zei hij dat alleen maar. Het werd van zoenen en strelen. Ik heb hem goed gepijpt. Maar hij wilde verder. Hij greep tussen mijn benen.'

'En toen vond hij...'

'Dit.' Hij deed zijn kanten slipje opzij. 'En toen was ik nog stijver dan nu. Echt stijf. Kun je nagaan.'

'Doe maar echt stijf.'

'Voor jou, Giulia? Wil je dat? Help je me?'

'Nee.'

'Moet ik het dan helemaal alleen doen? Je bent een wreed meisje.'

'Ik ben geen meisje. Ik wil alleen maar zien hoe een travestiet met één been zichzelf aftrekt. Dat interesseert me op een journalistieke manier.'

'Op een journalistieke manier? Ben je een vergelijkend warenonderzoek aan het schrijven voor de consumentengids? En? Wat denk je? Doe ik het goed? Hoeveel sterretjes krijg ik?'

'Vertel over je been.'

'Hij kwam met vrienden met messen.'

'En toen?'

'Hij had zelf ook een mes.'

'En toen?'
'Toen wilde hij hem eraf snijden.'
'Je lul?'
'Ja.'
'En toen?'
'En toen zei ik: alsjeblieft, snijd mijn lul eraf. Ik wil je meisje zijn.'
'Zo hoopte je dat hij het niet zou doen.'
'Hij deed het ook niet. Hij dacht een kort moment na en zei toen dat hij mij alleen maar een plezier zou doen door mijn pik af te snijden. Dan zou ik echt een meisje worden. Dat gunde hij mij niet.'
'En toen...'
'En toen nam hij mijn linkerbeen.'
'Ben je klaargekomen?'
'Sorry. Wil je het oplikken?'
'Nee, dank je.'
'Gratis.'
'Dat is heel vriendelijk van je, maar dank je wel.'

20

'Dit is niet gebeurd.'
'Natuurlijk niet,' zei ik.
'Het is een vreemde nacht. Ik hoor de griffioenen krijsen. Geef je me even een doekje aan? Dank je. Ik had geluk. Welbeschouwd lag ik dood te bloeden. Maar iemand heeft mij gezien en de ambulance gebeld. Code rood in het ziekenhuis. Ik herinner het mij nog. Ik was nog min of meer bij bewustzijn. Ze vroegen mijn documenten. Die had ik niet. Ze vroegen wie ik was. Ik gaf mijn travestietennaam. Ze vroegen of ik allergisch was voor antibiotica. Wist ik veel. Ze vroegen zoveel dingen. En daarna kwamen de carabinieri en die vroegen nog meer. Zodra de wond enigszins was geheeld vertrok ik via de achterdeur op twee gestolen krukken. Deze twee. Ik heb ze nog steeds.'
'Heb je aangifte gedaan?'
'Wat is dat voor een rare vraag? Ben je soms een buitenlander? Dit is Italië.'

'Sorry. Maar ik dacht...'
'Jij denkt te veel. Dat is jouw probleem. Zal ik je nog even laten klaarkomen voordat je gaat?'
'Dat is een genereus aanbod. Maar dank je. En inderdaad moest ik maar eens gaan.'
'Ik heb zin om je kutje te likken, Giulia.'
'Dat zeggen ze allemaal.' Het was echt tijd om te gaan. 'Eén vraag nog.'
'Waar mijn been is?'
'Ja.'
'Wist ik het maar.'
'Hier in het Ghetto?'
Hij stompte mij in mijn buik. 'Hier?' Hij moest hard lachen. 'In het Ghetto zijn wij de baas. Een Marokkaan met een mes maakt hier geen schijn van kans. We hebben hier ooit zelfs oorlog gevoerd tegen Amerikaanse mariniers. En we hebben gewonnen. Heb je dat weleens gehoord? Ken je dat verhaal?'
'Ja.'
'Is er iets wat je niet weet?'
'Dat weet ik niet.'
'Ik weet het wel. Ik weet hoe het werkt. Toen mijn lieve Marokkaanse verloofde met zijn vriendjes verhaal kwam halen, was dat natuurlijk niet hier. Dat zouden ze nooit durven. Te veel naaldhakken. Te veel bovenverdiepingen. Te veel zwaartekracht. Te veel stegen die van de ene op de andere seconde een andere richting kiezen. Marokkanen weten dat. Ze zijn dom, maar niet achterlijk. Ze kiezen hun momenten en hun strategie. Je moet ze niet onderschatten, Giulia.'
'Wat bedoel je?'
'Ze hadden mij opgewacht in een vage club, ver van hier, onder aan Via San Bernardo, de afvoerput van de nacht.'
'Ik ken die plek.'
'Natuurlijk. Ik werkte daar als travestiet onder verschillende namen. Ik kwam er ook om mij te amuseren. Onder andere namen.'
'Welke namen?'
'Te veel om op te noemen. En in de steeg hebben ze mij gepakt en gemutileerd. Op de hoek van Via San Bernardo en een andere steeg.'

'Vico Vegetti.'

'Zou kunnen. En weet je wat het rare is, Giulia? Een paar weken later hebben ze mijn been teruggevonden in de verbrande bossen boven Arenzano. Dat is toch bizar. Er was nog een berichtje over in de krant.'

'In *Il Secolo xix*.'

'Ik heb dat nooit begrepen.'

'Hoe heet je ook al weer?'

'Ornella. Hoezo?'

21

Buiten haalde ik diep adem. Het duizelde me. Ik moest zo snel mogelijk weg van hier. Ik nam de dichtstbijzijnde uitgang uit het Ghetto, naar Via Lomellini. Het voelde als terugkeren in de stad na een lange periode in de wildernis. Het voelde alsof ik werd omarmd door de beschaving. Het was al licht. De winkels en barretjes waren al open. Leveranciers liepen achter handkarren met kisten groente en fruit. Er stond een rij voor de visboer. In Genuees dialect brulde hij de aanbiedingen van die ochtend. De magistraten van Genua waren op weg naar boven, naar Via Cairoli en Via Garibaldi, waar de eeuwenoude palazzi staan van hun macht. Ze deden net alsof ze geen weet hadden van de donkere jungle aan hun linkerzijde. De poelier op Piazza Fossatello plukte zingend zijn kippen. Schone was hing te wapperen aan lijnen die dwars over de stegen waren gespannen. Ik haalde opnieuw diep adem. De frisse lucht deed mij goed.

Ik ging naar de historische Bar Cavo op de hoek van Via Lomellini, Piazza Fossatello en Via San Luca om een koffie te drinken. Er stonden zeven carabinieri aan de bar. Ik wurmde mij tussen hen in en bestelde een koffie. Hun uniformen waren piekfijn in orde, dat kon ik van nabij verifiëren. Al hun knopen glommen. Ik heb mij zelden zo veilig gevoeld bij mijn kopje koffie in de ochtend.

En in de lange, smalle winkelstraat van San Luca, waar het altijd druk is, was het kennelijk zelfs druk op dit vroege uur. Alle geuren en kleuren, alle bedrijvigheid, alle opgewonden stemmen, ervoer ik na mijn nachtelijk avontuur als een weldadige douche. De overvloed aan heldere normaliteit werkte als tegengif tegen de zwarte stroop van waanzin die mijn gedachten steeds kleveriger maakte. En langzaam lukte het mij om de waarheid onder ogen te zien zonder in paniek te raken.

Ik kon er zelfs bijna om lachen. Ik had er geen twijfels meer over. Het was mij volledig duidelijk. Dat vrouwenbeen dat ik zo hartstochtelijk had gestreeld, bemind, gezoend en bemind, was een mannenbeen geweest. Alleen omdat er een spannende kous omheen zat, had ik er de vrouw van mijn dromen aan vast gefantaseerd. En de werkelijkheid, de oplossing van de puzzel, alles wat er aan het been had ontbroken en wat ik wellustig in gedachten had aangevuld, had vannacht met watten in zijn bh naast mij gezeten op een gammele stretcher in een garage in het Ghetto. Hoewel je het altijd op een bepaalde manier wel beseft dat je in je fantasie leeft, wordt dat besef wel heel erg prangend zodra het je overkomt dat je achteraf inzage krijgt in de werkelijkheid. Dat gebeurt niet vaak. Gelukkig maar.

Straatmuzikanten speelden de gebruikelijke evergreens van de Balkan op hun o zo authentiek valse accordeons. 'Maestro.' Het was Salvatore. Hij fluisterde in mijn oor. 'Wilt u beloven dat u hun nooit een cent geeft? Zij zijn geen echte Roemenen. Zij zijn zigeuners. Ze zijn rijker dan u en ik bij elkaar. Ze geven eerlijke mensen zoals ik een slechte naam.' Ik keek hem verbijsterd aan, maar hij beantwoordde mijn blik niet. Hij was al verder gehinkeld op zijn ene goede en zijn ene zogenaamd slechte been.

En dat dat been, dat ik na al mijn gehannes met die kous, de douche, de vuilniszak en de schuurspons bij Nervi in zee had gegooid, was opgeschept door een blusvliegtuig en was teruggevonden in de afgefikte bossen boven Arenzano, is, mijn vriend – en dat zweer ik je –, een plotwending die ik nooit zelf zou verzinnen. Dat is echt te goedkoop, te onwaarschijnlijk en het voegt niets toe. Ik bedoel: dat geloof je toch niet? Dat het toevallig wel zo is gegaan doet geen afbreuk aan je ongeloof. Als ik deze notities ooit zou omwerken tot een roman, zou ik dit, al is het echt zo gebeurd, als eerste moeten schrappen. Die gedachten over fantasie kan ik thematisch relevant maken, maar dat gele blusvliegtuig is te veel. Dat kan echt niet.

Maar hoe kom ik dan terecht bij de vaststelling dat het been het been van Ornella was? Dat hangt helemaal op dat krantenberichtje in *Il Secolo* XIX dat ik toevallig heb gezien, want daarin werd de naam Ornella genoemd. En zo ging het ook in het echt vannacht. Toen Ornella zei dat het was gebeurd in een zijsteeg van Via San Bernardo, had ik uiteraard een sterk vermoeden, al kon hij niet bevestigen dat het werkelijk Vico Vegetti was, de steeg waar ik het been heb gevonden. Via San Bernardo heeft tientallen zijstegen. Die liggen natuurlijk niet allemaal dagelijks bezaaid met geamputeerde ledematen, dat is dan ook wel weer waar, zo had ik ook kunnen denken. Maar zo dacht ik niet. Je moet ook niet vergeten dat ik er tot heel kort geleden van was overtuigd dat mijn been een vrouwenbeen was en dat ik elke associatie met de handicap van de man die naast me zat, zou hebben verdrongen. Pas toen Ornella zei dat het was teruggevonden in de verbrande bossen boven Arenzano, wist ik het zeker. Toen viel alles op zijn plek. Dat was allemaal zo'n unieke samenloop van omstandigheden dat de mogelijkheid dat er twee verschillende benen in het spel waren, statistisch nagenoeg viel uit te sluiten.

Misschien zou ik daar in thematisch opzicht iets mee kunnen: met het contrast tussen een bizarre fantasie en een werkelijkheid die haar geloofwaardigheid ontleent aan het feit dat zij zo bizar is dat niemand haar had kunnen fantaseren. Het alternatief zou zijn om er een heel nieuw verhaal omheen te bedenken. Maar dat is makkelijker gezegd dan gedaan. Dat hele been moet eruit, je hebt gelijk. Het is allemaal te complex en vooral te onsmakelijk. In plaats daarvan schrijf ik wel iets over het beroemde aquarium en de voorbeeldig gerestaureerde musea. Zo krijg ik ook minder problemen met mijn Genuese vrienden, mocht de hypothetische roman ooit worden geschreven en vertaald. Zo krijg ik misschien nog een oorkonde van de VVV.

Bij thuiskomst vond ik een gevaarlijk ogende brief. Dat kon er ook nog wel bij. Eerst een uurtje slapen.

22

Ik zou Walter bijna gelijk geven dat hij is gevlucht, de laffe wezel. Ze zitten het gewoon echt te doen. Maar ik laat me niet verjagen. Deze stad is inmiddels net zoveel van mij als van hen. Wat denken ze wel? Dat ik mij als een wit weekdier uit het mollige Noorden angstig voeg naar hun zuidelijke schurkenstreken? Dan zullen ze nog mooi op hun grote, gebruinde haakneuzen kijken. Wat gaan we nou beleven zeg? Vechten zal ik. Ik zal ze vermorzelen.

Sorry, vriend, ik zal je de situatie rustig proberen uit te leggen. De brief die ik thuis aantrof, betrof een officieel schrijven van Antonio Bentivoglio. Hij is een gerenommeerd advocaat hier ter stede, zoals hij niet nalaat zelf te benadrukken. Ik heb hem inmiddels gegoogled. Het is waar. Het is zelfs een understatement. Hij is de duurste en succesvolste advocaat van Genua. Hij is berucht vanwege de omvang van zijn netwerk en zijn onconventionele agressieve methoden. In de veertig jaar dat hij in het vak zit, heeft hij zo goed als geen enkele zaak verloren. En daar zitten een paar grote, geruchtmakende processen tussen.

Antonio Bentivoglio schrijft mij namens zijn cliënten Abramo en Pierluigi Parodi. Die eerste is kennelijk de vader. Ik heb de brief vijf keer moeten lezen voordat ik hem begreep. Ik had er mijn woordenboek bij nodig. Hij is niet geschreven in het Italiaans, maar in het Legalese, de officiële kunsttaal van de bureaucratie die zelfs native speakers van het Italiaans voor de grootste problemen stelt. Uiteindelijk heb ik ongeveer negentig procent kunnen ontcijferen, genoeg om te begrijpen dat hij mij wil doen geloven dat ik in de shit zit.

Namens zijn cliënten vordert hij tweehonderdtwintigduizend euro voor het niet nakomen van een mondeling afgesloten koopovereenkomst, welk bedrag nog wordt verhoogd conform de rentestand en met twee of drie compensaties. Daarnaast eist hij min of meer het gelijke bedrag als schadevergoeding voor het feit dat ik vertrouwelijke informatie heb gelekt aan hun zakenpartner. De totale genoegdoening zou, inclusief onkosten en gage voor de rechtshulp, net iets boven de zes ton uitkomen. Namens zijn cliënten stelt hij voor om te schikken op viereneenhalf en wel binnen twee weken na dagtekening van onderhavig schrijven. In geval van nalatigheid mijnerzijds is er kort daarna een zittingsdatum gereserveerd waarop mijn aanwezigheid ten zeerste op prijs zou worden gesteld.

Kijk. Dat is natuurlijk pure ordinaire bangmakerij. Ik ben geen jurist, maar ik weet genoeg van de wet om te begrijpen dat die claim geen schijn van kans maakt. Ik weet niets van de Italiaanse wet, maar ik heb genoeg vertrouwen in universele rechtsbeginselen om te geloven dat geen rechter het redelijk zou vinden dat ik twee keer zou moeten betalen voor hetzelfde theater dat ik nooit heb gekocht en derhalve ook niet in mijn bezit heb. Ik bedoel: zeg nou zelf, vriend, zelfs in Italië kan dat niet. En anders ga ik naar het Europese Hof in Straatsburg. En die zogenaamde mondelinge koopovereenkomst is non-existent. Maar dat is hun woord tegen het mijne, dat is waar. Maar al zou die wel bestaan, dan zijn er voorwaarden van ontbinding. Dan zou ik wellicht een percentage verschuldigd zijn, maar zeker niet de hele koopsom. Laat staan twee keer de hele koopsom.

Kortom: je kunt gerust zijn, goede vriend. Deze zaak gaan wij zeker winnen. Ik maak me alleen zorgen over één ding en dat is Antonio Bentivoglio. We kunnen het onmogelijk met z'n tweeën opnemen tegen een man van een dergelijke statuur. Wij spreken zijn taal niet. Hij zou ons binnen de kortste keren verstrikken in de een of andere procedurele valstrik. We moeten niet dom zijn, goede vriend. We moeten zelf een goede advocaat in de arm nemen. Ik weet dat ik je nog steeds geld schuldig ben. Dat krijg je zo snel mogelijk terug. Maar als je me nog een paar duizend kunt sturen om de aanvankelijke onkosten te dekken, dan zoek ik een goede man voor ons. En dat geld krijg je gegarandeerd over twee weken terug, zodra we gewonnen hebben en zij de proceskosten moeten betalen. Misschien kunnen we er zelfs nog een leuk schadevergoedinkje uit slepen. Zie het als een investering, goede vriend.

23

Het waren donkere dagen. De winter hing als een grauwe deken van paardenhaar over de onherbergzame stad. In mijn huis op de benedenverdieping van de nauwe Vico Alabardieri waren dag en nacht eender. Als ik de luiken had toegedaan, had dat geen enkel verschil gemaakt. Ik moest naar buiten. Maar dat had geen zin. Ik zou de nacht in stappen, waar dezelfde spoken rondwaarden als in mijn duistere gedachten. Op de stadsplattegrond waren de stegen met zwart aangegeven tegen een zwarte achtergrond. Ik zou opnieuw verdwalen, met mijn hoofd diep weggedoken in de zwarte kraag van mijn lange zwarte jas. Ik zou verdwalen als een kraai in een kolenmijn, als een doodgraver in zijn eigen catacomben.

In de negen maanden durende zomer voelt de schemer van mijn huis als een weldadige verkoeling. Maar tijdens de drie maanden van de winter, die drie keer zo lang lijken te duren, is het een tombe. De muren zijn zo dik dat mijn telefoon er geen bereik heeft. Internet kan ik vergeten. Voor al die dingen moet ik de deur uit. En dat is geen probleem, want in de zomer wil ik niets liever. Slaapdronken waggel ik in pyjama de steegjes in om koffie te drinken en de krant te lezen. Ik douch mij bij de aanblik van fonteinen. Ik poets mijn tanden met de glimlach van toevallige passanten. Maar in de winter zit ik daar in het besef dat het buiten niet heel erg veel beter zal zijn dan binnen. Ik drukte verveeld op de knopjes van mijn telefoon. Nul oproepen gemist. Nul berichten ontvangen. Ik zat in een isoleercel. In een isoleercel waarvan ik de sleutel zelf in bewaring had in een strafkamp zonder hekken in Siberië. Ik was mijn eigen cipier. Ik kon mijzelf bevrijden wanneer ik maar wilde om de uitgestrekte duistere winter in te vluchten. Na een tijdje zou ik vanzelf wel weer met hangende pootjes terugkeren naar mijn cel, als ik intussen niet bezweken was onder de omvang van de nacht of verscheurd door de wolven en beren van mijn twijfels.

Ik moest naar buiten. Ik trok mijn jas aan en draaide de ijzeren deur van mijn huis achter mij stevig in het slot met mijn grote, authentiek Genuese sleutel. Ik ging gewoon ergens keihard koffiedrinken, weet je wel. Fuck de winter.

Toen ik buiten was, piepte mijn telefoon. Ik had een berichtje. 'Ciao, grando uomo! Come sta? Io vengo per vistare te presto, nel caso che per tu va bene! Va tutto bene! Sono anche imperanda Italiano! Io desidero stare con tu! A presto alora!' Met een dikke, blonde smiley. Het wereldrecord taalfouten per sms stond opeens wel heel erg scherp. Het was Inge, mijn Duitse vertaalster. Ze sms'te een specifieke aankomsttijd.

24

Het weer was guur. De natte sneeuw was verwaterd tot een soort onbestendig druilen dat door de harde wind in je gezicht werd geslagen als een natte theedoek. Uiterst onaangenaam.

'Maestro.' Ik had alleen maar een munt van twee euro. Die gaf ik toen maar. Ik was in een soort defaitistische bui, als zo'n bui bestaat. Het kwelwater sijpelde door de planken. Het hout kraakte. Vroeg of laat zouden we naar de kelder gaan. Twee euro meer of minder maakt dan ook niet zoveel uit.

'Maestro, waarom gaat u niet terug?'

Ik keek hem verbaasd aan. 'Wat bedoel je, Salvatore?'

'Waarom gaat u niet terug naar het Noorden, waar uw vrienden zijn?'

'Mijn vrienden zijn hier.'

'Waar?'

'Niet zo brutaal zijn. Jij bent mijn vriend.' Ik glimlachte.

'Kunt u mij dan misschien vijftig euro lenen?'

'Ik heb je net twee euro gegeven.'

'Precies.'

'Precies wat? Wat bedoel je, Salvatore?'

'U geeft nooit twee euro. Dat u dat nu wel doet, heeft een betekenis. Want alles heeft een betekenis. Want zonder betekenis zou alles zinloos zijn. En omdat dat geen enkele zin zou hebben, kan dat niet waar zijn. Quod erat demonstrandum. Want denkt u ervan, maestro?'

'Je zou een middeleeuwse filosoof kunnen zijn, Salvatore.'

'Dat was ik ook.'

'Wanneer?'

'Ben ik nou zo slim of bent u nou zo dom? In de middeleeuwen.'

'Hoelang ben je hier al, Salvatore?'

'O maestro! De tijd is lang en de herinnering is kort. Mij gaat het erom wat ik in mijn pet vind: florijnen, lires, zilverlingen, noodpenningen, franken uit de bergen, franken van over de bergen, Vaticaanse scudo's, Napolitaanse of Siciliaanse piastra's, soldi, denari, sesini, ducati, grana, tornesi, cavalli, Sardijnse centesimi, florijnen uit Toscane, Lombardije of Venetië, quattrini, paoli, Oostenrijks-Hongaarse guldens, ponden, kreuzers, kronen of marken, als het maar rond is en glimt. Ik ben hier al zo lang als de ratten en ik zal hier zijn totdat de laatste rat scheep gaat naar een ander en beter oord. Wen maar aan mij, maestro. U bent mijn klant. Ik zal u overal in elk tijdsgewricht vinden. Maar ik zal u altijd een goede prijs geven. Want u bent, zoals u zelf zegt, een vriend.'

'En dat ik je net twee euro heb gegeven, wat betekent dat volgens jou?'

'Maar maestro, zo moeilijk is dat niet. Een kwestie van deduceren. Het zou in theorie kunnen betekenen dat u een genereus man bent, maar dat bent u niet, want u heeft mij tot nu toe nooit zoveel gegeven. Het zou zo kunnen zijn dat ik iets voor u heb gedaan of dat ik in enig opzicht ben veranderd op een manier die u speciaal bevalt, maar dat is niet zo. Totdat we elkaar een paar dagen geleden kort ontmoetten, hebben we elkaar lang niet gezien en ik verander nog langzamer dan de eeuwen. Dus blijft er maar één mogelijkheid over: u bent veranderd. En ik heb u in deze stad altijd gezien als een zelfverzekerd en succesvol man. En omdat u noodzakelijkerwijs bent veranderd, bent u dat niet meer. Quod erat demonstrandum. Dat u mij vandaag twee euro geeft, betekent dat het niet goed met u gaat. En daarom vraag ik u waarom u niet teruggaat naar het Noorden.'

'Om wat te doen? Om jou te ontlopen?'

'Dat zou u niet lukken, maestro. Ik zal u overal weten te vinden. Daarvoor hoeft u zelf geen enkele moeite te doen. Service van de zaak. U bent mijn klant.'

25

Ik herinnerde mij haar als een grote, blonde vrouw, niet bepaald mager, maar op haar manier indrukwekkend en vooral erg aanwezig, als een vrouw die stilten en holten vermocht te vullen met de zwellende molligheid van haar vanzelfsprekend noordelijk voorkomen. Toen ik haar weerzag op de specifieke aankomsttijd die ze had gesms't, schrok ik. Het kon er ook aan liggen dat ik anders dan de vorige keer toen ze kwam, niet heel erg in de stemming was om weelderige vormen gastvrijheid te verlenen of voor wat dan ook, maar zij stormde af op mijn halfslachtige omhelzing als een koe op een open hek. Ze was enorm. Misschien was ze in de tussentijd groter geworden. Of misschien had ik ten gevolge van zomers vol gekalligrafeerde, flinterdunne scootermeisjes verleerd om haar te zien als een aantrekkelijke vrouw. In elk geval kwam zij op mij over als een blonde berg met uitstulpingen, die in theorie min of meer op de juiste plekken plakten. Terwijl zij mij omstandig zoende op het station, zag ik mededogen in de ogen van mijn stadsgenoten. Ik voelde mij in verlegenheid gebracht.

'Ciao!' zei ze. Ze zei het veel te hard. 'Gaan we gelijk naar jouw huis of gaan we het eerst op een zuipen zetten op jouw pleintje?' Ze lachte veel te uitbundig. 'Ik weet het al,' zei ze. 'Eerst zuipen. Kom. Ik ken jou. Ik weet wat je wilt. Ik breng je naar jouw pleintje. Volgens mij weet ik de weg nog.'

Ik kon wel iets sterks gebruiken, daarin had ze gelijk. Maar de manier waarop zij, luidruchtig rollend met haar wieltjeskoffer, door mijn stad banjerde op veel te dikke en veel te zelfverzekerde benen, vervulde mij met steeds minder enthousiasme. Elke straatsteen bedekt een eeuwenoud, goed verborgen geheim waarover we misschien ooit zouden kunnen fluisteren wanneer de wijn vol is, de avond stil en de sterren gunstig. Op elke straathoek liggen twee of drie breekbare verhalen. Wie de moed heeft om eraan toe te geven, zal de oude, ijle spoken ontmoeten. Wie hier woont, legt af en toe een oor tegen een afbrokkelende grauwe gevel om zich te concentreren op de zwakke echo van stemmen uit het verleden. Die zeggen niet altijd wat je wilt horen, dat is waar. En het is ook niet altijd makkelijk om hen te verstaan. Maar daarom luister je des te beter. En wanneer je echt goed luistert, hoor je de oude muren kraken die het labyrint een beetje veranderen in de nacht. Je kunt stegen horen kronkelen. Je kunt palazzi horen zuchten. Als je kunt luisteren en als je luistert naar de minimale echo van je bijna onhoorbare stappen in een grot van porselein.

Daar banjerde ze allemaal onbekommerd doorheen met haar dikke poten. 'Lekker weer wel. In het vaderland is het veel erger. Ik wil zo meteen een negroni. Het is goed om je weer te zien. Geef me een tongzoen.'

We waren vanaf het station naar beneden gegaan, naar Via di Prè. Dat zou nooit de route zijn die ik op dit uur onder deze omstandigheden zou hebben gekozen, maar zij liep voorop. Dit was Afrika. Als ik een blonde berg van deze omvang zou tongzoenen in deze door zwarte, gefrustreerde, jaloerse moslims gedomineerde wijk, zou ik mijn leven niet langer zeker zijn. 'Ik ben ook zo blij om weer terug te zijn in Genua. Het is allemaal zo lekker echt hier.' Ze mocht van geluk spreken dat ze inmiddels niet was beroofd, verkracht en verkocht als blanke slavin aan de bei van Tunis. Voor een vrouw die zo blond en zo omvangrijk was als zij, viel een goede prijs te maken. 'Het voelt hier bijna een beetje gevaarlijk. Ik ben blij dat ik met jou ben. Geef me een kus. Toe, geef me een kus.' Ik zag de blinkende tanden in hongerige gezichten. Messen fonkelden. Iemand spuugde bloed. 'Het is zo leuk hier!'

26

We bereikten Piazza delle Erbe. Wonder boven wonder waren we nog steeds in leven en in het bezit van al onze ledematen. Zij was niet onder de indruk. Ze bestelde een negroni. 'Allora!' schreeuwde ze. De barmeisjes vroegen mij discreet fluisterend in mijn oor of dat wel oké was. Ik gebaarde subtiel van ja en dat ik wel zou betalen.

Binnen een half uur was ze stomdronken. 'Va bene!' schreeuwde ze. Ik suggereerde voorzichtig dat het misschien een goed moment zou zijn om naar huis te gaan. Ze was moe, zo suggereerde ik. Misschien moest ze even uitrusten van de lange reis. Daarna kon ze zich opfrissen en zouden we nog een drankje kunnen drinken. Of misschien wilde ze liever gewoon slapen. Dat was geen probleem. Morgen was er weer een dag, zo verzekerde ik haar. 'Va bene!' zei ze en ze bestelde nog een negroni.

Ik had een paar van mijn Genuese vrienden uitgenodigd om haar terugkeer luister bij te zetten. Zij waren zo wellevend geweest om ons bij hen thuis uit te nodigen voor een eenvoudig diner. Dat vertelde ik haar. Ik vroeg haar of ze die uitnodiging op prijs stelde. Ze was nergens toe verplicht. Ik zou het goed kunnen begrijpen als zij het zou prefereren om vroeg naar bed te gaan. Mijn vrienden zouden daar ook zeker alle begrip voor kunnen opbrengen.

'Va bene!'

Ze vroeg hoe laat we er moesten zijn. Ik zei dat ze ons wel zouden komen ophalen. Het zou een eer voor hen zijn om nog een klein aperitief met ons te nuttigen alvorens ons voor te gaan naar hun huis.

'Va bene!'

En intussen had ik de wijn, de fave en de salami al gekocht. De vrienden verzorgden het hoofdgerecht en het dessert. Ze hoefde zich nergens zorgen over te maken.

'Va bene!'

Maar misschien was het toch echt aan te raden om in elk geval een uurtje te gaan liggen. Om een beetje bij te komen van de reis. Om wellicht een klein beetje te ontnuchteren voor het diner. Daar was echt nog alle tijd voor, daarover hoefde ze zich geen enkele zorgen te maken. En ik zou haar wel komen ophalen. Zo hoefde ze nergens aan te denken.

'Va bene!'

Maar ze ging niet. En terwijl we die avond met zorg de fave pelden en de speciale salami in delicate dunne plakken esthetisch drapeerden op een breekbare schaal en de fluisterende wijn in goed bedachte bokalen schonken, vroeg een van mijn vrienden haar heel voorzichtig in verzorgd Engels wat zij vond van de poëzie der tegenstellingen in het oude labyrint van Genua.

'Va bene!' riep zij met een plak worst in haar mond. 'Va molto, molto bene!'

27

Die nacht heb ik nauwelijks een oog dichtgedaan. Nadat ik haar wankelend en waggelend met wieltjeskoffer en al door de stegen had geduwd en Vico Vegetti op had gesjord naar mijn huis in Vico Alabardieri, had ik goede hoop dat zij in al haar enormiteit als een blok in slaap zou vallen zodra haar tollende hoofd het kussen zou raken, waarna ik rustig op zoek kon gaan naar een strookje, reepje of kiertje beschikbare ruimte op het matras waar ik mij met een laken over mijn hoofd kon verbergen. Maar het tegendeel was waar. Zodra ze zich eenmaal struikelend en vallend had uitgekleed, met al haar schandalig blonde dijen en tieten in mijn bed lag en mij naast zich ontwaarde, leek ze te ontwaken. Of een of andere demon werd wakker in haar. Ze beet in mijn arm, sloeg op mijn buik en pakte mijn pik zoals een bouwvakker naar zijn gereedschap grijpt.

'Zo,' zei ze. 'Zo. Ben je daar eindelijk? Heb ik mij misdragen op het feestje van jouw vriendjes? Ik hoop het wel, want dat had ik mij voorgenomen.' Ze begon hysterisch hard te lachen. 'Weet je waarom ik zo hard moet lachen? Omdat ik me opeens bedenk dat ik hier met de pik in mijn hand lig van een beroemde dichter.' Ze lachte nog harder. 'Althans, vroeger beroemd.' Ze begon me wild te zoenen. Ze probeerde haar tong achter mijn huig te rammen. Uit lijfsbehoud vocht ik terug met mijn tong. 'Zie je wel? Je vindt het lekker hè? Zeg maar dat je me hebt gemist. Zeg het dan.' Haar tong maakte het onmogelijk voor mij om iets terug te zeggen. 'En weet je wat het allergrappigste is?' Ik wist allang niet meer wat grappig was, laat staan het allergrappigste. 'Je denkt misschien dat ik mij vanavond bij je vrienden heb misdragen, maar dat was nog maar het begin. Vannacht zal ik mij pas echt misdragen, dat beloof ik je.' Ze ramde een vinger in mijn reet. Ik schreeuwde het uit. 'Ja, kreun jij maar. Ik weet toch wat je lekker vindt. Lekkere travestiet van mij. Kreun dan. Ja. Goed zo. Goed zo. Ja. Ja.'

Eindelijk viel ze in slaap. Ze draaide zich op haar zij en nam het hele laken met zich mee. Ik had het koud. Voorzichtig probeerde ik een stuk van het laken terug te trekken. Maar daarvan werd ze wakker en toen begon ze opnieuw. Toen ze eindelijk ten tweeden male in slaap viel en het hele laken opnieuw confisqueerde, heb ik rillend berust in mijn lot. Ik lag op mijn rug en keek naar het plafond. Ik had het koud. Ik probeerde zo min mogelijk te bewegen uit angst om haar opnieuw wakker te maken. Ik huiverde. Ik voelde mij verkracht.

28

'Ik ga koffiedrinken.' Ze was helemaal blond, fris gedoucht, wakker en vrolijk. Ik voelde me geradbraakt. 'En daarna ga ik nog even wandelen. Blijf jij nog maar even liggen, schatje. Maar zie ik je nog voordat ik moet gaan? Ik sms wel waar ik ben.'

Met een luide knal sloeg ze de ijzeren deur achter zich dicht. Ik was eindelijk alleen. Hoewel ik welbeschouwd altijd alleen was, voelde dat als een langverwachte bevrijding. Ik draaide mijn rug naar de deur, de stad en haar en probeerde te slapen, niet alleen omdat ik moe was, maar vooral omdat ik geen zin had om te bestaan. Ik had geen zin in tijd die verstreek. Ik wilde vals spelen. Ik wilde een stukje tijd overslaan. Het liefst een groot stuk. Een dag of zo. In ieder geval tot Inge veilig en wat mij betreft definitief vertrokken was uit deze stad. Misschien moest ik voor alle zekerheid een veiligheidsmarge van een extra dag in acht nemen.

Winterslaap. Ik prevelde het woord als een stil gebed. Mijn lippen proefden het als het eerste woord, dat ooit was in den beginne. Vóór het begin. Het was de tijdloze, gelukzalige toestand waarin het heelal verkeerde voordat het zo nodig moest beginnen. Alles was volmaakt totdat iemand zich omdraaide op zijn andere zij en, omdat hij het laken met zich meetrok, per ongeluk een opperwezen wakker maakte. Toen begon al dat gezeik met tijd en specifieke aankomsttijden die werden gesms't. Toen begon de ellende met bewustzijn en het bewustzijn van ellende. Toen begonnen de fantasieën van geloof, hoop en liefde. Toen begon de fantasie van een beter leven elders, omdat het elders onmogelijk slechter kon zijn dan hier. Utinam ne in nemore. Dat nooit in het heilig woud de eerste boom was geveld om te worden ontbast en uitgehold teneinde scheep te gaan naar een ander en beter land. Al ons ongeluk komt daaruit voort. Maar ons valt niets kwalijk te nemen, want blijven waar we zijn is geen optie. We kunnen niet veilig bij mamma blijven, omdat we zijn vervloekt met nieuwsgierigheid en verlangens. Ze hadden ons gewoon rustig moeten laten slapen, dat was voor alle partijen beter geweest. Wat is er mis met slapen? Het overgrote deel van alle misdrijven in de wereld wordt volgens de statistieken begaan door mensen die wakker zijn, terwijl de bijdrage van de slapers aan de misdaadcijfers statistisch valt te verwaarlozen. En wie die slaapt, is ongelukkig? Wat voor verlangens, tekorten, complicaties of schadeclaims van advocaten ervaart hij in zijn slaap? Wie die slaapt, verlangt ernaar te ontwaken om te zwoegen in een gefrustreerd wakkere wereld te midden van anderen die het net als ieder ander betreuren dat zij met schelle klanken zijn gewekt?

Het opperwezen dat de wekker heeft laten afgaan, dient onverwijld te worden gearresteerd en berecht voor het Internationaal Strafhof. Wat hem ten laste wordt gelegd zijn zware misdrijven jegens de menselijkheid alsmede de mensheid. We hebben vele millennia van onweerlegbare getuigenissen. Hij zal een eerlijk proces krijgen, maar er is geen andere uitkomst denkbaar dan dat hij de zwaarste straf krijgt. En op die dag zullen uitzinnige menigten zich verzamelen op de pleinen van alle steden ter wereld om juichend hun wekkers te verbranden.

29

Haar sms'je maakte mij wakker. Ze zat in de Bar met de Spiegels. Ik had overal pijn. Ik wilde haar niet meer zien. Ik wilde wegdrijven in mijn zwarte gondel over de zwarte rivier van de zwarte winter.

Maar ik was ook een ridder. Mijn harnas stond te stralen in de hoek van de kamer. Ik had een eed van trouw afgelegd, al kon ik mij niet meer herinneren aan wie en wat die inhield. Maar ik besefte dat het mijn plicht was om een goed man te zijn. Krakend verrees ik uit mijn krakende bed. Ik waste mijn gezicht vluchtig met het weinige vuurwater dat ik nog in huis had, sloot de gespen van mijn wapenrusting en rammelde naar beneden.

Ze zat binnen in de grot van porselein. Ik zag haar van een afstand door het raam. Mijn tred stokte. Zij zat daar zo enorm en zo parmantig te zitten dat ik mij ervoor schaamde dat ik naar haar op weg was, dat zij zogenaamd een vriendin was en dat ik mij bij haar aan haar tafeltje moest voegen. Ze had mij gezien. Ze zwaaide.

Ze dronk prosecco. 'Ciao!' zei ze. Ze zei het veel te hard. Ik bestelde fluisterend ook een prosecco voor mijzelf. En daar zat ze dan. Ze zat een en al te detoneren. Met alles. Met de fragiele, elegante mensen in de bar en met de bar zelf, deze heilige plek waar ik het mooiste meisje van Genua heb ontmoet en gezoend in het kleine hokje waar de stuzzichini worden klaargemaakt en waar dit blonde gevaarte niet eens in zou passen. En ze had geen idee. Dat stoorde mij nog het meest. Ze dacht dat het goed was om zichzelf te zijn en ze had geen enkel orgaan voor het beleefd ingehouden trillende ongemak om haar heen of voor mijn verzwegen gêne. Wijdbeens en plompverloren zat ze op een van de meest heilige plaatsen ter aarde zonder zich zelfs maar af te vragen waar zij was.

Sommige mensen horen gewoon niet op sommige plekken. Dat zeggen ze hier ook over de Marokkanen en de Senegalezen, dat weet ik. Maar in dit geval mag ik dat zeggen, toch? Als ik een grote blonde vrouw uit mijn bloedeigen vaderland de toegang tot mijn nieuwe, oude, breekbare stad wil ontzeggen, omdat zij niet begrijpt hoe oud en breekbaar die is en omdat zij niet begrijpt hoe voorzichtig, dun en klein zij moet worden om hier te mogen toeven, dan ben ik toch geen racist?

Ik bracht haar naar de dichtstbijzijnde taxistandplaats, kuste haar vluchtig en zei: 'Tot snel.' Ik loog. Wat mij betreft was dat een leugen. Toen ik terugliep langs de Bar met de Spiegels zag ik een grote barst in het plafond van porseleinen tegeltjes.

30

Goede vriend, ik heb goed nieuws en slecht nieuws. Ik zal beginnen met het goede. Nee, uiteraard begin ik ermee om je te bedanken. Het bedrag dat je me hebt gestuurd, was krap, maar na rondvraag onder vrienden en scherpe onderhandelingen bleek het genoeg om ons te laten vertegenwoordigen door een respectabele advocaat. Haar naam is Stefania Volpedo. Ze is jong, ze heeft nog niet zoveel ervaring, maar ze werkt voor een gerenommeerd kantoor. Om eerlijk te zijn is dit haar eerste zaak. Maar ze was er klaar voor, verzekerde ze mij. Volgens mij is ze daardoor ook des te meer gemotiveerd om zich te bewijzen. En een meer ervaren advocaat is gewoonweg te duur voor ons. En in wezen is dit een simpele zaak. We hebben geen chique hotshot nodig om te winnen. Ook Stefania benadrukte dat meerdere malen. Zij beschreef de claim van de Parodi's als belachelijk, grotesk en volslagen kansloos, precies zoals ik dat jou ook al had gezegd. Ze zei dat de rechter hem hoogstwaarschijnlijk al op de openingszitting onontvankelijk zou verklaren. Daar zou zij in elk geval met haar pleidooi op inzetten. Eigenlijk was ze verbaasd dat de grote Antonio Bentivoglio zich leende voor zo'n kansloze zaak. Ze was ook vereerd dat ze het bij haar eerste optreden tegen zo'n vermaard strafpleiter mocht opnemen en ze verheugde zich erop hem een van zijn zeldzame nederlagen toe te brengen. Dat zou haar carrière enorm helpen. Dat zou werkelijk een droomstart zijn. Ze bedankte mij dat ik haar had gevonden. Ze zoende me bijna.

De zitting was vandaag. Ik hoefde er zelf niet bij te zijn, zo verzekerde zij mij. Het was in feite weinig meer dan een pro-formazitting. Mij zou sowieso niets worden gevraagd. Zij zou ons vertegenwoordigen en ervoor zorgen dat het niet verder zou komen dan deze ene zitting. Die is net afgelopen. Ik heb haar net gesproken. Uiteraard ben jij de eerste die ik op de hoogte stel en wel zo snel mogelijk.

Het goede nieuws is dat we hebben gewonnen. De rechter heeft ons op alle punten in het gelijk gesteld. De strategie van onze weledelgestrenge vrouwe Stefania Volpedo heeft voortreffelijk gefunctioneerd. De claim is niet-ontvankelijk verklaard. De grote Antonio Bentivoglio had niet eens een weerwoord voorbereid. Hij zag af van zijn recht om zijn eigen zaak te bepleiten. Hij glimlachte slechts. Het was bijna te makkelijk, zei Stefania. Het was te makkelijk.

Vlak voordat de zitting werd gesloten, nam hij alsnog het woord. Voor twee seconden. Hij kondigde aan dat hij namens zijn cliënten in hoger beroep ging tegen deze uitspraak.

Ik vroeg haar wat dit betekende. Zij is ervan overtuigd dat iedere hogere rechter het vonnis zal bekrachtigen. Daarover heeft zij geen enkele twijfel. De Parodi's kunnen met hun steradvocaat doorprocederen tot de Hoge Raad of het Europese Hof wat ze willen, maar de argumentatie van deze eerste rechter zal overal worden overgenomen. Stefania is daar volslagen zeker van. En ik geloof haar. We zullen winnen.

Ik vroeg haar of dat ook betekende dat de Parodi's de proceskosten moeten betalen. En daar komt het slechte nieuws. Stefania heeft mij uitgelegd dat er in het geval van een hoger beroep geen sprake is van een uitspraak. En zonder uitspraak is er geen winnende of verliezende partij. En zonder winnende en verliezende partij bestaat er geen zekerheid over de vraag wie de proceskosten moet dragen. We zullen zeker winnen, maar we hebben nog niet gewonnen. Ik heb haar gevraagd hoelang dat ongeveer zal duren volgens haar professionele opinie. Ze keek nadenkend. 'Een week of twee?' vroeg ik. 'Drie weken misschien?'

Ze zag er ongemakkelijk uit. 'Misschien iets langer,' zei ze.

'Hoeveel langer?'

'Je moet begrijpen dat Italië een rechtsstaat is. Procedures nemen tijd in beslag.'

'Hoeveel tijd? Een maand?'

'Een jaar of zeven.'

'Zeven jaar?'

'Als we niet naar de Hoge Raad hoeven. Het Europese Hof moeten we helemaal buiten beschouwing laten. Maar maak je geen zorgen. We zullen zeker winnen.'

'En wat kost dat?'

'Ik zal tot het bittere einde hetzelfde uurtarief rekenen als nu, dat beloof ik je. Ik ben dankbaar dat je mij deze zaak hebt gegeven. Ik sta bij je in het krijt.'

31

In oktober van het jaar 1347 voeren twaalf koopvaardijschepen de haven binnen van Messina op Sicilië. Ze droegen de witte vlag met het rode kruis in top. Ze maakten deel uit van de Genuese vloot, die regelmatig gebruikmaakte van deze haven. Maar de toeschouwers aan wal merkten al gauw dat dit geen routinebezoek zou worden. De schepen gedroegen zich vreemd. Ze voeren veel langzamer dan normaal. De riemen bewogen zich onregelmatig. Sommige werden helemaal niet gebruikt en omdat het aantal gebruikte riemen aan stuurboord en bakboord ongelijk was, dreigden een paar schepen bij voortduring uit koers te raken. Ze weken vervaarlijk uit naar één kant totdat de stuurman het met het roer compenseerde. Zo zwalkten ze als twaalf dronkaards de haven in. Een paar keer scheelde het weinig of ze waren met elkaar in aanvaring gekomen. De Sicilianen vertrouwden het niet. Genua had de beste vloot van de Middellandse Zee. De discipline van de Genuese bemanning was legendarisch. Hier was iets heel raars aan de hand. Voor de zekerheid stelden ze de hellebaardiers op om de schepen en hun bemanning op de kade op te wachten.

Toen de schepen eenmaal met moeite hadden aangemeerd en de Siciliaanse soldaten aan boord gingen om poolshoogte te nemen, troffen ze een situatie aan die hun angstigste vermoedens verre overtrof. Het grootste deel van de bemanning was doodziek. Ze hadden zwarte gezwellen in hun oksels en liezen, sommige zo groot als een ei, sommige zelfs zo groot als een appel, waar pus en bloed uit kwam. De stank was ondraaglijk. Velen hadden zwarte vlekken op hun huid. Ze hadden koorts en leden helse pijnen. Enkele tientallen zeelieden waren al overleden. Ze hingen levenloos over hun roeiriemen.

Ze kwamen uit Caffa, zei een van de kapiteins, terwijl hij bloed ophoestte. Dat was een van de belangrijkste handelsposten van de Genuezen. De stad lag op de Krim aan de Zwarte Zee. Ze was het eindpunt van de zijderoute. Een aantal maanden geleden raakte de stad belegerd door de Kipchaks, de Tartaarse soldaten van het Kanaat van de Gouden Horde. Op een gegeven moment begonnen die met hun katapults lijken van hun eigen manschappen over de muren de stad in te schieten. Die waren gestorven aan een vreselijke ziekte. Ze zaten onder de bulten en zwarte plekken. Het duurde niet lang totdat inwoners van Caffa dezelfde symptomen begonnen te vertonen. De ziekte verspreidde zich razendsnel. Binnen een paar dagen was de halve stad doodziek. En de meesten die besmet raakten, stierven al binnen vijf dagen. Er was nauwelijks tijd om de lijken te verbranden. Er gingen verhalen over doktoren die besmet raakten toen ze een patiënt bezochten en eerder overleden dan hij. Wie gezond naar bed ging, kon de volgende ochtend zijn overleden aan de builen en zwarte vlekken. Toen de eerste slachtoffers vielen onder het Genuese garnizoen, zijn ze gevlucht met deze twaalf schepen.

De Sicilianen haalden de overlevenden van boord en zetten hen in quarantaine. De doktoren konden weinig meer uitrichten dan het verstrekken van brandewijn, wilgenbast, gedroogde mirtebladeren en andere pijnstillers. Binnen een paar dagen was iedereen overleden. Ze verbrandden de lijken en ontsmetten de schepen met zwavel en de rook van smeulende salie. Ze hadden ze liever tot zinken gebracht, maar koeriers uit het noorden hadden al berichten gebracht dat de Genuezen hun schepen terug wilden. En Genua was een machtige bondgenoot. Haar verzoeken konden niet worden geweigerd.

Met een Siciliaanse bemanning voeren de schepen een week later de haven van Genua binnen. Ze werden naar behoren beloond en konden verspreid over verschillende schepen van verschillende handelsmissies terugkeren naar Messina. Geen van hen vertoonde symptomen van de mysterieuze ziekte. Het gevaar leek te zijn bezworen.

Maar niemand zag hoe 's nachts een zwarte rat uit het ruim van een van de schepen naar boven kwam en over de zwarte kabel waarmee het schip lag aangemeerd de kade bereikte om op zoek te gaan naar voedsel. En niemand zag hoe een tweede rat volgde en daarna tientallen andere, ook van de andere schepen. Op de kade was altijd wel iets te vinden. Het lag er vol met visafval en ander vuilnis. En vanuit de haven verdwenen ze in de spelonken van de stad.

Na een paar dagen begonnen de eerste Genuezen bulten te vertonen in hun oksels en liezen, zo groot als een ei of een appel, waar pus en bloed uit kwam. Ze kregen zwarte vlekken op hun huid. De ziekte verspreidde zich razendsnel. Binnen de kortste keren was de halve stad ziek. Sommigen stierven al binnen vijf dagen. Er was nauwelijks tijd om de lijken te begraven. En vanuit Genua verspreidde de ziekte zich over Ligurië, Piemonte en de rest van Europa. De Zwarte Dood zou in de veertiende eeuw miljoenen slachtoffers eisen en de bevolking van Europa decimeren.

32

En de brief die je zo attent was om door te sturen, bevatte al evenmin goed nieuws, maar volgens mij had je dat al gedacht, al was het maar op grond van de nadrukkelijke aansporing 'direct openen' op de buitenkant van de rustgevend lavendelblauwe enveloppe. Het betreft een officiële kennisgeving van de fiscus in het vaderland. Ze reppen van een betalingsachterstand die ik de afgelopen jaren zou hebben opgelopen. Er is daarnaast sprake van een nieuwe aanslag over het afgelopen kalenderjaar. Dit alles resulteert in een totaalbedrag dat ik niet eens bij benadering kan voldoen. Als ik nog steeds in het vaderland zou zijn, zou ik door deze aanslag technisch failliet zijn.

Ik ben mijn antwoord aan het voorbereiden. Elke schrijver van formaat heeft ooit een lange brief geschreven aan de inspecteur der directe belastingen. Ik zal uitvoerig uit de doeken doen om welke redenen ik een uitzonderingspositie verdien. Ik zal ingaan op mijn verdiensten voor het culturele klimaat in het vaderland en ik zal op hilarische wijze op de cent nauwkeurig voorrekenen op welke wijze de bureaucratie mij, de cultuur en de mensheid onrecht aandoet. Ik zal de inspecteur een lofdicht in het vooruitzicht stellen dat hem onsterfelijk zal maken. Ik zal zijn literaire smaak roemen en hem gunstig laten afsteken bij zijn collega-inspecteurs in andere arrondissementen die het, anders dan hem, uitsluitend gaat om de banaliteit van de boekhouding en de siervelgen van hun leaseauto, terwijl ik hem als enige het vermogen des onderscheids zal toedichten dat hem in staat zal stellen geschiedenis te schrijven.

Misschien, als ik echt mijn best doe, vermag mijn brief aan de inspecteur der directe belastingen nochtans mijn uitgever te behagen. Dat hij er een nieuwjaarsgeschenk van maakt of zoiets. Misschien kan ik daar een aardig voorschot voor lospeuteren. Want evenmin als mijn illustere voorgangers in het genre heb ik enige illusie dat het mij, afgezien van een eventuele publicatie en een obligaat hoofdstuk over mijn precaire financiële situatie in een eventuele biografie, ook maar iets zal opleveren. In het meest waarschijnlijke geval mag ik al blij zijn als ik mijn brief aan de inspecteur der directe belastingen, het waarste en meest autobiografische document dat ik ooit heb geschreven, als curiosum voor twee tientjes kan slijten aan een literair tijdschrift als *De Liegende Hond* of *Het Brakke Konijn*. Waarna beslag zal worden gelegd op mijn bezittingen.

Helaas is het vaderland geen Italië. Daar wordt doorgepakt, terwijl we het er hier even rustig over zouden kunnen hebben. Daar zijn wetten, terwijl je dat hier niet noodzakelijkerwijs zo moet zien. Daar werkt het systeem, terwijl er hier geen sprake is van een systeem dat de individuele aanpak van individuele gevallen overstijgt en dat ook morgen nog geldig is. Daar is sprake van betalingstermijnen van zeven dagen, terwijl er hier met enige vindingrijkheid genoeg valt te verzinnen om die zeven jaar te laten duren.

Direct nadat ik de brief die je had doorgestuurd, had gelezen, heb ik mijn bezittingen in het vaderland veiliggesteld. Dat betekende in concreto dat ik mijn rekening bij de Postbank heb leeggepind, waarbij ik niet schroomde om maximaal in het rood te gaan. Pakken wat je pakken kan. Vraag niet hoe het kan, profiteer ervan. Van een kale kip kunnen ze niet plukken. Elfhonderd euro. Ik heb nu elfhonderd euro in de binnenzak van mijn colbert. Dat is, als ik zuinig ben, net genoeg voor een maand. Waarschijnlijk niet. En daarmee sta ik vijfduizend rood en verstop ik mij voor een aanslag die een tienvoud is van dat. Met een mengeling van vervreemding en opluchting besefte ik dat ik hiermee de terugweg naar het vaderland had afgesloten. Ik kan niet meer terug, al zou ik dat willen, in elk geval niet totdat ik door een wonder rijk genoeg word om mijn schulden aldaar te voldoen.

Hier in het labyrint zal ik veilig zijn. De fiscus van het vaderland zal mij hier niet weten te vinden. Maar tegelijkertijd zou het, objectief gezien, eigenlijk niet helemaal onverstandig zijn om deze stad te ontvluchten, vanwege de procedure van de Parodi's tegen mij. Natuurlijk zal ik die in theorie op lange termijn winnen. Maar ik ben niet achterlijk. Ik heb het helemaal begrepen. Ze roken mij uit met hun fortuin. Ze hebben alle tijd. Ik kan het onmogelijk net zo lang volhouden als zij. Ik heb geen schijn van kans. Maar ik wil helemaal niet weg. Dit is mijn stad. Mijn leven is hier.

Met mijn laatste elfhonderd euro in mijn zak en zonder plan groet ik je in het besef dat ik noch hier kan blijven noch kan terugkeren. Maar drink er maar een op mij. Ik verzin wel iets.

33

Ik werd wakker van een vreemd geluid. Toen ik uit het raam keek, zag ik mannen in hermetische zilveren pakken zwijgend door mijn steeg trekken. Ze sproeiden gifgroene vloeistof in alle kieren en gaten van de oude stad. Ze bewogen als robots. Ik kleedde mij aan en ging naar buiten om te vragen wat ze aan het doen waren. Ik sprak iemand aan met een glazen zuurstofmasker op en een spuit in zijn hand. Hij zag mij niet eens. Ik tikte hem op zijn schouder. Hij reageerde niet. Toen tikte ik iets harder en toen ook op het vizier voor zijn gezicht. Hij gebaarde met de wijsvinger van zijn rechterhand van nee en ging door met zijn werk. Groene dampen stegen op. Zijn collega plakte stickers op de muren:

derattizzazione in corso
non toccare le esche

Ik ging terug naar bed en ik droomde van de zon. Toen ik nog jong was, ver weg van hier, en blote knieën had, was er elke zondag zon bij opa en oma. Mieren kropen geniepig tussen stoeptegels door. Maar daar wist ik wel raad op. Met stokjes porde ik heel precies hun nesten open. Glimlachend als een almachtige god aanschouwde ik hun paniek. Voor de lol spuugde ik een beetje op colonnes vluchtelingen. Ik maakte geen onderscheid tussen vijandige troepen en burgers. En wanneer ik er genoeg van had, haalde ik mijn plassertje uit mijn korte broek en verdelgde ik hun complete habitat met mijn pisgele Agent Orange.

Hoe zou het met Djiby gaan? En met Rashid? De Europese rechtsstaat hanteert procedures die zo traag zijn als gassen. Het eerste wat verdampt, is de nep-Rolex aan je pols. Daarna verdampt de hoop. En daarna stijgen groene wolken op. Je probeert te tikken op het glazen masker van de autoriteiten, maar ze negeren je of gebaren met hun vinger van nee.

Een magische vinger. En waar is jouw magie, Rashid? Waar zijn de droge, heldere, messcherpe mathematische harmonieën van jouw oude, getaande volk? En waar is de magie, Djiby, van jouw klaterende lach ten overstaan van elk inferno? En waar is jouw magie, Leonardo, Ilja, Ilja Leonard, de magie van jouw klotsende woorden die hoger gaan dan elk van de zeven zeeën? Al onze magie is verzand in procedures, papieren en problemen.

Het witte schip blies de hoorn één keer. Dat was het schip van porselein dat uitvoer naar elk land dat elke opvarende ooit had gedroomd. Twee stoten van de hoorn betekende gevaar van inkomende realiteit. Intussen viel er in de haven een traag ballet waar te nemen van spierwitte, drijvende paleizen die elkaar meden in hun streven om tegelijkertijd een andere kant op te dromen.

En jij, Leonardo, Ilja Leonard, blijf je aan wal met de ratten of ga je met de ratten scheep naar het zuiden waar alles nog meer hetzelfde zal zijn als het al is? Een frisse, vrolijke kruistocht zou je goeddoen. Met een hip harnasje de Moren tegemoet. Elk krasje dat je met je dure designsabel op het zwarte, stinkende leer van een wilde kunt aanbrengen, zal de geschiedenisboeken halen. De zangers zullen eeuwenlang zingen van de heldendaden van Don Leonardo voor de muren van Aleppo, voor de muren van Sana, voor de muren van de Heilige Stad.

Drie stoten van de hoorn betekende niets. Of, beter gezegd, ze betekenden alles, maar zelfs de oudste zeelieden in de stad konden zich niet herinneren wat. Dat signaal hadden ze voor het laatst gehoord toen hun grootouders kinderen waren en van hun grootouders hoorden dat niemand nog wist wat de hoorn zei die drie keer klonk.

Omdat je iemand wilt omarmen, omhels je je eigen arm. Tot het pijn doet van de kramp. Je staat jezelf toe om te huilen. Maar zelfs dat lukt niet. Terwijl niemand kijkt, vaart het zwarte schip met gestreken zwarte zeilen geruisloos uit in de zwarte nacht.

34

Ik liep rond het middaguur over Via della Maddalena. Het leek wel middernacht. Pikzwarte hoertjes leunden op zwarte hoge laarzen tegen de grauwe muren van de duistere stegen. Ze sisten tussen hun blikkerend witte tanden. Ze zeiden woorden als 'amore'. Ze zeiden dat ze met hun vingers wilden kroelen door mijn lange haar. Ik was op weg naar het theater. Ik hoopte dat Pierluigi daar zou zijn. Sinds zijn vader en hij een rechtszaak tegen mij hadden aangespannen, nam hij zijn telefoon niet meer op. Waarschijnlijk had hij zelfs zijn nummer veranderd, want ik had het ook geprobeerd via de mobiele telefoon van een vriendin die hij niet kon kennen en meermalen vanaf het vaste nummer van Caffè Letterario. Ik moest hem spreken. Misschien kon ik hem tot rede brengen. Misschien kon ik hem ervan overtuigen dat hun uitputtingsstrategie ook hun alleen maar geld zou kosten omdat ik nooit aan hun eisen zou kunnen voldoen omdat ik domweg niet zoveel bezat. Ik zou zelfs bereid zijn mijn excuses aan te bieden. Ik kon hem misschien voorstellen om samen te werken. Ik zou stukken voor hem kunnen schrijven en hem kunnen helpen met de programmering. Desnoods onbezoldigd. Ik zou mijn contacten in het vaderland ter beschikking kunnen stellen. Ik was tot alles bereid, als dit absurde proces maar zou stoppen.

Maar Pierluigi was er niet. Het theater was gesloten, evenals gisteren, eergisteren en de dagen ervoor. Er waren geen voorstellingen of evenementen aangekondigd. Ik wandelde doelloos door de stegen. In Vico Angeli viel mijn oog op een hoertje dat anders was dan de andere. Ze was blank. Dat was al een grote zeldzaamheid. En ze was tenger en sierlijk. Ze liep niet te koop met allerhande opzichtige bollingen. Ze leek zelfs mooi en dat was in deze stegen waarlijk een unicum. Ze stond een beetje verscholen in een nis, timide bijna, alsof ze eigenlijk het liefst zo min mogelijk aandacht wilde trekken van potentiële klanten. Ze droeg een rare rode pruik, wat de indruk van verlegenheid alleen maar versterkte. Het leek of ze haar gezicht wilde verbergen terwijl zij met zichtbare tegenzin haar ranke lichaam tentoonstelde.

Ze fascineerde me. Ik probeerde haar aan te kijken. Een kort moment kruisten onze blikken elkaar. Ze slaakte een gil en rende weg. Ik ging haar achterna. Tijdens de halve seconde dat ze mij had aangekeken, had ik in haar ogen iets gezien wat ik herkende. Ik moest weten wat dat was. Ik moest weten wie zij was.

Toen ik de straathoek bereikte met Via della Maddalena was zij nergens meer te bekennen. Zij was sneller dan ik. Waarschijnlijk was ze verder naar beneden gerend naar Vico dei Corrieri of Vico Lavagna. Maar misschien was dat te simpel gedacht. Ik gokte erop dat zij erop zou gokken dat ik precies zo simpel zou denken. In dat geval was zij terug naar boven gegaan via de parallelsteeg, Vico del Duca, en hield ze zich waarschijnlijk schuil in de smalle dwarssteeg die Vico Trogoletto heette en waar zij uit het zicht was van Via della Maddalena. Ik liep naar boven via de volgende parallelsteeg van Vico Angeli, Vico Salvaghi, maar in Vico Trogoletto zag ik haar niet. Ik liep naar beneden via Vico del Duca en toen ik weer bij Via della Maddalena uitkwam, zag ik dat zij vanuit Vico Angeli om de hoek gluurde. Ze zag mij en rende weg over Via della Maddalena. Ze nam de eerste links. Ik rende zo hard als ik kon achter haar aan. Want ze had een fout gemaakt. Kennelijk kende ze de stegen in deze buurt niet zo goed als ik. De eerste links was Vico Malone. En die loopt dood.

35

Ze stond met haar rug naar de steeg toe gekeerd tegen het hek dat haar de doorgang versperde. 'Alsjeblieft,' fluisterde ze. 'Ga weg.' Ze verborg haar gezicht in haar handen. 'Ga alsjeblieft weg. Ik smeek het je. Dat is beter voor ons allemaal.'
'Ik zal je geen pijn doen.'
'Jawel. Je zult mij pijn doen. En je zult jezelf pijn doen.' Haar schoudertjes schokten. Ze huilde. Voorzichtig legde ik een hand op haar rug. 'Raak me niet aan!' Geschrokken trok ik mijn hand terug. Er was iets vreemd vertrouwds geweest in de aanraking.
'Ik wil echt niets van je,' zei ik zachtjes. 'Ik wil alleen maar je gezicht zien. Ik wil weten wie je bent. En dan ga ik weg. Dat beloof ik. Als je wilt, kan ik je er ook voor betalen.'
Toen ik dat zei, begon ze pas echt hard te huilen. Ze zakte ineen. Ze schokte over haar hele lijfje. Ik werd overspoeld door een warme, zilte vloedgolf van medelijden. Ik had een bijkans onweerstaanbare aandrang om haar zacht in mijn armen te sluiten, maar ik durfde haar niet opnieuw aan te raken. Ik wist mij geen raad met de situatie. Ik wiebelde op mijn benen. Wat moest ik doen? Misschien had ze ge-

lijk. Misschien moest ik inderdaad weggaan. Wat stond ik hier nou eigenlijk helemaal te doen? Ik stond een tenger, blank hoertje met een rode pruik op te corneren in een doodlopende zijsteeg van Via della Maddalena. Daar hoorde ook vast een pooier bij die zo meteen beleefd kuchend met een mes in mijn rug zou komen informeren naar mijn redenen om zijn veestapel de stuipen op het lijf te jagen. En dan was er ook altijd nog de mogelijkheid, hoe onwaarschijnlijk ook in deze buurt, van patrouilles en aangifte van belaging of erger. Alsof ik al niet genoeg in de problemen zat. Misschien moest ik haar daadwerkelijk met rust laten. Maar er was iets wat sterker was dan ik. Ik moest weten wie zij was. Het kan toch geen misdaad zijn om haar gezicht te willen zien?

'Je begaat de grootste fout van je leven,' fluisterde ze, 'als je nu niet weggaat.'

'Ik geloof je niet. Maar als dat wel zo is, ben ik er klaar voor. En wat voor schade kan het jou of mij berokkenen om alleen maar je gezicht te zien? Tenzij je zo mooi bent dat ik je nooit meer kan vergeten, wat ik overigens geenszins uitsluit, geloof ik niet dat wij werkelijk in staat zijn om elkaar pijn te doen.'

'Je weet niet wat je zegt.'

'Dat overkomt me wel vaker,' zei ik. Maar ze lachte niet.

'Ik heb je gewaarschuwd, Leonardo.'

'Hoe weet je dat ik zo heet?'

Ze antwoordde niet. Ze ging trots rechtop staan, nog altijd met haar gezicht naar het hek, en trok de rode pruik van haar hoofd. Lang zwart haar golfde over haar rug. En toen draaide ze zich om.

36

Boeteprocessies trokken door de ontvolkte steden. Wie nog sterk genoeg was om het deeg te kneden of het vuur van de hoefsmid aan te blazen, verliet de ovens en aambeelden om zich te hullen in kemelhaar en barrevoets biddend en jammerend door de straten te trekken tussen de stinkende lijken door die onder de opengebarsten bulten zaten en zwarte plekken. In sommige steden was men zo wanhopig om niet genoeg pijn te lijden en boete te doen dat de straten werden bezaaid met doornen, glasscherven en gloeiende kolen die dagelijks van overheidswege werden ververst. Wie een zwelling of een zwarte vlek ontwaarde op zijn lichaam, wierp zich luid schreeuwend met de naam van de enige ware god op zijn lippen op een van de vele manshoge brandstapels. Jonge weduwen smeerden hun jonge borsten in met de verse as van hun echtgenoten, vaders, zonen en minnaars. Het geluid van elke stad van Europa was schreien naar de hemel. De geur was de geur van rotting en verbrande mensenresten.

Boeteprocessies trokken over het ontvolkte platteland. Lange stoeten van in jute en as gehulde boetelingen gingen door de velden met graan dat niet meer werd geoogst, koeien die niet meer werden gemolken en schapen die niet meer werden gehoed. Ze liepen onder de blote hemel over zinderend grint in de verzengende zon van het middaguur en sliepen onder de blote hemel op kille rotsen in de snijdende kou van de nacht. Elke bloem vertrapten ze. Bij elke bramenstruik brak er een gevecht uit over wie de grootste zondaar was en derhalve als eerste het recht had om zich te wentelen in de scherpe doornen. Ze droegen gesels met zware knopen in de touwen waarmee zij huilend hun eigen rug tot bloedens toe opensloegen. Met blote handen trokken zij hun eigen haar uit. Met ruwe, scherpe keien braken ze de botten in hun handen en voeten. Een enkele dorpeling die hun uit medelijden een aalmoes aanbood of een bete broods, schopten ze van woede kreupel omdat hij hun lijden had willen verzachten.

Heel Europa was ten prooi gevallen aan wanhoop, radeloosheid, apathie en bovenal aan een allesverpletterend schuldgevoel. De Zwarte Dood die alle christelijke koninkrijken teisterde, kon niets anders zijn dan een straf van God. En die straf was zo onvoorstelbaar zwaar dat er immense zonden moesten zijn begaan om zo'n allesvernietigende toorn van de almachtige over de mensheid af te roepen. Als de epidemie een straf van God was, was de enige remedie om boete te doen. En gezien de zwaarte van de straf, kon de boetedoening niet zwaar genoeg zijn. En die hielp niet. Integendeel. Ironisch genoeg droegen de processies alleen maar bij aan de verdere verspreiding van de ziekte. En omdat ze niet hielpen, werden de zelfkastijdingen steeds extremer, de stoeten boetelingen steeds langer en steeds verder hun reizen, totdat er niets anders overbleef dan puur, onverdund, zwijgend schuldbesef, dat hoewel het ondraaglijk was, alleen maar viel te dragen.

37

Zo ongeveer voelde ik mij toen ik haar betraande gezicht zag. Ze had gelijk gehad. Het was misschien wel de grootste fout van mijn leven geweest om te willen weten wie zij was. Het deed mij meer pijn dan ik kan zeggen om haar hier onder deze omstandigheden te zien en ik zag aan haar dat het haar immens pijn deed om door mij hier onder deze omstandigheden gezien te worden. Het was een situatie die mij totaal van mijn stuk bracht. Gedachten en gevoelens tuimelden over elkaar heen als de scherven van een grote spiegel die met één genadeloze mokerslag aan gruzelementen was geslagen. Had ik haar elders na al die tijd weergezien, op een stille en onschuldige plek, ik zou hebben staan wankelen op mijn benen. Om haar hier terug te zien in een doodlopende zijsteeg van Via della Maddalena en te beseffen dat zij geen toevallige passante was maar dat zij zich beroepshalve in deze buurt ophield, met haar suggestieve, net iets te korte rokje en haar martelend mooie benen gehuld in het soort kousen dat foute mannen opwindend vinden, en te zien hoe zij mij met tranen in haar ogen aankeek, elke trots of gêne voorbij, alsof zij naakt voor mij stond om mij haar etterende wonden te laten zien omdat ik daar zo op had aangedrongen, bracht een kakofonie van overweldigende emoties teweeg die mij het denken onmogelijk maakte. En al die snerpende en krakende gevoelens die elkaar van de voorgrond probeerden te verdringen, werden overstemd door één luide grondtoon, die steeds meer aanzwol totdat ik niet anders meer kon horen dan dat en dat was schuldgevoel. Ook al zouden er objectief gezien op een andere plek op een ander moment best een paar zinnige argumenten te bedenken zijn om dat gevoel te relativeren, ik werd daar op dat moment in Vico Malone overweldigd door het gevoel dat het mijn schuld was dat ik hier was, dat zij hier was, dat alles was zoals het was en dat het mijn bittere schuld was dat het mooiste meisje van

Genua, dat is gemaakt van ander spul dan waar meisjes van zijn gemaakt, zich gedwongen zag haar breekbare lijfje te koop aan te bieden aan elke kwijlende geilbaard met een jeukende snikkel in zijn broek en vijf stuivers in zijn zak. Ik brak.

'Ik heb altijd alleen van jou gehouden,' zei ik zacht.

Ze keek over haar schouder achter mij. Haar blik verstarde. 'Het is oké, Khalid.' Ze pakte mijn hand. 'Kom.' Met professioneel klikkende hakken liep zij op hoge benen voor mij uit naar Vico Angeli.

'Was dat jouw pooier?'

'Dat was Khalid.'

'Maar is hij je pooier?'

'Waarom wil je dat soort nare woorden gebruiken? Vind je het allemaal niet al naar genoeg? Je moet beseffen dat ik je net een grote gunst heb bewezen, al zou ik niet weten waaraan je dat hebt verdiend. Doe maar gewoon braaf alsof je een normale klant bent. Anders zou je weleens problemen kunnen krijgen met Khalid. En met problemen krijgen heeft hij aanzienlijk meer ervaring dan jij, geloof me.'

Ze deed de deur open. Ik ging naar binnen. Het was een klein vierkant hok zonder ramen met een bed, een stoel en een wasbak. Ze draaide de deur achter ons op slot en ging op het bed zitten.

'Ben je nou tevreden, Leonardo? Nu heb je mijn gezicht gezien. Mijn ware gezicht. Had je dit ooit achter mij gezocht? Ik weet dat je te zeer geschokt bent om te kunnen antwoorden, dus dat zal ik dan maar voor je doen. Nee, dit had je echt nooit achter mij gezocht. Ik zelf ook niet. En bespaar me al je voorspelbare vragen. Waarom? Ik had het zelf ook allemaal een beetje anders gepland. Het is op een bepaalde manier zo gelopen. Nadat je mij had verraden, ging het met mijn vriendje ook niet meer. Ik kon gewoon nergens meer in geloven. Maar dat werd nog een hele toestand. Ik zal je de details besparen. Op een gegeven moment heb ik echt moeten vluchten. Ik heb mijzelf niet eens de tijd gegund om een koffer in te pakken. De helft van het huis was van mij. Naar dat geld kan ik fluiten natuurlijk. Maar daar heb ik mij bij neergelegd. Het is niet belangrijk. En waar kon ik naartoe? Mijn moeder is gestorven toen ik zestien was en mijn vader heeft zijn hele leven alles wat ik heb gedaan afgekeurd. Hij is hertrouwd met een heks die mij haat omdat ik het enige ben wat nog herinnert aan zijn vorige huwelijk. Verder heb ik geen familie. Ik heb een beetje hier en daar gelogeerd bij vriendinnen en vrienden en op een gegeven moment heb ik Khalid ontmoet. Zodoende. Of hij mij dwingt om dit te doen? Dat is de stomme, voorspelbare vraag van iemand die niets begrijpt. Zoals liefde een vorm van dwang kan zijn, zo kan dwang een vorm van liefde zijn. Verder nog vragen? Zo niet, vertel me dan nog even over je eigen ellende, dan zijn we weer lekker bijgepraat. Dan kun je gaan en daarna hoop ik je nooit meer te zien.'

38

'Het spijt me,' zei ik. Ik hapte naar lucht.
'Wat spijt je precies?'
'Alles. Ik had hier nooit moeten komen.'
'Ik ben blij dat we elkaar eindelijk begrijpen.'
'Heb je mij ooit... Hoe zeg ik dat?'
'Liefgehad? Ik was bereid om alles voor je op te offeren, al was het niet veel wat ik had. Ik wilde dat je mij mee zou nemen naar het Noorden om samen met jou een nieuw en rustig leven te beginnen in een beschaafd land waar alles soepel functioneert en waar mensen niet gaan schreeuwen als dat niet zo is. Ik wilde jouw taal leren om jouw gedichten te kunnen lezen. Dat was mijn grote droom.'
'Misschien is het nog niet te laat,' zei ik zacht.
'Wat bedoel je?'
'Ik zou eerst een paar problemen moeten oplossen. Er zijn wat schulden. Maar financiële problemen zijn altijd op te lossen. Het zal niet makkelijk zijn, maar ik verzin wel iets. Misschien met de hulp van mijn uitgever.'
'Waar heb je het over?'
'Sorry. Ik wilde alleen maar zeggen dat het misschien een beetje tijd zal vergen, maar dan kan ik je meenemen naar het Noorden. En intussen kunnen we alvast beginnen om jou mijn taal te leren.'
Ze begon te lachen. 'In wat voor wereld leef jij, Leonardo? In je fantasie? Misschien dat de vrouwen in jouw vaderland zo koelbloe-

dig en weekhartig zijn om omwille van economische belangen en een stabiele toekomst over zich heen te laten lopen, maar ik ben een zuidelijk meisje, geboren uit het schuim van de Middellandse Zee, dochter van de Serenissima Repubblica di Genova die geen meerdere erkent, en ik geloof in liefde. Ik hield van je, maar je hebt mij verraden voor een dikke blonde del van je eigen volk. Hoe kan ik je ooit nog vertrouwen? Hoe kan ik ooit nog in je geloven? Ik minacht je. En bovendien ben ik nu met Khalid. Ik weet dat je dat nooit zult begrijpen, maar ik houd van hem.'

'Zoals je ooit hield van een man die je van de trap gooide.'

'Precies.'

'Ik zal je nooit van de trap gooien of je dwingen jezelf te prostitueren.'

'Precies. Jij bent van elders. Je snapt het niet. Je zou een zuidelijk meisje moeten worden om het te begrijpen.'

'Maar dan wat? Wat kan ik doen? Hoe moet ik mij mijn verdere Genuese leven voorstellen nadat ik jou hier vandaag heb gezien en heb begrepen dat je mij minacht?'

'Waarom ga je niet terug?'

'Dat kan niet.'

'Je hebt net gezegd dat de financiële problemen die je beletten wel zijn op te lossen.'

'Dat is misschien ook wel zo. Maar er zijn belangrijkere beletsels. Ik zou de eerste zijn. Ik bedoel: ik ben een beroemd dichter in mijn vaderland, althans dat was ik. Te veel mensen weten dat ik met veel te veel bombarie ben geëmigreerd om mij te laven aan la dolce vita italiana. Ik werd en word erom benijd. Om met hangende pootjes terug te keren, als de eerste de beste nitwit uit mijn favoriete televisieprogramma, *Een huis onder de zon*, die de plaatselijke rioolverordeningen niet kan lezen en toe te geven dat het allemaal een beetje anders is gelopen dan gehoopt en dat het eerlijk gezegd nogal is tegengevallen, zou een enorme nederlaag zijn. Ik zou de risee zijn van al mijn culturele vriendjes. Op een bepaalde manier ben ik verdwaald in mijn fantasie van een mooier, echter en romantischer leven elders.'

'Maar net zei je nog dat je mij zou willen meenemen.'

'Maar dat zou ook helemaal anders zijn. Als ik zou terugkeren in het vaderland met het mooiste meisje van Genua aan mijn zijde, zou dat worden gezien als een grote triomf.'

'Het mooiste meisje van Genua?'

'Zo heb ik jou altijd genoemd.'

'Dat is dan wel weer bijna een beetje lief.'

'Sorry.'

Ze stond op. Ze trok haar rokje recht. 'Het spijt me dat ik niet kan voldoen aan de rol van buit in jouw triomftocht die je voor mij hebt bedacht. Voordat je gaat, één ding nog. Khalid staat buiten te wachten. Het geld dat ik verdien, geef ik altijd onmiddellijk aan hem. Dat is veiliger. Als je wilt dat hij blijft denken dat je een gewone klant bent, en dat wil je, dan zul je me moeten betalen.'

Natuurlijk. Dat was veiliger. Ik vroeg haar hoeveel het was.

'Veertig euro.' Ik gaf het haar. Ze bedankte niet. 'Voor dat bedrag heb je natuurlijk in theorie ook het recht om mij te neuken. Wil je dat?'

39

En zo onderging ik de ultieme vernedering, goede vriend. Natuurlijk had ik haar met een diepe, duistere blik hooghartig moeten aankijken alvorens zonder iets te zeggen strak, hard en gelaten de duistere dag in te stappen. Maar ik was zwak. Ik was in de war. Ik was overdonderd. Ik zou er honderden excuses en verklaringen voor kunnen aanvoeren, maar die doen niet ter zake. En toen ze zag dat ik weifelde, begon ze zich geroutineerd uit te kleden. Voor ik het wist stond ze naakt voor mij als een adembenemend beeld van zeldzaam zacht, breekbaar marmer op hakken met kousen en vanaf dat moment had ik niets meer in te brengen. Ze dwong mij met de professionaliteit van haar blik. Zij was La Superba.

'Kleed je uit. Je kunt de kleren op de stoel leggen. Wil je dat ik mijn pruik opzet? Of heb je me liever zo?'

Ze pakte een tube glijmiddel, smeerde een flinke klodder tussen haar dijen en ging met haar benen wijd op bed liggen. 'Kom,' zei ze. Met haar tanden scheurde ze het zakje van een condoom open. Ik kwam zacht, klein en breekbaar naast haar liggen. Ik had tranen in mijn ogen. Daarvoor had zij geen enkele aandacht. Met haar lange, heilige vingers streek ze over mijn lul. 'Goed zo,' zei ze. Het condoom zat er al omheen. Dat had ze vaker gedaan. Ze ging weer op haar rug liggen en trok mij op zich. Met haar hand leidde zij mijn lul naar de ingang van haar kut vol vaseline. 'Toe maar, schatje,' zei ze met een raar, hoog stemmetje.

Ze keek me niet aan terwijl ik in haar binnendrong. Ze was er niet. Ik neukte alleen haar lichaam. Ik was niets meer dan een klant. Ik barstte in huilen uit en kwam tegelijkertijd klaar.

'Zo,' zei ze. 'Nu kun je tijdens je triomftocht met de culturele vriendjes van jouw vaderland tenminste zeggen dat je het mooiste meisje van Genua hebt geneukt.'

Je begrijpt, goede vriend, dat ik je dit alles met de grootst mogelijke tegenzin vertel. Ik heb er altijd veel genoegdoening uit gehaald om jou met enige regelmaat op de hoogte te stellen van mijn wederwaardigheden in mijn nieuwe land. Maar ik had ook niet kunnen bedenken dat ik zo erg zou verdwalen.

Ik heb nog één laatste verzoek, maar dat zal geen verrassing voor je zijn. Ik zal deze notities nooit uitwerken tot een roman. Daarvoor zijn ze te pijnlijk. Ik wil dat niemand in het vaderland ooit te weten komt waar ik ben en hoe het mij is vergaan en ik verzoek je dan ook met klem om alles wat ik je heb gestuurd te vernietigen. Ik weet dat je mij begrijpt en dat ik op je kan rekenen. Dank je wel.

40

Onderweg in Via Canneto Il Curto, Via San Luca en Via del Campo deed ik de inkopen. Hoewel ik geen enkele interesse had om te onderhandelen of af te dingen, kreeg ik overal een redelijke prijs.

Ornella stond op haar ene been in de steeg voor haar peeskamertje in het Ghetto te roken. 'Ik wist dat je zou terugkomen, Giulia.' Ze zoende mij. 'Kom binnen. Laten we kijken wat je allemaal hebt. Ik zal je helpen.' Ze pakte haar krukken en drukte haar sigaret uit met haar ene bloedrode pump.

Ze pakte mijn tas. 'Laten we eens kijken wat we hier hebben. O, je hebt dat blauwe jurkje van die ene winkel. Dat had ik ook bijna gekocht. Maar het is bijna een beetje te netjes, vind je niet? Deze zwarte is goed, niet alleen omdat die net een beetje korter is, maar vooral vanwege die opengewerkte zijkanten. Dat kun je volgens mij heel goed hebben. En zwart kleedt mooi af. Wat voor pruik heb je? Lang zwart haar. Die is echt prachtig. Waar heb je die gevonden? Heb je daar lang naar gezocht? Maar die zal perfect zijn met dit zwarte jurkje. Eerst moeten we je scheren. Kleed je uit. Ik zal het voor je doen. Het is belangrijk dat het goed gebeurt. Pak even dat zilveren scheermes uit de badkamer, wil je? Ik ben een beetje slecht ter been. En de bus scheerschuim. En een handdoek. Ja, die rode is goed. Kom liggen. Het zal geen pijn doen. Zie je wel? Zo gepiept. Dan gaan we je nu netjes aankleden. De kamer hiernaast is trouwens vrij. Nou ja, dat is altijd een relatief begrip in het Ghetto, maar voorlopig kun je die in elk geval gebruiken. Ik heb de sleutel. Nee, dat blauwe jurkje kan echt niet. Probeer die zwarte. En wat voor kousen heb je? Nee! Deze zijn veel te dun. Als er één nagel in blijft hangen, heb je een ladder. Je bent nu een professional, onthoud dat goed. Ik zal je een paar lenen. Schoenen? Wow. Jij durft. Zo'n hoge hak heeft bijna niemand hier. En je bent al zo lang. Laat me je één tip geven. Als je in de steeg staat, moet je op de bal van je voet staan, terwijl je het grootste gedeelte van je gewicht opvangt met je rug tegen de muur. Zo kun je je andere been sexy omhoogtrekken als er iemand langsloopt. Heb je trouwens glijmiddel? Dat heb je wel nodig, geloof mij. Anders kan ik je dat wel lenen voor vanavond. Sorry dat ik zo gierig ben, maar er gaan op een drukke vrijdag- of zaterdagavond hele tubes doorheen en dat spul is best duur. Ga zitten. Dan maak ik je op. Doe jij intussen de watten maar in je bh. Niet zo zuinig, een beetje meer. Wil je geld verdienen of niet? En nu je pruik. Maar die is echt prachtig. Het lijkt echt haar. Zo zacht. En hij staat je schitterend. Klaar. Kom. Kijk eens in de spiegel. Wat zie je?'

'Giulia,' zei ik met een raar hoog stemmetje.

'Het mooiste meisje van Genua.'

Werk van Ilja Leonard Pfeijffer bij De Arbeiderspers:

van de vierkante man (1998, gedichten;
C. Buddingh'-prijs, genomineerd voor de VSB-Poëzieprijs
en de Paul Snoekprijs)
De antieken, een korte literatuurgeschiedenis
(2000, literatuurgeschiedenis)
Het glimpen van de welkwiek (2001, gedichten)
Rupert, een bekentenis (2002, roman; Anton Wachterprijs,
Gerard Walschapprijs)
Dolores, elegieën (2002, gedichten; Literaturpreis
Nordrhein-Westfahlen)
Het geheim van het vermoorde geneuzel, een poëtica (2003, essays)
Het grote baggerboek (2004, roman, Tzumprijs,
genomineerd voor de AKO-Literatuurprijs
en voor de Gouden Uil)
In de naam van de hond, de grote gedichten (2005, gedichten)
Het ware leven, een roman (2006, roman)
De eeuw van mijn dochter, een treurspel in vijf bedrijven
(2007, toneeltekst)
Second life, verhalen en reportages uit een tweede leven
(2007, documentaire)
Malpensa, een duet voor durfkapitalisten (2008, toneeltekst)
De man van vele manieren, verzamelde gedichten 1998-2008
(2008, gedichten)
De filosofie van de heuvel, op de fiets naar Rome
(2009, reisverslag; genomineerd voor de Socrates Wisselbeker)
Oude & nieuwe Leidsche, verhalen van een stad
(2009, bloemlezing, samen met. Onno Blom).
Harde feiten, honderd romans (2010, korte verhalen)
*Het ministerie van Specifieke Zaken. Over Haags gekonkel
en de mentale staat van het land* (2011, columns)
*Hoe word ik een beroemd schrijver? Een literair
zelfhulpboek* (2012)
*Minister Kwist. Een reconstructie van de val van de minst
bekende bewindspersoon van het eerste kabinet Rutte*
(2012, novelle)
La Superba (2013, roman; Libris Literatuurprijs, Tzumprijs,
genomineerd voor de AKO Literatuurprijs, de Gouden
Boekenuil, de Inktaap en de prijs van de Koninklijke
Academie voor Nederlandse Taal- en Letterkunde)
Idyllen (2015, poëzie; ook verkrijgbaar als luisterboek;
VSB Poëzieprijs, Jan Campert-prijs, Awater Poëzieprijs,
E. du Perronprijs)

Giro giro tondo. Een obsessie (2015, Poëzieweekgeschenk)
Gelukszoekers (2015, journalistieke stukken en columns over vluchtelingen. De opbrengsten gingen naar Werken zonder Grenzen; E. du Perronprijs)
Brieven uit Genua (2016, Privé-domein)
Peachez, een romance (roman, 2017, genomineerd voor de Libris Literatuur Prijs)